MAEVI SILVER

Richtungswechsel

Roman

Maevi Silver

RICHTUNGS

wechsel

Roman

Bibliografische Information der Deutschen Nationalbibliothek: Die Deutsche Nationalbibliothek verzeichnet diese Publikation in der Deutschen Nationalbibliografie; detaillierte bibliografische Daten sind im Internet über dnb.dnb.de abrufbar.

Deutsche Erstausgabe Juli 2020, 2. Auflage
© 2020 Maevi Silver
Covergestaltung: D. Hüskes
Coverabbildung: pixabay.com

Herstellung und Verlag: BoD – Books on Demand, Norderstedt

ISBN   978-3-7519-7743-2

Wenn der Wind des Wandelns weht,
bauen die einen Schutzmauern,
die anderen Windmühlen.

(Chinesisches Sprichwort)

Dieser Titel ist auch als E-Book erschienen.

Playlist

∞

Clocks – Coldplay

Scar Tissue – Red Hot Chili Peppers

Shadow Of The Day – Linkin Park

Bad Liar – Imagine Dragons

A Million Dreams – Pink

21 Guns – Green Day

Blurry – Puddle of Mud

Alive – Sub7even

Love Me Like You Do – Ellie Golding

Soul To Squeeze – Red Hot Chili Peppers

Wie Schön Du Bist – Sarah Connor

Welcome To My Life – Sunrise Avenue

Midlifecrisis – Faith no More

When I Come Around – Green Day

Like The Way I Do – Melissa Etheridge

Still – Jupiter Jones

Fallen – Volbeat

Kryptonite – 3 Doors Down

Crazy – Aerosmith

Memories – Within Temptation

∞

Für Dich.
Never give up.

~ ∞ ~

Endlich alleine.

Die dunkle Holztür der schäbigen Kneipentoilette schließt sich quietschend hinter den zwei Teenies, die mich seit einer geschlagenen Viertelstunde daran hindern, in Ruhe durchzuatmen. Ihr albernes Geschnatter wird immer leiser, bis es schließlich ganz verstummt.

Als sie laut lachend und mit großer Theatralik ihren Lidstrich nachzogen, flüchtete ich in eine der engen, dunklen Toilettenkabinen. Doch kurze Zeit später hielt ich es in diesem halben Quadratmeter nicht länger aus und wankte langsam zu den Waschbecken hinüber, während die beiden mit geröteten Wangen den Barkeeper in den Himmel lobten.

Dieser Typ muss wohl ein absolutes Prachtexemplar sein, zumindest aber ein Supermodel. Die Mädels jedenfalls scheinen hin und weg. Ob er diesen Ruf nur seinen Cocktailkünsten zu verdanken hat, bezweifele ich stark. Wenn er die Drinks auch nur annähernd so mixt, wie seine Kollegin in ihrem knappen Lederröckchen, hat er meiner Meinung nach keine großen Aufstiegschancen. Den Caipi jedenfalls kann ich nur unauffällig in einer Ecke abstellen, während dem armen Kerl sicherlich schon die Ohren klingeln. Vielleicht legt er es aber auch darauf an und schleppt die Frauen hier reihenweise ab, solche Typen kennt man ja. Ich sollte gleich auf jeden Fall mal nach ihm Ausschau halten, so rein interessehalber.

Wenn ich nur darüber nachdenke, dass meine Tochter sich hier, in nicht allzu ferner Zukunft, mit ihrer Freundin so aufführt, wird mir sofort wieder schlecht. Vielleicht hat aber auch der Long Island Icetea von eben Schuld, der, zugegeben, gar nicht mal so übel geschmeckt hat. Aber wer kann das schon so genau sagen.

Endlich bin ich also alleine. Verschwitzt, verschmiert und definitiv angetrunken stehe ich hier. *Herrgott nochmal*, schießt es mir plötzlich wütend durch den Kopf. Wie alt sind diese Mädchen wohl? Werden hier denn keine Ausweise mehr kontrolliert? Und verdammt nochmal, was genau mache ich überhaupt hier, und warum? In meinem Kopf dreht sich alles. Seit wann ich so fluchen kann, würde ich auch gerne noch wissen. Wäre ich doch einfach mit der letzten Game of Thrones Staffel auf der Couch geblieben. Fuck!

Als ich den nächsten klaren Gedanken fassen kann, sitze ich mit dem Rücken an der Wand, neben dem Waschbecken. Die zwei Teenies schauen mit besorgtem Blick auf mich herab. Wieso sind die denn schon wieder hier? Jaja, Mädels gehen immer zu zweit aufs Klo und so, ich weiß. Aber so oft?

»Sag' mal, willst du nicht mal langsam nach Hause?«, fragt die Blonde jetzt mit besorgtem Unterton, während die Brünette eifrig nickt, mich mit ihren zuckersüßen Kulleraugen mustert und dabei die Stirn theatralisch in Falten legt. Bestimmt haben die beiden gerade wieder ihren Lidstrich nachgezogen, so perfekt geschminkt kann man nur sein, wenn man alle zwei Minuten zum Spiegel rennt.

»Du sitzt jetzt schon 'ne Ewigkeit hier rum. Sollen wir dir ein Taxi rufen?«

»Danke, ich komme schon klar«, murmele ich und ziehe mich am Waschbecken hoch. Puh, irgendwie ist mir tatsächlich schlecht, und das Karussell in meinem Kopf dreht fleißig seine Runden. Jetzt bloß nicht kotzen!

»Sicher?« Die Blonde gibt nicht auf. Das kann allerdings auch daran liegen, dass ich keinen wirklich stabilen Eindruck auf meinen Pumps mache, die ich sonst nie trage. Außerdem habe ich schon ewig keinen Alkohol mehr getrunken und vertrage eh nichts, aber das muss ja keiner wissen. Und diese Blöße werde ich mir sicher nicht vor zwei minderjährigen, aufgebrezelten Gackertussis geben, die mich mit einem Blick mustern, der mich langsam aber sicher rasend macht.

»Ja!« keife ich und füge noch ein verärgertes und vielleicht etwas zu lautes »Absolut sicher!« hinzu, wobei ich mühsam versuche, den Speichel herunter zu schlucken, der sich in meiner Mundhöhle sammelt.

Bloß nicht kotzen, ermahne ich mich stumm und widme mich voller Konzentration dem Wasserhahn. Eine kleine, kühle Erfrischung kann wohl nicht schaden, doch leider ist es mit meiner Feinmotorik in diesem Stadium auch nicht mehr so gut bestellt.

Mit lautem Gekreische springen die Gackerweiber zurück und verlassen nach einer kleinen, ungeplanten Dusche laut schimpfend die Toilette, ohne mich noch eines weiteren Blickes zu würdigen.

Das ist auch gut so, denn ich habe jetzt definitiv andere Probleme. Nass von Kopf bis Fuß, stehe ich mitten in diesem scheiß Kneipenklo, in scheiß Schuhen mit einer scheiß Laune und einem scheiß Karussell im Kopf. *Scheiße, scheiße, scheiße.*

Ich atme ein paar Mal tief ein und aus. Ein kurzer Blick in den mit Wasserspritzern, Lippenstiftresten und wer weiß was noch verschmierten Spiegel reicht, um einen Adrenalinschub samt Hitzewelle bei mir auszulösen. *Ach du Scheiße*, schießt es mir in exakt dem Moment durch den Kopf, in dem auch schon alles wieder vorbei ist.

Krachend fällt die Tür zu, während ich wie angewurzelt vor dem Spiegel stehe, mich am Rand des Waschbeckens festkralle und mich mit einem Mal wieder stocknüchtern fühle. Was zur Hölle ist da gerade passiert? Hoffentlich hat der Typ, dessen Blick mich gerade durch den

Spiegel fixiert hat, nicht das ganze Ausmaß meiner optischen Katastrophe wahrgenommen. Ich jedenfalls habe nur seine Augen gesehen. Keine Ahnung, ob ich noch immer betrunken bin, aber Himmel, solche Augen habe ich noch nie gesehen. Dieser Blick ging mir gerade durch und durch, und obwohl die Tür längst geschlossen ist, spüre ich noch immer die Hitzewellen, die binnen einer Zehntelsekunde durch meinen Körper gerast sind und nur ganz langsam abebben.

Es dauert eine halbe Ewigkeit, bis ich, zumindest ansatzweise, wieder ein paar trockene Stellen an meinem Kleid erkennen kann. Warum muss ich auch dieses bescheuerte Teil anziehen. Nur, weil meine regelmäßigen Joggingrunden langsam Wirkung zeigen, muss ich mich ja nicht direkt in so hautenge Klamotten zwängen. Und dann noch diese Schuhe! Wütend pfeffere ich sie in den Mülleimer. Die ziehe ich definitiv nie wieder an!

Während ich immer wütender über mich selber werde, bahnte sich ein hysterischer Lachanfall seinen Weg nach draußen. Je länger ich über diesen bescheuerten Abend nachdenke, desto lächerlicher und dämlicher komme ich mir vor. Was habe ich mir eigentlich davon versprochen?

Ich habe ein paar Mal mit diesem Lukas geschrieben und mich dann nach nur zwei, zugegeben sehr netten, Telefonaten mit ihm verabredet. Natürlich ist er gar nicht erst erschienen, was doch eigentlich mehr als klar war.

Ich bin wirklich so eine bescheuerte Kuh! Da verschicke ich fröhlich Fotos von mir und zweifele nicht eine Sekunde an, warum dieser Lukas es nicht geregelt bekommt, mir im Gegenzug auch ein Bild von sich zu schicken. Ich tappe also völlig im Dunkeln und habe noch nicht einmal den Hauch einer Ahnung, wen ich für diesen verkorksten Abend verantwortlich machen kann, außer mich selber. Wäre ja auch zu schön gewesen. Ich dumme, dumme Nuss.

Wahrscheinlich hat mein Blinddate den halben Abend irgendwo ganz in meiner Nähe gesessen und sich über das verzweifelte alte Frauenzimmer kaputtgelacht, dass da alleine an der Bar sitzt und sich betrinkt. Oder noch schlimmer! Vielleicht ist er auch einer dieser eingebildeten Lackaffen gewesen, die lautstark an dem Ecktisch gesessen und mit den Möpsen ihrer angeblichen Freundinnen geprahlt haben.

Ich stöhne auf. Als verheiratete Frau und Mutter sollte ich es doch eigentlich besser wissen! Wie bescheuert bin ich eigentlich? Nur, weil mein ach so wunderbarer Ehemann jedem sexy Rock mit Hüftschwung hinterherläuft, sitze ich jetzt hier frustriert in der Ecke eines Kneipenklos. Was genau wollte ich Jens eigentlich damit beweisen? Dass ich genauso untreu und scheiße sein kann wie er? Oder will ich mir vielleicht nur selber irgendwas vormachen? Eigentlich ist es mir doch total egal, was mein lieber Ehemann so treibt und vor allem, wann und mit wem. Die Hauptsache ist doch, er treibt es weit weg und lässt mich in Ruhe.

Mir wird wieder übel. Schnell beuge ich mich über den rettenden Mülleimer, bevor das arme, unschuldige Long

Island Icetea-Caipi-Gemisch in hohem Bogen meinen Magen verlässt.

Ich habe jegliches Zeitgefühl verloren, während ich erschöpft in der hintersten Kabine hocke und darauf warte, dass mein Magen sich langsam wieder sortiert. Irgendwann geht diese verdammte Toilettentüre quietschend auf, und ich befürchte schon wieder die zwei nervigen Gackertussis, die mir jetzt wirklich den Rest geben würden.

»Hallo?«, höre ich stattdessen eine sympathische, dunkle Männerstimme. »Jemand da?«

Mit Beinen wie Wackelpudding stehe ich auf und laure aus der Kabine, allerdings muss ich mich dabei mühsam am Türrahmen festhalten. *Scheiße*, schießt es mir nun schon zum wiederholten Mal durch den Kopf. Da steht der Typ, den ich eben für einen kurzen Moment im Spiegel gesehen habe. Das ist jetzt echt peinlich. So ein heißer Typ, und ich sitze hier vollgekotzt und völlig alleine auf dem Kneipenklo. Hoffentlich ist das nicht dieser Lukas, das wäre echt typisch für mich, immer mittenrein ins Fettnäpfchen. Ich atme tief durch. *Ruhig Anna*, denke ich. *Erstens ist er viel zu jung für dich und zweites spielt er definitiv in einer anderen Liga.* Ich habe also nichts zu verlieren.

Ohne eine Antwort von mir abzuwarten, kommt er auf mich zu.

»Alles okay bei dir?« Jetzt hocke er sich auch noch hin und mustert mich besorgt auf Augenhöhe. Oh Mann, was für Augen. Ich fühle mich wie ein Teenie und weiß gar nicht, was ich sagen soll. Zu allem Überfluss fange ich auch noch an zu schwitzen, und diese Hitze steigt mir direkt in den Kopf.

»Die Mädels meinten, dir ginge es nicht gut«, redet er weiter, ohne den Blick von mir abzuwenden.

»Na, die haben aber eine messerscharfe Beobachtungsgabe«, kontere ich scharf. Dass diese dämlichen Tussis mich zum Gesprächsthema machen, fehlt mir gerade noch. »Anstatt nach mir zu schauen, solltest du lieber mal die Ausweise dieser Kneipenbesucherinnen kontrollieren, die sind doch nicht mal volljährig!«, schnauze ich weiter, um von mir abzulenken. »Und nein, ich bin nicht betrunken, mir ist von diesem ekligen Caipirinha schlecht geworden. Die Barkeeperin hat's echt nicht drauf«, setzte ich noch einen drauf.

»Hmm, ach so«, antwortet er und richtet sich wieder auf. Das Schmunzeln in seiner Stimme entgeht mir keineswegs. »Dann hole ich dir bei der Barkeeperin mal ein Glas Wasser und schaue mir an, ob sie zumindest das richtig einschüttet.« Gesagt, getan, verschwindet er genauso plötzlich, wie er aufgetaucht ist.

Na toll, das habe ich ja super hingekriegt. Langsam kämpfe ich mich bis zum Waschbecken vor und halte meine Hände unter den kühlen Wasserstrahl, was verdammt gut tut. In diesem Moment geht auch die Tür schon wieder auf, und der Typ hält mir ein Glas Wasser entgegen.

»Hier«, grinst er. »Vom Barkeeper höchstpersönlich ins Glas gefüllt. Seine Kollegin hat nämlich schon Feierabend gemacht.«

»Danke«, nuschele ich und trinke das Glas in einem Zug leer. »Der Barkeeper hat's schon eher drauf.« Grinsend reiche ich ihm das leere Glas, denn mir geht es wirklich besser. Ich zupfe mein Kleid zurecht und streiche meine Haare nach hinten, um sie zu einem Zopf zu binden. »Ich glaub, ich mache mich jetzt mal auf den Weg nach Hause«, stammele ich dann verlegen.

Seine ruhige, abwartende Art macht mich irgendwie total nervös. Ich straffe meinen Rücken und schlängele mich vorsichtig an ihm vorbei Richtung Tür. Aus meiner Tasche krame ich dabei den Bierdeckel, den ich noch zahlen muss.

»Du hast keine Schuhe an«, bemerkt der Typ trocken.

»Die passten nicht zu meinem Kleid«, kontere ich und öffne die Toilettentür. Ich muss hier wirklich dringend raus.

Der typische, abgestandene Kneipengeruch umfängt mich, während ich in Richtung Tresen gehe. Es ist hier mittlerweile wie leergefegt, nur an der Theke des Johnnys, einer der wenigen vernünftigen Bars der Stadt, sitzen noch zwei ältere Herren und nippen an ihren Biergläsern. Wie spät es wohl ist? Umständlich krame ich nach meinem Handy und starre dann ungläubig auf das Display, als es mir 01:55h anzeigt. Was habe ich denn den ganzen Abend gemacht? Auf dem Klo geschlafen? Unfassbar. Ich schüttele über mich selber den Kopf. Es ist wirklich dringend Zeit für mich, ins Bett zu kommen.

Den supertollen Barkeeper kann ich weit und breit nirgendwo entdecken und tippele ungeduldig mit meinem

Bierdeckel auf der Theke herum, als mir plötzlich der Typ aus der Toilette grinsend auf der anderen Seite des Tresens gegenüber steht.

»Möchtest du zahlen oder noch 'ne Cola trinken?«, fragt er. »Also, eigentlich ist die letzte Runde ja schon vorbei und wir schließen jetzt, aber ich würde noch eine Ausnahme ...«

»Nein danke«, unterbreche ich ihn und schüttele sicherheitshalber noch meinen Kopf, weil ich einfach nur nach Hause möchte und das alles hier immer peinlicher wird. Außerdem hat mich schon lange niemand mehr so durcheinander gebracht, dass mir die passenden Worte fehlen. Ich begründe es in Gedanken mit meinem übermäßigen Alkoholkonsum und den seltsamen Umständen des Tages und reiche ihm schnell meinen Bierdeckel, wobei unsere Fingerspitzen sich kurz berühren und wir beide für einen Moment erstaunt inne halten, bevor wir zurückzucken, als hätten wir uns aneinander verbrannt.

»Nicht betrunken«, brummelt er kurze Zeit später vor sich hin, indem er meinen Bierdeckel studiert. »Der Caipirinha war schlecht und die Barkeeperin hat's nicht drauf«. Kopfschüttelnd fängt er an zu lachen. »Ist klar.«

»Äh, hallo?«, langsam werde ich echt ungeduldig und zücke mein Portemonnaie. »Was muss ich denn zahlen?« Meine Füße sind kalt, und ich will jetzt wirklich nur noch heim und ins Bett.

»Drei Caipi, zwei Long Island Ice Tea, ein Tequila und zwei Bier«, kommt die prompte Antwort. »Das Wasser geht aufs Haus, macht also 34,50€.« Abwartend steht er hinter der Theke. Seine Mundwinkel zucken leicht, als er meinen ungläubigen Blick stoisch erwidert.

»Äh ja, ich war ja auch schon früh hier …«, versuche ich mich in einer Ausrede, merke aber selber, wie bescheuert das klingt. »Ja, okay«, lenke ich also ein. »Du hast gewonnen. Ich war betrunken. Aber jetzt geht es mir dank dir und den aufmerksamen Minderjährigen schon wieder besser, und ich gehe jetzt mal nach Hause. Richte dem Barkeeper bitte meinen Dank aus und grüß` seine Groupies.«

Ich lege zwei Zwanzigeuroscheine auf den Tresen, drehe mich herum und bin schon fast an der Tür, als er, wie aus dem Nichts, plötzlich vor mir steht und den Weg versperrt.

»Den Dank nehme ich gerne an«, knurrt er. »Aber Groupies habe ich keine. Und in dieser Kneipe gibt es auch keine minderjährigen Gäste.« Jetzt klingt er fast ein wenig wütend, und ich schlucke schwer. Warum kann ich nicht einfach mal meine Klappe halten?

»Die Brünette steht auf dich«, höre ich mich sagen. Nein, einfach mal die Klappe halten ist wohl heute doch nicht so mein Ding.

Für ein paar Sekunden blinzelt er perplex, dann prustet er los und lacht Sekunden später aus vollem Halse. Die Lachfalten um seine Augen stehen ihm verdammt gut. Irgendwie gefällt mir der ganze Typ extrem gut, was mir ein Flattern in meinem Bauch auch sofort bestätigt. Es ist definitiv Zeit fürs Bett, denke ich panisch und versuche, mich an ihm vorbei zu schlängeln.

»Die Brünette ist meine Cousine«, höre ich ihn hinter mir. Mit einem Mal ist er ganz nah, und ich spüre seinen warmen Atem in meinem Nacken, als er die Tür für mich öffnet. »Und wenn du es genau wissen willst, die Blondine ist meine Schwester Lu. Und nein, sie sind beide schon seit ein paar Jahren nicht mehr minderjährig.«

»Lee!«, ruft da eine laute Stimme, bevor ich überhaupt reagieren kann. Sie gehört einem der Männer am Tresen. Die Biergläser vor ihnen sind leer, und er wedelt ungeduldig mit einem Geldschein in der Hand herum.

»Wir wollen zahlen, so langsam müssen auch die alten Herren hier ins Bett«, lallt der Kahlköpfige und zwinkert mir zu.

Lee schaut mich schweigend an, dann drehte er sich herum. Wie in Zeitlupe schließt sich die Eingangstür hinter mir, und ich bin alleine.

~ ∞ ~

Der nächste Tag ist die reinste Hölle.

Ich erwache mit furchtbaren Kopfschmerzen und einem pelzigen Gefühl im Mund. Vorsichtig taste ich in meinem Nachttisch nach einer Kopfschmerztablette, doch natürlich ist der Blister genauso leer, wie die Wasserflasche neben dem Bett. Es ist wirklich wie verhext mit mir und mal wieder alles so typisch, dass Jule ihre wahre Freude an meiner Geschichte haben wird, darauf könnte ich wetten. Stöhnend richte ich mich auf und halte mir den Kopf, der sich anfühlt, als würde er jeden Moment explodieren wie eine überreife Melone.

Mühsam und ziemlich unwillig verlasse ich das Bett und tapse vorsichtig nach unten. In der Küche blendet mich das viel zu helle Licht, als ich es an- und mit zusammengekniffenen Augen und einem Stechen hinter der Stirn, sofort wieder ausknipse. Die Lampe der Dunstabzugshaube muss reichen, um eine Tablette zu finden, beschließe ich.

Außerdem rege ich mich auf. Ich habe doch gestern wirklich schon genug gelitten und den ganzen leckeren Alkohol im Papierkorb gelassen. Warum geht es mir denn heute immer noch so beschissen? Andere feiern die Nächte durch und stehen am nächsten Tag um zehn Uhr topfit auf dem Laufband, allen voran meine beste Freundin Jule.

Ich fluche leise. Das Fluchen wird allerdings deutlich lauter, als meine Augen sich endlich an das Dämmerlicht gewöhnen und das Chaos in der Küche wahrnehmen. Leere Getränkeflaschen zieren die Arbeitsplatte rund um das Spülbecken, während der Inhalt einer anscheinend unachtsam aufgerissenen Chipstüte sich halb über dem Boden ausgebreitet hat und es nun laut unter meinen nackten Füßen knirscht. Außerdem kleben die Fliesen, was mich sicher zu der Annahme kommen lässt, dass ein Teil des Inhalts der nun leeren Colaflaschen dort gelandet sein muss. Was für eine Schweinerei. Auch der Backofen steht offen, und ich rümpfe angeekelt die Nase, als ich dort angebrannte Pizzareste und andere undefinierbare

Krümel entdecke. So habe ich es hier gestern nicht hinterlassen. Da waren wohl andere Familienmitglieder fleißig am Werk, und ich habe auch schon so eine Ahnung.

Wie auf mein Stichwort, regt sich jemand auf der Couch im Wohnzimmer. Leise schleiche ich hinüber und natürlich, Max liegt schnarchend und weit ausgebreitet mitten auf dem Teppich vor der Couch, weil diese von zwei mir völlig unbekannten und friedlich schlafenden Mädchen belagert wird.

Ich habe gar nicht mitbekommen, dass mein Sohn überhaupt nach Hause gekommen ist, aber dieses Chaos hier wird er heute noch aufräumen, dafür werde ich sorgen. Achtzehn müsste man nochmal sein, seufze ich leise und torkele langsam in die Küche zurück.

Mein Blick fällt auf die Digitalanzeige am Herd. Sie zeigt Viertel vor Zwölf und irgendetwas klingelt in meinem Kopf. Ist heute Samstag?

Scheiße, siedend heiß fällt mir Marie ein! Ich habe ihr versprochen, sie um Zwölf bei ihrer Freundin abzuholen und zum Reitstall zu bringen. So ein Mist! Es ist wirklich nicht zu fassen mit mir! Schnell spüle ich eine Tablette mit einem großen Glas Wasser hinunter und gehe ins Bad.

Auch hier herrscht das totale Chaos, wie sollte es anders sein. Rasierschaum quillt aus dem Spender und klebt eingetrocknet am Waschbeckenrand. Die Zahnpastatube liegt offen daneben, den dazugehörigen Deckel entdecke ich neben der leeren Klopapierrolle, die achtlos auf den Boden geschmissen wurde. Immerhin hat man aber neues Toilettenpapier aufgehängt, ein Gnadenpunkt für Max.

Auf dem Boden in der Ecke vor der Dusche tummelt sich ein zerknüllter Haufen Handtücher, während sich das umgekippte Duschgel tröpfchenweise, aber stetig, auf dem Boden ausbreitet. Unnötig zu erwähnen, was sich dadurch mittlerweile für ein See gebildet hat.

In der Bürste kleben rote Haare, die ich weder Max noch mir zuordnen kann. Hat nicht eines von den Mädchen auf der Couch rote Locken? Langsam schwillt mir echt die Halsschlagader. Wofür habe ich eigentlich gestern noch aufgeräumt? Max hat heute definitiv noch ein Gespräch vor sich, soviel steht fest.

Doch zuerst und viel dringender muss ich mich um Marie kümmern. Wenn ich sie schon wieder zu spät zum Reitstall bringe, wird sie mir das nie verzeihen, und ich habe es ihr fest versprochen.

Also verschiebe ich kurzerhand die eigentlich dringend erforderliche Dusche auf später, putze mir die Zähne und lasse das Kleid, in dem ich unglaublicher Weise tatsächlich geschlafen habe, achtlos auf den Boden fallen. Hier ist sowieso nichts mehr zu retten, da kommt es auf einen zusätzlichen Klamottenhaufen auch nicht mehr an.

Nach einer erfrischenden Hand Wasser im Gesicht, flechte ich meine Haare zu einem Zopf und schlüpfe in Jeans und Pulli. Als ich das Bad verlasse, lasse ich die Tür demonstrativ sperrangelweit offen stehen. Vielleicht bemerkt Max ja bei einem Blick im Vorbeigehen, dass er noch etwas zu tun hat. Über diesen Gedanken muss ich schon fast lachen. Als ob!

Sehnsüchtig werfe ich der Kaffeemaschine einen vielsagenden Blick zu, als ich mir den Autoschlüssel vom Tisch nehme. Ob ich überhaupt schon wieder fahren darf? Ich beschließe, dass ja eigentlich nicht mehr viel Alkohol übrig geblieben sein kann, nach meiner peinlichen Aktion mit dem Toilettenmülleimer und verlasse leise unser Haus.

Irgendwie ärgert es mich im klaren Kopf nun doch, dass ich meine Pumps einfach weggeschmissen habe. Sie waren ja doch ganz schön und vor allem teuer.

Ich seufze bei dem Gedanken, wie ich mich gestern aufgeführt habe. Und ein wenig seufze ich auch, weil ich plötzlich so wehmütig bin. Früher war alles einfacher.

Außerdem geistert dieser Barkeeper, Lee, immer wieder in meinem Kopf herum, der mittlerweile Gott sei Dank wieder einigermaßen schmerzfrei und klar denken kann. Was für ein verrückter, peinlicher Abend.

Als ich mit quietschenden Reifen und nur zehn Minuten Verspätung mein Ziel erreiche, wartet Marie schon mit finsterem Blick und vor der Brust verschränkten Armen am Straßenrand.

»Boah Mama! Wo bleibst du denn?«, werde ich gewohnt mürrisch begrüßt.

»Hallo Schatz, entschuldige bitte«, versuche ich es freundlich, ernte aber nur ein genervtes Schnauben.

»Hast du wenigstens an meine Stiefel und den Helm gedacht?«

Mir wird plötzlich ganz heiß, und ich versuche, mir meine Panik nicht anmerken zu lassen. *Bitte nicht,* denke ich noch, aber da öffnet Marie schon den Kofferraum, und ich schließe die Augen aufgrund der nun folgenden Schimpftirade, doch wider Erwarten ertönt nur ein anerkennender Pfiff.

»Wow, Mama, ich hätte echt drauf gewettet, dass du alles vergessen hast!«

Ich atme aus. Vor lauter Panik habe ich gar nicht bemerkt, dass ich die Luft angehalten habe. Ein *Ich auch* kann ich mir gerade noch verkneifen und grinse Marie stattdessen durch den Rückspiegel triumphierend an. Manchmal ist es doch ganz praktisch, so vergesslich zu sein wie ich. Vermutlich habe ich letzte Woche den ganzen Krempel einfach im Kofferraum liegen lassen. Aber das wird mein kleines, stolzes Muttergeheimnis bleiben, und ich grinse selbstbewusst.

»Tja, call me supermom«, flachse ich und fahre los, während Marie neben mir mit den Augen rollt und sich anschnallt. Dann folgt das mir so verhasste Schweigen, welches schon andeutet, dass irgendetwas mal wieder nicht stimmt.

»Und, wie war euer Mädelsabend?«, versuche ich trotzdem, ein Gespräch mit meiner Tochter zu beginnen.

»Geht so.« Marie zuckt nur mit den Schultern, und ich sehe ihr schon an der Nasenspitze an, dass tatsächlich irgendetwas nicht so prima gelaufen ist. Innerlich schicke ich ein Stoßgebet zum Himmel, denn es ist wirklich jedes Mal das Gleiche. Jetzt kann ich wieder stundenlang vorsichtig nachhorchen, bis sie mir, mit ganz viel Glück, irgendwann erzählt, was passiert ist. Vermutlich geht es um irgendwelche Jungs oder Freundschaften, von denen meine sensible Tochter sich wieder grundlos ausgeschlossen fühlt.

»Willst du reden?«, frage ich deshalb ganz direkt, denn auf dieses Katz und Maus Spiel habe ich heute weder Lust, noch Nerven. Als Antwort bekomme ich wie erwartet nur ein Kopfschütteln. Na prima, das läuft ja wieder ganz hervorragend.

Am Reitstall angekommen, parke ich in einer Staubwolke ein und warte einen Moment, bis ich die Tür öffne. Marie tut es mir gleich. Am Kofferraum hält sie inne und sieht mich verwundert an.

»Warum steigst du aus?« Jetzt klingt sie echt irritiert.

Ich habe mir ihre Reitfortschritte tatsächlich schon ewig nicht mehr angesehen, das muss ich leider zugeben. Sie hat jedes Recht dazu, irritiert zu sein. Diese ganze Reiterhofromantik ist einfach nichts für mich. Schon früher konnte ich mit diesem Thema nichts anfangen, und ich habe auch viel zu viel Respekt vor diesen großen, stattlichen Tieren. Ein bisschen Abstand und mindestens ein geschlossenes Gatter müssen schon zwischen mir und Maries Pflegepferd stehen.

Meine Tochter hingegen ist da komplett anders gestrickt. Es gibt selten Gelegenheit, sie so unbeschwert und glücklich zu sehen, wie auf dem Rücken eines Pferdes. Sofort regt sich mein schlechtes Gewissen, denn ich müsste sie wirklich viel öfter begleiten. Entschuldigend lächle ich sie an.

»Ich habe heute keine Pläne, außer das Chaos deines Bruders aufzuräumen. Wenn ich darf, würde ich dir gerne zuschauen.«

»Gerne, Mama!« Plötzlich strahlt Marie mich an. Wie einfach es manchmal sein kann. Sie schnappt sich Helm und Stiefel und marschiert zielsicher los.

Ich folge ihr und stehe anschließend unschlüssig herum, während sie alle im Stall begrüßt, dem Hofhund ein Leckerchen unter die Nase hält und dann zielstrebig in den Stallungen verschwindet. Ich beobachte sie staunend. Marie hat echt zwei Gesichter, nur hier ist sie so locker und unbeschwert. Sie selber hat das mal damit begründet, dass sie hier einfach nur Marie sein kann und keiner im Stall weiß, wie schwer es ihr im Alltag fällt, Freundschaften zu schließen oder auf andere Menschen zuzugehen.

In der Schule scheint Marie sich bei ihren gleichaltrigen Freundinnen aus irgendeinem Grund nicht zugehörig oder nicht ernst genommen zu fühlen. Wahrscheinlich steht sie sich aber auch einfach selber im Weg, weil sie eine sehr gewissenhafte und ehrliche Haut ist und sich nichts vormachen lässt. Schon alleine deshalb ist sie oft die uncoole Streberin und nicht mit von der Partie. Manchmal wünsche ich mir insgeheim, sie würde diesbezüglich öfter mal über ihren ehrenhaften Schatten springen, aber das kann ich ihr als Mutter schlecht raten, und außerdem weiß ich sowieso, dass das niemals passieren wird. Schon ihre Grundschullehrerin hat an einem der ersten Elternsprechtage zu mir gesagt,

»Marie wird durch die Schule flutschen wie Butter. Ihre Probleme liegen auf einer anderen Ebene.« Wie Recht sie damit behalten hat. Was das oftmals für uns alle bedeutet, wird mir mit jedem Tag ein Stück bewusster.

Am Getränkeautomaten vor der Reithalle gönne ich mir einen ziemlich ekligen Milchkaffee und schaue meiner Tochter nachdenklich beim Galoppieren zu, während ich ihn tapfer schlürfe. Sie macht mittlerweile echt eine super Figur auf Domino, soweit ich das beurteilen kann. Auch die Reitlehrerin scheint zufrieden und lobt ihre Haltung mehrfach. Marie grinst breit, als sie im Trab an mir vorbei reitet und dann behände in einen Galopp übergeht. Ihre ganze Körperhaltung ist voller Stolz, sie sitzt kerzengrade, nicht so eingefallen und deprimiert wie auf dem Weg zur Schule. Da wirkt sie immer eher so, als begebe sie sich ohne Umwege direkt auf den Weg zur Schlachtbank. Nicht zu fassen, dass diese beiden Mädchen wirklich ein und dieselbe Person sind. Ihre blonden Haare wippen offen im Takt, und ihre Wangen sind vor Freude gerötet. Es ist ein wunderschöner Anblick, und mein Herz macht einen Satz.

Doch ich hätte wissen müssen, dass dieses wunderbar entspannte Hochgefühl nur eine kurze Stippvisite bei uns macht. Zuerst schildert Marie mir noch bis ins kleinste Detail alle Bewegungen und Reitmanöver der letzten Stunde und ist mit vollem Körpereinsatz bei der Sache. Doch schon, als wir im Auto auf dem Weg nach Hause sitzen, scheint das Adrenalin ihren Körper zusehends zu verlassen. Zuerst verändert sich ihre Mimik, dann ihre ganze Körperhaltung. Schnell ist Marie wieder das kleine, verängstigte Mäuschen und sackt komplett in sich zusammen, während ich leise in mich hinein seufze.

»Marie, was ist denn los? Hilf mir bitte ein bisschen, ich verstehe es nicht«, versuche ich ein Gespräch. »Gerade eben war doch noch alles in Ordnung?«

»Was denn?«, bekomme ich patzig zur Antwort. »Was hab ich denn jetzt schon wieder gemacht?« Sauer blickt sie zu mir herüber. »Nix ist los, keine Ahnung, was du schon wieder meinst. Alles in bester Ordnung!« Marie verschränkt die Arme vor der Brust und blickt stur aus dem Beifahrerfenster. Ich sehe aus dem Augenwinkel ihr Kinn zittern und weiß sofort, dass sie sich nicht mehr lange beherrschen kann.

»Ich sehe dir doch an der Nasenspitze an, dass irgendetwas eben nicht in Ordnung ist«, keife ich lauter als beabsichtigt und schüttele frustriert meinen Kopf. Mein harter Tonfall tut mir schon im gleichen Moment wieder leid, aber Marie kann einen mit ihrer seltsamen Art wirklich zur Weißglut bringen. Wahrscheinlich ist das alles so ein pubertäres Mutter-Tochter-Ding, und ich schlage wie ein Jagdhund jedes Mal sofort darauf an.

»Tut mir leid«, entschuldige ich mich, »aber wenn du reden möchtest…«

»Nein, will ich nicht!«, unterbricht sie mich. Die Tränen kullern, das weiß ich, ohne den Blick von der Straße zu nehmen. Aber Marie will einfach nicht mit der Sprache rausrücken. Resigniert zucke ich mit den Schultern und seufze erneut, meine Finger umklammern dabei frustriert das Lenkrad.

Wieso muss ich diese Gespräche eigentlich immer alleine führen? Meine Gedanken beginnen sich zu überschlagen, und Wut mischt sich unter meine Hilflosigkeit. Warum kann Jens nicht ein einziges Mal vor Ort sein, wenn ich nicht mehr weiter komme? Ich bin emotional einfach zu sehr gefangen. Irgendwie finde ich nie den richtigen Einstieg oder ersticke Maries seltene Gesprächsbereitschaft unbeabsichtigt schon im Keim, weil sie mich alleine mit ihrem Blick zur Weißglut bringt. Dementsprechend reagiere ich meist viel zu hitzig, obwohl ich mich tief in meinem Herzen doch einfach nur hilflos und alleine fühle.

Die restliche Heimfahrt verbringen wir schweigend und beide in unsere ganz eigenen Gedanken vertieft. Ich würde, ohne zu überlegen, meine rechte Hand dafür geben, nur einen einzigen Blick in die Gedankenwelt meiner Tochter werfen zu dürfen. Doch sie lässt mich nicht und hievt stattdessen mit hängenden Schultern kommentarlos ihre Reitsachen aus dem Kofferraum und schlurft lustlos neben mir zur Haustür.

»Ich gehe direkt duschen«, informiert sie mich dann, ohne dabei aufzublicken.

»Okay«, antworte ich, bedacht darauf, nicht wieder diesen keifenden Unterton in meine Stimme zu bringen, was tatsächlich gar nicht so einfach ist. Aber ich habe keine Lust mehr, mich zu streiten, denn das alles führt doch zu nichts. Marie macht jedes Mal komplett dicht und wir enden wie immer in einer Sackgasse.

»Aber pass auf, dass du nicht stolperst. Max hat das Bad gestern Abend ziemlich verunstaltet«, warne ich sie mit einem Augenrollen, das sie immerhin nickend wahrnimmt und mit einem angedeuteten Lächeln beantwortet.

Marie verschwindet sofort nach oben. Ich schmeiße seufzend meine Handtasche auf den Tisch und steuere auf direktem Weg die Küche an. Der Kaffee im Stall war wirklich eklig, ich habe noch immer einen seltsamen Geschmack davon im Mund, und es wird unbedingt Zeit für einen vernünftigen, starken Kaffee aus meinem tollen neuen Kaffeevollautomaten. Es dauert nicht lange, bis ein betörender Duft frisch gemahlener Kaffeebohnen in der Luft liegt. Erledigt kicke ich, voller Vorfreude auf das heiße Gebräu, meine Schuhe in eine Ecke, laufe barfuß weiter und plumpse auf die Couch, wobei ich die heiße Kaffeetasse gekonnt jongliere, um nichts zu verschütten. Mit geschlossenen Augen lege ich den Kopf in den Nacken und atme den Duft der frisch gemahlenen Bohnen ein. Es könnte doch alles so schön und so einfach sein.

Trotz des belebenden Kaffees spüre ich nun die bleierne Müdigkeit, die langsam an mir hinaufkriecht und meine Augenlider schwer werden lässt.

Ich habe ganz vergessen, welches Durcheinander hier eben noch herrschte, bis Max sich plötzlich ungeschickt neben mich schmeißt und ich um Haaresbreite den Kaffee über ihn gekippt hätte. Sofort fallen mir das Chaos und sein nächtlicher Damenbesuch wieder ein.

»Hey Mama«, grinst er frech. Trotz eindeutiger Alkoholfahne und seiner in alle Richtungen abstehenden Haare, sieht er irgendwie niedlich aus.

Wo sind nur die letzten Jahre geblieben, beginne ich zu grübeln. Plötzlich sind meine Babys fast erwachsen, und ich bin eine alte, einsame Schachtel, deren Mann fremdvögelt und immer nur unterwegs ist. Und zu allem Überfluss habe ich nun auch noch das Feiern und Saufen verlernt.

Nicht, dass ich Jens vermissen würde. Die Zeiten sind lange vorbei. Er kann von mir aus gerne dort bleiben, wo der Pfeffer wächst, aber als Vater und erzieherische Unterstützung in pubertären Krisensituationen wäre seine Anwesenheit für Max und Marie zwischendurch sicherlich von großer Bedeutung.

Frustriert schlürfe ich noch einen Schluck von meinem Kaffee, bevor Max mir die Tasse entschlossen aus der Hand nimmt und in einem Zug leert.

»Morgen, Sohn«, grüße ich ihn also kopfschüttelnd, kann mir aber ein Grinsen ebenfalls nicht verkneifen. Liebevoll wuschele ich ihm durch die dicken, fast schwarzen Haare.

Es ist schon unverschämt, wie man trotz Kater noch so gut aussehen kann. Seine braunen Augen werden umrahmt von Wimpern, für die so manche Frau ohne nachzudenken töten würde.

Leider haben wir Mädels der Familie davon nicht viel abbekommen, solche dicken Haare und dunklen Wimpern haben nur Jens und Max. Keine Ahnung, was die Natur sich dabei gedacht hat. Marie kommt ganz nach mir, mit ihrer blonden Haarpracht und dem hellen Teint, während Max komplett nach seinem Vater schlägt.

Zumindest optisch, denke ich zynisch, denn bezüglich seiner Interessen kommt er definitiv auf keinen von uns, vor allem nicht, was Schule oder Zukunftsideen angeht. Max steht kurz vor seinem Abitur, hat aber mit Lernen, Bewerbungen oder ähnlich wichtigen Dingen rein gar nichts an der Mütze. Wäre er nicht so ein helles Köpfchen, hätte er es meiner Meinung nach niemals bis in die Oberstufe geschafft. Sein Leben besteht momentan nur aus Party, Mädels und Alkohol, alles andere interessiert ihn nicht. Manchmal beschleicht mich der Gedanke, dass wir ihm in den vergangenen achtzehn Jahren viel zu viel in den Hintern geschoben haben.

Marie hingegen ist eher das stille graue Mäuschen. Eigentlich geht sie als das komplette Gegenteil ihres Bruders durch, und vielleicht verstehen die beiden sich auch genau aus diesem Grund so gut. Unsere Tochter ist bildhübsch, aber auch unglaublich schüchtern und viel zu introvertiert. Wenn sie nicht im Pferdestall rumwuselt, verkriecht sie sich am liebsten in ihrem Zimmer hinter irgendwelchen Büchern. Freundinnen bringt sie so gut wie nie mit nach Hause und wenn, dann sind es meistens nur Klassenkameradinnen, die wegen eines Referates mit Marie zusammenarbeiten wollen in der Hoffnung, an eine einfach verdiente, gute Note zu kommen.

Deshalb freut es mich auch immer ganz besonders, wenn sie, wie gestern Abend, mal auf einen gemütlichen

Mädchenabend eingeladen wird. Doch was auch immer dort nicht gut gelaufen ist, wenn Marie mit mir nicht darüber sprechen will, werde ich es auch nicht aus ihr herausbekommen. Den Dickschädel haben beide Kinder definitiv von ihrem Vater geerbt, rede ich mir ein.

»Sag mal«, beginne ich das Gespräch mit Max, »du machst mich aber nicht mit knapp Vierzig schon zur Oma, oder?« Max` gerade noch entspannt angelehnter Kopf dreht sich abrupt zu mir um, und mein Sohn bekommt ganz große Augen.

»Äh...nö? Warum?«, antwortet er alarmiert und mit kratziger Katerstimme.

»Ich frag ja nur.« Schulterzuckend rede ich weiter und ignoriere bewusst seine großen, unschuldigen Kulleraugen. »Eben lagen hier noch zwei leichtbekleidete Mädels auf der Couch, das ist mir nicht entgangen. Was weiß denn ich, was du mit deinem ganzen Frauenbesuch hier immer anstellst!«

»Boah Mama, echt jetzt? Das geht dich wirklich nix an!« Max springt auf, und ich tue es ihm gleich, nur langsamer. Mein Kreislauf ist definitiv noch nicht wieder ganz der Alte. Trotzdem wird meine Stimme jetzt eine Nuance lauter, denn Max kann damit besser umgehen als Marie.

»Ich weiß, dass mich deine Frauengeschichten nichts angehen, Max! Aber hier wohnen auch noch andere Familienmitglieder, und ich möchte dich doch bitten, darauf zukünftig etwas mehr Rücksicht zu nehmen! Dein Zimmer ist groß genug, warum schlafen hier ungefragt fremde Mädchen auf meiner Couch? Und ja, ich hoffe, du denkst an die Verhütung, das meine ich todernst!«

Entgeistert blicken mich seine haselnussbraunen Augen an, während er den Kopf ungläubig schüttelt. Tja, so ist er, mein Max. Immer nur auf Achse und mit hübschen Mädchen Partys feiern. Ich könnte wetten, dass er sich noch nie Gedanken darüber gemacht hat, was für Folgen sein Lebensstil haben könnte.

Stampfenden Schrittes entfernt er sich in Richtung Küche, während ich mir den Kopf halte und mich stöhnend zurück auf die Couch fallen lasse. Mein Schädel brummt wieder ganz ordentlich.

Ein paar Minuten ist es angenehm ruhig im Haus, und ich schließe nur kurz die Augen. Ein kleines, regenerierendes Nickerchen kann wohl nicht schaden, denke ich noch, doch dann höre ich Max auch schon wieder aus der Küche ins Wohnzimmer zurückschluffen. Seinen Gang würde ich mit verbundenen Augen aus hunderten von Menschen heraushören. Leicht wippend und immer einen Tick schluffend. Außerdem kann er einfach nicht leise laufen, das haben Jens und er gemeinsam. Selbst, wenn sie es ernsthaft versuchen, hört es sich jedes Mal an, als sei eine ganze Horde von Trampeltieren unterwegs. Das darf man aber auf gar keinen Fall laut anmerken, denn dann sind die Trampeltiere tödlich beleidigt, halten sie sich selber doch für leichtfüßige Gazellen.

»Hier«, höre ich seine weiterhin recht kratzige Stimme, bevor die Couch sich neben mir bewegt und Max mir ein Glas Wasser samt Kopfschmerztablette reicht, während er es sich wieder gemütlich macht. Kurz bin ich sprachlos. Was für ein aufmerksames Trampeltier!

»Danke«, murmele ich verwundert. Soviel Mitgefühl hat mein Sohn normalerweise nicht mit mir. *Aha!* Schießt es mir in dem Moment durch den Kopf, als er auch schon seine Stimme verändert und ansetzt.

»Mamiiii…?«, plötzlich hört er sich gar nicht mehr verkatert an, sondern wie ein kleiner, bettelnder Junge. Ich weiß genau, was jetzt kommt. Diese Masche versucht er immer wieder. Meistens wickelt er mich damit auch ziemlich erfolgreich um den Finger, weil mein weiches Mutterherz seinem Augenaufschlag einfach nicht widerstehen kann.

»Och Max, ehrlich! Was ist es diesmal? Mein Auto bekommst du nicht, du hast noch Restalkohol im Blut.« Empört drehe ich mich zu ihm herum und blicke in ein zerknirschtes Gesicht und einen sich schüttelnden Kopf.

»Nein, nein«, hebt er abwehrend die Hände. »Das Auto brauche ich heute nicht«, versichert er mir dann. »Aber… also… ich wollte dich fragen, ob du mir vielleicht ein bisschen Geld leihen kannst? Ich wollte die Mädels später ins Kino einladen. Bitte! Du kriegst es nächste Woche auch sofort zurück, versprochen.« Seine dunklen Wimpern klimpern unterstützend zum herzzerreißenden Hundeblick.

»Oh Mann«, stöhne ich, denn schon hat er es wieder geschafft. »Ja, okay, mein Portemonnaie ist in der Handtasche. Ich glaub, ich hab sie eben in der Küche liegen lassen.«

»Super, danke!« Plötzlich hört Max sich gar nicht mehr verkatert an und flitzt erstaunlich schnell in die Küche.

»Und nimm dir noch fünf Euro extra, ich spendiere dir eine Packung Kondome!«, rufe ich ihm flachsend hinterher.

»Haha, sehr witzig«, tönt es prompt aus der Küche, und ich muss grinsen. Kurze Zeit später folgt jedoch ein enttäuscht klingendes »Och nö«, und Max kommt mit hängenden Schultern und meinem Portemonnaie in der Hand zurück. »Hast du nicht zufällig noch ein bisschen mehr Bargeld irgendwo?«, fragt er.

»Sag mal!«, antworte ich empört. »Was soll denn so ein Kinoabend kosten?« Ich runzele die Stirn. »Meinst du nicht, dass du mit dem Fünfzigeuroschein auskommen solltest?«

Langsam zeigt die Kopfschmerztablette Wirkung, und ich erhebe mich von der Couch.

»Doch, mit einem Fuffi kämen wir schon aus«, antwortet Max und hebt die Hand, mit der er einen Zehner wedelnd in die Höhe hält. »Aber hier sind nur noch zehn Euro drin.«

»Quatsch, das kann nicht«, antworte ich verwundert und nehme ihm mein Portemonnaie ab. Doch so sehr ich auch wühle und es auf Links drehe, es ist tatsächlich kein weiteres Geld mehr zu finden. Ich halte inne und blicke Max scharf an. »Bist du dir ganz sicher, dass du dir nicht doch schon etwas genommen hast?«, bohre ich nach. Ich bin mir sowas von sicher, dass ich neben den vierzig Euro, die ich gestern in der Bar gelassen habe, noch einen

Zehner und einen Fünfziger im Fach hatte, darauf würde ich fast meine rechte Hand verwetten.

»Sag mal!«, motzt Max nun mit großen Augen und sichtlich empört. »Ich nehme mir doch nicht ungefragt Geld von dir! Was denkst du denn von mir?«

Na toll, das habe ich ja mal wieder prima hinbekommen. Dass Max nun wutschnaubend das Wohnzimmer verlässt, ist für die Stimmung weder förderlich noch bringt es mir mein Geld zurück. Doch je länger ich darüber nachdenke, desto sicherer bin ich mir aber, dass ich mich nicht verguckt oder verrechnet habe. Ich bin zwar verkatert, aber doch nicht blöd. Mir fehlen fünfzig Euro! Und ich bin mir ebenfalls ziemlich sicher, dass das nicht das erste Mal ist, dass auf einmal ein oder zwei Scheine weniger in meinem Portemonnaie zu finden sind. Bisher habe ich das jedoch nie ganz ernst genommen und auf meine Schusseligkeit geschoben. Aber anscheinend sollte ich das langsam mal tun. Noch ein Punkt, den ich dringend mit Jens besprechen muss.

Oh Mann, seufze ich, bevor mein Kopf überfordert nach hinten auf die Lehne fällt. Ich bin anscheinend noch nicht einmal mehr in der Lage, mich vernünftig um unsere Kinder und deren Erziehung zu kümmern. Dafür finde ich neuerdings Gefallen an muskulösen, viel zu jungen Barkeepern, schießt es mir ungefragt durch den Kopf. Trotz dieser bizarren Situation muss ich grinsen.

Was ist nur mit mir los? Habe ich eine Midlifecrisis? Ich dachte immer, sowas bekommen nur Männer zeitgleich mit ihren Geheimratsecken. Aber dieser Typ aus der Bar,

Lee, spukt mir immer wieder im Kopf herum. Was habe ich mir nur dabei gedacht, mich auf so eine Aktion einzulassen, denke ich nur kopfschüttelnd. Die Resultate des letzten Abends sind, bis auf das kurzzeitige Flattern in meinem Bauch, auch wirklich nicht sehr überzeugend. Katerstimmung, ungeduschte Reiterhofromantik und jetzt auch noch zwei schlecht gelaunte Teenager, die sich völlig missverstanden fühlen. Kann dieser Tag überhaupt noch schlimmer werden? Das wird ja sicher wieder ein gigantisches Wochenende, denke ich sarkastisch und stehe auf.

Was waren das noch Zeiten, als ich mit Jule jeden Samstag die Kneipen und Bars unsicher gemacht habe. Es scheint, als wäre das in einem völlig anderen Leben und Lichtjahre entfernt passiert. Im Hier und Jetzt brauche ich allerdings dringend eine Dusche und einen klaren Kopf. Genervt fällt mir mit Betreten der ersten Treppenstufe das Chaos ein, das mich oben im Bad erwartet. Ja, denke ich, dieser Tag kann wirklich noch schlimmer werden. Verkatert das Badezimmer putzen gehört ja bekanntlich zu meinen absoluten Lieblingsbeschäftigungen. Aber auf Max brauche ich nach unserem Disput nicht mehr zu zählen, dafür kenne ich meinen Sohn zumindest noch gut genug, wenn er mir auch in vielen anderen Bereichen gerade immer mehr entgleitet.

Miesepetrig begebe ich mich, aufs Schlimmste gefasst, ins Bad. Doch als ich die Tür öffne, staune ich nicht schlecht. Unser Badezimmer ist blitzeblank geputzt und aufgeräumt, das ganze Chaos von heute früh ist verschwunden. Selbst der Spiegel strahlt, und es ist nicht ein Zahnpastaspritzer mehr auf ihm zu sehen. *Marie, du Engel,* denke ich erleichtert. Ja, sowas kann Marie. Und ich bin ihr am heutigen Tag noch dankbarer dafür als sonst.

Nur wenige Minuten später prasselt das Wasser angenehm warm auf mich hinab, während ich mit geschlossenen Augen die Massage der Wassertropfen auf meinem Körper genieße. Es gibt doch nichts Besseres, als eine ausgiebige Dusche nach so einer Nacht und solch einem holprigen Start in den Tag.

Während ich noch unter der Dusche stehe, schleichen sich erneut Bilder von diesem Barkeeper in meinen Kopf. Es ist wirklich völlig verrückt, aber dieser Typ hat irgendetwas an sich, was mich total fasziniert, dabei haben wir gerade mal drei Sätze miteinander gesprochen, von denen ich mich maximal an die Hälfte erinnern kann. Woran ich mich aber durchaus erinnere, ist seine tiefe, angenehme Stimme und diese warmen, aufmerksamen Augen, denen nichts zu entgehen schien. Sein Blick hält mich gefangen, obwohl ich ihm nur Sekundenbruchteile Stand gehalten habe. Ich seufze ernüchtert.

Der restliche Tag vergeht wie im Flug. Ich räume ein bisschen hier und ein bisschen da herum, wedele mit dem Staublappen ein paar Regale ab und schaffe es tatsächlich, einen der total überfüllten Wäschekörbe im Keller weg zu bügeln, bevor ich oben die Haustür knallen höre.

Spontan verdrehe ich die Augen. Anscheinend hat Max sich aufgrund meiner, in seinen Augen, haltlosen Anschuldigung noch immer nicht beruhigt und ist nun ohne ein Wort des Abschieds auf dem Weg ins Kino. Hoffentlich hat er das Badezimmer nicht schon wieder ins Chaos gestürzt, hoffe ich für Marie, denn sie hat sich solche Mühe damit gegeben. Ich hole tief Luft und versuche, mich nicht schon wieder über meinen Sohn aufzuregen. Er ist alt genug, um selber zu entscheiden, was er mit sich und seinem Leben anfangen will, rede ich mir ein. Zumindest Marie freut sich bestimmt über eine Pizza, und vielleicht hat sie ja auch Lust, es sich nachher mit mir auf der Couch gemütlich zu machen.

Von Jens habe ich noch nichts gehört. Keine Ahnung, wann und ob er heute noch nach Hause kommt. Meinen Anruf beim Lieferservice mache ich jedenfalls nicht von ihm abhängig, darauf bin ich schon viel zu oft hereingefallen.

Mit einem Korb voll gebügelter Oberteile verlasse ich den Keller und bahne mir, halb blind vor Wäsche, langsam den Weg nach oben. An Maries Zimmertür angekommen, stoppe ich schwer atmend. Ich habe echt nichts mehr drauf.

»Marie, mach mal eben auf, ich hab hier Bügelwäsche!«, rufe ich durch die geschlossene Tür, während ich zusätzlich noch mit einem Fuß gegen die Tür klopfe, damit es schneller geht.

»Jaaaha…Moment!« lautet ihre langgezogene Antwort und ich höre, wie der Schreibtischstuhl zurückgeschoben wird. Marie öffnet die Tür und nimmt sich wortlos den obersten Stapel vom Korb herunter.

Ich habe es mir zur Angewohnheit gemacht, die Wäsche direkt nach Personen zu ordnen, so geht das Sortieren deutlich schneller und jedes Familienmitglied hat nur seinen eigenen Wäschestapel einzuräumen. Ohne große Diskussionen scheint diese Abfolge aber nur uns Frauen der Familie zu betreffen, die Männer stellen sich immer extra doof an. Mich nervt dieses stundenlange Bügeln schon mehr als genug, zumindest eine Schranktür kann wohl jeder mal eben schnell selber öffnen. Soweit die Theorie.

An Max` Zimmer angekommen, werde ich jedoch mal wieder eines Besseren belehrt. Ich habe schon Schwierigkeiten, die Zimmertür überhaupt zu öffnen. Mühsam versuche ich, die Klinke mit meinem Ellbogen zu betätigen und balanciere dabei weiter den Wäschekorb vor mir her. Irgendetwas blockiert die Tür jedoch von Innen, und als ich sie endlich fluchend mit meinem Po aufgeschoben habe, erkenne ich auch, was genau der Grund für die Blockade ist. Mein mühsam gebügelter Wäschestapel der letzten Tage, der anscheinend einfach nur achtlos auf den Boden geschmissen wurde und nun schon wieder so aussieht, als könnte er dringend ein Bügeleisen vertragen. Ich schnaube und zucke deprimiert mit den Schultern.

»Wofür mache ich eigentlich diesen ganzen Scheiß hier«, flüstere ich leise zu mir selbst und weiß wirklich nicht, ob ich lachen oder weinen soll.

Zu meiner Verzweiflung mischt sich Wut, dann schießen mir, wie immer in solchen Situationen, Tränen in die Augen. Als ich den Blick vom zerstörten Wäschestapel hebe und mich in diesem chaotischen Zimmer umsehe, hätte ich laut schreien können. Vielleicht habe ich das auch kurz getan, denn plötzlich steht Marie neben mir und sieht mich mit ihren großen Augen aufgeschreckt an.

»Alles klar bei dir, Mama?«, fragt sie vorsichtig, und ich sehe, wie ihr Blick ungläubig durch Max' Zimmer schweift. »Ohh«, schiebt sie entsetzt hinterher.

Frustriert schüttele ich nur meinen Kopf und muss ein paar Mal tief durchatmen, bevor ich ihr antworten kann. Ich will es mir nicht sofort wieder mit meiner Tochter verscherzen und sie für etwas anschnauzen, an dem sie absolut keine Schuld trägt. Also reiße ich mich zusammen und mache mit meinem Arm eine ausladende Bewegung durch das Zimmer ihres Bruders.

»Wie kann man sich in so einem Saustall nur wohlfühlen«, knurre ich bemüht beherrscht. Marie steht wortlos neben mir, und ihrem Blick nach zu urteilen, sind wir gerade absolut einer Meinung. In ihrem Zimmer liegen sogar die Stifte auf dem Schreibtisch parallel nebeneinander. Das andere Extrem.

»Zumindest weiß ich jetzt, warum er seinen Frauenbesuch lieber auf der Couch, statt in seinem Zimmer nächtigen lässt«, füge ich nach einer kurzen, schweigsamen Pause trocken hinzu.

Marie legt ihren Kopf auf meine Schultern und seufzt, während sich mein Arm um sie schmiegt. Solche seltenen

Mutter-Tochter-Momente genieße ich zutiefst, und mein Ärger über Max ist mit einem Mal nur noch halb so groß.

»Weißt du was«, sage ich nach einem kurzen, innigen Moment zu ihr, ohne eine Antwort abzuwarten. Ich bücke mich, nehme den eben noch sorgsam gebügelten Wäsche- stapel meines Sohnes aus dem Korb und schmeiße ihn achtlos mit auf den Haufen, der die Tür blockiert. »Dein Bruder kann mich mal«. Dann grinse ich und klatsche in die Hände. »Wenn man diesem Saustall etwas Positives abgewinnen kann, dann doch wohl, dass ich ab morgen deutlich weniger zu bügeln habe. Das klingt doch eigent- lich gar nicht schlecht.« Kurz halte ich inne. »Hast du Lust auf Pizza? Papa hat sich noch nicht gemeldet, keine Ah- nung, wann er nach Hause kommt. Aber ich hab heute keine Lust zu kochen.«

Ich nehme den leeren Wäschekorb in die Hand und drehe dem Chaos demonstrativ den Rücken zu. Bin ich denn bescheuert, mir von meinem Sohn jedes Mal aufs Neue die Stimmung versauen zu lassen? Das wird sich ändern, und zwar genau ab jetzt, nehme ich mir fest vor. Zuerst regt Marie sich nicht. Doch dann höre ich ein leises Glucksen, das schnell lauter wird.

»Du bist verrückt, Mama.« Kopfschüttelnd kommt sie hinter mir her getrabt und kichert.

»Jip, dafür liebst du mich doch«, triumphiere ich und grinse sie an. »Pizza und einen schönen Film auf der Couch?«, hake ich dann hoffnungsvoll nach.

Marie nickt. »Ja, gerne. Ich nehme eine Pizza Hawaii.«

»Okay, ich bestelle direkt und ruf dich, wenn das Essen da ist«, antworte ich zufrieden, während ich mich mitsamt des leeren Wäschekorbes in Richtung Treppe bewege. Als Marie ihre Zimmertür schon fast wieder geschlossen hat, bleibe ich abrupt stehen. Mist.

»Äh, Marie?«, frage ich.

»Ja?«

»Kannst du mir vielleicht etwas Geld für die Pizza leihen? Max hat mein letztes Bargeld mitgenommen.« Schulterzuckend blicke ich entschuldigend zu ihr hoch, während Marie in ihrem Zimmer verschwindet.

»Klar, warte kurz«, ruft sie mir zu und ich höre, wie sie in ihrer Tasche wühlt. Kurz darauf wedelt sie mit einem Fünfzigeuroschein vor meiner Nase herum, den ich erleichtert entgegennehme.

»Danke, Schatz, bekommst du morgen direkt wieder!«

»Aber wirklich!« Marie steht schon wieder halb in ihrem Zimmer, ihr Blick fixiert mich jedoch sehr bestimmend. Erneut halte ich abrupt inne, weil ich etwas Wichtiges vergessen habe.

»Ja, versprochen. Ach Marie?«

»Boah Mama! Was denn jetzt noch?« Ihre Stimme klingt nun doch leicht genervt und auch ein bisschen alarmiert, worauf ich mir keinen Reim machen kann.

»Danke fürs Badputzen!« sage ich und werfe ihr von der Treppe aus eine Kusshand nach oben.

»Ach so. Gern geschehen«, antwortet sie. Dann schließt sich die Zimmertür.

Nachdem ich die Pizzabestellung telefonisch aufgegeben habe, klingelt mein Handy. Es ist Jens. Ohne es zu wollen, verdrehe ich die Augen.

»Hey«, melde ich mich dann betont gleichgültig und klemme den Hörer zwischen Schulter und Ohr.

»Anna«, begrüße er mich förmlich. Seine Stimme klingt gestresst. »Ich wollte nur Bescheid geben, dass ich es heute wohl nicht nach Hause schaffe. Unser Meeting ist noch in vollem Gange, hier sind einige Probleme aufgetreten.«

»Hmm…«, antworte ich abwesend und sitze schon im Schneidersitz vor dem DVD-Regal, unschlüssig, welchen Film ich mit Marie anschauen soll.

»Bestell den Kindern bitte, dass…«

»Max ist nicht da«, unterbreche ich ihn unwirsch. Mist, eine Hülle ist leer und ich habe keine Ahnung, wo ich die passende DVD hingelegt habe. Soll Jens seinen Kindern doch selber sagen, dass er es schon wieder nicht bis nach Hause schafft, Max hat sein eigenes Handy.

»Wieso nicht da? Wo ist er denn?«, unterbricht Jens meine Gedanken über den Verbleib der DVD.

»Was weiß ich«, erwidere ich bissig. Als ob ich ihm brühwarm erzähle, dass Max gerade im Kino sitzt. Soll er sich doch selber mal etwas für seine Kinder interessieren und Nachforschungen betreiben. »Wo du bist, weiß ich ja auch nicht. Er ist nicht da, du bist nicht da… zumindest Marie und ich sind anwesend, das sind ja immerhin fünfzig Prozent der Familie.«

»Anna, verdammt. Muss du jetzt wieder so anfangen?«

»Wie fange ich denn an, hmm?« Ich will gar nicht so biestig klingen, aber das passiert immer ganz automatisch, wenn ich seine Stimme höre.

»Du weißt ganz genau, was ich meine. Es ist doch jedes Mal das gleiche Theater«, empört er sich auch sofort. »Und du weißt auch, dass ich das alles doch nur mache, damit es euch gut geht!«

»Ach so, na klar!«, entgegne ich spitz. Da hat er mich ja genau auf dem richtigen Fuß erwischt. »Damit es *uns* gut geht? Prima, weißt du, *uns* geht es hervorragend. Max hat die ganze Zeit Damenbesuch und verunstaltet in besoffenem Kopf unser Haus, außerdem hat er mir vermutlich nicht das erste Mal Geld aus dem Portemonnaie geklaut. Marie hat irgendwelche Sorgen, die sie in sich hinein frisst. Und ich finde diese scheiß DVD nicht! Aber es geht uns gut, danke der Nachfrage!« Die letzten Wörter schreie ich fast in den Hörer. Das ist doch wirklich die Höhe!

Am anderen Ende der Leitung ist es still. Zu still. Jens hat aufgelegt. Na toll, das ist ja wieder einmal typisch. Kaum wird es ernst, zieht mein Mann den Schwanz ein. Manchmal frage ich mich wirklich, bei welcher Gelegenheit er in den letzten Monaten seine Eier verloren hat und vor allem, ob er sie jemals wiederfindet. Zum wiederholten Male an diesem Tag weiß ich nicht, ob ich lachen oder weinen soll. Ich entscheide mich für einen hysterischen Lachanfall und pfeffere kopfschüttelnd die leere DVD-Hülle ins Regal. Mein Kopf pocht auch schon wieder so verdächtig. Was ist nur passiert? Was ist aus meinem wunderbaren Leben geworden?

Das Klingeln des Pizzaboten reißt mich aus meinen Gedanken, und wie auf Knopfdruck fängt mein Magen an, laut zu knurren. Ich kann den ersten Bissen kaum erwarten, als der leckere Pizzaduft mir in die Nase steigt. Auch Maries Laune verbessert sich mit jedem Bissen, und es wird tatsächlich noch ein richtig lustiger, gemütlicher Samstagabend, an dem das viel zu seltene Lachen meiner Tochter mich einfach nur glücklich macht und dafür sorgt, dass das Pochen in meinem Kopf ganz von alleine wieder verschwindet.

Am nächsten Morgen stehe ich zeitig auf, denn ich habe mir fest vorgenommen, mich ein bisschen zu bewegen und meine Joggingschuhe aus dem Keller zu holen. Außerdem ist das die ideale Gelegenheit, diesen verkorksten Kneipenabend noch einmal in Ruhe Revue passieren zu lassen.

Während ich meinen Morgenkaffee schlürfe und die Ruhe im Haus genieße, erscheint auf meinem Handydisplay der Eingang einer neuen Mail. Der Absender sagt mir gar nichts, und neugierig klicke ich sie an.

Von: E. Thalberg
An: A. L. Faerber
Betreff: Marie
Uhrzeit: 08:47 Uhr

Sehr geehrte Frau Faerber,

bitte entschuldigen Sie die sonntägliche Störung.
Ich habe Ihre Tochter Marie nun schon mehrfach gebeten, meine Kontaktdaten für ein Gespräch an Sie weiterzuleiten, aber aus irgendeinem Grund scheint das nicht zu funktionieren.
Mir wäre wirklich sehr daran gelegen, dass Sie sich zeitnah mit mir in Verbindung setzen, gerne auch per Telefon über die Schulnummer (am Wochenende ist immer eine Rufumleitung eingerichtet).

Mit freundlichen Grüßen,
Elias Thalberg, OStR

Mit offenem Mund starre ich auf mein Handy. Warum um Himmels Willen sollte Marie mir wichtige Schulinformationen verschweigen? Und wer ist überhaupt dieser Herr Thalberg? Den Namen habe ich bisher noch nie gehört. Verwirrt hadere ich mit mir und wähle schließlich die angegebene Nummer. Marie schläft noch tief und fest, aber ihr Lehrer scheint indes ein Frühaufsteher zu sein. Also, wenn nicht jetzt, wann dann.

»Thalberg?« meldet sich dann auch schon nach dem zweiten Klingeln eine angenehm tiefe Männerstimme, die mir sofort sympathisch ist.

»Äh...«, ich räuspere mich kurz. »Ja, guten Morgen Herr Thalberg, Faerber mein Name, ich bin die Mutter von...«

»Na das ging aber jetzt schnell«, unterbricht er mich freundlich. »Hallo Frau Faerber! Vielleicht hätte ich Sie direkt per Mail kontaktieren sollen, dann hätten wir schon viel schneller zueinander gefunden.«

»Ja, da haben Sie vermutlich recht«, stammele ich, noch immer im Dunkeln tappend, worum es hier überhaupt geht.

»Hat Marie Ihnen denn gar nichts gesagt?« hakt er nach, als würde er meine Ahnungslosigkeit spüren.

»Kein Wort«, antworte ich deshalb wahrheitsgemäß. Schon wieder bildet sich ein Kloß in meinem Hals, und ich muss mich räuspern. »Ehrlich gesagt, war ich gerade von Ihrer Mail völlig überrumpelt, ich habe Ihren Namen noch nie gehört«, gebe ich zu.

Kaum habe ich diesen Satz ausgesprochen, schäme ich mich auch schon ein bisschen dafür. Wie desinteressiert an Maries Leben bin ich eigentlich? Gehört es sich nicht als gute Mutter, die Lehrernamen der eigenen Kinder zu kennen?

Ein erstauntes »Oh!« bestätigt mein schlechtes Gewissen augenblicklich. Ich sinke peinlich berührt etwas tiefer in den Stuhl und balanciere vorsichtig meine Kaffeetasse aus, die kurz droht, überzuschwappen.

»Na, dann will ich mich mal kurz vorstellen«, tönt es aus der Leitung. »Mein Name ist Elias Thalberg und ich bin nun schon seit geraumer Zeit an der Schule Ihrer Tochter. Ich bin dort der Vertrauenslehrer und unterrichte in Maries Klasse Mathematik.«

»Okay, gut zu wissen«, antworte ich. »Gibt es denn in Mathe bei Marie Probleme? Das kann ich mir eigentlich gar nicht vorstellen, Mathe ist schon immer eines ihrer...«

»Lieblingsfächer, jaja, das weiß ich«, unterbricht er mich. »Nein, es geht nicht um Mathe«, spricht er weiter, »eher um Maries Probleme außerhalb des Unterrichts.«

Ich schweige.

»Frau Faerber?«

In meinem Kopf rattert es fieberhaft, trotzdem kann ich keinen klaren Gedanken fassen.

»Hallo?« Dumpf dringt seine Stimme an mein Ohr, und es dauert einem Moment, bis sie auch in meinem Gehirn ankommt.

»Äh, ja, Entschuldigung...«, stammele ich leise. »Was genau meinen Sie damit?«

»Ehrlich gesagt, weiß ich das selber auch nicht so genau. Ich hatte gehofft, dass Sie mir da weiterhelfen könnten? Ich kenne ihre Tochter zwar als Einzelkämpferin, aber seit einigen Wochen isoliert sie sich noch mehr als sonst, sowohl in den Pausen als auch im Unterricht. Das berichten mir auch alle anderen Fachlehrer.«

»Oh«, hauche ich in den Hörer.

»Ich hatte gehofft, Sie könnten mir weiterhelfen«, bohrt er weiter nach. »Ich habe jetzt schon mehrfach versucht, mit Marie ein Gespräch zu führen, aber da stoße ich jedes Mal auf Granit. Entweder, sie blockt ab oder sie behauptet, es sei alles in bester Ordnung. Das ist es aber nicht, das sieht man ihr an der Nasenspitze an. Sie verhält sich irgendwie anders als sonst und ist auch im Unterricht nicht immer ganz bei der Sache. Ich dachte, vielleicht hat sich bei Ihnen im privaten Umfeld irgendetwas verändert? Irgendwas, was ihr Verhalten erklären könnte?«

Mir wird heiß, und ich fühle mich wie vor den Kopf gestoßen. Bin ich denn wirklich so eine schlechte Mutter? Bekomme ich vom Leben und der Gefühlswelt meiner Kinder rein gar nichts mehr mit? Mir schwirrt der Kopf.

»Ich weiß gerade gar nicht, was ich sagen soll«, antworte ich deshalb ehrlich. »Ich habe in letzter Zeit keine auffälligen Veränderungen an ihr festgestellt. Sie ist fleißig, launisch und introvertiert wie immer.« Ich zucke mit den Schultern, auch wenn er es nicht sehen kann. »Selbstverständlich werde ich mich mit meinem Mann zusammensetzen und das Gespräch mit Marie suchen, vielleicht finden wir ja etwas heraus.«

»Ja, das halte ich für eine gute Idee. Bitte scheuen Sie sich nicht, mich jederzeit, auch privat, zu kontaktieren. Ich mache mir wirklich Sorgen und würde Ihrer Tochter gerne helfen.« Er klingt aufrichtig und ehrlich. Solche Lehrer hätte ich mir früher auch gewünscht.

»Ich danke ihnen sehr«, antworte ich deshalb erleichtert. »Wir melden uns bei Ihnen.«

»Ja, wir bleiben im Austausch, Frau Faerber. Und vielen Dank für den schnellen Anruf. Einen schönen Sonntag noch!«

»Gleichfalls, danke.« Ich lege auf. Danach sitze ich für eine lange Zeit still und starre aus dem Fenster.

Wie lange ich so gesessen und gegrübelt habe, kann ich gar nicht mehr sagen. Mein Kaffee ist jedenfalls eiskalt. Irgendwann steht Marie mit zerzausten Haaren und noch im Schlafanzug neben mir und will wissen, ob Jens heute nach Hause kommt. Ich kann nur resigniert mit den Schultern zucken. Was weiß ich denn schon, wann mein Mann sich nach Hause bequemt und sich endlich mal für seine Familie interessiert. Nach unserem Streitgespräch gestern hat er sich nicht mehr gemeldet, und ich habe auch absolut keine Lust, ihm hinterher zu telefonieren. Andererseits – wir müssen uns dringend über Marie unterhalten. Ich weiß einfach nicht mehr weiter. Das Telefonat mit diesem Herrn Thalberg hat mir den Rest gegeben und mich ganz schön aus dem Konzept gebracht.

Nachdem Marie wieder in ihrem Zimmer verschwunden ist, schnappe ich mir mein Handy und versuche, Jens zu erreichen. Wie erwartet, geht nur seine Mailbox ran. Natürlich keife ich direkt drauf los, warum ich ihn nie erreichen kann, wenn es mal dringend ist. Wutschnaubend lege ich auf und ärgere mich sofort über mich selber. Ich will mich ja gar nicht aufregen und immer direkt losmotzen, aber ich kann manchmal einfach nicht anders. Vermutlich bin ich einfach nur total überfordert, aber das lasse ich in diesem Moment nicht gelten. Erneut schnappe ich mir mein Handy und tippe eine kurze Nachricht. *Wir müssen reden. Anruf vom Lehrer. Marie hat Probleme. Wann kommst du heim?*

Ich warte ungefähr fünf Minuten, dann stehe ich kopfschüttelnd auf. Das alles ist wieder so typisch.

Rastlos laufe ich durchs Haus, schüttele die Kissen der Couch auf, mache eine Waschmaschine an und staube Fernseher und Musikanlage ab, obwohl ich genau weiß, dass Rosa, unsere unersetzbare Hausfee, all das morgen gründlich wiederholen wird. Aber die Gedanken kreisen ununterbrochen in meinem Kopf. Marie, mein verzogener Sohn, Jens, das Telefonat, der verkorkste Kneipenabend und dieses ganze seltsame Wochenende.

Irgendwann halte ich es nicht mehr aus, hole tatsächlich meine Laufschuhe aus dem Keller und stecke mir die Stöpsel in die Ohren. Ich muss raus. Dringend. Und ich brauche laute Musik dazu, so laut, dass ich meine Gedanken nicht mehr hören kann.

»Ich geh noch eine Runde laufen!«, rufe ich deshalb nur kurz nach oben und vernehme ein leises *okay* aus Maries Zimmer.

Es dauert eine ganze Weile, bis ich meinen Rhythmus finde und Atmung und Schritte eine Einheit bilden. Die laute Musik hilft mir dabei, vermag aber mein Gedankenkarussell nicht zu unterbrechen. Ich bin so wütend. Wütend auf mich, auf mein Leben, auf Jens. Vor allem auf Jens! Wie kann er das alles hier nur so hinschmeißen und einfach so weitermachen, als wäre alles in Ordnung? Ich fühle mich so verarscht und alleine. Aber ich bin es vielleicht auch selber schuld. Wieso ziehe ich nicht endlich einen Schlussstrich? Nur wegen der Kinder? Die sind mittlerweile wirklich groß genug, um eine Trennung der Eltern zu verkraften. Außerdem sind sie meistens so mit sich selbst beschäftigt, dass es ihnen vermutlich sowieso total egal ist. Nein, im Grunde weiß ich, dass ich selber das Problem an der ganzen Sache bin. Ich bin ein Angsthase und ich will nicht alleine sein. Dabei bin ich das schon längst.

Seit ich Jens onanierend beim Videochat mit seiner Sekretärin erwischt habe, sind die Fronten zwischen uns ziemlich verhärtet. Doch keiner von uns macht Anstalten, über die Situation zu reden, im Gegenteil, wir machen einfach so weiter, als wäre nichts passiert. Letztendlich macht es auch keinen Unterschied. Da ist nichts mehr zwischen uns. Manchmal fragte ich mich, ob da jemals überhaupt Irgendetwas war. Vielleicht ist das auch der Grund, warum ich mich so schnell auf diese alberne Idee mit dem Blinddate eingelassen habe. Jule hat es sicher nur gut gemeint mit ihrer Mutmaßung, dass ich einfach total untervögelt bin, aber diese ganze Aktion war ja mal sowas von daneben!

Im Tiefsten meines Herzens ärgert es mich einfach nur, dass mein Mann ein komplett anderes Leben führt als ich, macht was er will und sich auch im Familienalltag immer nur die Rosinen rauspickt. Er fährt morgens zur Arbeit und kommt, wenn überhaupt, erst spät am Abend zurück. Oft verreist er beruflich, manchmal mehrere Wochen am Stück. Singapur, New York, London, er hat überall seine Geschäftspartner und Kontakte und wer weiß wen oder was sonst noch.

Früher habe ich mich immer gefreut, wenn er mal daheim war. Ein bisschen wie eine ganz normale Familie sein, das war damals für mich das größte Glück. Als Max und Marie noch klein waren, war ich oft tagelang auf mich alleine gestellt und beneidete all die anderen Frauen, deren Ehemänner am Wochenende mit ihrer Familie Ausflüge planten, den Schwimmkurs begleiteten oder das Fußballtraining besuchten. Was hätte ich für solche Alltagsdinge alles gegeben! Ich konnte mir dank Jens` gutem Job zwar finanziell alles leisten, aber ich war immer alleine mit den Beiden. Die Blicke der anderen Eltern habe ich durchaus gespürt.

Heute ist das Gott sei Dank alles ganz anders. Ich bin ehrlich gesagt immer froh, wenn Jens unterwegs ist. Je länger und weiter er weg ist, desto entspannter bin ich. Weder vermisse noch brauche ich ihn, das ist mir in den letzten Wochen immer klarer geworden. Das ganze Drumherum, der ganze Alltag, es bleibt ja eh alles an mir hängen.

Aber unsere Kinder brauchen ihn, das habe ich heute wieder deutlich gespürt und das werfe ich meinem Mann wirklich vor. Er hat gar keine Ahnung, wie unsere Familie funktioniert oder wie seine Kinder ticken - wenn sie nicht gerade austicken. Und er hat anscheinend auch kein tiefgründiges Interesse, weder an den Kindern noch an mir, das zeigt er ja mehr als deutlich durch seine ständige Abwesenheit.

Ich kann nur inständig hoffen, dass er sich nach meiner Nachricht zumindest telefonisch meldet und mit Marie spricht, denn ich komme so nicht mehr weiter mit ihr. Das Telefonat mit ihrem Lehrer geht mir erschreckend nah und ich bin nach wie vor ratlos, da helfen mir weder laut wummernde Musik in den Ohren noch Joggingschuhe.

Aber immerhin entspanne ich mich mit zunehmendem Laufrhythmus langsam und meine Gedanken schweifen ab von Marie, Jens und diesem ganzen Familienirrsinn. Was war es doch schön, als die Kinder noch klein waren. Meine bis dato angespannten Muskeln werden langsam warm und merkbar lockerer. Endlich geht das Laufen in angenehme Routine über.

Als ich es endlich schaffe, mich nur auf die Musik zu konzentrieren und kurze Zeit an gar nichts zu denken, blitzt plötzlich das Gesicht des Barkeepers vor meinem inneren Auge auf. Lee, erinnere ich mich sofort. Interessanter Name, interessanter Typ, leider eine völlig peinliche Gesamtsituation. Oh Mann, ich muss gleich unbedingt Jule anrufen, sie brennt sicher vor Neugier und lacht sich über meine Geschichte hundertprozentig kringelig. Ist ja auch alles wieder typisch für mich.

Aber dieser Lee, meine Güte! Seine Augen jedenfalls haben mich kurz aus dem Gleichgewicht gebracht, und auch jetzt beschleunigt sich mein Puls trotz gleichmäßiger Atemzüge, als ich an ihn denke. Verrückt. Ich habe echt eine Meise. Erstens bin ich verheiratet – wenn auch nur auf dem Papier. Zweitens ist es ja schon lächerlich genug, sich auf ein Blinddate mit diesem Lukas einzulassen, der mich selbstverständlich prompt verarscht und versetzt hat. Aber sich dann auch noch beim Barkeeper zu blamieren, das muss man in meinem Alter erstmal schaffen. So eine Aktion wäre selbst mit Mitte zwanzig echt peinlich gewesen, aber mit fast vierzig? *Oh Mann, Anna,* denke ich schnaufend. Immerhin muss ich nun doch ein bisschen über mich selber grinsen. Wie bescheuert man doch zwischendurch manchmal ist.

Wieder zu Hause, werfe ich auf dem Weg ins Bad nur einen kurzen Blick auf Handy und Telefon. Jens hat sich natürlich nicht gemeldet. Typisch, was habe ich auch anderes erwartet.

Als ich nach einer halben Stunde frisch geduscht in meinem gemütlichen Pulli wieder ins Wohnzimmer komme, blinkt tatsächlich mein Handy erwartungsvoll. Hab ich mich etwa in Jens getäuscht und er interessiert sich doch noch für familiäre Belange? Ungläubig zeichne ich mein Muster zur Tastenentsperrung und starre dann mit offenem Mund auf das Display.

Noch immer keine Nachricht von Jens, dafür aber von Lukas.

Angeblich wollte er mir noch absagen, hat mich aber nicht mehr erreicht, bla-bla-bla. Es scheint alles ein großes Missverständnis gewesen zu sein, und er musste aus familiären Gründen ganz plötzlich verreisen. Das alles klingt sehr merkwürdig und ich kann seine angeblich mehrfachen Versuche, mich zu erreichen, weder auf meinem Handy noch in meinen Emails nachverfolgen. Doch Lukas ist echt hartnäckig, deshalb beende ich vorerst ohne erneute Zusage unsere Emailkonversation und atme tief durch. Der Typ hat echt Nerven.

Überfordert von alledem mache ich mir einen frischen Kaffee, plumpse auf die Couch und wähle Jules Nummer.

»Na endlich, ich platze schon vor Neugier!«, begrüßt sie mich atemlos.

»Das kann ich mir vorstellen«, lache ich, erleichtert, ihre Stimme zu hören, in den Hörer. »Da hast du mir ganz schön was eingebrockt! Ich weiß nicht, ob ich deine Ideen jemals wieder gut heißen kann.« Es tut immer unglaublich gut, ihre erfrischende Stimme zu hören. Noch schöner wäre es natürlich, sie mal feste in den Arm zu nehmen, aber da sie als rastlose Seele immer überall und nirgendwo anzutreffen ist, gestalten sich persönlichen Umarmungen schon seit ein paar Jahren sehr schwierig.

»Oh-oh, so schlimm?«, hakt sie erschrocken nach.

»Schlimmer!« antworte ich und genieße es noch kurz, sie zappeln zu lassen.

»Anna! Jetzt sag schon, ich kann es wirklich nicht mehr aushalten!«, brüllt sie Sekunden später hysterisch in den Hörer.

»Er hat mich versetzt«, befriedige ich kurz und knapp ihre aufgeregte Neugierde.

»Häh? Wie jetzt?«, kommt es verständnislos zurück, und ich muss ihr natürlich in allen Einzelheiten meinen ziemlich verdrehten Kneipenabend schilden, referiere über ungemütliche Pumps und schwärme von viel zu jungen Barkeepern. Jule kommt, wie ich vorhergesehen habe, aus dem Lachen gar nicht mehr heraus.

»Anna, du machst mich fertig, dich kann man echt nirgendwo alleine lassen! Dieser Lukas ist also eine Pfeife«, kommentiert sie meine Schilderungen, nachdem ich geendet habe. »Aber der Barkeeper scheint ein ziemlich heißes Gerät zu sein, oder irre ich mich?«

»Ja, schon«, gebe ich zu. »Aber der ist echt viel zu jung. Ich hab mich gefühlt wie früher, ich trinke nie wieder so viel durcheinander!« Wie heiß ich ihn wirklich finde, behalte ich lieber für mich.

»Jaja, ist klar.« Jule und ich kennen uns einfach zu gut. »Du kannst mir viel erzählen, der Typ hat dir mehr als gut gefallen, jetzt gib es wenigstens zu!«

»Och Mensch«, ich verdrehe die Augen. »Ja, ich gebe es zu, der Typ ist wirklich heiß, du hast ja Recht. Aber der spielt ganz sicher in einer anderen Liga, und außerdem…«, ich hole kurz Luft und gluckse los, »außerdem hat Lukas sich gerade eben gemeldet und überschwänglich entschuldigt. Er will sich nochmal mit mir treffen«, platze ich heraus. Am anderen Ende der Leitung ist es still. Dann prustet auch Jule los.

»Na der hat ja Nerven! Was hast du ihm geantwortet?«

»Noch gar nichts Konkretes. Ich weiß es ehrlich gesagt noch nicht. Der will mich doch nur verarschen.« Nachdenklich nippe ich an meinem Kaffee.

»Hm«, überlegt meine Freundin laut. »Vielleicht ja auch nicht. Manchmal muss man an das Gute im Menschen glauben, Anna. Auch wenn Jens dir ständig das Gegenteil beweist. Aber wie auch immer, lassen wir ihn zumindest noch ein bisschen zappeln.«

»Wen jetzt, Jens oder Lukas?« antworte ich spitz. Ihre Andeutung habe ich durchaus verstanden. Jule kann einfach nicht begreifen, warum ich Jens seine Eskapaden einfach so durchgehen lasse und das alles einfach so mitmache. Deshalb hat sie mir ja auch dringend zu diesem Blinddate geraten, damit ich *auch mal etwas Spaß habe*, wie sie es ausgedrückt hat. Hat ja super geklappt.

»Du weißt genau, wen ich meine«, säuselt sie nun in den Hörer. »Dein Mann hat es trotz wiederholter Chancen mehr als vergeigt. Aber Lukas…, wer weiß, vielleicht gibst du ihm zumindest noch eine letzte Chance?«

»Ja, vielleicht mache ich das, ich muss mal schauen«, lenke ich beschwichtigend ein. Das Thema Jens sorgt zwischen Jule und mir jedes Mal für Zündstoff, und auf diese Diskussionen habe ich jetzt keine Lust. Deshalb versuche ich den altbewährten Trick, der bei Jule eigentlich immer funktioniert.

»Und? Wo treibst du dich überhaupt gerade so herum?«

»Aha, da ist es auch schon, das Anna-will-nicht-reden-Ablenkungsmanöver«, kommt es prompt zurück. Ich kann jedoch an ihrer Stimme erkennen, dass sie es mir nicht krumm nimmt.

»Ja«, gebe ich deshalb auch ohne Umschweife zu. »Ich hab jetzt echt keinen Nerv, weiter über Jens zu reden, wirklich nicht. Er ist mal wieder nicht da, und das ist auch gut so, zumindest für mich. Aber jetzt mal im Ernst, wo bist du gerade?«

»Auf den Malediven. Ich hab hier letzte Woche einen Job angeboten bekommen, da konnte ich nicht wiederstehen. Es ist traumhaft schön hier, ich schicke dir nachher mal ein paar Bilder vom Shooting letzte Tage auf dem Male Atoll, das war echt ein Wahnsinnserlebnis! Morgen steht ein Unterwassershooting an und ich glaube, da sind so riesige Meeresschildkröten mit im Spiel ...«

Jule schwärmt noch eine ganze Weile, und ich bin froh, dass sie den Themenwechsel ohne weitere Sticheleien akzeptiert. Sie kann manchmal ein echter Terrier sein und ist mittlerweile ganz gut im Geschäft. Regelmäßig wird sie für Fotoshootings rund um den Globus gebucht, was ihrer Weltenbummler-Mentalität natürlich sehr entgegen kommt. Jule ist abenteuerlustig, ungebunden und wunderschön. Im Vergleich zu ihrem Lebensstil ist meiner wirklich zum Gähnen langweilig.

Kurze Zeit später hört mein Handy überhaupt nicht mehr auf zu brummen, und ich scrolle mich staunend durch mindestens dreißig Fotos aus der Sonne, eines schöner als das andere. Und mittendrin immer Jule in den verschiedensten Posen an traumhaften Stränden. Meine wunderschöne Freundin hat echt einen Sechser im Lotto mit ihrem Job, denke ich neidisch.

In den folgenden drei Wochen erklärt Lukas mir immer wieder in diversen Mails sein unentschuldbares Verhalten. Erst empfinde ich seine Nachrichten als nervig und antworte ihm, wenn überhaupt, nur in kurzen Sätzen. Aber nachdem er mir dann tatsächlich unaufgefordert ein Foto von sich schickt, werde ich doch noch weich. Eigentlich sieht er ganz sympathisch aus, ein ziemlich normaler Typ mit leichter Geheimratseckenbildung und einem freundlichen Lächeln im Gesicht.

Allerdings scheint das Foto ein Bewerbungsfoto zu sein, er sitzt in Anzug und Krawatte perfekt belichtet und positioniert auf einem Bürostuhl. Von solchen Sesselpupsern habe ich eigentlich die Nase voll, aber eine letzte Chance hat er wohl tatsächlich noch verdient.

Also lasse ich mich auf ein erneutes Treffen mit ihm ein, schon alleine, weil Jule mich sonst mit diesem Thema bis in alle Ewigkeit nerven würde. Natürlich schlägt er wieder das Johnnys vor, und erst will ich verneinen. Aber die Chance, nochmal einen Blick auf diesen Lee zu erhaschen, ist dann doch zu verlockend. Ich war bei meinem Totalabsturz so aufgetakelt, wenn ich dieses Mal in ganz normalen Klamotten dort auftauche, erkennt mich vermutlich eh niemand wieder, rede ich mir aufgeregt ein.

Mir ist natürlich klar, dass sich vermutlich eine ganze Traube von verliebten Teenies an der Bar und um diesen Barkeeper scharrt und dass er mich alte Schachtel nicht eines einzigen Blickes würdigt. Aber das heißt ja nicht, dass nicht zumindest ich einen Blick auf ihn werfen und meine Phantasie ein wenig anheizen kann, wenn sonst schon nichts Spannendes in meinem Leben passiert. Lukas ist also eine willkommene Ausrede, und wer weiß, vielleicht ist er ja wirklich ein super Typ, und unser Treffen wird der Beginn einer leidenschaftlichen Romanze. Im Anzug mit Geheimratsecken – puh, eher weniger.

Egal, ich muss einfach mal wieder raus. Rund drei Wochen nach unserem ersten Versuch ist es dann endlich soweit. Hoffentlich sind diese beiden Gackertussis nicht wieder da. Sie scheinen zum Stammpublikum zu gehören und sind doch irgendwie mit diesem Lee verbandelt, erinnere ich mich dunkel. Das könnte eventuell dann doch peinlich werden.

Ich nehme mir fest vor, heute Abend dem Alkohol abzuschwören und verschwinde im Bad. Keine Ahnung, warum ich mich nochmal unter die Dusche stelle oder, warum ich mir die Beine und Achselhöhlen erneut rasiere. Lukas wird heute sicherlich keine nackte Haut und definitiv nicht meinen jetzt blanken Venushügel zu Gesicht bekommen, aber dennoch. Frauen neigen ja dazu, alles im Kopf durchzuspielen und in Wunschträumen zu schwelgen. Die Gedanken fangen bei ‚*wir trinken etwas, finden uns unsympathisch und gehen nach einer peinlichen halben Stunde unter einem Vorwand ganz schnell wieder getrennte Wege*‘ an und spinnen sich weiter bis hin zu ‚*unsere Blicke treffen sich. Ohne Vorwarnung breitet sich eine Hitze in mir aus, die auf meinem Gesicht brennt wie Feuer und langsam meinen Körper hinabwandert. Ich bekomme eine Gänsehaut und kann seinem faszinierenden, durchbohrenden Blick nicht wiederstehen. Zielstrebig und heiß wandert das Kribbeln weiter und zieht voller Verlangen mein Innerstes zusammen, bis ich keuche...'*. Grinsend steige ich aus der Dusche und schüttele den Kopf über meine blühende Phantasie. Ich habe definitiv zu wenig Sex, dafür aber viel zu viele Groschenromane gelesen.

Großzügig verteile ich Maries Bodylotion auf meinem Körper. Sie duftet nach einem Hauch von Vanille und ich muss aufpassen, dass Marie davon nichts bemerkt, sonst wird sie fuchsteufelswild. Ein bisschen fühle ich mich so wie früher, als ich heimlich das Parfüm meiner Mutter benutzt habe. Nur, dass jetzt eigentlich ich die Mutter bin. Dann nehme ich mir auch noch ein wenig Makeup aus Maries Fundus und tuschte meine Wimpern tiefschwarz. Etwas Puder und Rouge, für mehr ist keine Zeit mehr. Meine blonden Haare habe ich erst am Morgen gewaschen und über die Rundbürste gezogen. In leichten Wellen fallen sie mir nun über die Schultern, als ich die Haarspange löse.

Es ist die kleine Elefantenspange mit türkisen Steinchen, die ich Marie zur Einschulung als Glücksbringer in ihren Zopf steckte, kurz bevor wir das Schulgebäude betraten. Damals habe ich ihr erzählt, dass die Spange ein Geschenk von Papa sei, damit er auf sie aufpassen kann, während er in New York in irgendeiner wichtigen Besprechung hockt. In Wahrheit hat er vor lauter Arbeit den Einschulungstag seiner Tochter einfach nur komplett vergessen, genau wie wenige Jahre zuvor bei Max. Dieser war damals aber so geknickt, dass ich nicht anders konnte, als Jens zu decken und Marie anzuflunkern.

Meine Güte, ist das alles schon lange her. Jetzt stehe ich also hier und begutachte mich kritisch im Spiegel. Die Zeit hat ihre Spuren hinterlassen, und die Schwerkraft hat definitiv auch an mir genagt. Außerdem benutze ich schon heimlich die Kosmetikartikel meiner Tochter. Wenn das mal kein Zeichen des Alterns ist! Zumindest habe ich noch keine grauen Haare an mir entdeckt, versuche ich mich gedanklich aufzubauen. Trotzdem, an meinen hängenden Brüsten muss dringend gearbeitet werden. In Gedanken erstelle ich schon einen passenden Trainingsplan, den ich sowieso nicht einhalten werde. Außerdem kann ich die Situation jetzt auch nicht mehr ändern, also muss der neue Push-Up BH dran glauben, den ich mir erst letzte Woche gegönnt habe. Die dunkelgraue Spitze schmiegt sich angenehm kühl an meinen Körper, und in Kombination mit dem passenden Slip sieht dann auch alles gar nicht mehr so schlimm aus. Mein Blick fällt auf die Badezimmeruhr, und ich gerate kurz in Panik. Jetzt muss ich mich wirklich beeilen. Schnell schlüpfe ich in die blaue Röhrenjeans und ziehe ein schwarzes Top sowie die rot grau karierte Bluse an, die ich mit einem Knoten am Bauch schließe.

Unschlüssig stehe ich danach im Flur und begutachte das Schuhregal. Pumps besitze ich nicht mehr, und an den Lederboots kleben noch die Erdklumpen vom letzten Waldspaziergang. Kurzerhand nehme ich die dunkelblauen Chucks aus dem Regal, darin fühle ich mich eh am wohlsten.

Verabschieden muss ich mich von niemandem, denn Marie übernachtet heute endlich mal wieder bei einer Klassenkameradin und ich bete, dass sie morgen mit guter Laune nach Hause kommt. Ich wünsche ihr einen gemütlichen, stinknormalen Mädelsabend ohne Nachwirkungen für sie nach dem ganzen Stress in der Schule, von dem ich anscheinend nichts mitbekomme. Kein Grübeln, Frust und Kopfzerbrechen über Dinge, die ich selber nur so schwer begreifen kann. Auch ich freue mich auf einen Abend ohne Mädchentränen und Diskussionen.

Max ist anscheinend noch immer sauer auf mich, weil ich ihm gestern erklärt habe, wozu eine Spülmaschine genutzt wird und dass benutztes Geschirr dort nicht von alleine hineinhüpft. Irgendwie fand er mich nicht so witzig wie ich dachte und ist heute sicherheitshalber noch gar nicht zu Hause aufgetaucht.

Mein Auto allerdings auch nicht, stelle ich leise fluchend fest, als ich nun vor der Garage stehe. Ich muss dringend eine Regelung mit ihm treffen, wann er meinen Wagen nutzen darf und wann nicht. Jens wollte sich längst um den Polo kümmern, der im Autohaus nur noch auf seine Abholung und seinen neuen Besitzer wartet. Und wo ist dieser Besitzer? In Timbuktu oder sonst wo, aber typischer Weise mal wieder nicht da. Ehrlich gesagt weiß ich aktuell gar nicht, wo Jens sich tatsächlich gerade aufhält. Ist es Singapur gewesen oder London? Er hat letzte Woche beim Abendbrot davon erzählt, aber es will mir gerade beim besten Willen nicht mehr einfallen.

Vielleicht liegt er auch gerade in irgendeinem schicken Hotel in den Armen seiner bescheuerten Bumse. Ist ja eigentlich auch egal, denke ich. Jens ist halt mal wieder nicht da, aber so ist es ja immer.

Auf meine Nachricht über das Telefonat mit Maries Lehrer hat er erst einen Tag später reagiert, immerhin aber nicht per Mail, sondern per Telefon. Er sieht das Ganze gar nicht dramatisch und versuchte mich zu beschwichtigen, dass das doch alles auch mit Maries Hormonen zusammenhängen kann und dass ich langsam mal einsehen muss, dass sie kein kleines Kind mehr ist. Letztendlich schaukelten wir uns aber nur gegenseitig wieder so hoch, dass an ein vernünftiges Telefonat nicht mehr zu denken war. Es ist echt zum Verzweifeln.

Abends war er dann tatsächlich pünktlich zum gedeckten Abendbrottisch zu Hause und verwickelte Marie so geschickt in ein Gespräch über die Schule, dass ich echt gestaunt habe. Er versuchte sehr feinfühlig herauszufinden, ob irgendetwas vorgefallen ist oder sie bedrückt, doch Marie wäre nicht Marie, wenn sie auf dieses versteckte Fragenspiel reingefallen wäre. Trotzdem. Er hat es ernsthaft versucht, und das habe ich ihm gar nicht zugetraut. Ich hielt mich bei diesem Vater-Tochter-Gespräch bewusst zurück, denn mir war klar, dass sofort alles eskalieren würde, wenn ich auch nur ein falsches Wort dazu gesagt hätte. Jens würdigte mich eh den ganzen Abend keines Blickes, und am nächsten Tag musste er auch schon wieder früh los, was er aber nur Max und Marie mitteilte.

Als ich nach einer unruhigen Nacht in die Küche kam, war er dann auch schon längst wieder weg, und ich habe ihn die ganze restliche Woche nicht mehr zu Gesicht bekommen. Seither kommt er sporadisch mal nach Hause, hat aber keine Anstalten mehr gemacht, über oder mit Marie zu sprechen. Ich glaube, das Thema ist für ihn schon ad acta gelegt. Er ist echt so ein Idiot, ich könnte mich schon wieder ganz furchtbar aufregen und in alles reinsteigern, aber das mache ich zur Abwechslung einfach mal nicht. Bringt ja nichts und führt nur zu schlechter Laune.

Maries Lehrer schrieb ich ein paar Tage später eine kurze Mail und informierte ihn, dass ein Familiengespräch bisher erfolglos gewesen sei und ich es weiter versuchen würde.

Dabei ist es bisher auch geblieben, denn Marie verschanzt sich meist in ihrem Zimmer und ist mit Hausaufgaben, Lesen und sich selbst beschäftigt. Wenn wir beim Essen zusammensitzen, erzählt sie ganz normal mit mir, und auch das ein oder andere Treffen mit einer Freundin zeigt aktuell keine negativen Nachwirkungen oder Heulattacken. Die Samstage verbringt sie weiterhin größtenteils im Stall. Nachdem ich letztlich so vorbildlich an alle Reitutensilien gedacht habe, ist das leider in den Folgewochen oft ein Streitthema zwischen meinen Kindern und mir, denn Max hat es sich zur Angewohnheit gemacht, sich einfach mein Auto ungefragt auszuleihen, wann immer es ihm gerade passt. Marie in voller Montur zum Stall zu bringen ist mir also unmöglich, wenn Max derweil ihre Stiefel und den Reiterhelm durch die Gegend kutschiert. Mein Vorschlag, mit dem Rad zum Stall zu fahren, ist von Marie genauso schnaubend abgewiesen worden, wie die Bitte an meinen Sohn, mit mir die Autonutzung abzusprechen. Er meint, er könne ja nichts dafür, dass Papa sich nicht um den Polo kümmert, und was soll ich sagen, er hat ja Recht. Es ist also nichts Konstruktives passiert, und alles läuft wie immer total prima mit unserer Familienorganisation.

Für nächste Woche steht nun ein persönliches Treffen mit Maries Vertrauenslehrer an, der sich wenige Tage nach meiner Mail erneut bei mir gemeldet hat. Ich soll Marie unbedingt mitbringen, er würde gerne ein offenes Gespräch mit uns beiden führen, was auch immer das bedeuten soll. Vor allem habe ich noch keine Ahnung, was Marie dazu sagt, denn ich habe mich bisher nicht getraut, ihr davon zu erzählen. Von Jens ganz zu schweigen, der bekommt mal wieder nichts mit, und ich sehe auch keine Notwendigkeit, ihn deshalb anzurufen, er hat ja eh keine Zeit für solche pubertären Nebensächlichkeiten.

Doch jetzt atme ich tief durch und schnappe mir kurzerhand mein Fahrrad aus der Garage. Heute mal keine Familiendiskussionen, wie schön! Heute habe ich familienfreie Anna-Zeit. Nur komme ich jetzt definitiv zu spät, aber das ist vielleicht auch eine passende Retourkutsche für Lukas, so als nachträgliches Dankeschön für den verkorksten, letzten Kneipenbesuch.

Verbotener Weise stecke ich mir die Stöpsel in die Ohren und suche auf meinem Handy nach der passenden

Musik. Chester Bennington erklingt mit *Shadow of the Day* in meinen Ohren und ich radle los. Wie immer, wenn ich dieses Lied höre, kann ich nicht fassen, dass dieser tolle Sänger mit der Wahnsinnsstimme sich einfach das Leben genommen hat.

Als ich vor dem Johnnys bremse, bin ich tatsächlich nur zehn Minuten über der verabredeten Zeit. Ich wickle das pinke Schloss um Fahrrad und Laternenpfahl, wuschele einmal durch meine Haare, schnappe mir meine Tasche und atme erneut tief durch. Jetzt bin ich doch etwas nervös, auch, wenn ich mir das nicht eingestehen will. Vielleicht sollte ich doch etwas trinken, jetzt, wo ich dank Max sogar extra mit dem Fahrrad gefahren bin.

Langsam gehe ich Richtung Eingang und bleibe kurz vor der Tür stehen. Es scheint noch nicht viel los zu sein, denn durch die matte Scheibe kann ich nur wenige Personen an den Tischen ausmachen. Gut so, ich habe keine Lust, mich durch eine Menschenmenge zu quetschen. Vorsichtig öffne ich die Tür. Auch, wenn hier schon seit Jahren Rauchverbot herrscht, nimmt man doch sofort den alten Kneipengeruch der letzten zwanzig Jahre wahr. Eine Mischung aus Alkohol, abgestandenem Zigarettenqualm und alten Holzmöbeln, was dem Ganzen aber auch das passende Flair gibt. Die dunklen Tische und Stühle, die dunkelbraune Theke und der Billardtisch hinten in der Ecke, lassen alles eng und düster wirken. Das ist es eigentlich gar nicht, aber hier fehlt es einfach ein bisschen an Modernität und Farbe. Mir persönlich ist das egal, ich mag es hier, es ist urig und gemütlich und erinnert mich an früher.

Und die Musik stimmt auch, denke ich noch, als ich Chesters Stimme dumpf im Hintergrund wahrnehme. Was für ein seltsamer Zufall. Langsam ziehe ich meine Jacke aus und sehe mich aufmerksam um. Die hinteren Tische kann ich von hier aus nicht einsehen, aber im vorderen Bereich passt niemand zu dem Foto, das Lukas mir geschickt hat. Na prima, denke ich frustriert und lasse den Blick Richtung Theke schweifen.

Es passiert binnen Sekunden. Unsere Blicke treffen sich, und ohne Vorwarnung breitet sich eine Hitze in mir aus, die auf meinem Gesicht brennt wie Feuer und langsam meinen Körper hinabwandert. Ich bekomme eine Gänsehaut und kann seinem faszinierenden, durchbohrenden Blick nicht wiederstehen. Zielstrebig und heiß wandert das Kribbeln weiter und zieht voller Verlangen mein Innerstes zusammen, bis ich keuche.

Von wegen Groschenroman. Er hat mich erkannt. Für den Bruchteil einer Sekunde steht er stocksteif hinter der Theke, und ich versinke in seinem glühenden Blick. Das dunkle Hemd spannt sich fest um seine muskulösen Oberarme, während er ein Bierfass balanciert. Seine Ärmel sind achtlos hochgekrempelt, und ich kann an einem seiner Arme den Beginn einer Tätowierung erkennen. Er ist definitiv heiß, das habe ich mir in betrunkenem Zustand nicht nur eingebildet.

Ein Klopfen auf meiner Schulter zerstört jäh diesen Moment. Ich wirbele ertappt herum und blicke in ein Paar blauer Augen, welches mich freundlich anlächelt.

»Hallo Anna«, sagt Lukas und haucht mir einen Kuss auf beide Wangen.

»Äh, hi!«, stammele ich und werfe erneut einen Blick Richtung Bar. Lee ist damit beschäftigt, das neue Bierfass anzuschließen und würdigt mich keines Blickes mehr. Ich seufze, innerlich frustriert, setze aber mein freundlichstes Lächeln auf. Lukas deutet auf einen Tisch in einer der hinteren Nischen, legt mir die Hand auf den Rücken und bugsiert mich in diese Richtung.

Oha, denke ich. Das kann ich ja schon haben, durch den Raum geschoben zu werden wie ein Kleinkind. Ich fühle mich kurz wie eine dieser Frauen, die beim Spazierengehen von ihren Männern im Nacken gefasst und gelenkt werden, als hätten sie keine eigene Meinung und kein eigenes Ziel.

Am Tisch angekommen, nimmt Lukas mir meine Jacke ab und schiebt mir galant den Stuhl unter den Po, was in dieser Kneipe wirklich total unpassend wirkt. Aber immerhin, Lukas scheint tatsächlich ein schlechtes Gewissen zu haben und gibt sich immerhin Mühe.

»Ich hole uns was zu trinken«, flötet er auch schon in mein Ohr und zwinkert mir zu. Bevor ich etwas erwidern oder Wünsche äußern kann, ist er schon unterwegs zur Theke. Anscheinend habe ich heute Abend keinerlei Mitspracherecht. Meine Laune sinkt rapide, je länger ich darüber nachdenke. Leise dankte ich Max nun doch dafür, dass er unerlaubter Weise mit meinem Auto unterwegs ist und ich das Fahrrad nehmen musste, immerhin kann ich somit mein Vorhaben, den Abend nüchtern hinter mich zu bringen, auf der Stelle revidieren.

Während ich noch auf mein Getränk und Lukas Rückkehr warte, wandert mein Blick zur Theke. Auch, wenn ich ihn nur von hinten sehen kann, ist Lukas in keiner Weise mit Lee zu vergleichen. Er ist definitiv kein Zwerg, aber Lee überragt ihn um mindestens zehn Zentimeter. Die schlaksige, leicht nach vorne gebeugte Statur strahlt eine Erotik aus, wie ein Faultier nach einem Hundertmeterlauf. Ich frage mich wirklich, was mich geritten hat, einem erneuten Treffen zuzustimmen. Seine Hose war sicher schweineteuer, ist aber total unvorteilhaft geschnitten und betont das Nichtvorhandensein seines Hinterns. Das gestreifte, sorgfältig in die Hose gesteckte Hemd ist absolut faltenfrei und erinnert mich an die Bügelkunst meiner Mutter, die sie leider nicht an mich vererbt hat. Abgerundet wird Lukas` Erscheinungsbild von braunen Lederschnürschuhen, die vielleicht vor zehn Jahren mal modern waren. Nein, das Foto, das er mir geschickt hat, hat mich nicht getäuscht. Lukas ist ein stockkonservativer, total langweiliger Sesselpupser. Ich bin schon genervt, bevor ich auch nur einen vernünftigen Satz mit ihm gesprochen habe. Was mache ich hier nur?

»Bitteschön...«, reißt er mich aus meinen Gedanken. »Der Barkeeper meinte zwar, es wäre gerade Long Island Ice Tea Happy Hour«, plappert das glatt gebügelte Hemd munter drauf los, »aber ich dachte, mit einem leckeren Rotwein kann man ja nichts falsch machen.«

Ich starre ihn einen Moment verständnislos an. Dann wandert mein Blick zu Lee, der am Zapfhahn steht und unauffällig vor sich hin grinst. Er kann sich tatsächlich an mich erinnert, schießt es mir durch den Kopf. Den intensiven, etwas zu langen Blickkontakt eben habe ich mir also doch nicht eingebildet. Mir fehlen für einen kurzen Moment die Worte.

»Ääh…«, Lukas wird plötzlich unsicher, was gar nicht zu seinem bisher so selbstsicheren Auftreten passt. Kurz wirkt er unschlüssig. »Du trinkst doch Rotwein?«

»Ja ja, natürlich«, antworte ich deshalb schnell. »Gute Wahl!«

Wir stoßen an, und ich nehme einen kräftigen Schluck. Das wird einer der langweiligsten Abende meines Lebens, denke ich noch und blicke hilfesuchend zur Theke, aber von Lee ist weit und breit nichts mehr zu sehen. Schade. Frustriert lehne ich mich nach hinten und ergebe mich meinem Schicksal. Mein Gegenüber hingegen lächelt selig und lehnt sich ebenfalls zurück, bevor er loslegt.

»Freut mich wirklich sehr, dass du dich auf ein erneutes Treffen mit mir eingelassen hast«, beginnt er seinen Monolog. »Weißt du, das war alles ein riesengroßes Missverständnis. Es ist gerade nicht so einfach für mich.« Er seufzt schwer und rudert theatralisch mit seinen Armen. »Ich habe beruflich so viel um die Ohren und meine Exfrau macht mir das Leben zur Hölle wegen der Unterhaltszahlungen. Du kannst dir nicht vorstellen, was für Ansprüche sie stellt! Gestern habe ich mich noch mit meinem Anwalt zusammengesetzt. Gott sei Dank ist er ein guter Freund von mir und überhaupt nicht gut auf Renata zu sprechen. Ach ja, Renata, so heißt übrigens meine Exfrau.« Er kichert albern und winkt ab. Dann nimmt er einen kräftigen Schluck Rotwein und will seinen Monolog mit einem »Also ich kann dir sagen...«, fortführen, als sein Handy klingelt.

Ich atme tief durch und kann nicht fassen, auf was ich mich hier bloß eingelassen habe. Dieser Sesselpupser ist die reinste Katastrophe, und ich habe keine Idee, mit welcher Ausrede ich mich hier schleunigst vom Acker machen kann.

Hektisch kramt er nun in seiner Hemdtasche und meldet sich mit einem barschen »Ja?!«, dann zieht er seine Stirn in Falten und schimpft so lautstark in den Hörer, dass die wenigen, umliegenden Gäste irritiert ihre Gespräche unterbrechen und verstohlen zu uns herüber schauen. Ich versinke immer weiter in meinem Stuhl und starre auf Lukas Hemd, bei dem sich in seiner Hektik ein Knopf oberhalb des Bauchnabels geöffnet hat. Was darunter zum Vorschein kommt, ist wirklich nicht schön.

»Du bist ja wohl völlig verrückt«, wettert er nun in den Hörer, und ich zucke kurz zusammen. »Was glaubst du eigentlich, was dir zusteht? Liegst mit deinem fetten Hintern immer nur faul herum und schmeißt mein Geld zum Fenster raus! Damit ist jetzt Feierabend! Nein!«

Beifall heischend sieht er mich an, doch ich kann ihn nur entgeistert anstarren und würde am liebsten im Erdboden versinken. Im Gegensatz zu mir, scheint ihn die Situation eher anzustacheln, als dass er peinlich berührt wirkt. Wie bescheuert ist dieser Typ bitteschön? Einen Blick in Richtung Theke verbiete ich mir und hoffe inständig, dass Lee diesen Wichtigtuer hier nicht mitbekommt. Überhaupt kann ich niemanden anschauen, stattdessen versinke ich kleinlaut immer tiefer in meinem Stuhl und wünsche mich eigentlich nur noch ganz weit weg.

»Nichts bekommst du, im Gegenteil! Du wirst von meinem Anwalt hören! Und jetzt hör mal auf zu heulen, ich bin hier mitten in einem wichtigen Meeting!« Damit legt er kopfschüttelnd auf und atmet einmal laut und theatralisch durch.

»Wo war ich doch gleich stehengeblieben?«, wendet er sich dann wieder an mich, als wäre nichts passiert. »Ach ja, die Unterhaltszahlungen. Also das ist nämlich so…«

Erneut klingelt sein Handy. Ich seufze und widmete mich meinem Weinglas.

»Ja?!«, meldete Lukas sich. Sein Mund verzieht sich zu einem Lächeln, dann veränderte sich seine Stimme, und er surrt eine ganze Oktave höher melodisch in den Hörer. »Aber natürlich sehen wir uns morgen, das habe ich dir doch versprochen! Und wegen der Schuhe brauchst du dir keine Sorgen machen, nein, nein, das regeln wir morgen schon …«, entschuldigend sieht er zu mir. Immerhin.

Meine Anwesenheit oder die der anderen Kneipenbesucher hindern ihn aber leider nicht daran, weiter lautstark in den Hörer zu gurren, dass er die ach so wunderbaren Schuhe doch morgen ganz sicher kaufen würde und die passende Tasche werde er sicherlich auch irgendwo auftreiben können und das Hotel sei schon organisiert und Täubchen solle sich bitte nicht so aufregen, es würde ganz bestimmt alles wunderbar werden. Er sei jetzt aber in einem wichtigen Meeting und würde sich dann später wie besprochen bei ihr melden.

Ungläubig verfolge ich sein Telefonat und die darauf folgende Dreistigkeit, sich weiter seinem Monolog über Unterhaltszahlungen zu widmen, ohne auch nur einmal mit der Wimper zu zucken. Ich bin tatsächlich vollkommen sprachlos, und das passiert mir echt selten. Dieser Typ ist sowas von sich selbst überzeugt, dass er nichts um sich rum mitbekommt. Es dreht sich den ganzen Abend nur um ihn und sein armes, von den ganzen habgierigen Frauen, völlig verkorkstes Leben.

Was für ein Idiot, denke ich gerade, als sein Handy zum dritten Mal klingelt. Jetzt reicht es mir endgültig. Ich reagiere blitzschnell und stehe auf, bevor Lukas abheben und ein erneut viele zu lautes, viel zu privates Gespräch beginnen kann. Fragend sieht er zu mir auf, während ich mich leicht zu ihm beuge und mich zwinge, ihm dabei nicht zu nah zu kommen.

»Mach ganz in Ruhe«, flüstere ich in sein Ohr. Er riecht nach viel zu viel billigem Aftershave. „»Mir ist gerade etwas schummrig vom Wein, ich muss mich mal kurz erfrischen.«

Lukas nickt nur kurz, dann widmet er sich geschäftig seinem Smartphone.

Froh, diesem Ekel entronnen zu sein, flüchte ich zielstrebig Richtung Toilette. Nachdem ich mir die Hände gewaschen und mich im Spiegel begutachtet habe, stehe ich unschlüssig vor dem Waschbecken. Auf gar keinen Fall werde ich wieder zu Lukas an den Tisch zurückkehren, soviel ist schon mal sicher. In Gedanken spiele ich meine Möglichkeiten der Flucht durch, gebe aber schnell auf und setze mich frustriert in die hinterste Toilettenkabine.

»Irgendwie habe ich gerade ein Déjà-Vu«, höre ich plötzlich eine tiefe Stimme, die mir sofort eine Gänsehaut bereitet. Mein Kopf schießt in die Höhe. Da steht er im Türrahmen, ein Grinsen im Gesicht, zwei Cocktailgläser in der Hand.

»Keine Sorge«, antworte ich. Meine Stimme klingt mit einem Mal merkwürdig belegt, und ich muss mich räuspern. »Mehr als ein halbes Glas Rotwein habe ich noch nicht geschafft.«

»Hab ich mitbekommen.« Lee kommt näher und hält mir eines der Gläser entgegen. »Ich dachte, ein Cocktail für die Nerven wäre vielleicht ganz passend.«

Abwartend schaut er auf mich herab, und sein Blick brennt wie Feuer auf mir. Nervös knete ich meine Hände in meinem Schoß. Was macht dieser Typ nur mit mir?

Wenn er in meiner Nähe ist, fühle ich mich wie ein pubertäres Schulmädchen, das ist wirklich völlig verrückt. Ich stehe auf und nehme dankbar das Glas entgegen. Dabei berühren sich kurz unsere Fingerspitzen, und ein wohliger Schauer durchfährt mich. Sein Blick ist unergründlich. Ich habe keine Ahnung, ob er dieses Kribbeln auch gespürt hat oder einfach nur nett sein will. Jedenfalls bringt er mich schon wieder total durcheinander, und das verwirrt mich.

»Du kannst Gedanken lesen«, antworte ich leise. Dankbar nippe ich am Glas des Long Island Ice Tea. Natürlich.

»Um das herauszufinden, haben Augen und Ohren gereicht«, lacht er und schüttelt dabei den Kopf. Sein Lachen ist ein tiefes, sonores Brummen und sofort fühle ich mich besser. Trotzdem kann ich nicht verhindern, dass meine Atmung sich beschleunigt und dieses Brummen eine Gänsehaut auf meinem ganzen Körper auslöst. »Aber keine Sorge, der Typ führt sein überaus wichtiges Telefonat gerade vor der Türe weiter. Sorry, aber das war ja nicht auszuhalten.« Mir fällt augenblicklich ein Stein vom Herzen und ich entspannte mich sofort.

»Gott sei Dank«, entfährt es mir erleichtert. »Ich hab gerade schon überlegt, aus dem Fenster zu klettern.« Ich deute auf die kleine Luke neben der Kabine und nehme erleichtert einen großen Schluck. »Hmm, lecker«, setze ich leise hinterher.

»Vom weltbesten Barkeeper und Schwarm aller minderjährigen Teenies eigens zusammengemixt.« Lee grinst vielsagend.

»Na, du musst es ja wissen«, kontere ich, während mir verräterische Röte ins Gesicht schießt. Ich schlucke und schaue auf. »Ich war letztens wohl ganz schön neben der Spur. Tut mir leid.« Ich versuche seinem Blick Stand zu halten, was bei diesen unfassbaren Augen nicht so leicht ist. Sofort bekomme ich weiche Knie und Nackenstarre, denn der Typ ist echt groß, sicher eins neunzig.

»Ist schon okay, das passiert doch jedem Mal. Ob ich eine Flucht durchs Toilettenfenster allerdings weniger neben der Spur finde als vollgekotzte Schuhe im Mülleimer, muss ich mir erst noch überlegen.« Dann stellt er sein Glas auf dem Waschbeckenrand ab und streckt mir die Hand entgegen. »Ich bin übrigens Lee.«

»Anna«, murmele ich verlegen. Seine Hand ist groß und warm. Sofort spüre ich diese Wärme durch meinen ganzen Körper schießen.

»Komm mit«, sagt er und zieht mich Richtung Tür. »Wir schauen mal nach, ob die Luft rein ist.« Ich muss kichern und balanciere vorsichtig meinen Cocktail, während Lee wie selbstverständlich meine Hand hält. »Houston, wir haben ein Problem«, flüstert er mir ins Ohr, nachdem er vorsichtig um die Ecke und zum Fenster gelugt hat. Seine Bartstoppeln kitzeln mich am Ohr, was mir einen wohligen Schauer über den Rücken jagt. Eigentlich mag ich keine Bärte, aber bei diesem Lee ist das anscheinend etwas anderes, mein Körper reagiert ganz von alleine auf seine Nähe. Mit großen Augen schaue ich ihn an.

»Der Typ telefoniert immer noch vor der Tür«, klärt er mich auf, ganz in seine 007-Agentenrolle vertieft. Ich rolle mit den Augen. Na prima.

»Und jetzt?« Verzweifelt sehe ich ihn an. »Doch durchs Klofenster?«

»Du meinst es ernst, oder? Willst du wirklich lieber durchs Fenster als nochmal an den Tisch zurück?«

Ich nicke eifrig.

»Hm, vielleicht habe ich eine bessere Lösung«, antwortet er. »Aber dann bist du mir mindestens einen weiteren Cocktail und eine Erklärung schuldig, was es mit diesem Schnösel auf sich hat.«

Ich nicke eifrig, gefangen von seiner Nähe und seinem unvergleichlichen Geruch.

»Was immer du willst, aber halte mir diesen Typen vom Leib«, höre ich mich sagen. Meine Hand in seiner, die kitzelnden Bartstoppeln, die Wärme, die er ausstrahlt, der sich langsam ausbreitende Alkohol in meiner Blutbahn, puh, ich bin gerade tatsächlich etwas überfordert.

»Sag das nicht zu laut und rühr dich nicht vom Fleck«, knurrt Lee in mein Ohr, bevor er mich alleine hinter der Ecke stehen lässt. Er scheint sich seiner Wirkung auf mich ziemlich sicher zu sein, was mich ein bisschen ärgert. Wie schafft man es nur, so selbstsicher zu sein? Und warum stehe ich hier wie ein Teenie mit butterweichen Knien? Aber es ist tatsächlich so, mein Körper ist ein mieser Verräter, und ich kann nichts dagegen tun.

Wie erstarrt bleibe ich zurück. Ist das gerade alles wirklich passiert? Oh mein Gott, flüstert eine aufgeregte

Stimme in meinem Kopf, während meine Hand ganz automatisch den Cocktail an meinen Mund führt. Dieser Typ ist mindestens zehn Jahre zu jung, und ich bin definitiv viel zu alt! Aber trotzdem, irgendetwas ist da zwischen uns, das habe ich mir schon bei unserem letzten Zusammentreffen nicht eingebildet. Vorsichtig luge ich um die Ecke und blicke Lee hinterher, der zielstrebig die Kneipe verlässt und sich draußen vor Lukas aufbaut. Je weiter er sich von mir entfernt, desto kälter wird mir.

Ich halte vor Anspannung die Luft an, doch es passiert überhaupt nichts Aufregendes. Lee sagt etwas, Lukas blickt auf und nickt, dann spricht er nochmal kurz in sein Handy, bevor er es in seiner Hemdtasche verschwinden lässt. Ein kurzer Wortwechsel folgt, dann kommen beide zurück in die Kneipe. Lukas greift nach seiner Jacke, hebt grüßend die Hand in die Runde und ist dann auch schon wieder auf dem Weg nach draußen. Keiner an den umliegenden Tischen erwidert seinen Abschiedsgruß, und alle scheinen genauso erleichtert über seinen Aufbruch zu sein wie ich. Wie aufs Stichwort höre ich auch schon wieder diesen penetranten Klingelton, bevor sich die Tür hinter ihm endlich schließt. Wild gestikulierend, mit Smartphone am Ohr, stolziert er von dannen und ich schaue ihm aus meinem Versteck mit offenem Mund hinterher.

»Die Luft ist rein«, höre ich Lees Stimme plötzlich ganz nah an meinem Ohr und zucke zusammen. Er hat sich schon wieder lautlos an mich herangeschlichen. Sofort flattert irgendetwas kurz in meinem Bauch auf.

»Äh, danke«, stottere ich ertappt. »Das sah ja ziemlich einfach aus. Was hast du ihm gesagt?«

»Dass du keinen Alkohol verträgst und dir schlecht war und dass ich dich, wie jedes Wochenende, an der Hintertür in ein Taxi gesetzt habe.«

Meine Augen werden groß.

»Bitte waaas? Wie jedes Wochenende?«, wiederhole ich fragend.

»Naja«, er schaut zerknirscht, »ich habe es vielleicht etwas übertrieben mit meiner Aussage über deinen Alkoholkonsum.«

Ich bin zum zweiten Mal an diesem Abend sprachlos. Wie schafft er das nur immer wieder? Schulterzuckend und grinsend nutzt Lee die Situation und greift wieder nach meiner Hand. Sofort durchströmt mich angenehme Wärme und es ist mir unmöglich, ihm böse zu sein.

Er zieht mich zur Theke und deutet wortlos auf einen der Barhocker. Eigentlich sollte ich wirklich sauer sein, immerhin hatte er mich als Alkoholikerin dargestellt, doch seltsamer Weise machte es mir überhaupt nichts aus. Soll Lukas doch von mir denken, was er will, die Hauptsache ist doch, dass er weg ist. Als Lee mich loslässt, fühle ich mich sofort leer und alleine, dabei geht er nur um die Theke herum und steht Sekunden später gegenüber von mir am Zapfhahn, ohne mich aus den Augen zu lassen. Ich nehme Platz, halte schweigend seinem Blick stand und nippe weiter an meinem Glas.

»Ich bin gleich wieder bei dir«, sagt er entschuldigend, dann ist er wieder ganz der fleißige Barkeeper und wuselt hinter der Theke herum. Ich nicke nur. So habe ich wenigstens die Gelegenheit, ihn endlich ganz unverblümt zu beobachten und mir etwas mehr Mut anzutrinken. Als hätte er meine Gedanken gelesen, steht wenige Sekunden später auch schon ein frisch gemixter Cocktail vor mir.

Lee bei der Arbeit zu beobachten, ist faszinierend. Die Kneipe hat sich mittlerweile deutlich gefüllt, und es gibt genug zu tun. Nicht ein einziges Mal vergisst er einen Drink oder lässt sich aus der Ruhe bringen. Er ist freundlich, witzelt mit ein paar jungen Typen am Kopf der Theke herum, hält, während er frisches Bier zapft, einen kurzen Schnack über die Bundesligaspiele mit den beiden älteren Herren, die mir noch schwammig bekannt vorkommen und spült zwischendurch ein paar Gläser.

Irgendwann kommt er zu mir herüber, wischt sich die Hände an einem Geschirrhandtuch ab und trinkt ein großes Glas Wasser in einem Zug aus. Seine Lippen glänzen, und ich würde am liebsten meine Hand ausstrecken, um ihm die dunkle Haarsträhne, die sich widerspenstig auf seine Stirn verirrt hat, wieder nach hinten zu streichen. Nur mit Mühe kann ich mich beherrschen, es nicht zu tun, und verfluche innerlich die Theke zwischen uns.

Wie ich vorhin richtig gesehen habe, zieren zumindest einen seiner Arme einige Tattoos, doch die hochgekrempelten Hemdsärmel geben leider nur einen Bruchteil dessen frei, was sich tatsächlich auf seiner Haut befindet, was mich vor Neugierde fast platzen lässt. Irgendwie passt das perfekt zu ihm. Keine Ahnung, ob ich schon wieder zu viel Alkohol intus habe, aber während ich ihn anstarre, gehen meine Gedanken mit mir durch. Ich stelle ihn mir mit nacktem Oberkörper vor, frage mich, wie er wohl küsst und fühle mich mal wieder wie ein völlig durchgeknallter Teenager.

Prompt geht die Tür auf, und die beiden minderjährigen Gackertussis, die, soweit ich mich erinnern kann, gar nicht minderjährig sind, betreten die Bar. Blondie scannt den Raum mit ihrem Blick und hält kurz inne, als sie mich in ihren Fokus nimmt. Scheiße. Ich habe wohl doch einen ziemlich bleibenden Eindruck hinterlassen. Peinlich berührt senke ich den Blick und nippe weiter an meinem Drink. Aus dem Augenwinkel beobachte ich, dass die beiden zielstrebig Richtung Theke laufen, die Brünette dackelt dabei brav hinter Blondie her. Beide fallen Lee um den Hals und unterhalten sich angeregt mit ihm. Währenddessen nimmt er wie selbstverständlich zwei Gläser aus dem Regal, belädt sie mit Eiwürfeln und füllt den Cocktailshaker. Als nach kurzer Zeit eine bläuliche Flüssigkeit langsam über das Eis ins Glas läuft, klatschen beide Mädels begeistert quietschend in die Hände.

»Anna.« Lee winkt mich plötzlich zu ihnen herüber.

Oh nein, bitte nicht! denke ich noch, und mir bricht der Schweiß aus, aber ich kann seine Aufforderung ja schlecht ignorieren. Also schlendere ich betont langsam an der Theke entlang zu der Truppe hinüber und lächele schief.

»Das ist meine Schwester Lu«, nickt er in Blondies Richtung. »Und das ist unsere Cousine Becki«, fügt er mit einem weiteren Nicken hinzu. Beide strahlen mich an.

»Na, dich kennen wir doch«, kichert Lu und prostet mir vielsagend zu. Auch Becki lächelt mir freundlich entgegen. Eigentlich scheinen sie beide ganz nett und zumindest nicht nachtragend zu sein.

»Ja, äh, stimmt wohl...«, stammele ich. »Tut mir leid, das war letztlich wohl definitiv nicht mein Abend.« Ich hebe ebenfalls mein Glas und grinse. »Ich bin Anna.«

»Prost Anna«, säuseln beide im Chor. Für einen Moment stehen wir schweigend nebeneinander, dann beugt Lu sich zu mir vor.

»Mach dir nichts draus, solche Abstürze hatten wir hier wohl alle schon. Lee und seine Cocktails sind berüchtigt.« Dann zwinkert sie mir zu und zieht Becki mit sich in Richtung Tanzfläche.

Eigentlich ist der Begriff Tanzfläche gar nicht der richtige Ausdruck. Es sind ein paar Quadratmeter ohne Stühle und mit ein paar Stehtischen am Rand. Gesäumt wird das Ganze von zwei großen Boxen, die etwas erhöht auf zwei Sockeln stehen. Es gibt zwar eine kleine Lichtanlage und in der Ecke steht eine Nebelmaschine, aber beides scheint veraltet und außer Betrieb. Alles in allem unspektakulär und leer bis zu dem Moment, in dem Lu und Becki den Tanzbereich betreten.

Mittels Zeichensprache gibt Lu ihrem Bruder zu verstehen, die Musik lauter zu drehen, was Lee natürlich prompt umsetzt. Mit einem Schulterzucken gesellt er sich dann wieder zu mir und wir beobachten gemeinsam, wie seine Schwester die Gäste anheizt, sich mal ein bisschen im Takt zu bewegen. Die jungen Typen, mit denen er eben noch an der Theke gewitzelt hat, lassen sich nicht lange bitten und überbieten sich gegenseitig, um die Gunst der beiden Schönheiten zu gewinnen. In der Tat ist es nicht von der Hand zu weisen, dass beide Mädels hier hoch im Kurs stehen. Lee lacht leise neben mir.

»Immer diese Teenies«, ruft er mir dann feixend zu und schmeißt das Handtuch hinter die Theke. Eine Frau in knappem Lederrock fängt es auf und hebt drohend den Zeigefinger. *Auch das noch*, schießt es mir durch den Kopf. Lee grinst mich nur vielsagend an. Ihm entgeht wirklich nichts, und er weiß noch ganz genau, was ich über seine Kollegin gesagt habe.

»Lee, du hast erst in zehn Minuten Feierabend«, schnaubt diese nun und wirft uns gespielt böse Blicke zu.

»Ach komm Tess, stell dich nicht so an. Ich hab dir auch schon alle Flaschen aufgefüllt. Außerdem ist grad eh nichts zu tun, Lu hat ja alle auf die Tanzfläche gelockt und ...«

Weiter muss er gar nicht diskutieren. Tess gibt uns mit einem Abwinken zu verstehen, dass alles okay ist und sie die Schicht jetzt übernimmt.

»Wollt ihr was trinken?«, fragt sie, nun ganz die Barkeeperin, und schwingt schon den Cocktailshaker gekonnt von der einen in die andere Hand.

»Danke, ich nehme erstmal ein Wasser«, sage ich. Auf gar keinen Fall werde ich mich wieder so blamieren wie beim letzten Mal. In Lees Nähe ist mir auch so schon heiß und schummrig genug.

»Zwei bitte«, antwortet dieser und schnappt sich die Gläser, kaum dass sie gefüllt sind. »Komm Anna, da hinten ist noch ein Tisch frei!« Er bahnt uns einen Weg durch die tanzende Menge, und wir nehmen an einem kleinen Tisch in einer der hintersten Ecken Platz.

»So«, sagt er, während ich nervös meine Hände knete. »Dann erzähl mal, vor wem ich dich da eben gerettet habe.«

Plötzlich weiß ich gar nicht mehr, was ich sagen soll. Je länger ich darüber nachdenke, desto peinlicher ist mir diese ganze Geschichte mit Lukas. Wie konnte ich mich nur auf so einen Scheiß einlassen. Manchmal sollte man echt nicht denken, dass ich eine gestandene Frau und Mutter von achtunddreißig Jahren bin. Auch jetzt fühle ich mich eher wie ein verunsicherter Teenager und nicht wie eine Frau, die mitten im Leben und mit beiden Beinen fest auf dem Boden steht.

Lee bemerkt meine Unsicherheit sofort, greift nach meinen Händen und entknotet sie zärtlich, bevor er sie vor uns auf den Tisch legt und mit seinen Daumen über meinen Handrücken streicht. Ich starre wortlos darauf und weiß nicht, was ich ihm antworten soll. Wie können so riesige Hände sich nur so unglaublich gut anfühlen. Mir bricht schon wieder der Schweiß aus.

»Hey«, sagte er dann leise und hebt mein Kinn mit seinen wunderbaren Fingern, damit ich ihm in die Augen sehen muss. »Du musst mir gar nichts erzählen, wenn du nicht willst, hörst du?« Eindringlich sieht er mich an.

Ich seufze und zwinge mich, seinen Blick zu erwidern. Diese ganze Situation ist skurril und verrückt und ich weiß gar nicht, wie das hier alles passiert ist. Da sitze ich nun in der hintersten Ecke einer Kneipe mit einem unglaublich heißen, viel zu jungen Typen und weiß nicht, was ich sagen soll, während mein Herz mir gleich aus der Brust springt. Jule wird sich nicht mehr einkriegen, wenn ich ihr davon erzähle, denn nach unserem letzten Telefonat ist sie vor Lachen tatsächlich fast vom Stuhl gefallen und ich konnte sie gerade noch davon abhalten, persönlich einzufliegen, um sich heute heimlich hier einzuschleichen. Wie sie wohl auf meinen heutigen Abend reagieren wird?

Aber heute ist nicht morgen und Lee hat mich total in seinen Bann gezogen. Ich verstehe nicht, wie und was er mit mir anstellt, aber er strahlt eine solche Ruhe und ein solches Vertrauen aus, dass ich ihm nach einem großen Schluck Wasser von der bescheuerten Blind-Date-Idee meiner Freundin erzähle, von den Telefonaten mit Lukas und warum bei meinem letzten Kneipenbesuch alles so aus dem Ruder gelaufen ist. Dass ich dazu auch noch verheiratet und Mutter von zwei launischen Teenies bin, verschweige ich aber sicherheitshalber.

Lee hört mir die ganze Zeit aufmerksam zu, er unterbricht mich nicht ein einziges Mal und lässt mich nicht eine Sekunde aus den Augen.

»Du hast wirklich eine seltsame Menschenkenntnis«, ist seine abschließende Reaktion auf meine Ausführungen. Auch er nimmt einen großen Schluck Wasser und wartet schweigend auf meine Antwort.

»Würde ich sonst hier mit dir sitzen?«, provoziere ich ihn scherzhaft und spiele verlegen mit meinem leeren Glas herum, das mir prompt umkippt und vom Tisch zu rollen droht, doch gekonnt fängt seine große Hand es auf.

»Na, so schlimm bin ich jetzt auch wieder nicht«, lacht er und stellt das Glas zurück auf den Tisch. Dabei bilden sich wieder diese schönen Lachfältchen um seine Augen und bringen diese noch mehr zum Strahlen. Wieder spüre ich das Flattern in meinem Bauch.

»Naja«, kontere ich. »Mit deiner Menschenkenntnis ist es aber auch nicht weit her.«

»Wieso?«, fragend sieht er mich an. »Bist du eine Serienkillerin oder sowas?«

Ich schüttele grinsend den Kopf. »Nein, ganz so schlimm ist es nicht.«

»Sondern?« Jetzt habe ich wohl seine Neugierde geweckt. Aufmerksam musterte er mich.

»Ich bin viel zu alt.«

»Äh...«, irritiert runzelt er die Stirn. »Wie kommst du darauf? Und wofür genau bist du jetzt zu alt?«

»Für dich.« platzt es aus mir heraus. Vielleicht sollte ich endlich hinzufügen, dass ich nicht nur deutlich älter, sondern nebenbei auch noch eine verheiratete Mutter bin, aber irgendwas hält mich davon ab. Vermutlich habe ich einfach nur Angst, dass er dann aufsteht und geht.

Lee schweigt, dann beginnen seine Mundwinkel zu zucken. Und ehe ich noch etwas sagen kann, bricht er in so lautes Gelächter aus, dass sein ganzer Brustkorb vibriert.

Es dauert eine ganze Weile an. Und selbst, als er wieder sprechen kann, lachen seine blitzenden Augen noch weiter. Dann wird er plötzlich ernst, steht auf und beugt sich mit den Händen auf dem Tisch zu mir hinunter. Für einen Moment bleibt mein Herz stehen, dessen bin ich mir ganz sicher, dann stolpert es völlig durcheinander weiter. Sein Atem streichelt über meinen Hals, und ich bin ihm regungslos ausgeliefert, was er ganz genau zu spüren scheint. Lee riecht unglaublich gut und in diesem Moment könnte er alles mit mir machen. Ich sitze wie gelähmt in meinem Kneipenstuhl, und mein ganzer Körper kribbelt vor Aufregung und Nervosität.

»Ich bin alt genug, um das selber entscheiden zu können, Anna, glaub mir«, haucht er in mein Ohr. »Und falls es dich beruhigt, ich bin 28 und habe überhaupt kein Problem damit, solltest du ein paar Jahre älter sein.«

Weiterhin stützt er seine Hände vor mir ab und beugt sich mit dem Gesicht noch ein Stück weiter zu mir hinunter. Es fehlt nicht viel, und ich hätte ihn ohne Vorwarnung geküsst. Eine Hitze wandert zwischen uns hin und her, die er unmöglich ignorieren kann.

»Ich gehe jetzt eine Runde Billard spielen, hast du Lust?« Er wartet meine Antwort nicht ab, sondern lässt mich einfach sitzen und geht davon.

Das ist auch ganz gut so, denn ich brauche definitiv ein paar Minuten, um meinen Herzschlag zu regulieren und meine Gedanken zu sortieren. Noch mehrfach hole ich tief Luft und atme langsam ein und aus, während ich ihn beim Aufbau der Kugeln beobachte, dann stehe ich ebenfalls auf.

Jules Meinung dazu werde ich noch früh genug erfahren, aber heute entscheide ich ganz alleine. Während Lee seinen Queue mit Kreide bearbeitet, beobachtet er jeden Schritt von mir.

Insgeheim grinse ich, und mein Gang wird mit jedem Schritt selbstsicherer. Dazu hätte er mich besser nicht herausfordern sollen, denn nun wird er gleich sein blaues Wunder erleben. Vielleicht sehe ich nicht danach aus, aber Billard spielen kann ich, und zwar richtig gut. Kurz muss ich an meine verstaubte Queuetasche auf dem Dachboden daheim denken. Es ist Ewigkeiten her, seit ich das letzte Mal gespielt habe, aber erfahrungsgemäß ist Billard ja wie Radfahren. Der Tisch hier hat sicher keine Turnierqualitäten und ich bin ein wenig eingerostet, aber für eine Runde Kneipenbillard wird es wohl noch reichen.

Mein Selbstbewusstsein wächst weiter mit jedem Schritt, den ich auf Lee und den Tisch zugehe. Dann greife ich nach einem Queue mit rot-goldenem Griff, der mich ein kleines bisschen an mein Schätzchen daheim erinnert.

Während ich mir die Kreide nehme, eröffnet Lee schweigend die Runde. Eine volle Kugel landet im Auffangkorb und triumphierend setzt er erneut an, scheitert aber um wenige Millimeter.

Gekonnt setzte auch ich an und kann mir ein süffisantes Grinsen nur schwer verkneifen. Die weiße Kugel prallt einmal an der Bande ab, zischt zurück und trifft zielsicher. *Sehr schön, ich habe es tatsächlich nicht verlernt,* denke ich grinsend und drehe dem Tisch den Rücken zu. Ich weiß genau, welche Kugeln gerade ins Ziel rollen und Lees Blick ungläubig werden lassen.

»Ich bin zehn Jahre älter als du«, hauche ich stattdessen in sein Ohr, als er stocksteif neben dem Tisch steht und die Kugeln beobachtet. Sein Gesicht zeigt keine Regung, und kurz bin ich unsicher, ob mein Alter oder mein gekonnter Stoß der Grund dafür ist.

Während ich eine Kugel nach der anderen sicher ins Ziel befördere, schweigt Lee beharrlich. Ich beeile mich nicht und gebe ihm Gelegenheit, unseren Altersunterschied zu verdauen. Außerdem genieße ich seinen zunehmend ungläubigen Blick, der starr auf den Billardtisch gerichtet ist. Trotzdem sehe ich ihm an der Nasenspitze an, dass es in ihm brodelt.

Nachdem auch die schwarze Acht zielsicher verschwunden ist, lege ich mein Queue quer über den Tisch und stelle mich neben Lee, der mittlerweile kopfschüttelnd und mit beiden Händen auf den Tisch gestützt da steht und anscheinend nicht fassen kann, was für eine Pleite ihm da gerade widerfahren ist.

»Tja«, sage ich nur schulterzuckend. »Ich mag zwar alt sein, an mit so jungem Gemüse wie dir nehme ich es noch allemal auf.«

Ein Grinsen kann ich mir nun doch nicht mehr verkneifen und ich glaube, auch seine Mundwinkel leicht zucken zu sehen. Ich lasse ihn stehen und schlendere zur Theke. Meine Kehle ist trocken und es ist dringend Zeit für etwas anderes als Wasser, denke ich, und gebe Tess insgeheim eine zweite Chance. Vielleicht hat sie den Ice Tea ja besser drauf als den Caipi. Wobei ich mir sicher bin, dass eigentlich nur Lee den perfekten Cocktail für mich mixen kann.

»Hey!« Mit einem Nicken nimmt sie meine Bestellung entgegen.

Da ich keine Ahnung habe, was Lee gerne trinkt, bestelle ich meinen Cocktail und sage dann beiläufig »*und für Lee wie immer*«. Sie grinst nur und nickt, dann wuselt sie weiter hinter der Theke herum.

»Hier«, reißt sie mich nach kurzer Zeit aus meinen Gedanken. Dabei schiebt sie mir meinen Cocktail und dazu ein Bier entgegen. »Geht aufs Haus, Süße. Mach ihn fertig.« Sie deutet in Richtung Billardtisch, vor dem Lee noch immer kopfschüttelnd steht.

»Och, kein Problem!« Erleichtert zwinkere ich ihr zu und lache kurz laut auf, dann trete ich mit den Getränken bewaffnet den Rückzug an.

An der Wand neben dem Tisch ist ein kleines Regal montiert, auf dem ich unsere Erfrischungen abstelle. Schweigend tritt Lee nun neben mich, greift nach seinem Bier und nimmt einen kräftigen Schluck. Dabei bleibt Bierschaum in seinem Bart hängen, den er genüsslich mit seiner Zunge ableckt, während er mich nicht aus den Augen lässt. Dennoch schweigt er weiterhin beharrlich. Was er jetzt wohl von mir denkt?

Nur zu gerne hätte ich seinen Bart vom Bierschaum befreit. Allein die Vorstellung lässt mich erröten. Die Luft zwischen uns scheint zu schwirren, und als hätte er meine Gedanken erraten, stellt Lee sich plötzlich ganz nah vor mich und beugt seinen Kopf herunter. Ich nehme seinen wunderbaren Duft wahr, spüre seinen warmen Atem auf meiner Haut und kann mit einem Schlag nicht mehr klar denken.

Seine Lippen streifen ganz leicht mein Ohrläppchen, während er endlich seine Stimme wiedergefunden hat und mir ein »Du machst mich wahnsinnig« ins Ohr brummt. »Eine gestandene Frau wie du sollte junge Männer nicht so in die Enge treiben.«

Erschrocken weiche ich ein Stück zurück. Was hat er denn erwartet? Ich bin nun mal fast vierzig, daran kann ich ja auch nichts ändern. Das habe ich jetzt von meiner halbherzigen Ehrlichkeit. Doch bevor sich Enttäuschung in mir breit machen kann, macht Lee den von mir erzeugten Abstand zwischen uns wieder kleiner. Sofort schlägt die Hitze wieder mit voller Kraft zu.

»Anna«, haucht er mir ins Ohr und ich erschaudere unter seiner Stimme und der leichten Berührung seines Daumens, als er mit eine Haarsträhne aus dem Gesicht streicht. »Es ist mir doch scheißegal, wie alt du bist!« Dann aber schüttelt er resigniert den Kopf. »Aber dass du mich hier so blamierst und beim Billard abziehst, das nehme ich dir echt übel. Schau dir nur dieses fiese Grinsen von Tess an! Sie hat noch nie eine Runde gegen mich gewonnen, das geht ihr grad runter wie Öl!«

Erleichtert atme ich aus, denn vor lauter Nervosität habe ich gar nicht bemerkt, dass ich die Luft angehalten habe. Nun drehe ich meinen Kopf Richtung Bar, von der aus Tess uns gerade grinsend zuprostet und den Daumen nach oben richtet. Ich hebe ebenfalls mein Glas und zwinkere ihr triumphierend zu.

Mit unsicherem Blick drehe ich mich dann langsam wieder zu Lee. Ihm ist es also egal, dass ich so viel älter bin? Noch immer trennen uns nur wenige Zentimeter voneinander, und ich kann die Hitze, die er ausstrahlt, mit jeder Faser meines Körpers spüren. Voller Adrenalin und mit laut pochendem Herz nehme ich ebenfalls einen großen Schluck, ohne den Abstand zwischen uns größer werden zu lassen. Vor lauter Nervosität habe ich mir aber statt meines Cocktails das Bierglas geschnappt. Nun bin ich diejenige mit Schaumbart, den Lee mir zärtlich mit dem Daumen von den Lippen wischt. Ich bin wie hypnotisiert und keuche bei seiner plötzlichen Berührung kurz auf. Seine Finger an meinen Lippen schicken Blitze durch meinen ganzen Körper, während sein glühender Blick mich um den Verstand bringt.

Die Spannung zwischen uns ist nur schwer auszuhalten. Ich kann mich kaum noch beherrschen, denn diese Gefühle, die meinen ganzen Körper in Beschlag nehmen, sind komplett neu für mich, und ich bin völlig überfordert. Lee ist der absolute Wahnsinn, ich kann ihn nur anstarren und bin unfähig, zu reagieren. Sein Blick ist fragend und sagt mir, dass es ihm genauso geht.

Tess schielt immer noch grinsend von der Theke zu uns herüber. Schnell will ich mich abwenden, doch ohne Vorwarnung greift Lee nun nach meiner Hand und zieht mich wortlos hinter sich her. Wir stolpern durch eine Tür, und bevor ich überhaupt verstehe was gerade geschieht, drückt er mich auch schon mit dem Rücken gegen die Wand. Wieder keuche ich auf, zum einen, weil mein Rücken an die kalte Wand gepresst wird und zum anderen, weil ich schier verrückt werde vor Erregung. Lee hat seine Arme rechts und links neben mir gegen die Wand gedrückt und fixiert mich wieder mit seinem Blick. Er ist sicher zwei Köpfe größer als ich, und ich schaue mit großen Augen zu ihm herauf.

»Junges Gemüse bin ich also für dich«, wiederholt er jetzt meine Aussage provozierend. Sein Atem geht genauso schnell und unregelmäßig wie meiner und seine Stimme ist ein dunkles Grollen, dass mir eine Gänsehaut beschert. Trotzdem muss ich grinsen.

»Viel zu jung«, bestätige ich ihm. Mein Atem geht stoßweise, als er zärtlich mit den Fingern meinen Hals entlangwandert.

»Hm, verstehe…«, brummt er. »Mal schauen, ob die besonderen Qualitäten von jungem Gemüse dich vielleicht doch überzeugen können.«

Ich zittere vor Erregung. Dieser Typ macht mich einfach nur wahnsinnig und das alles hier ist völlig verrückt.

Unendlich langsam beugt er sich weiter zu mir hinab. Als unsere Lippen sich endlich treffen, explodiert irgendetwas tief in mir. Es fühlt sich so an, als hätten wir uns schon immer gesucht und nun endlich gefunden. Er presst mich fester gegen die Wand, und ich spüre seine Hitze überall.

Lees Lippen wissen genau, was sie tun und das Flattern in meinem Bauch wird immer mehr. Erst verspüre ich nur ein immer stärker werdendes Kribbeln, bevor sich alles in mir lustvoll zusammenzieht und sich dann so explosionsartig von meinem Bauch ausgehend in alle Richtungen verteilt, dass ich nicht mehr weiß, wo oben und unten ist. Er knabbert gierig an meinen Lippen, teilt sie mit der Zunge und erforscht suchend meinen Mund. Ein erneuter Stromschlag durchzuckt mich, als unsere Zungenspitzen sich das erste Mal berühren. So intensiv hat mich noch kein Mann geküsst, so hungrig und voller Leidenschaft. Überhaupt hat mich so noch nie jemand berührt und aus der Fassung gebracht. Ich bin wie Butter in seinen Händen und weiß nicht, wie mir geschieht. Zielsicher wissen Lees Hände, wo sie mich berühren müssen, um immer wieder neue kleine Stromschläge durch meinen Körper zu jagen. Während unsere Küsse immer fordernder und mein Höschen immer feuchter werden, gehen seine Hände weiter auf Wanderschaft und scheinen überall gleichzeitig zu sein, während er sich einnehmend gegen mich presst und ich sein Verlangen überdeutlich spüre. Betrunken vor Erregung, berauscht und völlig fasziniert von diesen neuen Gefühlen, verliere ich auch das letzte bisschen Zurückhaltung, und klammere mich an ihn wie eine Ertrinkende, bevor ich mich einfach nur noch fallen lasse.

Irgendwann, ich habe jede Zeitgefühl verloren, hebt er mich einfach hoch, und ich umklammere ihn mit meinen Beinen. Er trägt mich weiter den dunklen Flur entlang, ohne mit dem Küssen zu pausieren oder seine Hände von mir zu nehmen.

Als er am Ende des Flurs stehen bleibt, höre ich das Klimpern eines Schlüssels und eine leicht quietschende Tür, die hinter uns ins Schloss fällt. Außer Lee nehme ich um mich herum nichts mehr wahr und ich bin völlig berauscht, bis er plötzlich von mir abrückt und meine Füße wieder den Boden berühren. Komplett außer Atem brauche ich eine Sekunde, bis ich wieder einigermaßen klar denken und geradeaus gucken kann.

Mir fehlt seine Nähe sofort und ich fröstele, aber die Neugier siegt und ich schaue mich interessiert um. Keine Ahnung, wohin er mich gebracht hat, aber wir stehen inmitten einer kleinen, komplett eingerichteten Wohnung. Vom dunklen Kneipendesign ist hier nichts mehr zu sehen, es riecht frisch und gut gelüftet und gefällt mir auf Anhieb. Lee steht neben der Eingangstür und beobachtet mich abwartend, während ich mich weiter umsehe und versuche, meine völlig derangierte Frisur unauffällig wieder auf Vordermann zu bringen, was natürlich misslingt. Amüsiert beobachtet er meine Versuche und kommt wieder näher.

»Die Kneipe gehört einem Freund von mir. Ich wohne hier vorübergehend, dafür helfe ich am Wochenende hinter der Theke aus«, erklärt er mir dabei ungefragt. Dann nimmt er mein Gesicht in seine Hände.

Diesmal ist sein Kuss unendlich langsam und voller Zärtlichkeit. Er streichelt über meine Wangen, meinen Hals und meine Schlüsselbeine, dann küsst er jeden Zentimeter davon. Sofort bin ich wieder seinem Charme und seinem betörenden Duft verfallen. Ich kann mich nicht wehren und möchte es auch gar nicht. Das Knistern und die Hitze zwischen uns sind sofort wieder da, und als sein Mund meine geschlossenen Augenlider berührt, geht erneut ein Kribbeln durch meinen ganzen Körper. Ich stöhne auf und fummele nervös an seinen Hemdknöpfen herum, denn jedes Kleidungsstück zwischen uns erscheint mir zu viel. Meine Beherrschung schwindet zunehmend, während er mich zum Bett schiebt und sein stoßweiser Atem an meinem Ohr mir sagt, dass es ihm genauso geht.

Trotz meiner zitternden Finger, die nur langsam und ungeschickt sein Hemd öffnen, entledigen wir uns nach und nach unserer Kleidungsstücke, erforschen nach jedem gefallenen Stück Stoff die soeben frei gewordenen Körperstellen des anderen. Ich kann nicht genug bekommen von seinen zärtlichen Küssen, mit denen er meinen ganzen Körper bedeckt. Mein letzter Sex ist schon Jahre her, und ich kann mich beim besten Willen nicht erinnern, jemals so etwas wie das hier erlebt zu haben. Ich klammere mich an Lees wunderbaren Körper, während seine muskulösen, braungebrannten Arme mich sicher halten. Tatsächlich sind sein Arm und der halbe Oberkörper mit kunstvollen Tattoos geschmückt, die ich mir später noch ganz genau ansehen werde.

Als seine Finger gekonnt meine empfindlichen Brüste kneten, explodiere ich fast und keuche laut auf. Er weiß ganz genau, was ich brauche, und unsere Körper scheinen wie füreinander gemacht. Was Lee sieht und spürt, scheint ihm ebenfalls zu gefallen, denn seine Erektion drückt immer fester gegen mich, und er stöhnt in mein Ohr. Als ich an seinem Körper tiefer wandern will, hält er mich jedoch mit festem Griff zurück. Dann schmeißt er mich rücklings auf sein Bett und legt mir meine Arme über den Kopf.

Während er mir mein noch verbliebenes Höschen auszieht, lässt er mich nicht aus den Augen. Ich winde mich unter ihm, wage aber nicht, meine Arme wieder nach vorne zu nehmen. Sein Schwanz pulsiert vor Lust und langsam ahne ich, was er vorhat. Ich stöhne schon bei dem Gedanken daran laut auf. Mit den Händen klammere ich mich am Kopfende des Bettes fest. Zwischen meinen Beinen pocht alles vor Verlangen, und ich spüre, wie feucht und bereit ich für ihn bin. Völlig entblößt liege ich nun vor ihm. Langsam löste er seinen Blick von meinem und lässt ihn meinen Körper entlang wandern. Er zitterte ebenfalls vor Erregung und ich registriere, wie schnell sich sein muskulöser Brustkorb hebt und senkt. Als sein Blick tiefer wandert, stöhne ich erneut auf. Alleine sein glühender Blick und die Vorstellung dessen, was er gleich mit mir anstellt, bringen mich komplett um den Verstand. Weil ich es kaum noch aushalten kann, werde ich noch mutiger und spreize provozierend meine Beine. Lee stöhnt auf und bekommt augenblicklich glasige Augen. Ganz langsam senkt er seinen Kopf, während ich ihm mein Becken hemmungslos entgegenhebe. Als seine Zunge erst zärtlich, dann immer forschender jeden Zentimeter meiner intimsten Stellen erkundet, halte ich es nicht mehr länger aus und explodiere mit allem, was ich habe. Ich bäume mich unter seinen Liebkosungen auf und weiß nicht mehr, wo oben und unten ist. Seine Zunge schiebt sich fordernd in mich hinein und wieder hinaus, seine Bartstoppeln erzeugen dabei ein wunderbares Gefühl in mir. Bebend nehme ich nur am Rande wahr, dass Lee kurz inne hält und sich ein Kondom überzieht. Ich will ihn nur noch in mir spüren und hebe mich ihm lustvoll entgegen. Mit einem festen Stoß ist Lee plötzlich tief in mir und füllt mich komplett aus. Wir fügen uns so perfekt zusammen, als wären unsere Körper füreinander gemacht. Einen kurzen Moment hält er inne und sieht mich an, bevor er sich mit einer flüssigen Bewegung dreht und ich plötzlich auf ihm sitze. Ich spüre ihn hart und fordernd ganz tief in mir, während ich meine Hüften um ihn kreisen lasse und mein Becken erst langsam und dann immer schneller hebe, um es gleich darauf wieder sinken zu lassen. Sein Schwanz pulsiert in mir, und als er meine Nippel zwischen die Finger nimmt und knetet, spüre ich erneut einen Orkan aufsteigen. Es gefällt mir, ihn in dieser

Position zu kontrollieren und locke ihn weiter mit kreisenden Hüftbewegungen, bis ich es selber kaum noch aushalten kann. Seine Hände wandern wieder tiefer, umfassen und kneten meinen Po, während ein Finger meine Perle liebkost und seine Augen dunkel werden. Gleichzeitig kommen wir zum Höhepunkt, und ich glaube, wir schreien beide kurz auf, bevor ich mich erschöpft auf ihn sinken lasse, während der Orgasmus und die Erregung in unseren Körpern nur langsam abebben. Wir klammern uns dabei aneinander, als wollten wir uns nie wieder loslassen.

Ich habe keine Ahnung, wo genau wir sind, wie spät es ist oder wie das hier alles weitergeht. Aber in diesem Moment spielt das alles keine Rolle, ich schwebe irgendwo im Nirgendwo und schlafe glücklich berauscht und völlig erschöpft auf dieser wundervollen Brust ein, während starke Arme mich beschützen.

Als ich erwache, halten diese Arme mich noch immer umschlungen. Lee schläft noch tief und fest, er atmet ruhig und gleichmäßig, während mein Kopf sich rhythmisch zu seinen Atemzügen auf seiner Brust bewegt.

Oh mein Gott, schießt es mir durch den Kopf, während ich den Abend und die letzte Nacht in Gedanken Revue passieren lasse. Ich atme Lees unverkennbaren Duft ein und fühle mich auch jetzt in seinen Armen unendlich sicher und geborgen. Es fühlt sich alles so richtig an und viel zu perfekt.

Meine Gedanken gehen auf Wanderschaft, und ich will mich nicht bewegen aus Angst, alles nur geträumt zu haben. Irgendwann ist es im Zimmer hell genug, um die Tätowierungen auf seinem Arm zu erkennen und meine Neugier siegt. Es sind mehrere, ineinander übergehende Tattoos, größtenteils Muster und Linien, die sich wie Nebelschwaden von seiner Brust hinunter bis zu seinem Handgelenk ziehen. Langsam und bedacht winde ich mich aus unserer Umarmung, um seinen Oberarm endlich genauer betrachten zu können.

Ein Adler mit ausgebreiteten Schwingen thront dort mittig und mit stechendem Blick. Seine Flügel hat er nicht ohne Grund ausgebreitet, er scheint etwas zu beschützen, was ich nicht sehen kann. Ganz langsam schiebe ich mich noch ein bisschen weiter über Lees Brust nach oben. Dann erkenne ich zwei kunstvoll ineinander verschlungene Engel, die friedlich im Schutz des Adlers zu schlafen scheinen.

»Gefällt es dir?«, fragt Lees dunkle Stimme leise. Keine Ahnung, wie lange er schon wach ist und mich beobachtet, denn ich habe gar nicht bemerkt, dass meine Finger die schwarzen Linien auf seinem Arm zärtlich nachzeichnen. Unsere Blicke treffen sich, und sofort spüre ich die altbekannte Hitze aufsteigen und dieses wunderschöne, unterschwellige Flattern in meinem Bauch nimmt wieder an Fahrt auf. Ich kann nur stumm nicken, weil seine Finger behutsam und unendlich langsam meine Wirbelsäule hinaufwandern, bis sie meinen Nacken erreichen und mich dann zärtlich zu ihm hinunterdrücken. Ich bekomme sofort eine Gänsehaut, als sich unsere Lippen treffen und wir da weitermachen, wo wir gestern erschöpft aufgehört haben.

Wie selbstverständlich sitzen wir nach einer sehr aufregenden, gemeinsamen Dusche mit noch nassen Haaren am Frühstückstisch und sind albern wie die Teenager. Ich habe mich lange nicht mehr so leicht und unbeschwert gefühlt, doch in dem Moment, als mir dieser Gedanke durch den Kopf schießt, plagt mich auch sofort mein schlechtes Gewissen.

»Ich muss langsam mal los«, bemerke ich bedauernd, während ich die leeren Kaffeebecher in die Spüle stelle.

»Schade«, brummt Lee hinter mir und bedeckt meinen Nacken mit warmen Küssen, während ich mich wie selbstverständlich an ihn schmiege. »Hast du Lust, morgen etwas mit mir zu unternehmen? Wir könnten … Billard spielen?«

Ich drehe mich zu ihm um und nehme sein Gesicht in meine Hände.

»Das würde ich echt gerne, aber morgen kann ich leider nicht«, flüstere ich bedauernd und küsse seine Nasenspitze. »Ich rufe dich an und wir machen etwas aus, okay?« Ich muss ihm noch so viel erzählen und erklären, aber ich bringe es gerade einfach nicht fertig, diesen Moment zu ruinieren.

»Klar«, nickt er, während wir uns gegenseitig unsere Nummern diktieren. Sein Blick wirkt dabei zum ersten Mal unsicher, als ob er an meinen Worten zweifelt. Dann legt er sein Handy zur Seite, drückt mich an den Küchenschrank und küsst mich so langsam und voller Gefühl, dass ich schon wieder wie Butter in seinen Händen bin. Ich kann mich gar nicht dagegen wehren.

»Anna«, haucht er leise, und in seinen Augen bemerke ich erneut diese Unsicherheit. »Ich meine es ernst. So viel Spaß hatte ich schon lange nicht mehr, ich würde dich wirklich gerne wiedersehen und alles über dich erfahren.«

Der Kloß in meinem Hals wächst. Bestimmt kann man mir mein schlechtes Gewissen schon an der Nasenspitze ansehen. Außerdem fühle ich mich wie ein liebeskranker Teenager und muss schleunigst zum Nachdenken nach Hause. Nach einem langen Kuss und der zu erwartenden Witzeleien über mein Gefährt und das pinke Fahrradschloss lässt Lee sich endlich davon überzeugen, mich loszulassen.

»Wenn ich mich dir schon wie ein Teenie an den Hals werfe, dann doch wohl auch mit dem passenden Drumherum«, kontere ich mit Blick auf meinen Drahtesel.

Lee steht, mit dem Rücken an die Hauswand gelehnt da, schüttelt lachend den Kopf und verschränkt seine Arme vor der Brust. Sofort verspüre ich den Drang, mein Rad in die Ecke und mich selbst wieder in seine Arme zu werfen. Doch ich bin stark und widerstehe dieser Anziehungskraft, räuspere mich aber verlegen und drehe mich schnell um, damit ich nicht doch noch einknicke.

Während ich in die Pedalen trete, spüre ich seinen stechenden Blick in meinem Rücken, und mein Herz vollbringt einen Purzelbaum nach dem anderen. Ganz bewusst fahre ich langsam, denn ich brauche definitiv noch ein bisschen Zeit für mich und muss meine Gedanken ordnen, bevor ich wieder in unser altbekanntes Familienchaos eintauchen kann.

Was ist da in den letzten Stunden zwischen Lee und mir passiert? War ich nur eines seiner täglichen Abenteuer, oder kann ich seinen wunderbaren Worten Glauben schenken? Will er mich wirklich wiedersehen? Ausgerechnet mich, die er doch gar nicht kennt und die weder mit den Gackertussis noch irgendwelchen jungen Supermodels mithalten kann? Oh mein Gott, und wenn das wirklich stimmt, wie wird Lee auf die unausweichliche Wahrheit über mich und mein Leben reagieren? Ich darf ihm die komplizierteren Umstände meines Lebens nicht länger verschweigen, er muss wissen, auf was er sich da einlässt, und dass ich eine verheiratete Frau bin. Und Mutter! Oh verdammt, so habe ich mich wirklich das letzte Mal mit achtzehn gefühlt, nur ohne dieses schlechte Gewissen und das miese Gefühl, ihn angelogen zu haben. Langsam beruhigen sich meine Nerven und ich rede mir ein, dass ich ja gar nicht gelogen, sondern nur die Wahrheit verschwiegen habe. Außerdem hat er ja auch nicht gefragt.

In meinem Kopf tauchen immer wieder Bilder der letzten Stunden auf, und ich weiß nicht mehr, was ich denken soll. Was ich aber mit Gewissheit weiß ist, dass ich noch nie so eine gigantische Nacht erlebt habe. Und an einen so spontanen, ungezwungenen und lustigen Abend kann ich mich das letzte Mal erinnern, als ich vor vielen Jahren mit Jule unterwegs und an Max noch nicht zu denken war. Es ist für den Moment alles so wunderbar perfekt und ich glaube, ich habe mich tatsächlich Hals über Kopf verliebt. Plötzlich muss ich laut loslachen und radele kopfschüttelnd weiter. Bei unserem nächsten Treffen werde ich ihm sofort reinen Wein einschenken, nehme ich mir fest vor, daran führt kein Weg vorbei. Mich beschleicht trotzdem ein beklemmendes Gefühl. Das kann doch nur in die Hose gehen. Wieso muss nur immer alles, was in meinem Leben passiert, so unglaublich kompliziert sein?

Als ich nach diesem Gedankenkarussell und einer Achterbahn der Gefühle in unsere Einfahrt biege, steht mein Auto quer vor der Garage. Sofort gehen bei mir alle Alarmglocken an. Mit meinen Frühlingsgefühlen ist es schlagartig vorbei, und der Alltag meiner chaotischen Familie hat mich wieder. Frustriert seufze ich und bremse ab. Max muss es mit dem Heimkommen sehr eilig gehabt haben, denn im Kies sind noch deutlich die Spuren der Autoreifen zu erkennen.

Ich sehe auf den ersten Blick, dass etwas passiert sein muss. Der Scheinwerfer auf der Fahrerseite scheint völlig zertrümmert und auch die Stoßstange trägt deutliche Kratzspuren. Es muss ordentlich geschappert haben, denn selbst die Fahrertür sieht nicht mehr so frisch aus wie gestern Vormittag.

Besorgt stelle ich mein Rad ab, bevor ich schnellen Schrittes zur Haustür eile, die im selben Moment, als ich den Schlüssel im Schloss umdrehen will, auch schon hastig aufgerissen wird. Zwei verquollene Augen blicken mich an, und ich erstarre auf dem Absatz. Max sieht fürchterlich aus und riecht wie ein ganzes Eichenfass. Augenblicklich verwandelt sich meine Sorge in blanke Wut.

»Bist du von allen guten Geistern verlassen?«, schreie ich meinen Sohn an, bevor er seinen Mund öffnen kann. Selig grinsend und leicht schwankend steht er vor mir, seine Finger trommeln dabei unruhig an seinen Hosenbeinen. Mit leichter Verzögerung und definitiv einer ordentlichen Portion Restalkohol im Blut, versteinert sich sein Gesichtsausdruck, und gleicht plötzlich einer undurchdringlichen Maske. Dann dreht er sich einfach herum und geht wortlos ins Haus zurück.

»Verdammt nochmal, Max!« Meine Stimme überschlägt sich fast. »Du kannst doch nicht betrunken ins Auto steigen, es zu Schrott fahren und mich dann hier mit einem Grinsen im Gesicht empfangen!« Ich schüttele wütend den Kopf und stapfe ihm hinterher. »Herrgott nochmal, was da alles hätte passieren können! Wieso hast du mich nicht angerufen?«

Max` anhaltendes Schweigen lässt mich nur noch wütender werden.

»Was?«, blaffe ich ihn an, weil er einfach nicht reagiert. »Soll ich Beifall klatschen? Dein Vater wird sich freuen, das kann ich dir aber versprechen!« Schnurstracks steuere ich das Telefon im Wohnzimmer an, während hinter mir unsere Haustür mit einem lauten Knall ins Schloss fällt. Das wird ja immer besser, denke ich noch, doch bevor ich überhaupt registriere was da gerade passiert, höre ich auch schon den Motor meines Autos laut aufheulen.

»Das darf doch wohl nicht wahr sein...«, stöhne ich laut, bevor mir der Telefonhörer aus der Hand gleitet und ich alarmiert Richtung Haustür hechte.

Natürlich bin ich zu spät. Max rast im Auto davon, dass es nur so staubt, und ich stehe hilflos im Türrahmen, während der Kies unserer Einfahrt wild durch die Luft wirbelt. Mein Hochgefühl von eben ist schlagartig verschwunden und wird abgelöst von Sorge, Wut und Hilflosigkeit. Ich verstehe meinen Sohn nicht mehr. Plötzlich ist mir nur noch zum Heulen zumute.

Nachdem ich eine gefühlte Ewigkeit planlos im offenen Türrahmen gestanden habe merke ich, dass ich zittere. Schnell schließe ich die Tür hinter mir, kicke meine Chucks achtlos in die Ecke und gehe nachdenklich in die Küche.

Was soll ich jetzt machen? Woher soll ich wissen, wohin Max gefahren ist und wann er wieder kommt? Macht es Sinn, ihm hinterher zu telefonieren? Vermutlich ignoriert er meine Anrufe sowieso, das kenne ich ja schon. Doch um mein Gewissen zu beruhigen, wähle ich erfolglos seine Nummer.

Und nun? Muss ich mir Sorgen machen, dass er noch einen Unfall baut, oder ist er schon nüchtern genug, um wieder hinter dem Steuer zu sitzen? In mir tobt eine Mischung aus Sorge und Wut. Sorge, weil ich mir ziemlich sicher bin, dass Max nicht weiß, was er tut und Wut, weil er einfach nicht auf mich hört. Soll ich tatsächlich meine Drohung wahr machen und Jens informieren?

Der gestrige Abend und die Nacht mit Lee waren so wundervoll, und jetzt stehe ich hier und habe keine Ahnung, was ich tun soll. Ehrlich gesagt habe ich auch gar keine Lust, direkt in den frustrierenden Alltag zu wechseln, aber Max legt es anscheinend sehr darauf an. Viel lieber würde ich mich, mit einem Kaffee bewaffnet, auf die Couch schmeißen, Tagträumen und Jule von Lee vorschwärmen. Aber das muss wohl bis heute Abend warten.

Von einem frischen Kaffee kann mich aber ganz sicher niemand abhalten. Also duftet es in der Küche schon kurze Zeit später sehr verführerisch, und ich gönne mir noch fünf Minuten Anna-Zeit, bevor ich zum Telefonhörer greife und erneut versuche, meinen Sohn zu erreichen. Wie erwartet werde ich erst weggedrückt, beim zweiten Versuch geht dann die Mailbox an. Frustriert lege ich auf.

Max lässt den ganzen Tag nichts von sich hören und macht mich damit rasend vor Wut und Sorge. Auch Maries Versuche, ihren Bruder zu erreichen, bleiben vergeblich und es ist schon weit nach zwanzig Uhr, als ich mich endlich durchringe, Jens zu informieren. Mit dem Telefon in der Hand und einem unguten Gefühl im Bauch setze ich mich auf unsere Treppenstufen und warte auf ein Freizeichen.

Plötzlich schrecke ich aus meinen Gedanken hoch, denn ich höre ein Schlüsselklimpern vor unserer Haustür.

Sofort springe ich auf und reiße erleichtert die Tür auf, bevor der Schlüssel überhaupt von außen ins Schloss gesteckt wird.

Doch leider ist es nicht Max, der vor mir steht, sondern Jens mit einem ziemlich irritierten Gesichtsausdruck, während sein Blick zwischen mir und seinem klingelnden Handy hin und her huscht. »Seit wann hast du solche Sehnsucht nach mir?«, grummelt er sich in den Bart, während er seinen Körper an mir vorbei und in den Flur schiebt. Es kostet mich Mühe, nicht direkt wieder auszuflippen, aber ich reiße mich zusammen und übergehe seine Spitze.

»Max ist weg«, antworte ich deshalb nur knapp und beende den Anruf. Jens bleibt stehen und sieht mich stirnrunzelnd an. »Er hat sich heute um die Mittagszeit verkatert in mein Auto gesetzt und seitdem habe ich ihn nicht mehr erreicht.«

»Komisch«, antwortet Jens nun und hängt schulterzuckend seine Jacke dabei auf. »Ich habe eben noch mit ihm gesprochen, da war anscheinend alles okay. Er wollte bei einem Kumpel schlafen, klang so, als wäre das abgesprochen.«

»Was?« Ich falle aus allen Wolken vor Erleichterung. Gleichzeitig bahnt sich wieder blanke Wut ihren Weg. Warum bin ich nur immer so wütend! Und was bildet sich unser Sohn eigentlich ein!

»Wann habt ihr denn telefoniert?«, hake ich nach und verfolge Jens in die Küche.

»Keine Ahnung, ich hab nicht auf die Uhr geguckt. Vielleicht vor ner Stunde oder so«, kommt es schulterzuckend zurück. Jens scheint völlig unaufgeregt und desinteressiert zu sein, ihn scheint das Ganze überhaupt nicht zu beunruhigen. Entspannt hängt er stattdessen mit dem Kopf im Kühlschrank auf der Suche nach etwas Essbarem.

»Ich habe nichts gekocht«, bemerke ich trocken und verschränke die Arme vor der Brust, während ich darauf warte, dass er seinen Fokus endlich auf mich richtet. »Ich wusste ja nicht, dass du heute nach Hause kommst. Hat Max dir am Telefon auch erzählt, dass er es geschafft hat, mein Auto zu Schrott zu fahren?«

»Was?« Jetzt ist es an ihm, aus allen Wolken zu fallen, und ich habe mein Ziel erreicht. Die Kühlschranktür knallt zu und Jens wirbelt herum. Dabei starrt er mich ungläubig an. »Nein, das hat er mit keinem Wort erwähnt. Es hörte sich wirklich alles völlig normal an, Anna!«

»Bei wem pennt er denn heute angeblich?«, hake ich nach, wohlwissend, dass Jens mir das nicht beantworten kann. Aber ich brauche das jetzt, ich muss meinen Frust irgendwo rauslassen und fahre meine altbewährte Strategie. Jens merkt das natürlich sofort, er kennt mich doch zu gut, zumindest was das angeht.

»Anna«, beginnt er deshalb beschwichtigend. »Ich dachte echt, er hätte das mit dir abgesprochen. Verdammt, woher sollte ich das denn alles wissen?«

»Ja, genau!« Meine Stimme wird lauter. »Woher solltest du das auch alles wissen!«, belle ich zurück. Und da sind wir auch schon wieder, das altbekannte Streitmuster hat begonnen. »Also, bei wem?«, provozierend halte ich das Telefon in die Höhe, obwohl ich weiß, dass ich keine Antwort bekommen werde.

»Weiß ich nicht. Und ich hab auch echt keine Lust, mich immer nur mit dir zu streiten, das ist sowas von bescheuert. Unser Sohn ist achtzehn Jahre alt, ich weiß gar nicht, was du immer hast«, bellt er zurück, dreht sich um und lässt mich einfach stehen.

»Toll, du machst es dir ja wieder schön einfach«, brülle ich und laufe ihm hinterher. So schnell kommt er mir nicht davon. »Was sollen wir denn jetzt machen? Das können wir ihm doch nicht einfach durchgehen lassen? Achtzehn hin oder her, er wohnt noch hier, also muss er sich auch an die Spielregeln halten, das kann doch nicht so schwer zu begreifen sein!«

»Nein, natürlich nicht! Herrgott Anna, ich weiß es doch auch nicht!« Jens tigert scheinbar ziellos die Treppe hinauf ins Schlafzimmer, und ich laufe ihm hinterher wie ein Hund. »Ich komme gerade erst nach Hause und dachte bis vor wenigen Minuten, es wäre alles in Ordnung hier und wir würden zusammen einen gemütlichen Sonntag verbringen.« Er setzt sich auf die Bettkante und knöpft sein Hemd auf. Schweigend schaue ich ihm dabei zu. »Du denkst immer, ich kümmere und interessiere mich nicht, aber das ist nicht wahr.«

Ich schnaube nur, während seine Anzughose achtlos auf den Boden plumpst. Das lässt meinen Puls auch direkt wieder in die Höhe schnellen, denn ich muss sofort an das Wäschechaos in Max` Zimmer denken.

»Ja klar«, keife ich ihn an. »Und warum erreiche ich dich nie, wenn es mal dringend erforderlich ist? Warum fragst du nicht zwischendurch einfach mal nach, wie es hier läuft? Warum bist du nie zur Stelle, wenn ich dich hier gut gebrauchen könnte? Ach ja, Moment, weil du ja nur nach deinen eigenen Spielregeln spielst, wie konnte ich das vergessen!«

Jens steht auf und macht, nur noch mit Shorts und Socken bekleidet, einen Schritt auf mich zu. Seine Haut ist ganz schön käsig, fällt mir als erstes auf. Der durchaus trainierte Körper kommt dadurch gar nicht zu Geltung, er wirkt völlig langweilig auf mich. Sein altbekanntes Aftershave steigt mir in die Nase, und kurz macht es den Anschein, als würde er seine Hand nach mir ausstrecken wollen, doch ich weiche schnell einen Schritt zurück. Ich will nicht von ihm angefasst werden, und ich will erst recht kein schlechtes Gewissen haben. Soweit kommt das noch. Ich will, … ach ich weiß irgendwie selber nicht, was ich will. Aber ich weiß, was ich nicht will. Ich will nicht verarscht werden, ich will nicht ausgenutzt werden. Und ich will nicht mehr die treudoofe Ehefrau sein, die ich in den letzten Jahren gewesen bin.

»Ach Anna«, nimmt er mir seufzend den Wind aus den Segeln und dreht sich wieder Richtung Kleiderschrank. Während er in die graue Jogginghose schlüpft, überlege ich ernsthaft, ob ich diesen Mann wirklich irgendwann mal attraktiv fand. Ich kann mich nicht erinnern.

Der restliche Abend verläuft ziemlich unspektakulär. Marie kommt noch einmal kurz ins Wohnzimmer, als sie die Stimme ihres Vaters hört und witzelt ein bisschen mit ihm herum. Ich sitze schmollend mit einer Chipstüte daneben und bin genervt von so viel guter Laune. Immerhin verspricht Jens mir aber, sich Max vorzuknöpfen und mit ihm die Reparatur des Autos und insbesondere die Kostenübernahme diesbezüglich zu klären – ich bin sehr gespannt, wie unser Pleitegeier von Sohn sich das in nüchternem Zustand vorstellt. Wahrscheinlich jammert er ein wenig herum und schwupps, hat er seinen Vater auch schon um den Finger gewickelt, darauf könnte ich fast wetten.

Um kurz nach elf liege ich hellwach im Bett und starre auf mein Handydisplay.

Mein Kissen riecht noch nach dir- wann sehen wir uns wieder?

Ein aufgeregtes Kribbeln erfasst mich und ich überlege fieberhaft, was ich ihm antworten soll. Nach einigem Zögern entscheide ich mich für die kurze Variante. Die verschwiegenen Wahrheiten über mein Leben will ich ihm lieber persönlich erklären. Vermutlich will er mich danach eh nie wieder sehen.

Samstag, 19.30h, Billardunterricht? tippe ich deshalb kurz und knapp.

Die Antwort kommt postwendend und lässt mein Herz schneller schlagen.

Erst am Samstag? Das halte ich nicht aus!

Ich grinse wie ein verliebter Teenager.

Freu mich auf dich! Dass mein Herz gerade einen Salto schlägt, muss ich ihm ja nicht direkt auf die Nase binden. Und dass ich ihn am liebsten noch heute treffen würde, behalte ich auch für mich. Zuerst muss ich sowieso nochmal mit Jule telefonieren und mir gemeinsam mit ihr eine Strategie überlegen, wie ich Lee alles erklären kann, ohne dass er sofort vor mir davon läuft.

Mein Handy vibriert.

Na gut. Aber dann musst du mir noch an der Theke Gesellschaft leisten, Tess löst mich erst gegen 21.30h ab.

Ich grinse in mich hinein, und ein wohliger Schauer durchläuft meinen Körper. Das bedeutet, dass ich ihn ganze zwei Stunden ungeniert anstarren kann. Perfekt. Ich schicke ihm einen zwinkernden Smiley, stelle mein Handy auf Flugmodus und lösche das Licht. Es dauert noch lange, bis ich endlich einschlafen kann.

Meinen Sohn bekomme ich erst am nächsten Abend wieder zu Gesicht. Wie selbstverständlich schlendert er plötzlich in der Küche am Tresen vorbei, während ich den Salat fürs Abendessen kleinschneide. Er stibitzt sich ein Stück der roten Paprika, beugt sich zu mir und gibt mir einen Kuss auf die Wange. Ich bin sprachlos, rümpfe kurz die Nase, lege das Messer zur Seite und starre ihn erwartungsvoll an.

Doch Max schweigt beharrlich und windet sich unter meinem prüfenden Blick, dem nicht entgeht, wie ungepflegt und müde er aussieht. Die Klamotten sind zerknittert, was mich nach dem Besuch in seinem Zimmer nicht weiter verwundert. Es sind eher seine blass-pfahle Haut, der struppige Fünftagebart und die verzottelten, ungewaschenen Haare, die wild in alle Richtungen abstehen, was mich beunruhigt. So kenne ich Max gar nicht, und unabhängig davon, dass er schon gestern wie ein Eichenfass gerochen hat, sieht er jetzt so aus, als hätte er auch noch darin geschlafen.

»Warst du *so* in der Schule?«, frage ich vorwurfsvoll und um endlich die Stille zu unterbrechen. Ich darf nicht vergessen, dass ich noch immer ziemlich sauer auf ihn bin.

»Ich geh nicht mehr zur Schule.« Mit rauchiger Stimme schmeißt er mir diesen Satz einfach so vor die Füße. Wie gut, dass ich das Messer bereits aus der Hand gelegt habe, sonst wäre es jetzt unkontrolliert durch die Gegend geflogen. Ich schließe für einen Moment die Augen und atme tief ein und aus, um nicht sofort wieder auszuflippen.

»Bitte was?« frage ich vorher sicherheitshalber nochmal nach.

»Ich geh nicht mehr in die scheiß Schule«, wiederholt er achselzuckend, als wäre es das Selbstverständlichste der Welt. Dann greift er erneut nach einem Stück Paprika.

»Aha?« Erwartungsvoll schaue ich ihn an, aber eine genauere Erklärung scheine ich nicht zu bekommen. Stattdessen öffnet er den Kühlschrank und nimmt sich einen Joghurt heraus, den er schweigend auslöffelt. Auch ich schweige beharrlich und starre ihn mit verschränkten Armen und in der Hoffnung auf weitere Informationen an. Was hat er sich nur wieder für eine Schnapsidee in den Kopf gesetzt?

Nachdem er den Joghurtbecher in aller Seelenruhe ausgekratzt hat, schaut er endlich auf.

»Ist was?« fragt er mich mit solch einem irritierten Blick, dass ich schon fast wieder lachen muss. Mein kleiner, volljähriger Max hat echt keine Ahnung vom wahren Leben. Als ob es das Normalste der Welt wäre, kurz vor dem Abitur alles hinzuschmeißen.

»Och nix«, antworte ich deshalb zuckersüß. »Ich dachte nur, du würdest mir vielleicht noch erklären, warum du so kurz vor knapp einfach das Handtuch schmeißt und wie du demnächst gedenkst, dein Geld zu verdienen, zum Beispiel für die Reparatur meines Autos?«

»Mal schauen«, kommt es prompt retour. Mein Sarkasmus wird komplett übergangen, und Max meint es wirklich ernst. »Erstmal mache ich mit Lucy Urlaub und dann...«, schulterzuckend öffnet er erneut den Kühlschrank. Diesmal kramt er eine Coladose hervor, die er mit lautem Zischen öffnet und ansetzt. »Und dann weiß ich noch nicht genau. Aber ich kann bei Lucys Vater in der Werkstatt anfangen, dann verdiene ich mein eigenes Geld. Du musst dir also keine Sorgen machen, Mama.«

Ich schnappe nach Luft und zähle, wie so oft in letzter Zeit, innerlich langsam bis zehn.

»Wer ist Lucy?« hake ich vorsichtig nach. »Habe ich irgendwas verpasst? Der Name sagt mir jetzt so spontan gar nichts.«

»Nee, die kennst du auch nicht. Lucy hat es nicht so mit Eltern und offizieller Vorstellung und so, die kommt nur mit zu uns, wenn sonst keiner da ist.«

»Ach so, klar. Das heißt, du bist meistens bei ihr?« Das wird ja immer besser. Seit wann ist mein hochintelligenter Sohn eigentlich so dämlich, frage ich mich ernsthaft.

»Ja, meistens. Sie wohnt in der Werkstatt. Deshalb bin ich auch hier, ich packe nur kurz ein paar Klamotten zusammen. Lucy sagt, ich kann jetzt erstmal bei ihr wohnen.«

Ich muss mich nach dieser Aussage kurz an der Küchenarbeitsplatte festhalten, sonst hätte ich für einen Moment meine Contenance sowie mein Gleichgewicht verloren.

»Sag mal Max, verarscht du mich jetzt? Das kann doch unmöglich dein Ernst sein«, herrsche ich ihn nun doch etwas lauter an als gedacht. Sein verständnisloser Blick spricht Bände, und ich nehme ihm tatsächlich ab, dass er nicht eine Sekunde daran gezweifelt hat, ich würde seine Pläne gutheißen. »Max, Schatz, jetzt mal ernsthaft«, versuche ich es erneut. »Ich weiß, dass du volljährig bist und dass ich dir nichts mehr vorschreiben kann. Aber du weißt schon, dass das so nicht funktioniert, oder?«

Ich bekomme keine weiteren Erklärungen mehr, sondern nur einen bösen Blick. Dann stampft mein Sohn wutentbrannt aus der Küche, trampelt die Treppe nach oben und kurze Zeit später höre ich ihn lautstark in seinem Zimmer rumoren.

Währenddessen stehe ich hilflos neben dem Kühlschrank und habe keine Ahnung, was ich jetzt tun soll. Bevor ich überhaupt zu irgendeiner Reaktion fähig bin und wie in Trance mein Handy zur Hand nehme, knallt auch schon unsere Haustür, und weg ist er.

Ich habe keine Ahnung, wann ich Max das nächste Mal zu Gesicht bekomme, wo er ab heute wohnt und wer zum Teufel diese Lucy ist. Mir wird schlecht.

Wider Erwarten hebt Jens schon beim zweiten Klingeln ab und ist tatsächlich gerade auf dem Weg nach Hause. Zum ersten Mal seit langer Zeit bin ich ehrlich froh darüber, und so sitzen wir kurze Zeit später gemeinsam am Abendbrottisch.

Ich schildere Marie und ihm das seltsame Gespräch mit Max und beide hängen sprachlos an meinen Lippen. Weder Jens noch unsere Tochter haben bisher irgendetwas von dieser Lucy gehört, und beide fallen kreidebleich aus allen Wolken, als ich ihnen von den Zukunftsplänen unseres Sohnes erzähle. Vor allem aber haben wir keine Ahnung, wo wir anfangen sollen, ihn zu suchen und ob das überhaupt sinnvoll ist. Auf seinem Handy antwortet uns natürlich nur die Mailbox, und Marie telefoniert kurze Zeit später erfolglos ein paar Klassenkameradinnen ab, während Jens sich die Jungs vornimmt, deren Namen uns etwas sagen.

Niemand scheint diese Lucy jedoch zu kennen und keiner weiß, mit wem unser Sohn seine Freizeit verbringt, was uns nur noch mehr Kopfzerbrechen bereitet. Bisher dachten wir, Max sei immer mit seinen Kumpels aus der Stufe unterwegs, aber nach und nach kristallisiert sich heute Abend heraus, dass tatsächlich keiner aus seiner Stufe wirklich eng mit unserem Sohn befreundet ist.

Mittlerweile zeigt die Uhr weit nach Mitternacht, doch nur Marie hat sich schlafen gelegt. Ich bin kurz davor, die Polizei anzurufen, muss mich aber Jens Argument geschlagen geben, dass unser Sohn volljährig ist und somit machen kann, was er will.

»Er mag ja auf dem Papier achtzehn sein«, jammere ich drauflos. »Aber er verhält sich gerade wirklich nicht sehr erwachsen!«

»Das tut er nie, aber das wird leider keine Polizei der Welt dazu bewegen, eine nächtliche Suchaktion zu starten«, nimmt Jens mir jede Hoffnung. »Wir können nicht viel mehr tun als warten, bis er sich bei einem von uns meldet.«

Damit steht er auf und geht in die Küche. Als hätte er meine Gedanken erraten, kommt er mit einer Rotweinflasche und zwei Gläsern zurück. Dass mein Mann freiwillig und gemeinsam mit mir einen Wein trinkt, ist schon Jahre her. Ich sehe ihm irritiert dabei zu, wie er die Flasche entkorkt, die Gläser füllt und mir dann eines davon anreicht.

»Danke«, murmele ich. Soviel Zuneigung bin ich von ihm nicht gewohnt. Normalerweise ist das definitiv nicht die Uhrzeit, zu der ich mit meinem Mann gemütlich auf der Couch sitze. Meistens liegen wir in getrennten Betten und haben uns vorab so gestritten, dass ich vor Wut nicht einschlafen kann. Deshalb beäuge ich ihn nun umso aufmerksamer, denn irgendetwas ist anders heute, und das liegt nicht an Max` Verschwinden.

Nun sitzt Jens mir gegenüber in unserem großen Sessel, schwenkt sein Weinglas und guckt mich schweigend über seine Brillengläser an, während er sich einen großen Schluck genehmigt. Langsam beschleicht mich ein seltsames Gefühl.

»Was wird das hier?«, frage ich verunsichert.

Einen Moment schaut er mich noch stumm an, dann holt er tief Luft. »Ich denke, es ist an der Zeit, dass wir uns mal in Ruhe unterhalten«, beginnt er das von mir einerseits gefürchtete, andererseits längst überfällige Gespräch.

Ich nicke, unfähig, etwas dazu zu sagen. Der Kloß in meinem Hals wächst spürbar. Auch ein großer Schluck Rotwein hilft nicht gegen das Gefühl der Enge, das sich plötzlich in mir ausbreitet. Dabei sollte ich eigentlich froh sein, dass er endlich ausspricht, was seit Monaten stumm zwischen uns brodelt.

»Ich kann das so nicht mehr«, flüstert er. »Wir sehen uns kaum, wir reden kaum, und wenn ich mal zu Hause bin, fühle ich mich wie ein Eindringling und fremd in meinen eigenen vier Wänden.«

»Das hast du dir wohl größtenteils selber zuzuschreiben, meinst du nicht?« antworte ich leise, den Blick auf mein Glas gerichtet.

»Ja, dessen bin ich mir bewusst, und dafür habe ich mich nie bei dir entschuldigt. Es tut mir leid, Anna. Ich wollte nie, dass es so mit uns endet, aber ich kann es nicht mehr rückgängig machen. Ich merke, dass du mir meinen Fehltritt nicht verzeihen kannst«, er zuckt resigniert mit den Schultern. »Vielleicht ist es auch besser so.«

Gerade will ich zu einer Antwort ansetzen, als jemand unsere Haustür aufschließt und lautstark wieder zuknallt. Eine ausgiebige Schimpftirade folgt dem lauten Knall eines durch die Gegend geschleuderten Rucksacks. Mir fällt fast das Weinglas aus der Hand vor Schreck, während Jens aufspringt und schneller im Flur steht, als ich von der Couch hochkomme.

»Max!« höre ich ihn laut rufen, während ich mich, unendlich erleichtert, zurück auf die Couch fallen lasse. Gott sei Dank. Ich nehme erst noch einen kräftigen Schluck Wein, um mich gegen das zu wappnen, was jetzt kommt. Dann stehe ich endgültig auf und mache mich ebenfalls auf den Weg in Richtung des lautstarken Chaos.

»Was machst du hier mitten in der Nacht?«, höre ich Jens gerade vorwurfsvoll fragen.

Als Antwort bekommt er nur einen Lacher zu hören und ein unverständliches Gemurmel.

»Ey isch wohn ier, bissu blöd, Alda?«

»Also soweit ich mich erinnere Max, bist du gerade eben erst ausgezogen«, mische ich mich nun ein. Unser Sohn schwankt extrem und kann sich kaum auf den Beinen halten. Wenn es irgend möglich ist, sieht er tatsächlich noch beschissener aus als vor ein paar Stunden.

»Kannisch müsch nisch dran ärinnaaan…«, lallt er selig grinsend und fällt mir um den Hals. Meine Reaktionen kommen zu spät, aber Jens kann ihn gerade noch auffangen und abstützen.

»Meine Güte, du bist voll wie eine Haubitze« bemerkt er trocken. »Komm, ich bring dich erstmal ins Bett.« Jens versucht Max in Richtung Treppe zu bewegen, hat aber keine Chance.

»Ich glaube, das wird so nichts«, komme ich ihm zur Hilfe und lege Max' anderen Arm über meine Schulter. »Wir nehmen besser die Couch, die kennt ihn schon.«

Jens wirft mir einen verständnislosen Blick zu, sagt aber nichts. Gemeinsam schleppen wir unseren volltrunkenen Sohn mit vereinten Kräften ins Wohnzimmer. Während ich ihm die dreckigen Schuhe ausziehe und versuche, ihn wenigstens aus der stinkenden Jacke zu schälen, räumt Jens die Weinflasche in die Küche. »Sicher ist sicher«, kommentiert er sein Handeln, als ich aufsehe.

»Was ist denn hier los?« höre ich plötzlich die verschlafene Stimme unserer Tochter. Na prima, dann wären wir ja jetzt vollzählig.

»Allo Schwästahääääz…«, kommt es lallend von der Couch.»Isch bin hiaaa!«

»Ach. Der verloren geglaubte Bruder ist heimgekehrt.« Marie dreht sich um und verschwindet im Flur. Ich höre ein Scheppern, dann kommt sie mit einem Eimer und einer Wasserflasche bewaffnet zurück und stellt beides neben ihrem Bruder ab. Jens guckt wie ein Auto von ihr zu mir und wieder zurück.

»Eingespieltes Team«, antworte ich ungefragt und zucke mit den Schultern.

Jens schüttelt nur den Kopf und verschwindet nach Draußen. Als ich ihm folge, sitzt er mit einer Zigarette in der Hand auf den Treppenstufen.

»Seit wann rauchst du?« frage ich sichtlich erstaunt.

Mein Mann presst die Lippen aufeinander und starrt in die Dunkelheit. Dann schnippt er die Kippe achtlos von sich weg, steht auf und dreht sich zu mir um. Ich bin auf der obersten Stufe stehen geblieben und schaue nun fragend auf ihn herab.

»Ich habe es total verkackt, oder?« Er wirkt traurig und bleibt mir die Antwort auf die Zigarettenfrage schuldig.

»Ja, das hast du«, nicke ich. »So richtig.«

Nachdem Marie wieder in ihrem Zimmer verschwunden ist, immerhin ist morgen Schule, sitzen wir unschlüssig neben einem schnarchenden und stinkenden Max auf der Couch.

»Und jetzt?« frage ich in die Stille hinein.

»Ich habe keine Ahnung«, flüstert Jens schulterzuckend. »Können wir Max hier so liegen lassen?«

»Der kriegt bis morgen Mittag nichts mit, keine Sorge.« Resigniert stehe ich auf. Das Spielchen kenne ich wirklich schon zu genüge. Mittlerweile ist es schon früher Morgen, und meine Augen wollen nicht mehr offen bleiben.

Auch Jens sieht ziemliche erledigt aus.

»Vertagen wir unser Gespräch auf morgen?«, hake ich vorsichtig nach und ernte einen schuldbewussten Blick.

»Ich muss in 3 Stunden zum Flughafen,« beginnt Jens seine Erklärung, doch ich winke nur ab. Ich bin zu müde zum Streiten. »Anna, ehrlich. Ich wollte nur mit dir reden.

Wenn ich gewusst hätte, was hier heute los ist, hätte ich alles anders geplant!«

»*Heute*? Was *heute* hier los ist?« Jetzt wird es mir doch ein bisschen zu bunt, Müdigkeit hin oder her. »Hier ist *immer* irgendwas los, Jens. Immer. Wir reden, wenn du zurück bist.« Mit diesen Worten lasse ich ihn im Wohnzimmer sitzen. Ich kann nicht mehr.

Mein Kopf berührt kaum das Kopfkissen, da bin ich auch schon eingeschlafen. Als ich erwache, ist der Tag schon weit voran geschritten und irgendjemand hat die Kaffeemaschine für mich angeschmissen. Max war es nicht, der schnarcht wie ein Rhinozeros und hat sich anscheinend die ganzen letzten Stunden um keinen Zentimeter bewegt. Auch der Sicherheitseimer ist noch unberührt. Das wird ein mächtiger Kater werden.

Neben meinem Handy klebt ein kleiner Zettel. *Sorry. Bringe Marie noch zur Schule. Ich melde mich heute Abend.*

Naja, denke ich. Zumindest bemüht er sich.

Es dauert eine gefühlte Ewigkeit, bis Marie am späten Nachmittag endlich im Auto sitzt. Natürlich nicht, ohne lautstark die Tür zu knallen und zum gefühlt hundertsten Mal ihren Protest kund zu tun.

»Ich bin müüüüüde und ich weiß überhaupt nicht, was das soll....!« geht ihr Monolog auch schon wieder von vorne los, während ich genervt mit den Augen rolle, den Motor starte und mein lädiertes Auto langsam rückwärts aus der Einfahrt rangiere.

Das gestaltet sich gar nicht so einfach ohne Seitenspiegel, aber der Termin in der Werkstatt ist erst einer guten Woche, weil die neue Tür angeblich noch irgendwo in Honolulu, Timbuktu oder auf dem Schwarzmarkt besorgt werden muss. Immerhin hat Max sich darum gekümmert, es geschehen also noch Zeichen und Wunder. Jetzt hoffe ich nur, dass die Werkstatt auch vernünftig arbeitet und mein Auto danach nicht noch schlimmer aussieht als jetzt.

»Wieso will der Thalberg denn überhaupt mit uns sprechen?« Marie schnaubt und wirkt mindestens genauso genervt, wie ich es bin. »Ich weiß überhaupt nicht, was das soll, ich hab` in allen drei Arbeiten eine Eins geschrieben und mündlich…«

»Marieeee!«, gleich platzt mir echt die Hutschnur. Meine Stimme jedenfalls hat schon einen ziemlich keifenden Unterton, und ich muss mich sehr beherrschen, denn ich bin mindestens genauso übernächtigt wie sie. »Verdammt nochmal, es reicht jetzt. Ich weiß doch selber nicht genau, worum es geht. Dass das Gespräch nicht wegen deiner Leistungen stattfindet, ist uns doch wohl beiden klar! Jetzt geh mir nicht auf die Nerven und schnall dich endlich an. Es reicht jetzt wirklich!«

»Das ist sowas von bescheuert…«

Ich höre nur noch das Klicken des Anschnallgurts und drehe schnell die Musik lauter. Maries Gemecker ist nicht mehr auszuhalten. Seit ich ihr heute Vormittag von dem Termin mit ihrem Lehrer erzählt habe, hat sie mit dem Motzen nicht mehr aufgehört. So lange am Stück habe ich sie das letzte Mal nach unserem gemeinsamen Besuch im

Reitstall reden hören, und da war es wenigstens vor Begeisterung.

Was auch immer ihr Lehrer mit uns besprechen möchte, sie wird es schon überleben. Ich bin sowieso sehr gespannt, worum genau es geht. Natürlich weiß ich, dass er sich wegen Maries Zurückgezogenheit und ihrem introvertierten Verhalten Sorgen macht, denn darum ging es ja auch schon bei unserem Telefonat vor ein paar Wochen. So ganz genau habe ich selber noch nicht verstanden, warum wir heute unbedingt persönlich erscheinen sollen.

Die Fahrt bis zur Schule verbringen wir jedenfalls schweigend und jede von uns scheint ihren eigenen Gedanken nachzuhängen. Dass es bei meiner Tochter keine fröhlichen Gedanken sind, sehe ich mit nur einem kurzen Seitenblick.

Ausnahmsweise gibt es kein Problem mit der Parkplatzsuche, denn außerhalb der regulären Schulzeit ist es hier gespenstisch leer.

»Park bloß nicht direkt hier vorne«, brummt Marie neben mir. »Das ist voll peinlich mit dieser Schrottkarre!«

Ich zähle innerlich bis zehn und atme tief durch. *Ganz ruhig, Anna, reg dich einfach nicht auf,* denke ich und lenke mein Auto ohne weitere Diskussion bis zum hinteren Ende des Parkplatzes. Außer einem chromglänzenden Motorrad und einem alten, ziemlich verrosteten Kleinwagen, sind wir die einzigen Besucher hier.

Während wir das Schulgebäude betreten und uns auf den Weg zu Maries Klassenraum machen, wuschle ich durch meine offenen Haare und zupfe mir mein Shirt zurecht.

Der typische Schulgeruch umfängt mich, daran hat sich auch in den letzten zwanzig Jahren nichts geändert. Eine schwer zu beschreibende und doch vertraute Mischung aus abgestandener Luft, verschwitzten Teenagern und altem Papier.

Erst will ich einen Witz darüber machen, halte mich aber nach einem Seitenblick in Richtung meiner Tochter gerade noch zurück, denn Marie stapft miesepetrig neben mir her, die Kapuze ihres dunkelgrauen Hoodies tief ins Gesicht gezogen.

»Meine Güte!«, Ich schüttle verständnislos den Kopf bei so viel pubertärem Gehabe. »Hast du Angst, man könnte dich erkennen?«

»Ach lass mich doch in Ruhe«, werde ich angeblafft. »Ich hab keinen Bock auf diesen Scheiß hier.«

Langsam keimt in mir der Verdacht, dass sie wider Erwarten vielleicht doch ziemlich genau weiß, was gleich auf sie zukommt. Marie ist zwar oft schlecht drauf, aber so rotzfrech und angespannt kenne ich sie wirklich nicht.

»Wo geht es zu deinem Klassenraum?« frage ich, ohne auf ihr Gezeter einzugehen.

»Das wüsstest du wohl gerne.«

»Marie, bitte jetzt. Ich möchte wirklich nicht zu spät kommen!«

Sie stampft weiter neben mir her und biegt dann links ab. »Jaja, ist ja gut«. Dann stoppt sie abrupt vor einer angelehnten Tür und steckt die Hände in die Hosentasche.

»Geht doch«, sage ich und klopfe an. Nichts passiert. Auch Marie bewegt sich keinen Millimeter, also drücke ich die Tür langsam auf.

Elias Thalberg sitzt am Lehrerpult neben der Tafel und tippt so konzentriert auf seinem Handy herum, dass er mein zaghaftes Klopfen anscheinend nicht wahrgenommen hat.

Ich erstarre in meiner Bewegung mitten im Türrahmen. Am liebsten würde ich Marie noch schnell an die Hand nehmen und so schnell es geht die Flucht ergreifen, aber stattdessen stehe ich einfach nur wie angewurzelt da und bin unfähig, mich zu bewegen.

Das Handy in meiner Tasche brummt in dem Moment, in dem er sein eigenes selig grinsend auf das Pult legt und lächelnd zu uns aufblickt.

Seine Augen wandern von mir zu Marie und bleiben dann erneut an mir hängen. Die wunderschönen Lachfältchen weichen irritiertem Staunen. Lee öffnet den Mund, als ob er etwas sagen will, schließt ihn aber wortlos wieder. Dann steht er auf. Während er langsam auf uns zukommt, durchbohrt mich sein fragender Blick, und ich habe große Mühe, ihm Stand zu halten. In seinen Augen lese ich erst Verwirrung, dann Erkenntnis. Seine ganze Körpersprache verändert sich mit jedem Schritt, den er auf uns zukommt. Steif hält er mir seine Hand entgegen und auch ich weiß nicht, was ich denken oder fühlen soll.

Lee ist ein Spitzname! Diese Information fließt nur ganz langsam und wie dickflüssiges Paraffin in meinen Geist.

Lee ist Elias Thalberg, Maries Vertrauenslehrer. Kann denn alles bitte noch komplizierter werden?

»Frau Faerber«, begrüßt er mich nun förmlich. Seine Stimme klingt rau und er räuspert sich kurz.

Ich nicke stumm und strecke ihm wortlos meine Hand entgegen. Sein wunderbarer Duft umhüllt mich sofort wieder und raubt mir jeden klaren Gedanken, während Marie nur verwirrt zwischen uns hin und her schaut.

»Hallo« krächze ich endlich. Seine Hand ist wunderbar warm, doch er zieht sie sofort wieder zurück, als hätte er sich verbrannt.

»Kennt ihr euch?«, fragt Marie jetzt, sichtlich irritiert von dieser seltsamen Begrüßung.

Während Lee mich abwartend anschaut, schüttele ich den Kopf. Na super.

Lee legt seine Stirn in Falten und wendet den Blick von mir ab. Während er uns den Rücken zudreht und langsam zurück zum Pult geht, sind seine Hände zu Fäusten geballt.

»Wie auch immer«, plappert er dann betont munter drauf los und gibt uns mit einer Geste zu verstehen, dass wir uns hinsetzen sollen. »Schön, dass du mitgekommen bist, Marie. Ich glaube, wir haben einiges zu besprechen und ich hoffe, wir bringen gemeinsam ein wenig Licht ins Dunkel.«

»Ich weiß gar nicht, was das hier alles soll«, zetert meine Tochter dann auch direkt drauf los, ohne abzuwarten, was Lee alias Elias, überhaupt von ihr will.

Oh Mann, ich kann kaum folgen, meine Gedanken überschlagen sich, und ich habe Mühe, mich voll und ganz auf Marie zu konzentrieren.

»Ich glaube, dass du ganz genau weißt, warum du hier bist, und ich hoffe, dass du mir endlich erzählst, wer dir hier das Leben so schwer macht.« Lee lässt sich nicht beirren und lächelt Marie freundlich und aufmunternd an. Nur mich meidet sein Blick konsequent.

»Momentan eigentlich nur Sie«, kommt es patzig zurück.

Ich bin empört. »Marie!«, weise ich meine Tochter lautstark zurecht. »Sag mal, wie redest du denn mit deinem Lehrer?«

»Ach ist doch wahr.« Genervt lehnt sie sich nach hinten und verschränkt die Arme vor der Brust. »Mir macht keiner *das Leben schwer*«, äfft sie seine Wortwahl nach. »Ich hab halt keinen Bock auf die anderen, die nerven doch alle nur rum und wollen sowieso nur bei mir abschreiben.«

»Hm.« kommt es nachdenklich von Lee, während er sich am Kinn kratzt. »Ich habe das Gefühl, dass manche auch noch andere Dinge von dir wollen. Zum Beispiel die hier…«. Er öffnet die Schublade an seinem Pult und legt ein paar iPods auf den Tisch.

»Das sind nicht meine«, leugnet Marie viel zu schnell und ohne sich die Knöpfe genauer anzusehen.

»Moment mal!«, mische ich mich nun ein. »Soll das heißen, meine Tochter wird erpresst?«

»Nein!« schreit Marie und springt wütend auf.

»Das vermute ich, ja«, Lee nickt betroffen. »Aber Marie weigert sich standhaft, darüber zu sprechen oder Hilfe anzunehmen. Und solange sich mein Verdacht nur auf Vermutungen stützt, sind mir leider die Hände gebunden. Deshalb sitzen wir heute hier, ich habe gehofft, wir könnten zusammen eine Lösung finden.«

Meine Tochter steht am Fenster des Klassenzimmers und starrt Löcher in den grauen Himmel, während unsere Blicke ihren Rücken durchbohren. Langsam stehe ich auf und trete hinter sie, doch als ich behutsam meine Hand auf ihre Schulter legen will, bockt sie und wehrt meine Berührung sofort ab.

»Marie, sind das deine iPods?«, hake ich leise nach. »Bitte, wenn du Probleme hast, können wir dir doch helfen.« Ich stehe ganz nah hinter ihr, als sie sich mit einem sarkastischen Grinsen im Gesicht herumdreht und mich mit zusammengekniffenen Augen anschaut.

»*Du* willst mir helfen? Vielleicht arbeitest du erstmal an deinen eigenen Baustellen, Mama.«

Ihre Worte sind schneidend und brennen wie Feuer in meinem Herz. Ich versuche, mir nicht anmerken zu lassen, wie sehr ihre Aussage mich trifft und starre ebenfalls aus dem Fenster. Marie dreht sich herum. Ihr Blick huscht zwischen Lee und mir hin und her, bevor er mich durchbohrt.

»Denkt ihr eigentlich, ich bin total bescheuert?« Mit diesen Worten stürmt sie nach draußen, und ich bin alleine mit ihm in diesem viel zu kleinen Raum, in dem die

Luft immer dünner wird und ich kaum noch atmen kann. Panik breitet sich in mir aus.

Das schrappende Geräusch der nach hinten geschobenen Stuhlbeine klingt viel zu laut in meinen Ohren. Doch meine Füße sind wie festgewachsen, ich kann mich nicht bewegen und schließe die Augen, als er hinter mich tritt und ich von seiner Nähe eingehüllt werde. Tief atme ich seinen vertrauten Geruch ein, der mir sofort wieder in die Nase steigt. Lee schweigt beharrlich, was mich nur noch nervöser macht. Mein Herz wummert wie verrückt und ich bin kurz davor, durchzudrehen.

Marie scheint es genauso zu gehen, nur aus anderen Beweggründen. Durch das Fenster sehe ich, wie sie wutschnaubend auf dem Schulhof herumirrt und heruntergefallene Tannenzapfen in die Büsche kickt.

»Vielleicht sollte ich ihr die Turnhalle aufschließen, da hängt noch ein Box-Sack in der Ecke«, tönt es trocken in meinen Ohren.

»Es tut mir leid«, antworte ich, ohne auf seine Bemerkung einzugehen. Regungslos starre ich weiter aus dem Fenster, weil ich Angst habe, Lee in die Augen zu schauen. Der Kloß in meinem Hals wird immer größer. »Ich wollte es dir noch sagen.«

Warme Hände berühren sanft meine Schultern und drehen mich langsam herum. Am liebsten würde ich mich in seine Arme werfen und ihn nie wieder los lassen, aber ich reiße mich zusammen und versuche angestrengt, die wenigen Zentimeter Distanz zwischen uns zu wahren.

»Hast du aber nicht.« Seine Finger gleiten vorsichtig meinen Hals entlang, und ein aufgeregtes Kribbeln erfasst meinem ganzen Körper. »Im Grunde weiß ich wohl überhaupt nichts über dich, Anna.« Er seufzt, und ich sehe einen Anflug von Verzweiflung in seinen wunderschönen Augen, als ich mich endlich traue, den Blick zu heben. »Dabei würde ich so gerne alles über dich erfahren.«

Resigniert hebe ich die Schultern. »Da gibt es nicht viel. Ich bin kompletter 0-8-15 Standard. Verheiratet und 2 Kinder, die mich gerade total überfordern. Das Aufregendste in meinem Leben war wohl das letzte Wochenende.« Ich stocke kurz. »Jetzt weißt du es.«

Kopfschüttelnd steht er vor mir.

»Ich weiß gar nichts, Anna. Du bist für mich ein Buch mit sieben Siegeln. Wieso lässt sich eine verheiratete Frau wie du auf ein Blinddate ein? Ich frage mich gerade, ob du überhaupt selber weißt, wer du bist.« Lee entfernt sich zwei Schritte von mir, dann setzt er noch ein leises »Und was du willst« hinterher.

»Bist du jetzt mein Psychologe?« gifte ich ihn an. Er schafft es tatsächlich, meine Schutzmauer bröckeln zu lassen, und das kann ich gerade nicht erlauben.

»Nein.« Mittlerweile ist er am Pult angekommen und holt irgendetwas aus seinem Schrank. »Aber ich habe letztes Wochenende eine ganz andere Anna kennengelernt als die, die jetzt hier vor mir steht. Und das hat rein gar nichts damit zu tun, ob du verheiratet bist oder nicht. Ich bin sicher, du bist so viel mehr als das, was du über dich selber denkst.«

Er schlüpft in eine dunkle Lederjacke und zieht den Reißverschluss mit Schwung zu. Mein Magen zieht sich zeitgleich mit diesem Geräusch schmerzhaft zusammen.

»Rede mit Marie. Versuche herauszufinden, was da los ist. Sie braucht dringend Hilfe. Ich habe keine Ahnung, was da bei euch nicht rund läuft, aber ich hoffe, du wirst dir klar darüber, was du willst. Wo du mich findest, weißt du ja.«

Damit scheint unser Gespräch beendet zu sein. Er schnappt sich die iPods vom Pult und drückt sie mir in die Hand, während er mit festen Schritten an mir vorbei zur Tür marschiert und sie für mich öffnet. Erwartungsvoll sieht er mich an, während ich wortlos zwischen der Tür und seinem starken Arm, dessen Umarmung ich schon jetzt vermisse, hindurch schlüpfe.

Während er den Klassenraum abschließt, rufe ich Marie, die miesepetrig auf uns zugelaufen kommt. Dann verlassen wir alle gemeinsam das Schulgelände, wobei ich darauf achte, einen ordentlichen Sicherheitsabstand zu Lee einzuhalten. Marie sagt keinen Ton und stiert nur mit bösem Blick vor sich hin.

Auf sein »Bis morgen, Marie!« erntet Lee nur ihren typischen Blick, der mich jedes Mal zur Weißglut bringt, sowie ein genervtes Schnauben. Er scheint sich davon jedoch nicht beeindrucken zu lassen und lächelt ihr nur freundlich nickend zu.

»Bis bald, Frau Faerber«, tönt es dann dumpf durch den schwarzen Helm, den er sich aufgezogen hat. »Ich hoffe, unser nächstes Treffen wird erfolgreicher.« Dann klappt er einfach das Visier herunter und braust mit seiner Maschine davon, nicht, ohne an der ersten Kreuzung den Motor gehörig aufheulen zu lassen. Sein zweideutiger Abschied lässt mich unschlüssig und mit offenem Mund neben dem Auto stehen.

Marie schaut mich an und rollt mit den Augen. »Der Thalberg und du? Das ist nicht dein Ernst, Mama.«

»Die iPods gehören dir nicht?«, kontere ich ausweichend. Dann drücke ich ihr die Dinger in die Hand, nicht, ohne ihr die Hülle nochmal ganz nah vor Augen zu führen, auf der ich ihre Initialen zum 15. Geburtstag habe eingravieren lassen.

Nachdem Marie ohne weitere Worte in ihrem Zimmer verschwunden ist, greife ich in meine Tasche und angle mein Handy hervor.

Ich halte es nicht die ganze Woche ohne Dich aus.

Meine Vermutung bestätigt sich. Die Whatsapp eben vorm Klassenraum kam tatsächlich von Lee. Scheiße, scheiße, scheiße.

Auf dem Küchentisch liegt eine angebrochene Packung Kopfschmerztabletten und ich höre das Plätschern der Dusche, also scheint Max wohl wieder einigermaßen fit zu sein. Da ich gerade keine Ahnung habe, was ich mit mir selber anfangen soll und dringend ein wenig frische Luft brauche, mache ich auf dem Absatz kehrt und ziehe die Haustür wieder hinter mir zu.

Ich laufe einfach los, ohne Plan, ohne Ziel, dafür aber mit einer zentnerschweren Last auf meinem Herzen. Unsere kleine Wohnsiedlung liegt schnell hinter mir, und ich überquere die vielbefahrene Hauptstraße am Ortsausgang, hinter deren Kreuzung es nun langsam ruhiger wird und immer seltener Autos an mir vorbeirasen. An der nächsten Gabelung biege ich rechts in einen kleinen Wirtschaftsweg ein und springe kurz zur Seite, als eine Horde Rennradfahrer achtlos an mir vorbeischießt. Kopfschüttelnd laufe ich weiter, an rapsblühenden Wiesen und frisch gemähten Feldern mit duftendem Heu vorbei.

Hier ist es still, und ich genieße die Ruhe, die mich tief durchatmen lässt. Etwas zurückliegend vom Wegesrand, neben einer stattlichen Birke, steht tatsächlich noch die alte Bank, auf der Jule und ich früher schon immer gesessen und geredet haben. Erinnerungen kommen hoch, und ich zücke mein Handy, weil ich plötzlich das dringende Bedürfnis habe, ihre Stimme zu hören. Während ich wähle und darauf warte, dass sie meinen Anruf annimmt, finden meine Finger das kleine Freundschaftszeichen, das wir damals mühsam mit einer Nagelfeile in die Lehne der Bank geritzt haben.

»Was gibt es?« tönt es atemlos am anderen Ende der Leitung.

»Hey«, seufze ich in den Hörer und lehne mich auf unserer Bank zurück.

»Anna?« Ihre Stimme klingt sofort alarmiert. Natürlich checkt sie sofort, dass etwas nicht stimmt.

»Ach Jule, ich hab keine Ahnung, wo ich anfangen und aufhören soll. Es ist irgendwie alles nur noch eine riesengroße Scheiße…«, schluchzend sacke ich auf der Bank in mich zusammen.

»Warte kurz…«, flüstert Jule am anderen Ende der Leitung, dann raschelt es und ich hege den starken Verdacht, dass mein Anruf gerade ziemlich ungelegen kommt. Trotzdem kann ich mein Schluchzen und meine Tränen nun beim besten Willen nicht mehr stoppen, nachdem ich ihre Stimme gehört habe. Es raschelt wieder, dann ist sie zurück am Hörer. »Wo bist du?« horcht sie nach.

»Auf unserer Bank«, heule ich. »Störe ich dich gerade?«

»Ach Quatsch, du weißt doch, dass du mich zu jeder Tages- und Nachtzeit anrufen kannst! Warte… auf unserer Bank?«, erwidert sie erst verständnislos, dann scheint ihr ein Licht aufzugehen. »Auf *unserer* Bank?! Ach du Schande, das alte Ding gibt es noch? Pass` bloß auf, die ist doch sicher schon total morsch!«

»Nö, eigentlich sitzt man hier noch immer sehr gemütlich. Ich hab sogar unsere Schnitzerei entdeckt, warte, ich schick dir ein Foto…!« Gesagt, getan und ich höre, dass meine Whatsapp am anderen Ende der Welt oder wo auch immer sie sich gerade durch fremde Betten wälzt, Sekunden später ankommt. Ein begeistertes Kichern folgt, dann wird sie ernst.

»Anna, was ist los bei dir? Du siehst echt beschissen aus. Und du musst dringend mal wieder was essen!«

»Ja, danke. So aufmunternde Worte sind jetzt genau das Richtige«, schnauze ich mein Handy an. »Falls du es noch nicht bemerkt hast, ich heule gerade. Da sieht man schon mal beschissen aus.«

»Entschuldige, so hab ich es nicht gemeint. Was ist passiert? Hat Jens es wieder einmal geschafft? Wenn du sogar unsere alte Bank aufsuchst, muss es wirklich ernst sein!«

»Ach«, heule ich weiter. »Jens ist gerade tatsächlich mein kleinstes Problem. Er hat sich sogar bei mir entschuldigt!«

»Wie, entschuldigt? Bei dir? Was ist denn mit dem los?«

»Keine Ahnung, er wollte glaub ich ernsthaft mit mir reden und hat sogar eine Flasche Rotwein dazu aufgemacht.«

»Na, es geschehen noch Zeichen und Wunder«, gibt Jule bissig von sich. Jens hat bei ihr sowas von bis in alle Ewigkeit verschissen. »Und dann? Was ist das Ende vom Rotwein?«

»Das weiß ich noch nicht, wir sprechen heute Abend weiter. Max hat uns unterbrochen«, jammere ich schulterzuckend weiter. »Erst hat er die Schule geschmissen, dann ist er ausgezogen zu einer ominösen Lucy, die kein Mensch kennt. Und plötzlich steht er völlig betrunken mitten in der Nacht wieder im Türrahmen, als wäre nie etwas passiert. Ich sag dir, dieser Kerl macht mich echt fertig!«

Am anderen Ende der Leitung ist es kurz still, dann höre ich ein leises Glucksen.

»Was ist denn daran lustig?«, hake ich nach.

»Sorry Liebe, eigentlich nichts, wenn Max sich nicht alle paar Tage so aufführen würde! Ich finde es aber ehrlich gesagt ganz gut, dass Jens endlich mal dabei war. Dem ist doch sicher ganz anders geworden, oder?«

»Ja, schon. Er war ziemlich besorgt«, bestätige ich ihre Vermutung. »Ehrlich gesagt glaube ich, dass ihm letzte Nacht erst klar geworden ist, wie sein superschlauer Sohn gerade so tickt.«

»Na, dann ist doch alles halb so schlimm, das renkt sich schon wieder ein. Und was Jens dir zu sagen hat, kann doch eigentlich nur der Anfang eines klärenden Gespräches sein. Dass das längst überfällig ist, weißt du selber! Ich hoffe nur, dass du danach die richtige Entscheidung triffst!«

Ich schlucke schwer. »Ach Jule«, jammere ich weiter. »Wenn das schon alles wäre, wäre es wirklich halb so schlimm. Ist es aber leider nicht. Ich....ich hab Mist gebaut, glaub ich.«

»Anna!!« ruft sie laut aus. »Jetzt sag mir nicht, du hast dich nochmal auf dieses Blinddate eingelassen!! Ich fasse es nicht! Jetzt spann mich doch nicht so lange auf die Folter, erzähl schon…«

»Naja, das Blinddate war es nur indirekt, also…«, druckse ich verlegen herum. »Kannst du dich noch an meine peinliche Toilettenaktion mit dem Barkeeper erinnern?«

»Anna, du Sau! Das heiße Gerät, das angeblich doch viel zu jung für dich ist? Ich glaub es einfach nicht!« Sie scheint gerade tatsächlich einen Freudentanz zu veranstalten, denn irgendetwas im Hintergrund geht mit lautem Scheppern zu Bruch. »Scheiße! Warum heulst du denn dann hier rum? Erzähl mir alles!«

Da hab ich ja was angefangen, Jule wird mich nicht in Ruhe lassen und ausquetschen wie eine reife Zitrone, wenn ich jetzt nicht freiwillig jedes Detail preisgebe. Ich seufze, schnäuze mich und atme tief durch, bevor ich ihr mein ganzes verrücktes Wochenende schildere, das definitiv genau nach ihrem Geschmack ist.

Als ich ende, schweigt sie einen langen Moment, bevor sie in einen hysterischen Lachanfall verfällt. Er dauert minutenlang und Jule kriegt sich überhaupt nicht mehr ein. Ihr Lachen und Glucksen ist so ansteckend, dass sie es damit endlich schafft, auch mir ein Grinsen ins Gesicht zu zaubern. Dankbar stehe ich auf, denn mein Hintern ist mittlerweile eingeschlafen. Ich umrunde die alte Birke und lehne mich gegen ihren kräftigen Stamm.

»Na das ist doch alles prima«, säuselt Jule, begeistert von meinen Schilderungen. »Du trennst dich endlich von Jens und der Rest läuft doch schon ganz wunderbar an.«

»Geht so«, erwidere ich. »*Der Rest* wusste bis eben noch nicht, dass ich verheiratet und Mutter bin.«

»Ach komm, ist das heutzutage noch ein großes Problem? Deine Kinder sind so gut wie erwachsen. Und wenn du Lee erklärst, dass deine Ehe eh nur noch auf dem Papier existiert, wäre er schön blöd, dich deswegen in den Wind zu schießen!« Dann stockt sie. »Äää, was genau meinst du mit *bis eben*?«

»Naja«, druckse ich herum. »Ich war gerade mit Marie in der Schule. Ihr Lehrer hat um ein Gespräch gebeten, weil Marie oft so komisch ist und er vermutet, dass sie von irgendwelchen Mitschülern erpresst wird.«

»Aber das ist ja schrecklich!« kreischt Jule empört in den Hörer. »Anna, da musst du was machen, das kann echt schlimm werden!« Ich kann förmlich sehen wie sie, ganz die Dramaqueen, mit ihrer wallenden Mähne, bekleidet in einem Hauch von Nichts, händeringend durch den Raum schreitet.

»Ja, weiß ich! Aber Marie streitet natürlich alles ab und reden will die Dame schon mal gar nicht, vor allem nicht mit mir. Du kennst sie doch.«

»Puh, das tut mir echt leid. Was machst du denn jetzt? Soll ich mal mit ihr sprechen? Und kannst du nicht nochmal unter vier Augen mit ihrem Lehrer reden? Der muss doch irgendeinen Verdacht haben, wer dahinterstecken könnte!?«

»Tja, damit sind wir beim nächsten Problem angekommen", antworte ich ihr trocken. »Der Lehrer.« Die Tränen der Verzweiflung sind mittlerweile versiegt und ich trete, mein Handy ans Ohr gepresst, langsam den Heimweg an.

»Häh?«, kommt es verständnislos vom anderen Ende. Dann ein »Warte….«, gefolgt von kurzem Schweigen. »Anna … nein. Im Ernst jetzt? Du und Maries … Lehrer?« Jule lacht schon wieder. »Der Barkeeper ist ihr *Lehrer*? Das gibt es doch gar nicht!«

»Schön, dass ich dich amüsiere«, grummle ich zurück. »Marie hat es natürlich sofort gecheckt und Lee, also Elias, … ach Herrgott nochmal, das ist mir echt alles viel zu kompliziert, ich kann das nicht!« Jetzt bin ich wütend. Vor allem auf mich selber. Ich bin so ein Angsthase, es ist echt zum Kotzen.

»Anna«, bestätigt mich die sanfte Stimme meiner viel zu ehrlichen Freundin. »Du machst es nur kompliziert, eigentlich ist es doch ganz einfach. Du hast schlicht und ergreifend Angst.« Schöne Scheiße, wenn die beste Freundin einen besser kennt als man sich selber. »Aber nochmal zurück zu Maries Problemen. Damit ist echt nicht zu spaßen, meine Liebe! Dieser Lee ist doch Pädagoge, der würde doch nicht einfach eine solche Vermutung in den Raum werfen, wenn nicht zumindest ein Fünkchen Wahrheit dahinter stecken würde! Das darfst du nicht so stehen lassen. Was, wenn Marie wirklich in ernsthaften Schwierigkeiten steckt?«

»Darüber zermartere ich mir doch auch schon die ganze Zeit den Kopf. Aber sie spricht nicht mit mir. Ich glaub auch nicht, dass du da eine Chance hast. Und jetzt, wo sie gecheckt hat, dass Lee und ich uns auch privat kennen, wird sie auch ihm nichts mehr anvertrauen, da bin ich mir ziemlich sicher.«

»Puh, was für ein Schlamassel«, bestätigt sie mein unruhiges Bauchgefühl. »Ich kenne mich mit pubertären Kids leider nicht so gut aus, aber du musst unbedingt nochmal mit Marie sprechen. Und wenn sie weiter dicht macht, dann hol dir bitte Hilfe! Es gibt doch an ihrer Schule sicher einen Vertrauenslehrer, der dich weiter vermitteln kann.«

»Ja, den gibt es«, kommentiere ich ihre Idee. »Und dreimal darfst du raten, wer das ist.« Meine Hoffnung auf eine problemlose Klärung dieser ganzen Sache schwindet zusehends.

»Oh Mann«, seufzt sie. »Weißt du was? Du gehst jetzt nach Hause, trinkst dir einen starken Kaffee und versuch dein Glück nochmal bei Marie«, schlägt Jule dann vor. »Ich habe heute nichts mehr vor und setze mich gleich mal an den Rechner. Da muss es doch irgendwelche Beratungsstellen in deiner Nähe geben«, überlegt sie geschäftig. »Vielleicht finde ich auch direkt die Adresse der anonymen Alkoholiker für Max«, fügt sie schmunzelnd hinzu. Darüber kann ich zwar nicht lachen, bin ihr aber sehr dankbar für die angebotene Hilfe.

Bevor wir uns verabschieden, verspricht Jule mir hoch und heilig, sich sofort bei mir zu melden, sobald sie etwas herausgefunden hat.

Ich verstaue mein Handy in der Tasche, verabschiede mich von unserer Bank und trete den Heimweg an. Dabei entscheide ich mich noch für einen kleinen Umweg, um mich und meine Gedanken zu sammeln, bevor ich meiner Tochter gegenübertrete.

Die ganzen noch anstehenden, klärenden Gespräche mit sämtlichen Familienmitgliedern liegen mir schwer im Magen. Je näher ich unserem Haus komme, desto langsamer werden meine Schritte. Als hätte ich es geahnt, höre ich schon vor der Haustür, dass meine friedliebenden Kinder beide in voller Fahrt sind.

»Du bist ja wohl total bescheuert«, schreit Marie soeben ihrem Bruder hinterher, dessen dunklen Haarschopf ich gerade noch in Richtung Wohnzimmer verschwinden sehe.

»Wenn hier jemand total bescheuert ist, dann ja wohl du!« blafft Max wutentbrannt zurück. »Als ob du dir damit einen Zacken aus der Krone brechen würdest!«

»Ich halte mein Geld doch nicht zusammen, damit du dir dann davon Scheiße kaufen kannst, du Alkoholiker!«, kommt es postwendend von oben, bevor ich eine Tür knallen höre.

»Blöde Ziege!« kontert Max noch halbherzig, wohlwissend, dass Marie ihre Musik schon viel zu laut aufgedreht hat, um ihn zu hören.

»Was ist denn hier los?«, greife ich ein. Max hat sich auf die Couch geschmissen und frustriert die Arme vor der Brust verschränkt. »Dir scheint es ja schon wieder prima zu gehen. Keine Kopfschmerzen?«, hake ich mit spitzer Zunge nach, weil er weiterhin schweigt und auf den Boden starrt. »Würdest du mir denn verraten, was das gestern Abend und letzte Nacht alles sollte oder muss ich mir jetzt selber was zusammenreimen?« bohre ich weiter und lasse mich neben ihn plumpsen.

»Ach was weiß ich, keine Ahnung. Ich kann mich nicht erinnern«, versucht er sich aus der Affäre zu ziehen.

»Klar. Und wer genau ist diese Lucy? Um die ging es doch gestern, oder?«

»Boah Mama, kannst du mich nicht einfach in Ruhe lassen?«

»Nein. Ich will jetzt wissen, was hier los ist! Du verschweigst uns deine Freundin, bist ständig betrunken, ziehst hier aus und ein wie du willst und nimmst dir zu guter Letzt auch noch einfach ungefragt Geld aus meinem

Portemonnaie!« Ich bin wirklich entrüstet und mache keinen Hehl daraus. »Und jetzt pumpst du auch noch deine Schwester an? Ich denke schon, dass ich da eine Erklärung verdient habe!«

»Lucy ist nicht meine Freundin, das hat sich erledigt«, gibt Max sich kleinlaut geschlagen. »Keine Ahnung, das war alles eine Schnapsidee.«

»Ja, im wahrsten Sinne des Wortes«, bestätige ich seine Aussage. »Da sind wir uns ja ausnahmsweise mal einig. Wann hat dieses ständige Gehirn wegsaufen eigentlich mal ein Ende, hm?«

Sein Blick spricht Bände, und er sieht echt erledigt aus. Max` Gesichtsfarbe wirkt fahl, und er hat schon wieder diese grauen Ränder unter den Augen, die mir heute noch schlimmer erscheinen als in den letzten Tagen. Außerdem trommelt er die ganze Zeit unruhig mit seinen Fingern auf der Couch herum, was mich selber schon ganz nervös macht. Als er meinen besorgten Blick bemerkt, schiebt er die Hände schnell unter seine Oberschenkel, aber seine Rastlosigkeit entgeht mir trotzdem nicht. Ich hoffe sehr, dass er heute einfach mal daheim bleibt und sich in Ruhe ausschläft.

»Und was hat es mit dem Geld auf sich?« hake ich dann weiter nach. »Wieso pumpst du jetzt auch noch deine Schwester an? Und vor allem frage ich mich, seit wann du dich einfach an meinem Portemonnaie vergreifst?«

»Das stimmt doch gar nicht, Mama! Ich hab dich doch gefragt, ob du mir Geld fürs Kino leihen kannst!«

»Max, das Kino Geld meine ich nicht. Ich meine die fünfzig Euro, die mir auf einmal fehlen!«

»Häh?« er guckt mich an wie ein Auto. »Ich habe mir keine fünfzig Euro von dir genommen, was denkst du denn?« Max wirkt ehrlich erstaunt, aber darauf bin ich schon so oft reingefallen. Dieses Mal lasse ich mich nicht so einfach von seinen rehbraunen Augen erweichen.

»Max«, sage ich deshalb streng und stehe auf. »Das geht so nicht mehr weiter. Hast du eigentlich nur den Hauch einer Ahnung, welche Sorgen ich mir ständig um dich mache? Und dann kommst du nach solchen Aktionen stinkevoll mitten in der Nacht reingewankt und erwartest, dass ich dir noch irgendetwas glaube? Wenn ich dich noch einmal ungefragt in der Nähe meiner Handtasche sehe, dann kriegen wir beide richtig Streit miteinander. Und ich verbiete dir ernsthaft, auch noch deine Schwester anzuschnorren und damit reinzuziehen. Wofür brauchst du denn die ganze Kohle? Bis übermorgen ist das Geld wieder in meiner Tasche, und ich will jetzt nicht mehr darüber diskutieren!« Um meine Autorität zu untermauern, stehe ich auf und stemme beide Hände in die Hüften, während ich gleichzeitig meinen Sohn mit bösem Blick von oben herab anfunkle.

»Ihr könnt mich doch alle mal, echt«, schreit dieser nun im Gegenzug, springt auf und stampft so wutentbrannt an mir vorbei, dass ich das Gleichgewicht verliere und rücklings auf der Couch lande. »Wieso dreht sich hier eigentlich immer alles nur um Marie, die kleine Prinzessin?

Vielleicht ist deine Supertochter ja gar nicht so eine Heilige, wie du immer denkst! Aber bitte, ich bin wie immer der Sündenbock, klar, gerne! Das kann ich ja auch am besten!« Dann knallt eine Tür und er ist mal wieder verschwunden.

Top, denke ich. Gespräch Nummer eins habe ich also schon mal erfolgreich vergeigt.

Nach ein paar Minuten Regeneration stehe ich auf und stapfe genervt nach oben. An Maries Zimmertür prangt gut sichtbar ein großes *Lasst mich in Ruhe* Schild, dessen dicke rote Buchstaben noch zusätzlich mit Totenköpfen und Stinkefingersymbolen verziert sind. Dieser klare Hinweis kommt mir gerade recht, denn ich glaube, ich kann heute keine weiteren Diskussionen mehr ertragen. Plötzlich fällt mir jedoch ein, dass Jens sich ja später noch bei mir melden will. Ich stöhne laut auf und lasse mich kurze Zeit später rücklings auf mein Bett fallen.

Mit einem Anflug von Kopfschmerzen starre ich auf die letzte Nachricht von Lee und weiß nicht, ob und wie ich darauf reagieren soll. Nach allem, was heute im Klassenraum passiert ist, sind seine Worte eh hinfällig, und ich würde mich nur lächerlich machen, darauf jetzt noch zu antworten. Andererseits …, er war wirklich toll. Trotz dieser skurrilen Situation hat Lee tatsächlich versucht, auf Marie und ihre Probleme einzugehen und unser ungeplantes Wiedersehen so gut es unter diesen Umständen möglich war auszublenden. Dass sie so feine Antennen hat und sofort alle Schotten dicht macht, war ganz sicher nicht seine Schuld.

Was ist nur mit Marie los? Ob er wirklich richtig vermutet? Und was passiert, wenn sie wirklich von irgendwelchen Mitschülern erpresst wird? Und vor allem, womit? In Gedanken gehe ich das Telefonat mit Jule noch einmal durch. Horrorszenarien, die ich kaum ertragen kann, breiten sich ungefragt in meinen Gedanken aus, und meine Fantasie geht irgendwann vollends mit mir durch. Ich halte es nicht länger aus, springe auf und stürme, trotz Verbotsschild, in Maries Zimmer, die erschrocken zusammenzuckt, von ihrem Schreibtisch aufblickt und direkt genervt die Stirn runzelt, weil sie meinen verzweifelten Gesichtsausdruck richtig deutet.

»Stimmt das? Wirst du wirklich erpresst?« platze ich auch schon mit der Tür ins Haus, während sie sich ganz langsam mit dem Schreibtischstuhl in meine Richtung dreht.

»Häh?«, kommt es aus ihrem Mund, und sie pult sich umständlich ihre iPods aus den Ohren.

»Ich will wissen, wer dich erpresst!« wiederhole ich, nun laut und etwas gefasster.

»Boah, echt jetzt, Mama, glaubst du dem Thalbach diesen Scheiß auch noch?« Genervt rollt sie mit den Augen und dreht sich wieder zurück zum Schreibtisch. »Woher auch immer du ihn kennst, der hat doch nur nach einem Grund gesucht, dich wiederzusehen!«

Einen Moment bin ich sprachlos.

»Sag mal!«, antworte ich dann empört. »Und vorher hat er dir die iPods geklaut, oder wie?«

»Nee, hat er natürlich nicht.« Jetzt sieht sie mir fest in die Augen. »Ich hab die Dinger letzte Woche einer Freundin geliehen. Was weiß ich denn, woher dein Elias sie jetzt hat!«

»Er ist nicht mein Elias!« schieße ich scharf zurück. Etwas zu scharf vielleicht, aber meine Kinder machen mich heute echt wahnsinnig. Jens könnte ruhig seinen Hintern wieder persönlich nach Hause bewegen und sich ebenfalls diesen Diskussionen aussetzen, anstatt mich nachher nur anzurufen. Rotwein hin oder her, er macht es sich wieder ganz schön einfach, beschließe ich und spüre, wie die altbekannte Wut in mir aufsteigt.

Um nichts Falsches zu sagen, knalle ich einfach Maries Tür wieder hinter mir zu und verschwinde wortlos nach unten. So hat es doch alles eh keinen Sinn. Jule hat Recht. Ich muss mir tatsächlich eingestehen, dass ich so nicht weiter komme, denn ich bin weder den Alkoholexzessen meines Sohnes, noch den Launen und Problemen meiner Tochter mehr gewachsen. Unabhängig davon will keiner von den beiden ernsthaft mit mir über irgendwas reden, was mich in meiner Rolle als Mutter wirklich kränkt. Haben die zwei kein Vertrauen in mich? Oder reden sie lieber mit Jens über alles, und die drei haben sich schon längst zusammen gegen mich verbündet? Jetzt scheint endgültig meine Fantasie mit mir durchzugehen, und die angebrochene Rotweinflasche kommt wie gerufen. Ich schütte mir das Glas randvoll. Hoffentlich meldet Jule sich nachher. Es muss hier dringend etwas passieren.

Je länger ich über Lee und mich nachdenke, desto sicherer bin ich mir, dass er nach der ganzen Aktion seine Nachricht mehr als bereut und mit mir nichts mehr zu tun haben will, sonst hätte er sich sicherlich nochmal bei mir gemeldet. Unabhängig davon, dass er sich unmöglich ernsthaft für eine zehn Jahre ältere Frau interessieren kann, sind wir doch von Anfang an auf dem falschen Fuß gestartet. Alles in mir beginnt zu kribbeln und straft mich Lügen, als ich weiter an ihn denke und seine zärtlichen Berührungen fast wieder auf meiner Haut spüre, während ich unsere gemeinsame Nacht Revue passieren lasse.

Erneut höre ich Jules Stimme in meinem Kopf, die mir sagt, dass ich ein Angsthase bin, und ich muss ihr, wie so oft, Recht geben. Ich habe wirklich panische Angst, doch wovor genau, kann ich gar nicht richtig beschreiben.

Ich will ihn und ich will ihn nicht. Ich will meine heile Welt und ich will das Abenteuer, ich will Sicherheit und ich will frei sein. Grob zusammengefasst: ich will alles und ich traue mich nichts. Klingt ja vielversprechend.

Draußen ist es mittlerweile stockfinster, doch ich sitze noch immer grübelnd auf der Couch. Max hat sich nicht mehr blicken lassen und Marie ist nur einmal leise in die Küche geschlichen, in der Hoffnung, ich würde sie nicht bemerken. Selbst Jens hat sich nicht wie versprochen gemeldet, aber das hätte ich mir ja direkt denken können. Alles nur Show wie immer, und ich sitze hier mal wieder vollkommen alleine mit einer mittlerweile leeren Rotweinflasche und meinen trüben, angesäuselten Gedanken.

Nur Jule hält Wort und schickt mir tatsächlich mehrere Adressen von Beratungsstellen in der näheren Umgebung, doch die meisten sind eher etwas für Erziehungsschwierigkeiten und Trotzphasen im Kleinkindalter. Ich lösche sie direkt wieder. Genau zwei Kontakte studiere ich jedoch intensiver und komme zu dem Entschluss, mich dort direkt morgen um einen Gesprächstermin zu bemühen. Per Whatsapp bedanke ich mich bei Jule und wünsche ihr noch eine gute Nacht, bevor ich mich selber aufraffe und mit einem unruhigen Gefühl in der Magengegend und seltsamen Gedanken im Kopf zusammengerollt unter meine Bettdecke kuschele. So kreisen meine Gedanken, und ich liege noch lange wach.

Die restliche Woche zieht sich wie Kaugummi. Trotzdem bin ich konstruktiv und vereinbare direkt bei der ersten Beratungsadresse einen Gesprächstermin. Die Dame am Telefon macht einen sympathischen Eindruck und scheint sofort zu verstehen, worum es mir geht. Dennoch hält sie an ihrem routinierten und, wie sie mir versichert, sehr erfolgversprechendem Ablauf fest, zuerst mich alleine in einem persönlichen Gespräch kennenzulernen, bevor es dann um meine Kinder geht. Obwohl ich darin keinen großen Sinn sehe, willige ich ein, denn es ist wirklich höchste Zeit, unsere Baustellen aktiv in Angriff zu nehmen.

Max meidet mich, wo es nur geht, und schleicht sich die ganze Woche schon früh aus dem Haus, um dann besonders spät oder gar nicht nach Hause zu kommen. Auch auf den fehlenden Geldschein warte ich bisher vergeblich, aber Max ist für mich einfach nicht greifbar.

Marie hingegen verhält sich vorbildlich, räumt freiwillig den Tisch ab und putzt mal wieder übergründlich das Badezimmer. Ich akzeptiere es als ihre Art der Entschuldigung, warte aber weiterhin erfolglos auf ein klärendes Gespräch, das sie trotz diverser Versuche konsequent verweigert.

Von Jens bin ich enttäuscht, aber das ist ja nichts Neues. Tatsächlich ist er aber mit einem ins Gesicht geschriebenen, schlechten Gewissen am nächsten Tag unerwartet zeitig nach Hause gekommen, nicht, ohne sich mehrfach bei mir zu entschuldigen. Sein Flieger hatte Verspätung und es war anscheinend alles viel zu kompliziert, als dass er mich zwischendurch kurz hätte kontaktieren oder mir zumindest eine kurze Nachricht hätte zukommen lassen können. Ich lasse das so stehen und nicke nur ergeben, denn mein Bedarf an lautstarken Auseinandersetzungen ist für den Rest der Woche wirklich gedeckt.

Nachdem ich meinen Mann, was unsere Kinder angeht, auf den neuesten Stand gebracht habe, versucht auch er sein Glück bei ihnen, mit dem Ergebnis, dass Marie das Abendessen verweigert und Max mit Worten verschwindet, die ich nicht wiederholen werde. Wir sind also nicht nur als Paar, sondern auch als Eltern gescheitert und drehen uns seit Wochen nur im Kreis.

Unsere Tochter beharrt darauf, dass *der Thalbach* sich geirrt haben muss und verliert Gott sei Dank kein Wort mehr darüber, dass ich ihn schon aus einem anderen Kontext kenne.

Mit Max ist kein ganzer Satz zu sprechen, ohne dass er abgeht wie eine Rakete. Er sieht weiterhin aus wie ein wandelnder Toter und bräuchte dringend ein bisschen Schlaf und regelmäßiges Essen, aber was weiß ich schon als überbesorgte Mutter. Immerhin ist er ja erwachsen und weiß was er tut, wie er selber immer wieder betont. Doch sein unruhiger Geist beweist uns das Gegenteil.

Die ganze Sorge und die erfolglosen Gespräche mit unseren Kindern nehmen uns so in Beschlag, dass wir bisher noch keine Zeit gefunden haben, unsere eigenen Probleme zu lösen. Immerhin sind wir uns aber einig, dass wir ohne professionelle Hilfe mit den beiden nicht weiter kommen.

Als ich Jens von meinem Vorhaben, eine Beratungsstelle aufzusuchen, erzähle, nickt er tatsächlich zustimmend und wirkt erleichtert. Am nächsten Tag muss er aber auch schon wieder auf ein wichtiges Meeting nach Oslo und lässt mich alleine. Ich erwarte ihn erst frühestens Anfang kommender Woche zurück, aber immerhin habe ich mir dieses Mal zumindest gemerkt, wohin er geflogen ist.

Heute ist schon besagter Samstag, und ich bin mit Lee verabredet. Aber ich glaube nicht, dass er mich wirklich erwartet. Außerdem kann ich ihn unmöglich treffen, nicht nach allem, was seither passiert ist und unausgesprochen zwischen uns steht. Da ich die ganze restliche Woche keine weitere Nachricht mehr von ihm erhalten habe, gehe ich davon aus, dass ihm sowieso nichts mehr an einem Treffen liegt und er sich heute lieber den Feierabend mit ein paar Groupies versüßt.

Tatsächlich bin ich aber, wie immer, einfach nur schlicht ein Angsthase, suhle mich in Selbstmitleid und verbringe den Abend alleine mit einem guten Film auf der Couch.

Insgeheim gebe ich natürlich die Hoffnung nicht auf, dass er sich doch noch bei mir meldet, obwohl ich weiß, wie albern das ist. Doch immer wieder blitzt sein einzigartiges Lächeln in meinen Gedanken auf und wärmt mein Herz. Immer wieder wandert mein Blick Richtung Handy, das den ganzen Abend schweigt, egal, wie lange ich es anstarre.

Wenn ich doch nur Jule wäre, dann wäre alles so einfach. Jule wäre heute einfach in diese Bar spaziert, als sei es das Selbstverständlichste der Welt. Aber ich bin Anna, und ich kann nicht anders.

Auch die nächsten Tage schweigt mein Handy. Einzig Jule bombardiert mich mit Fotos von diversen Shootings - aktuell ist sie irgendwo auf den Kanaren - und gut gemeinten Ratschlägen, die ich nicht umsetzen kann, weil Jens wie immer nicht da ist und ich Lee versetzt habe, wovon sie noch nichts weiß.

Ich habe genau zwei Wochen Zeit, um mir zu überlegen, wie ich ihr diesen Fauxpas erklären soll und weiß, dass sie mich für total bekloppt erklären und postwendend persönlich bis in diese Bar prügeln wird, wenn sie mich besuchen kommt. Trotzdem freue ich mich schon riesig darauf, sie endlich wiederzusehen. Unsere letzte Umarmung ist gefühlt schon Jahre her, und ich vermisse meine beste Freundin nach jedem Telefonat mehr.

Allerdings vermisse ich auch Lee, und das jagt mir eine Heidenangst ein. Ständig muss ich an ihn denken, immerzu male ich mir aus, wie er wohl den Samstagabend verbracht hat, nachdem ich ihm nicht wie versprochen an der Bar Gesellschaft geleistet habe. Mal sehe ich ihn in Gedanken versunken alleine und frustriert an einem der hinteren Tische sitzen, mal spielt er den ganzen Abend mit irgendwelchen Typen Billard, und manchmal erwische ich mich, wie ich ihn mit einer viel zu hübschen, viel zu jungen Frau über die Theke hinweg flirten sehe. Dann halte ich die Luft an, zähle bis zehn und erinnere mich daran, dass *ich* diejenige war, die unsere Verabredung hat sausen lassen und die nicht mit offenen Karten gespielt hat. In solchen Momenten überkommt mich eine solche Wut auf mich selber, dass ich schreien könnte. Was würde schon passieren, wenn ich wenigstens einmal in meinem Leben wie eine mutige Jule wäre?

Es herrscht noch Totenstille im Haus, als ich mich leise ins Bad schleiche und die Dusche aufdrehe. Ich genieße diese frühmorgendliche Ruhe nach der ganzen Schreierei der letzten Tage. Maries Unterricht beginnt heute erst zur dritten Stunde und wie Max seinen Tag geplant hat, weiß eh kein Mensch. Ich lasse die beiden also einfach noch schlafen, denn meine eigene Nacht war sehr unruhig.

Ständig habe ich von Lee geträumt und bin hochgeschreckt, fest davon überzeugt, dass er neben mir liegt. Dabei ist das völliger Unfug, und das weiß ich natürlich auch, trotzdem werfe ich nach jedem unschönen Erwachen einen kurzen Blick auf mein Handydisplay.

Neben mir schläft nie jemand, noch nicht einmal mein eigener Ehemann – Gott sei Dank. Früher, als die Kinder noch klein waren, war unser großes Bett ein lustiger Platz mit vielen kitzeligen Füßen. Jetzt ist es still unter meiner Bettdecke, die Matratze neben mir ist schon seit Ewigkeiten leer. Wenn er über Nacht zu Hause ist, besetzt Jens unser Gästezimmer.

Warmes Wasser prasselt auf mich nieder, während ich mit geschlossenen Augen nach der Shampooflasche taste. Jules Worte hallen immer wieder in meinem Kopf wider. *Du hast schlicht und ergreifend Angst.* Ja, wahrscheinlich hat sie Recht. Ich habe panische Angst vor dem Alleinsein, vor dem Unbekannten und vor allem Neuen. Dabei muss ich mir eingestehen, dass das eigentlich totaler Unsinn ist, schließlich war ich noch nie selbstständiger und habe mich noch nie einsamer gefühlt, als in den letzten Monaten.

Jens und ich sind schon zu Schulzeiten zusammen gekommen. Er ist meine erste große Liebe, mit ihm habe ich mein erstes Mal erlebt, und irgendwie war es damals nur logisch, dass wir früh heiraten und eine Familie gründen. So richtig was erlebt und viel Erfahrung gesammelt wie

Jule habe ich in meinem Leben also definitiv noch nicht. Der Umgang mit anderen Menschen fällt mir schwer, denn ich war immer viel und lange alleine. Wahrscheinlich bin ich schlicht und einfach total verschroben.

Endlich haben meine Finger ein Shampoo gefunden, aus dem man mit viel Mühe noch etwas herausquetschen kann. Es riecht männlich-herb, aber daran kann ich jetzt auch nichts ändern. Zum gefühlt hundertsten Male frage ich mich, warum man leere Shampoos, Seifen oder Zahnpasta Tuben nicht einfach direkt in den Mülleimer werfen kann, aber darauf werde ich in diesem Leben wohl keine Antwort mehr bekommen.

Bemüht leise schleiche ich mich aus dem Haus, nachdem ich fertig geduscht, eingecremt und nur notdürftig geschminkt, ein paar gemütliche Klamotten übergeschmissen habe. Egal, denke ich, immerhin bringe ich ja nur mein Auto schnell in die Werkstatt. Endlich, ich bin jetzt auch wirklich lange genug mit dieser lädierten Karre durch die Gegend gefahren. Angeblich sind jetzt alle passenden Ersatzteile angekommen und morgen Vormittag erstrahlt mein kleiner Flitzer dann wieder in neuem Glanz. Sehr gespannt starte ich den Motor. Die Werkstatt ist gar nicht weit von uns entfernt, und ich überlege, auf dem Rückweg noch kurz beim Bäcker Brötchen für die Kinder und mich mitzunehmen. Die wenigen hundert Meter kann ich wirklich gut zu Fuß nach Hause laufen, ein bisschen Bewegung tut mir eh gut nach diesem faulen, selbstmitleiderregenden Wochenende.

Wenige Minuten später rolle ich auch schon über groben Schotter vorsichtig auf eine kleine Halle zu. Laut Navi bin ich hier richtig, auch, wenn es auf den ersten Blick nicht nach einer typischen Autowerkstatt aussieht. Aber da Max sich um alles gekümmert hat, bin ich nicht weiter verwundert, mich zwischen jeder Menge Autoschrott und abgefahrenen Reifen wiederzufinden.

Das rostige Rolltor der Halle ist geschlossen, und ich parke ein paar Meter entfernt neben einem aufgebockten Oldtimer ohne Reifen und einem alten, weiß-blauen VW Bully, in den ich mich sofort vergucke. Was für ein cooles Teil. Da ich früh dran bin und noch nirgendwo ein Lebenszeichen entdecken kann, steige ich aus und drehe in Ruhe eine Runde um das Schmuckstück, versuche einen Blick ins Innere zu erhaschen und bin enttäuscht, weil die geblümten Vorhänge allesamt zugezogen sind.

Aus dem Augenwinkel nehme ich kurze Zeit später eine Bewegung neben dem Tor wahr und entdecke eine kleine Tür, die gerade wieder zu schwingt. Mit der Handtasche über meiner Schulter stapfe ich durch den knirschenden Kies und schlüpfe ebenfalls durch diese Tür, nicht, ohne dem chromglänzenden Chopper auf der anderen Straßenseite, der mir wage bekannt vorkommt, einen bewundernden Blick zuzuwerfen.

»Tz.... keine Ahnung, wo die sich wieder rumtreibt«, höre ich nun eine rauchige Männerstimme. »Hab sie schon seit zwei Tagen nicht mehr zu Gesicht bekommen.« Er steht hinter einem Tresen, der nur aus alten, gestapelten Autoreifen und einem schiefen Brett besteht und hebt grüßend die Hand in meine Richtung. Ihm gegenüber steht ein hochgewachsener, muskulöser Typ in Lederjacke, dessen Rückenansicht mir sofort einen Schauer durch den Körper jagt.

»Ich schau mal im Bully nach, okay?« Seine Stimme, die mir ebenfalls durch und durch geht, duldet keinen Widerspruch und lähmt mich vollends. Dann dreht er sich zu mir um und erstarrt ebenfalls.

»Jaja, mach dem faulen Ding mal Beine«, erwidert Mick, wie ich mit zusammengekniffenen Augen auf seinem Namensschild erkennen kann. »Hallo, junge Frau!« begrüßt er mich dann, schaut an Lee vorbei in meine Richtung und zündet sich eine Zigarette an. Seine schwarzen Fingernägel passen zum Gesamtbild dieser Autowerkstatt.

Was aber ausgerechnet Lee am frühen Morgen hier zu suchen hat, ist mir total schleierhaft. Weiterhin unfähig, mich zu bewegen, erwidere ich seinen erstaunten Blick und merke, wie mir mal wieder die Röte ins Gesicht schießt. Ich hätte wissen müssen, dass das seine Maschine ist da draußen. Das Schicksal hat es echt auf mich abgesehen.

»Äh, Hallo«, krächze ich in Micks Richtung. »Ich…, also…, mein Auto hat einen Termin bei Ihnen. Faerber ist mein Name.« Endlich habe ich sowohl Sprache als auch Gleichgewicht wiedergefunden und marschiere hoch erhobenen Hauptes an Lee vorbei und auf Mick zu.

»Stimmt. Sie sind aber früh dran, junge Frau. Haben sie die Schlüssel für mich?«

Umständlich krame ich in meiner Tasche. Von Nahem kann ich sehen und riechen, dass an Mick nicht nur die Fingernägel ein bisschen Wasser und Seife gebrauchen könnten.

»Ja, natürlich«, räuspere ich mich. »Was brauchen Sie sonst noch von mir?«

»Nix«, antwortet Mick schulterzuckend. »Der Junge hat alle Ersatzteile bestellt, und ihre Handynummer hab ich ja. Wenn wir morgen fertig sind, rufe ich an.«

»Okay, danke.« Damit scheint alles geklärt, und ich stehe noch einen Moment unschlüssig vor dem Tresen. Auf alles vorbereitet drehe ich mich langsam herum, nachdem ich meine Tasche besonders umständlich geschlossen habe, doch Lee ist verschwunden. Er wartet jedoch draußen auf mich und lehnt lässig an dem verrosteten Rolltor, das nun langsam hochfährt und ihn somit zwingt, sich ein Stück in meine Richtung zu bewegen. Direkt wird mir wieder heiß.

»Anna«, begrüßt er mich und mustert mich prüfend mit seinem so typischen, unergründlichen Blick.

»Lee«, antworte ich mit einem Frosch im Hals.

Das Tor rumpelt und rappelt an allen Ecken und Enden und es dauert ewig, bis es endlich ganz hochgefahren ist. Sicherheitshalber machen wir beide noch einen Schritt zur Seite. Mick kommt in seinem Blaumann aus dem Tor geschlurft und bahnt sich zwischen Schrott und Gerümpel den Weg zu meinem Auto. Wir verfolgen ihn beide mit unseren Blicken, und Lee bricht als erster unser

Schweigen, während meine Autotür geöffnet wird und Mick mühsam seinen Bierbauch hineinmanövriert.

»Du hast mich versetzt«, bemerkt er trocken. Als ob ich das nicht wüsste! Da ich keine Anstalten mache, ihm zu antworten, kommt er näher. »Bekomme ich wenigstens eine Erklärung?«

Hilflos zucke ich mit den Schultern. Mein sorgsam aufgespannter Schutzschild bekommt augenblicklich Risse, und ich kann nur schwer dem Drang widerstehen, mich einfach in seine Arme zu werfen, die plötzlich so unerwartet nah sind und eine extreme Anziehungskraft auf mich ausüben.

»Anna, verdammt! Sprich mit mir!«, verlangt er nun und schaut mich flehend an. Aber ich kann nicht, ich bekomme kein Wort heraus. »Du bist verheiratet! Du hast Kinder! Ich meine, hab ich nicht wenigstens eine Erklärung oder sowas verdient?«

Endlich löse ich mich aus meiner Erstarrung und zucke unschlüssig mit den Schultern. »Ich weiß nicht, ich, … also…, ich dachte, nach unserem Treffen in der Schule wäre klar, dass wir uns nicht wiedersehen«, rede ich mich halbherzig heraus.

Lee erkennt natürlich sofort, dass das nur eine Ausrede ist und steht mir nun kopfschüttelnd und mit gerunzelter Stirn gegenüber. »Du machst es dir ganz schön leicht.«

Aus der Nummer komme ich anscheinend nicht so schnell wieder raus und überlege fieberhaft, was ich tun soll. Dann entscheide mich für die einfache Wahrheit.

Trotzig recke ich mein Kinn, bevor ich ihm antworte. »Es tut mir leid«, beginne ich meine Erklärungen.

»Das sagtest du schon«, grummelt Lee sich bockig in den Dreitagebart und steckt seine Hände lässig in die Taschen seiner Jeans. Ich lasse mich nicht einschüchtern und rede unbeirrt weiter.

»Der Abend und die Nacht mir dir waren wunderschön. Aber jetzt mal im Ernst, was versprichst du dir denn von mir? Ich meine, schau mich an«, meine Hände wirbeln hektisch neben mir auf und ab. »Mein Leben ist ein einziges Chaos!« Tränen schießen ungefragt in meine Augen.

Ich kann selber nicht sagen, warum, aber sie bringen Lee dazu, seine Hände ruckartig aus den Hosentaschen zu ziehen. Mit einem Schritt ist er bei mir, und bevor ich registriere, was er vorhat, finde ich mich auch schon in seinen starken Armen wieder und weine hemmungslos, während meine eigenen sich ganz automatisch um seinen Hals schlingen. Ich bin sowas von erledigt

»Glaub mir«, flüstert er, während seine Lippen meine Stirn berühren. »Glaub mir, ich schaue dich an. Und was ich sehe, raubt mir schon den Atem, seit ich dich das erste Mal auf dem Kneipenklo entdeckt habe. Du bist so eine wunderschöne Frau, ich wünschte, das würdest du begreifen!«

Lee bringt ein wenig Abstand zwischen uns, legt seine Hände auf meine Schultern und spricht unbeirrt weiter. »Ich würde dir so gerne in deinem Chaos beistehen, aber dazu musst du es mir erst einmal erklären! Was meinst du wohl, wie ich mich gefühlt habe, als du plötzlich mit Marie vor mir standst! Wo ist dein Mann? Warum kümmert er sich nicht um euch? Wieso hast du dich überhaupt mit mir eingelassen, obwohl du verheiratet bist? Das ist alles so widersprüchlich, ich verstehe es einfach nicht!«

Die Fragen sprudeln nur so aus seinem Mund, und ich kann nicht umhin, ihn einfach nur anzustarren. Dann ist es an mir, ihm Erklärungen zu liefern, aber ich druckse nur unbeholfen herum und weiß überhaupt nicht, wie und wo ich anfangen soll.

Lee erstickt meine verzweifelten Erklärungsversuche im Keim, indem er sanft mit seinem Daumen über meine Lippen streicht.

»Schhhh…«, flüstert er.

Seine zärtliche Berührung setzt eine Explosion der Gefühle in mir in Gang, und ich will mich einfach nicht mehr dagegen wehren. Ich will ihm alles erzählen und keine Geheimnisse mehr haben.

»Warte noch. Hier ist nicht der richtige Ort für solche Gespräche«, raunt er mir verständnisvoll zu. Ich nicke dankbar. Vielleicht spürt er meine Entschlossenheit, vielleicht erkennt er es in meinen Augen, vielleicht kann er auch einfach meine Gedanken lesen. Zuzutrauen wäre es ihm. Jedenfalls nimmt er mich an die Hand und wirkt plötzlich genauso entschlossen wie ich. Dann zieht er mich zielstrebig mit sich.

»Komm mit«, fordert er mich auf, und meine Beine setzen sich wie von selbst in Bewegung. Wir gehen Hand in Hand zurück in die Werkstatt, in der mein Auto gerade aufgebockt wird. Mick wuselt geschäftig in seinem Werkzeugchaos herum und schaut nur kurz auf, als Lee sich einen der Helme schnappt, die zwischen ein paar alten, gestapelten Kisten liegen.

»Ich leihe mir den mal«, ruft er Mick zu, der nur kurz nickt. »Bring ich morgen zurück.« Dann endlich schaut er mich schelmisch an. »Kleine Spritztour? Du hast doch sicher noch nicht gefrühstückt, oder?«

»Gerne«, antworte ich leise, und wie auf sein Stichwort beginnt mein Magen zu knurren. »Musst du denn heute nicht in die Schule?«, hake ich verwundert nach und ernte ein verschmitztes Grinsen.

»Doch, aber zufälligerweise erst später. Bevor wir starten muss ich aber noch kurz was erledigen, halt mal eben.«

Mit diesen Worten drückt er mir den Motorradhelm in die Hand und macht sich mit großen Schritten auf den Weg in Richtung WV Bully. Auf sein lautstarkes Klopfen gegen die leicht verbeulte Tür bewegt sich tatsächlich der Blümchenvorhang ein Stück zur Seite, und ein verschlafenes, junges Frauengesicht mit hübschen Sommersprossen kommt zum Vorschein. Lee hält seine Uhr gegen die Scheibe und gibt ihr durch ein Zeichen zu verstehen, dass sie die Tür öffnen soll, doch die Frau rollt nur genervt mit den Augen und zieht den Vorhang wieder zu. Lee wäre aber natürlich nicht Lee, wenn er sich davon einschüchtern lassen würde. Das Trommeln seiner Finger auf der Scheibe wird penetranter. Dazu pfeift er ein schiefes Lied und grinst belustigt zu mir herüber.

Ich habe keine Ahnung, was er da treibt und warum, aber ich grinse zurück, weil ich mich gerade frei und glücklich fühle, und weil ich beschlossen habe, einfach mal nur an mich zu denken.

Nach kurzer Zeit hat Lees Strategie tatsächlich Erfolg und die Tür des Bullys wird genervt aufgerissen.

»Ist ja gut, du hast es geschafft«, schnauzt die junge Frau ihn an. »Ich bin ja wach!«

»Hach wie schön, dann kann der Tag ja jetzt starten«, antwortet Lee ihr freudestrahlend. Ihre schlechte Laune prallt komplett an ihm ab, nicht aber der Geruch, der ihm durch die offene Autotür entgegen zu kommen scheint, denn er rümpft plötzlich alarmiert die Nase und sein Gesichtsausdruck spricht Bände.

»Boah, Lucy, echt jetzt?«, schnauzt er sie auch schon lautstark an und klettert postwendend in den Bus. Dann passieren mehrere Dinge auf einmal.

Ich stehe nur wenige Schritte entfernt, und in meinem Kopf rattert es fieberhaft, als ich ihren Namen erkenne. Dann staune nicht schlecht, als sich, noch bevor Lee komplett im Bus verschwunden ist, eines der hinteren Fenster einen Spalt öffnet und blitzschnell mehrere kleine Pflanztöpfe, Filterpapierchen sowie ein ganzer Packen kleiner Plastiktütchen samt Inhalt im hohen Bogen nach Draußen befördert werden. Ich gehe vorsichtig einen Schritt näher und betrachte den Haufen kleiner Pillen, der nun zu meinen Füßen liegt. Man muss sich nicht gut auskennen, um zu wissen, um was es sich hier handelt.

»Lucy!«, höre ich Lee im Bully brüllen. »Willst du mich verarschen? Wo hast du das ganze Zeug versteckt?«

Die Frau klettert derweil, selig grinsend, aus dem Bus, lacht gekünstelt und schwankt dabei ein wenig.

»Zeug? Kein Ahnung, was du meinst«, lallt und kichert sie gleichzeitig. Dann zuckt sie mit den Schultern und wackelt, betont langsam und auf ihr Gleichgewicht bedacht, in Richtung Werkstatt davon.

Da ich direkt neben dem kleinen Drogenhaufen im hinteren Bereich vom Bully stehe, entdeckt sie mich erst, als ich mich räuspere. Ihr Kopf schnellt hektisch zu mir herum, und an ihrem panischen Gesichtsausdruck und dem wilden Blick, der zwischen den Beweisstücken und mir hin und her huscht, erkenne ich sofort, dass ich sie ertappt und ihren Plan gehörig zunichte gemacht habe.

»Suchst du das hier?«, rufe ich Lee zu und schaue ihn fragend an, als er seinen Kopf aus dem Fenster steckt und frustriert seufzt, während besagte Lucy in erstaunlicher Geschwindigkeit um die nächste Ecke biegt. Lee sieht ihr kopfschüttelnd nach, streicht sich die Haare aus der Stirn und verschwindet wieder im Bully, um im nächsten Moment mit einem jungen Mann im Schwitzkasten wieder zu mir nach draußen geklettert zu kommen. Als dieser versucht, sich loszureißen, greift Lee mühelos fester zu und verdreht ihm so gekonnt die Arme, dass dieser sich widerwillig geschlagen geben muss.

»Und wer bist jetzt du?«, wird er von Lee angeraunzt, der so wirkt, als wäre es nicht das erste Mal, dass er zu gedröhnte Jugendliche aus irgendwelchen Autos fischt.

»Das ist Max«, antworte ich für meinen Sohn, nachdem ich den Kloß in meinem Hals heruntergeschluckt und meine Stimme wiedergefunden habe. Das darf doch wohl nicht wahr sein!

Die Köpfe beider Männer drehen sich in unterschiedlicher Geschwindigkeit mit aufgerissenen Augen zu mir herum.

Lee schaut verständnislos, während Max mich eingehend von oben bis unten mustert und plötzlich lauthals zu lachen beginnt.

»Ey Mama, was machs`n du hier?« Ich registriere sofort, dass er schon wieder so komische Zuckungen hat wie letztlich auf der Couch. Diesmal flattert sein linkes Augenlid, und die Pupillen wirken unnatürlich groß, was mich sofort in Alarmbereitschaft setzt.

»Die Frage ist wohl eher, was du hier machst. Ich wähnte dich zu Hause in deinem eigenen Bett und dachte, du bist nicht mehr mit dieser Lucy zusammen.« Doch Max hört mir gar nicht zu, seine Pupillen versuchen irgendwas in der Ferne zu fokussieren, was ihnen aber nicht richtig gelingt. Dann sackt er unter Lees Griff zusammen und jault nur einmal kurz auf, als der eiserne Griff an seinen Handgelenken zu schmerzhaft wird. Wie ein Häufchen Elend hockt er nun zu unseren Füßen, und Lee lässt ihn los, um seine Hände nicht noch weiter zu verdrehen. Das hätte er jedoch lieber nicht tun sollen, denn blitzschnell nutzt mein Sohn seine Chance, springt auf und rennt über den Schotter davon, als wäre der Teufel persönlich hinter ihm her.

»Max! Komm sofort zurück!«, schreie ich ihm, einerseits empört, andererseits voller Sorge, hinterher. Lee legt beruhigend seine Hand auf meine Schulter.

»Lass` ihn, Anna«, höre ich ihn sagen. »Dein Sohn ist total gedröhnt, bei dem kommt grad eh nix an.«

Frustriert drehe ich mich um und funkle ihn böse an. »Soll mich das jetzt beruhigen?« blaffe ich ihn an. »Und wer bist du jetzt hier in dem ganzen Spiel? Sein Dealer?« Dann schaffe ich ein paar Schritte Platz zwischen uns, denn seine körperliche Nähe hindert mich definitiv daran, klar zu denken. »Ich bin hier wohl nicht die einzige mit Geheimnissen!« Abwartend verschränke ich die Arme vor der Brust.

Lee wirkt für einen Moment wie vor den Kopf gestoßen, dann glätten sich seine Stirnfalten, und er hebt beide Hände nach oben, um sich die widerspenstigen Haare aus der Stirn zu wischen und gleichzeitig einen Schritt in meine Richtung zu machen. Ich will zurückweichen, stehe aber mit dem Rücken schon so nah am Bully, dass er mich, schneller als ich reagieren, kann zwischen seine Arme geklemmt hat, deren Hände sich nun rechts und links von mir abstützen.

Funkelnde Augen fangen meinen Blick auf und geben ihn nicht mehr frei, bis auch ich mich entspanne und meine abwehrende Haltung aufgeben muss.

»Denkst du das wirklich von mir?« fragt er mit tiefer Stimme und weicht keinen Zentimeter von mir ab. »Denkst du wirklich, ich bin der Dealer deines Sohnes?«

»Ich kann gerade nicht mehr denken«, seufze ich leise und lehne meine Stirn an seine Schulter. Natürlich glaube ich nicht, dass Lee ein Dealer ist, aber ich habe bis eben auch geglaubt, mein Sohn würde selig schlummernd zu Hause in seinem Bett liegen.

»Ich arbeite nebenbei als eine Art Streetworker«, erklärt Lee dann ohne Umschweife. »Unser lieber Mick hier ist völlig überfordert mit seiner Tochter, seit seine Frau vor ein paar Jahren gestorben ist.«

»Oh«, kommentiere ich seine spontane Erklärung.

»Ja, Lucy ist ein verdammtes Biest und mit allen Wassern gewaschen, die macht ihrem Vater echt das Leben zur Hölle«, erklärt er weiter, während er sich neben den Bully hockt und die Beweismittel in eine Plastiktüte packt. »Seit sie volljährig ist und hier campiert wie und wann sie will, hat Mick ein echtes Problem.«

»Das kommt mir vage bekannt vor«, antworte ich mit einem Augenrollen und hocke mich neben ihn, um die restlichen Tütchen aufzusammeln. Verständnisvoll blickt er zu mir auf.

»Was ist das hier alles für ein Zeug?« frage ich neugierig.

»Such dir was aus… Cannabis, Speed, XTC, Crystal… «, er macht eine ausladende Bewegung. »Wenn die Polizei das hier findet, kann Mick seinen Laden endgültig dicht machen, aber das interessiert Lucy nicht.«

»Und was machen wir jetzt?«

»Wir?« Er steht auf, klopft sich seine Hose ab, knotet die Plastiktüte zu und legt wie selbstverständlich einen

Arm um mich, während wir uns langsam vom Bully entfernen. »Wir gehen jetzt frühstücken. Ich glaube, wir können beide erstmal einen großen, starken Kaffee gebrauchen, bevor wir uns gegenseitig unsere Geheimnisse offenbaren.«

»Die beste Idee des Tages«, stimme ich ihm zu. »Aber ich meine jetzt eigentlich eher, was wir mit dem ganzen Zeugs da machen«, erwidere ich und deute auf die Tüte in seiner Hand. »Und was ist mit Max? Wo ist er jetzt hin?«

»Der schläft vermutlich erstmal irgendwo seinen Rausch aus. Du kannst ihm jetzt nicht helfen, das wäre völlig vergebene Liebesmüh, glaub mir. Hast du seine Augen gesehen? Bevor die nicht wieder klar sind, brauchst du gar nicht erst anfangen, mit ihm über irgendwas zu sprechen, da kommt ganz sicher nichts an. Und das Zeug hier stelle ich jetzt erstmal sicher und bringe alles später zur Polizei.«

Als er meinen verunsicherten Blick bemerkt, zwinkert er mir beruhigend zu.

»Keine Sorge! Die kennen mich schon und wissen, dass sie keine genaueren Infos von mir bekommen. Mein Job ist es, den Jugendlichen zu helfen und nicht, sie in die Pfanne zu hauen. Und das geht nun mal nur durch Vertrauen.« Dann zuckt er mit den Schultern. »Bei Lucy arbeite ich noch daran.«

»Dann kannst du bei Max direkt damit weitermachen«, stöhne ich und schaue ihm dabei zu, wie er das Beweismaterial im Sitz seines Choppers verstaut, während er zeitgleich einen schwarz glänzenden Helm zum Vorschein bringt und seinen hübschen Kopf darunter verschwinden lässt. Ungeschickt versuche ich es ihm gleich zu tun, scheitere aber letztendlich am Schließmechanismus, sodass Lee meine hektischen Finger zärtlich zur Seite schiebt und den Job mit so einem gönnerhaften Grinsen im Gesicht übernimmt, dass ich ihm die Zunge herausstrecke. Als Antwort wird sein Grinsen nur noch breiter.

»Provoziere mich nicht«, witzelt er, klappt sein Visier herunter und wird plötzlich ernst. »Ich kann mein Glück bei Max gerne mal versuchen«, tönt seine Stimme dumpf in meine Richtung. Dann schwingt er sich auf seine Maschine, startet den Motor und bedeutet mir mit einem Kopfnicken, hinter ihm aufzusteigen. Ich bestaune heimlich seinen knackigen Hintern, bevor ich mich an seinen starken Rücken schmiege.

Das Kribbeln in meinem Bauch hält die ganze Fahrt über an, obwohl meine Gedanken sich überschlagen und ich mich ernsthaft frage, was genau bei meinem Sohn eigentlich schief gelaufen ist. Hat er nicht immer alles bekommen, was er wollte? War ich nicht immer zu Hause, habe ihn gehütet wie meinen Augapfel, ihm Essen gekocht und seine Hausaufgaben kontrolliert? Hab ich ihn nicht immer getröstet, umarmt und seine Wunden verbunden? Wie konnte es passieren, dass Max so dermaßen auf die schiefe Bahn geraten ist, dass es jetzt auf einmal nicht mehr nur um Alkoholexzesse, sondern sogar um Drogen geht? Ich lehne meinen Kopf an Lees Rücken und kralle mich noch ein bisschen mehr an ihm fest, einfach nur, weil er gerade da ist und ich das jetzt brauche.

Wir cruisen langsam über die Felder und Lee legt eine Hand auf mein Knie. Seine Berührung fühlt sich vertraut an und prickelt wunderbar, während sein Daumen Kreise um meine Kniescheibe zeichnet, die ich noch spüre, als seine Finger schon längst wieder den Lenker umfassen und er sein Motorrad langsam auf dem Parkplatz eines kleinen, unter Bäumen versteckten Diners ausrollen lässt.

Begeistert sehe ich mich um. Obwohl wir nur wenige Minuten gefahren sind, habe ich keine Ahnung, wohin Lee uns geführt hat. Er lächelt wissend, während er den Verschluss meines Helms für mich öffnet und sich dann mit geübtem Griff seinen eigenen über den Kopf zieht. Als er seine Haare zurecht wuschelt, legt er den Kopf schief und schaut mich erwartungsvoll an.

»Gefällt mir«, antworte ich auf seine stumme Frage und versuche erfolglos, meine Haare ebenfalls wieder zu sortieren. »Wo sind wir hier?«

»Ein echter Geheimtipp. Ich wusste, dass es dir gefällt. Warte, bis du die Pancakes probiert hast!«

Mit diesen Worten zieht er mich an sich und küsst mich so unvermittelt, dass mir kurz die Luft wegbleibt. Sein Dreitagebart kitzelt mein Kinn, und ich ringe nach Atem, als seine Lippen sich für einen kurzen Moment von meinen lösen, nur, um sie danach mit einer solchen Intensität erneut zu teilen, dass ich wünschte, wir wären allein und nicht mitten auf einem öffentlichen Parkplatz.

Ich keuche auf und stehe in Flammen. Ganz unvermittelt packt mich solch eine Sehnsucht, dass ich mich ruckartig aus seiner Umarmung lösen muss, um wieder die Kontrolle über meinen eigenen Körper zurück zu erlangen. Mit wild pochendem Herzen schaue ich auf und bemerke, dass auch Lees Augen einen verschleierten Blick angenommen haben. Nach einmal Blinzeln ist er aber wieder ganz der alte Chauvi, wackelt mit seinen Augenbrauen und grinst mich selbstsicher an.

»Gut, oder?«, scherzt er und reckt angeberisch sein Kinn.

»Bilde dir bloß nichts darauf ein«, grummele ich ertappt und gehe langsam in Richtung Eingang. So ein Angeber!

»Ach komm schon!«, bohrt er weiter und läuft, mit den Händen tief in den Taschen seiner Jeans, neben mir her, als wäre nichts passiert. »Du kannst ruhig zugeben, dass du mich wahnsinnig sexy findest und mir die ganze Zeit nur an die Wäsche willst.«

»Jetzt reicht es aber!«, schimpfe ich mit gespielter Empörung und versuche, ihn mit meiner Handtasche zu schlagen. Er weicht geschickt aus, steht urplötzlich hinter mir, hebt mich hoch und wirbelt mich durch die Luft. Ich lache laut auf und werde erst von ihm losgelassen, als wir die Eingangstür erreichen und meine Fußspitzen die unterste Treppenstufe berühren.

Ganz Gentleman öffnet der Angeber mir die Tür und deutet eine Verbeugung an, während ich kopfschüttelnd und mit einem dümmlichen Grinsen auf den Lippen, unter seinem Arm hindurchschlüpfe.

Wie erwartet finde ich mich sofort in einer anderen Zeit wieder. Typische Alu-Tische im Retrostyle werden von roten Ledersitzen eingerahmt. An der blank polierten, langgezogenen Theke stehen in Reihe und Glied weiße und rote Barhocker, schwarzweiß karierte Bodenfliesen geben dem Ganzen noch zusätzlich den typisch amerikanischen Look. Es ist nicht viel Betrieb und wir haben fast freie Platzwahl. Lee lässt mir den Vortritt, und ich entscheide mich für einen kleinen Tisch hinten in der Ecke, von dem aus wir in das strahlende Gesicht einer lebensgroßen Marylin Monroe schauen, die uns eine Kusshand zuwirft.

Wir sitzen kaum, da kommt auch schon eine ältere Dame mit üppigem Vorbau an unseren Tisch, schwingt eine Kaffeekanne und lächelt freundlich.

»Hey Darling, Kaffee?«, strahlt sie mich an und zwinkert mir zu. Ich nicke dankbar.

»Lee«, nickt sie anschließend schüttet ihm ungefragt seinen Becher randvoll. Dabei beugt sie sich ein bisschen zu weit nach vorne. »Du warst lange nicht mehr hier!«

Trotz ihres stoischen Lächelns höre ich den Vorwurf in ihrer Stimme, den Lee souverän übergeht.

»Hey Jen! Ja, lange nicht gesehen, ich hatte viel zu tun.« Dann setzt er seinen Kaffeebecher an die Lippen und schlürft vorsichtig einen Schluck davon ab. »Wow, das ist echt der beste Kaffee weit und breit«, murmelt er genau laut genug, dass Jen ihn auch ganz sicher versteht und zwinkert ihr verschwörerisch zu. »Machst du uns zweimal deine weltberühmten Pancakes?«, setzt er hinterher.

Jetzt hat er sie komplett um den Finger gewickelt, denn ihre Wangen färben sich prompt rosa vor Freude, und sie klimpert mit ihren künstlichen Wimpern, als hätte sie etwas ins Auge bekommen. Ich muss mir ein Grinsen verkneifen und stupse ihn unter dem Tisch unauffällig an, während Jen selig in die Küche schwebt, um ihr ganzes Herzblut in unsere Bestellung zu legen. Würde mich nicht wundern, wenn seine Pancakes gleich in Herzform hier ankommen würden.

»Was?« erwidert er mit Unschuldsmine. »Ich habe doch nur unser Frühstück bestellt!«

»Ist klar«, provoziere ich ihn. »Du stehst einfach nur auf ältere Frauen, das hast du ja schon zugegeben.«

Einen Moment ist er still, dann beugt er sich so über den Tisch, dass ich meinen Kaffeebecher sicherheitshalber zur Seite schiebe und stocksteif verharre, weil sein Atem an meinem Ohrläppchen kitzelt.

»Genau. Deshalb sitze ich ja auch mit dir hier!«

Mit offenem Mund starre ich ihn an. Dieser Typ hat ein Selbstbewusstsein und eine so sympathische Unverschämtheit an sich, davon würde ich mir gerne mal eine Scheibe abschneiden.

»Sagtest du gerade, dass ich alt bin?«, hake ich nach. Mir gefallen unsere provozierenden Wortduelle, und ich ziehe die Augenbrauen in gespieltem Entsetzen weit nach oben.

»Ja«, haucht er. »Ein alter, heißer Ofen. Genau nach meinem Geschmack«. Dann spüre ich seine Hand langsam meinen Oberschenkel hinaufwandern, und mir bricht augenblicklich der Schweiß aus. Er hat seine Lederjacke ausgezogen und die leicht hochgeschobenen Ärmel seines Hemdes geben, genau wie an unserem Abend in der Bar, nur einen Bruchteil dessen preis, was tatsächlich seinen braungebrannten, mit Adern durchzogenen Arm ziert. Ich halte die Luft an, doch Jen rettet mich, indem sie plötzlich, wie aus dem Nichts, freudestrahlend und nicht minder schwitzend mit unseren Pancakes am Tisch steht.

»Wow«, platzt es aus mir heraus. »Die sehen wirklich gigantisch aus! Danke, Jen!«

»Sag ich doch«, mischt Lee sich ein und schiebt sich ein großes Stück mit Sirup in den Mund, bevor er vor Begeisterung seufzend der armen Jen einen Blick zuwirft, der mir sofort mein Höschen durchnässt.

Für einen Moment fühle ich mich wie Meg Ryan in Harry und Sally. Jen scheint es ähnlich zu gehen, denn sie erstrahlt und watschelt dann mit hochrotem Kopf zielstrebig zurück hinter die sichere Theke. Missbilligend schüttele ich meinen Kopf und sehe nur aus den Augenwinkeln Lees siegessicheres Grinsen, weil ich es vermeide, zu ihm aufzuschauen.

Im Hintergrund spielt die Jukebox *Jolene* von Dolly Parton und meine Füße wippen im Takt. Lee hat nicht zu viel versprochen, Jens Pancakes sind wirklich der absolute Knaller, und ich esse den ganzen Teller leer.

»Du bist also verheiratet«, holt er mich dann ohne Umschweife auf den Boden der Tatsachen zurück. Es ist soweit. Unser dringend überfälliges Gespräch startet genau jetzt.

Ich kaue lange auf meinem letzten Bissen, bis ich wirklich keinen Grund mehr habe, zu schweigen. Lee wartet geduldig.

»Ja«, krächze ich kleinlaut. Meine Handflächen werden feucht und ich wische sie nervös an meiner Hose ab. »Jens und ich haben geheiratet, als Max unterwegs war.«

»Und? Wie ist er so?«

»Wer? Jens?« Ich zucke mit den Schultern. »Keine Ahnung. Auf jeden Fall ist er nie da und führt schon längst ein anderes Leben.«

»Das tut mir leid.« Lee lehnt sich zurück und breitet seine muskulösen Arme auf der Rückenlehne aus. »Und was hast du jetzt vor?« Abwartend mustert er mich. Ich kann nicht einschätzen, was er gerade denkt, und das macht mich noch nervöser. Unruhig knibble ich an der Naht meiner Jeans und senke den Blick.

»Ich will das alles nicht mehr«, gebe ich dann leise zu. »Aber ich habe Angst. Nicht vor Jens, versteh mich nicht falsch, er hat sich definitiv genug Dinge geleistet, um ihn mindestens zehnmal vor die Tür zu setzen. Meine Freundin Jule versucht mir deshalb schon seit Monaten ins Gewissen zu reden, aber irgendwie kriege ich es nicht auf die Kette.« Ein frustriertes Seufzen entfährt mir, und ich stütze meinen Kopf mit beiden Händen auf dem Tisch ab, bevor ich dann doch seinen Blick suche. »Ich habe Angst, dass ich das alles nicht alleine schaffe. Das ist Schwachsinn, weiß ich selber, ich bin jetzt ja auch schon die meiste Zeit alleine. Aber mir wachsen die Kinder über den Kopf. Irgendwie habe ich das Gefühl, ich renne ihnen immer nur hinterher und erreiche sie nie.«

»Solange du dich selber nicht findest, wirst du das auch nicht«, lautet seine einfache Antwort.

»Sehr philosophisch.« Augenrollend lasse ich mich nach hinten fallen, lege den Kopf auf die Rückenlehne und starre an die Decke. »Noch irgendwelche sinnvollen Tipps?«

»Nein. Das ist gerade mein einziger Tipp, zumindest, was dich angeht.« Er rutscht näher an mich heran, legt einen seiner Arme beschützend um meine Schulter und starrt ebenfalls an die Decke. »Du musst für dich ganz alleine entscheiden, was du willst.« Dann schweigt er und hält mich einfach nur fest.

Ich lehne meinen Kopf an seine Schulter und genieße diesen einzigartigen Moment, der mich berauscht und eine Welle voll Glück durch meinen Körper schickt.

Nach einigen Minuten des Schweigens drehe ich mich in seine Richtung. Unsere Nasenspitzen trennen nur wenige Millimeter, und ich mustere sein Gesicht ganz genau, während er bewegungslos ausharrt und die Luft anhält. Das Kribbeln zwischen uns nimmt zu und die Luft scheint zu flirren, je länger ich ihn betrachte. Wie von selber verknoten sich unsere Finger und senden ebenfalls elektrische Impulse durch unsere Körper, die mit Physik nicht zu erklären sind.

»Ich will dich«, flüstere ich leise und höre ihn erleichtert ausatmen, bevor seine starken Hände meinen Kopf umschließen und unsere Lippen sich finden.

Kurze Zeit später grinst er wie ein kleiner Junge und wirkt plötzlich völlig ausgelassen.

»Hast du etwas anderes erwartet?« hake ich erstaunt nach.

»Nein«, gluckst er nur vergnügt. »Als ob du mir wiederstehen könntest.«

»Von deinem Selbstbewusstsein hätte ich gerne eine dicke Scheibe!«, kontere ich kopfschüttelnd.

»Ach Anna«, lächelt er. »Das ist doch alles nur Tarnung. Klar hatte ich Sorge, was denkst du denn? Immerhin bist du verheiratet!«

»Nur noch auf dem Papier«, erwidere ich und küsse seine Nasenspitze.

»Dann wäre das ja jetzt geklärt.« Lee springt auf und zieht mich mit sich hoch. »Komm, ich bringe dich nach Hause. So leid es mir tut, aber ich muss zur Schule.«

Die ganze Rückfahrt habe ich ein dümmliches Grinsen im Gesicht und meine Arme fest um Lee geschlungen. Wir kommen viel zu schnell zu Hause an, und ich steige ab, nicht ohne ihm einen bedauernden Blick zuzuwerfen.

»Das wird ganz schnell wiederholt, versprochen«, tröstet er mich, stellt den Motor ab und nickt mit dem Kinn in Richtung Straßenecke, um die wir Marie gerade noch abbiegen sehen.

»Hast du schon mit ihr gesprochen?«

»Nicht so richtig«, antworte ich kopfschüttelnd. »Ich weiß nicht, wie oft ich es jetzt versucht habe, aber sie geht einfach nicht auf meine Fragen ein und behauptete steif und fest, sie hätte die iPods nur verliehen.«

»Das glaube ich nicht. Sie hat es momentan wirklich schwer. In ihrer Klasse haben sich ein paar Mädchen zu so einer Art Gang zusammengetan. Marie ist anscheinend ihr auserkorenes Opfer, aber ich konnte bisher noch niemanden festnageln. Und mit gutem Zureden komme ich bei denen nicht weiter, die werfen mit Sprüchen um sich, da bekomme selbst ich noch rote Ohren.«

»Das will ja was heißen«, kommentiere ich spontan, verfalle aber direkt in Panik, als seine Worte mein Gehirn erreichen. »Aber was mache ich denn jetzt?«

»Du kannst leider nicht viel machen«, Lee nimmt meine Hand und spielt wieder mit meinen Fingern. »Sprich mit ihr, sei für sie da. Bedränge sie nicht, aber sei aufmerksam. Marie muss sich jemandem anvertrauen und sich Hilfe suchen. Solange sie das nicht tut und schweigt, haben wir nichts in der Hand.« Seine freie Hand übernimmt den geliehenen Helm und streicht mir eine Haarsträhne aus dem Gesicht. Vermutlich sehe ich aus, als hätte ein Vogel auf meinem Kopf genistet. »In der Schule habe ich immer ein Auge auf sie, aber ich wünschte wirklich, sie würde mit dir reden.«

»Meine Freundin meint, ich soll mit ihr eine Beratungsstelle aufsuchen.«

Lee wartet schweigend auf weitere Informationen.

»Ich hab da schon angerufen und nächste Woche einen Termin für ein Erstgespräch. Die Dame am Telefon will aber zuerst mit mir alleine sprechen.«

»Ja«, nickt er. »Das ist das normale Vorgehen. So, wie ich Marie kenne, wird die Therapeutin bei ihr zwar auf Granit beißen, aber es ist auf jeden Fall einen Versuch wert!«

»Ich bin jedenfalls sehr gespannt.«

»Das glaub ich dir.« Dann lässt er mich los und lächelt sein umwerfendes Lächeln, das mir auch durch seinen Helm eine Gänsehaut auf den Körper zaubert. »Die nächste Herausforderung wartet schon auf dich«, fügt er mit einer Kopfbewegung Richtung Haustür an und hebt grüßend eine Hand. »Ich melde mich später!« Dann braust er davon.

Ich atme tief durch und straffe meinen Körper, bevor ich mich langsam, aber voller Überzeugung, die richtige Entscheidung getroffen zu haben, herumdrehe und auf meinen Mann zugehe, der in der offenen Haustür auf mich wartet und mich irritiert mustert.

»Wer war das?«, fragt er verwundert, als ich vor ihm stehe.

»Warum bist du zu Hause?«, versuche ich es mit einer Gegenfrage, um Zeit zu schinden.

»Anna, echt jetzt!« Kopfschüttelnd dreht er sich um und geht in den Flur. Ich folge ihm und schließe die Tür, bevor ich mich aus Jacke und Schuhen schäle und meine Tasche in die Ecke schmeiße.

»Da versuche ich, es einmal richtig zu machen, und dann hörst du weder meinen Anruf noch liest du meine Nachrichten.«

»Äh…«, stammele ich ertappt. »Du hast versucht, mich anzurufen? Warum?«

»Weil du dich immer beschwerst, dass ich mich für nichts interessiere und ich gedacht habe, ich könnte dich von der Werkstatt abholen.« Er hält kurz inne, weil meine Augenbrauen erstaunt in die Höhe schießen. »Jetzt guck nicht so und mach kein Ding draus. Ich will mit dir reden.«

»Okay«, kommentiere ich seinen Ausbruch, laufe an ihm vorbei in die Küche und halte ein Glas unter den Wasserhahn, welches ich in einem Zug leere. Dann lehne ich mich an die Küchentheke, wische mir mit dem Handrücken über den Mund und schaue ihn erwartungsvoll an.

»Verrätst du mir noch, wer das da gerade auf dem Motorrad war?«, hakt er nach, während seine Finger die Gewürzdosen im Regal alle mit dem Label nach vorne drehen.

»Das war Elias, Maries Lehrer.«

»Ach so, Elias. Klar.« Der Sarkasmus in seiner Stimme ist nicht zu überhören, und auch, wenn ich es nicht für möglich halte, meine ich doch tatsächlich einen Hauch von Unsicherheit in seiner Körpersprache zu entdecken. Jetzt rückt er die Gläser im Hängeregal gerade. Ist mein Mann etwa eifersüchtig?

»Ja, Elias Thalbach. Er ist Maries Vertrauenslehrer und ich habe ihn zufällig an der Werkstatt getroffen.« Ich werde mich nicht einschüchtern lassen. Ich bin eine starke Frau und ich weiß, was ich will, rede ich mir ein und räuspere mich. »Unser Sohn ist mir dort übrigens auch über den Weg gelaufen.«

»Häh?« Jetzt hab ich seine ganze Aufmerksamkeit, und die Hände halten endlich still. »Was macht Max um die Uhrzeit denn in einer Autowerkstatt?«

»Auf dem Hof dort im Auto seiner Freundin den Rausch ausschlafen«, beginne ich seufzend meinen Bericht über den heutigen Vormittag.

Nachdem ich ihm alles im Detail geschildert habe, verschränke ich die Arme vor der Brust und warte ab, bis er alles verdaut hat und sich frustriert mit den Händen durch die Haare fährt. Dann nimmt er seine Brille von der Nase und fängt an, die Gläser mit seinem T-Shirt zu polieren.

»Jetzt also auch noch Drogen!« Unruhig marschiert er vor mir auf und ab, während meine Augen ihn verfolgen.» Was kommt als nächstes? Dealen?«

»Wenn er das nicht schon längst macht«, nehme ich ihm jede Hoffnung. »Das waren echt jede Menge unterschiedlichster Sachen, größtenteils Tütchen mit irgendwelchen Pillen. Ich kenne mich nicht damit aus, aber ich glaube, da war querbeet alles mit dabei.«

»Und was machen wir jetzt?«

Ich hebe frustriert meine Schultern und lasse sie wieder sinken. »Max ist volljährig. Mehr, als ihm ins Gewissen reden, wenn er wieder er selbst ist, können wir wohl gerade tatsächlich nicht machen. Lee will mal versuchen, mit ihm zu reden. Ich glaube, er hat einen ganz guten Zugang zu den ganzen Jugendlichen.«

»Jetzt also schon Lee, hm?« Ich sehe ertappt zu Boden, doch Jens ist nicht doof und zählt eins und eins zusammen. »Und dann warst du noch mit ihm unterwegs?«

Ich nicke nur und hole tief Luft. Da ist er, der Moment der Wahrheit. Ich werde nicht kneifen.

»Mit dem Motorrad?« Jetzt ist es an Jens, seine Augenbrauen fragend nach oben zu ziehen.

»Ja, Jens, mit dem Motorrad!«, befriedige ich seine aufkeimende Wut und funkele ihn böse an. »Stell dir vor, ich bin mit ihm Motorrad gefahren. Und vorher waren wir noch frühstücken. Ich mag ihn, und ich treffe mich mit ihm. Und ich habe jetzt wirklich keinen Nerv, mir ausgerechnet von dir darüber irgendwelche Vorhaltungen machen zu lassen!«

Jens schweigt. Dann nimmt er mir das Glas, das ich noch immer in meinen Händen halte, ab und baut sich direkt vor mir auf.

»Das tue ich doch gar nicht«, nimmt er mir jeden Wind aus den Segeln und sieht mich traurig an. »Ich wäre wohl der Letzte, der sich das erlauben dürfte.« Dann stellt er das Glas neben mir ab und greift nach meinen Händen. »Ich habe mich schon gefragt, was dich so strahlen lässt. Unsere Kinder sind es ja offensichtlich nicht.«

Sprachlos halte ich kurz inne, doch er bleibt einfach stehen und rührt sich nicht. Also lehne ich meinen Kopf an seine Schulter und stütze mich an ihm ab. So stehen wir eine Ewigkeit und keiner sagt etwas. Ich glaube, wir sind es beide einfach nur satt, zu streiten.

»Vielleicht sollte ich mir eine Wohnung suchen«, flüstert er irgendwann leise in unser einvernehmliches Schweigen. Obwohl das nur die logische Konsequenz unserer Probleme ist, zucke ich kurz zusammen und fröstele plötzlich am ganzen Körper. »Es tut mir alles so leid, Anna, ich wollte nie, dass es so weit kommt, das musst du mir glauben.«

»Ich weiß«, wispere ich traurig und kann meine Tränen nicht mehr zurückhalten. Da ist es also. Das endgültige Ende unserer Ehe, erstmals laut ausgesprochen.

Jens nimmt mich in den Arm, und ich spüre, wie uns beiden gleichzeitig ein großer Stein vom Herzen fällt, auch, wenn das alles unendlich traurig ist. Keiner wollte, dass es so endet, aber das Leben ist kein Wunschkonzert und es ist gut, dass wir endlich eine Entscheidung getroffen haben. Es ist seltsam, nicht zu streiten. Nach einer gefühlten Ewigkeit lösen wir uns voneinander.

Jens dreht sich zum Schrank, öffnet die Tür und fasst hinein.

»Kaffee?« fragend hält er zwei große Tassen in die Höhe.

»Ja«, nicke ich zustimmend, greife an ihm vorbei und schalte die Maschine an. Es dauert nicht lange, und ein herrlicher Duft breitet sich um uns herum aus, als sich die zwei Tassen langsam füllen.

»Und wie geht es jetzt weiter?«, versuche ich unser Gespräch fortzuführen.

»Ich muss morgen für zwei Wochen nach New York«, erklärt er und reicht mir ungefragt meinen Kaffee. »Vielleicht ist es ganz gut, wenn jeder von uns sich erstmal sammelt und für sich selber überlegt, wie es weitergehen kann?« Er hält inne und schaut fragend. »Verstehe mich nicht falsch, ich will mich nicht drücken. Ich denke nur, dass es in dieser Situation sicher von Vorteil ist, wenn wir uns erstmal nicht sehen.«

Ich schweige und nehme einen großen Schluck des starken Muntermachers. In meinem Kopf rattert alles wild durcheinander, und ich habe keine Ahnung, welche Strategie die beste ist.

»Für mich ist das okay«, stimme ich ihm schließlich zu. »Aber vorher müssen wir noch mit Marie sprechen. Das meine ich ernst, wir müssen es ihr sagen!«

»Und was ist mit Max?«

»Gute Frage, ich hoffe, wir bekommen ihn heute noch zu Gesicht. Ob er aufnahmefähig ist, wird sich dann zeigen.«

Tatsächlich fällt nicht ein böses Wort. Jens und ich führen zum ersten Mal seit einer Ewigkeit ein langes Gespräch in respektvollem Tonfall, planen, noch heute mit Marie zu reden, sobald sie nach Hause kommt und sind uns beide sicher, dass unsere Kinder alt genug sind, um in dieser Situation vernünftig und verständnisvoll zu reagieren und unsere Entscheidung zu respektieren.

Wie falsch wir da beide liegen, zeigt sich nur zwei Stunden später, nachdem wir trotz widriger Umstände miteinander scherzen und uns gerade vor Erleichterung feste im Arm halten, nachdem ich meine Emotionen nach einer Heulattacke nur wenige Minuten zuvor wieder in den Griff bekommen habe.

Maries Stimme reißt uns aus unserer Umarmung.

»Was ist denn hier los?« Sie schmeißt ihren Rucksack achtlos in die Ecke, geht zum Kühlschrank und greift nach einem Joghurt, während wir uns voneinander lösen und ihr schweigend dabei zusehen, wie sie sich einen Löffel aus der Schublade nimmt und schon wieder im Begriff ist, sich aus der Küche zu entfernen.

»Marie!« halte ich sie zurück und strecke meine Hand nach ihr aus. »Schatz, wir müssen mit dir reden.«

»Och nö, muss das sein? Ich hab echt keinen Bock, schon wieder über die iPods zu diskutieren, ich will... äh... sag mal Mama«, hält sie dann plötzlich inne und kommt neugierig näher. »Hast du geheult?«

Mir schnürt es kurz die Kehle zu, doch Jens kommt mir zur Hilfe.

»Ja, deine Mutter und ich sind gerade sehr traurig. Wir müssen wirklich mit dir reden.«

»Was ist passiert? Ist was mit Max?« Marie legt den Kopf schief und guckt nun leicht angespannt zwischen Jens und mir hin und her.

Ich schüttele den Kopf. »Nein, ausnahmsweise geht es mal nicht um deinen Bruder.«

»Ah, okay, dann ist ja gut. Worum geht es denn dann?«
Sie löffelt weiter ihren Joghurt und guckt uns nichtsahnend mit ihren wunderschönen, großen Augen an. Je länger wir schweigen, desto tiefer wird jedoch die Furche
zwischen ihren Augenbrauen.

Jens räuspert sich, dann nimmt er ihr den Joghurtbecher aus der Hand und zieht sie in seinen Arm. »Deine
Mutter und ich werden uns trennen, Schatz.«

Keine Regung zeigt uns, ob sie verstanden hat, was ihr
Vater ihr gerade versucht, zu erklären.

Langsam hebe ich meinen Arm und will meine Hand
auf ihre Schulter legen, da fährt sie herum, stößt Jens von
sich und weicht geschickt meiner Berührung aus. In ihrem Blick flackert eine Mischung aus Panik und Verzweiflung, als sie ohne ein weiteres Wort aus der Küche stürmt.
Eine eiskalte Faust legt sich eng um mein Herz.

»Sie wird es verstehen«, versucht Jens mich zu beruhigen, während er vergeblich versucht, mich festzuhalten.

Doch ich stürme hinter Marie die Treppe hinauf und
werde prompt von ihrer Tür aufgehalten, die so knapp
vor mir ins Schloss fällt, das sie mir um ein Haar die Nase
gebrochen hätte. Das irre Gesicht des Jokers aus Suicide
Squad grinst mir im Großformat entgegen. Maries neuer
Türschmuck, wie nett.

Ich hämmere drauf los und bilde mir ein, dass sein
Grinsen dadurch nur noch breiter wird.

»Marie, lass` uns doch bitte darüber sprechen!«, versu-
che ich mein Glück.

»Nein!«, brüllt sie laut und ich höre, wie sich der Schlüssel im Schloss ihrer Zimmertür dreht. Meine weiteren Erklärungsversuche werden von lauter Musik im Keim erstickt, und ich gebe auf, rutsche, überfordert von allem, an der Wand entlang nach unten, bis mein Hintern den Boden erreicht.

Müde ziehe ich die Beine an und vergrabe meinen Kopf zwischen den Knien. Diese Gefühlsachterbahn ist voller Tücken, und ich weiß schon den ganzen Vormittag nicht, was hinter der nächsten Biegung auf mich wartet. Ich muss schon wieder heulen. Weil ich so ein Ende nie wollte. Weil Marie unsere Entscheidung nicht verstehen wird. Weil ich nicht weiß, was zur Hölle mit Max los ist. Aber vor allem weine ich, weil ich doch einfach nur glücklich sein will.

Irgendwann, ich habe jegliches Zeitgefühl verloren, da hockt Jens plötzlich neben mir. Mit einem traurigen Lächeln auf den Lippen streicht er mir über die Wange, gibt mir aber die Zeit, die ich jetzt für mich brauche und sagt kein Wort. Es hat doch Vorteile, wenn man sich schon so lange kennt wie wir.

Mit lautem Klopfen, um die Musik zu übertönen, versucht nun auch er sein Glück an Maries Zimmertür, worüber ich nur müde lächle. Prompt höre ich den Schlüssel im Schloss und schnelle erstaunt hoch, doch Jens packt mich an der Schulter und hält mich zurück, dann schüttelt er unmerklich den Kopf, kurz bevor Marie ihre Nase aus dem Zimmer steckt.

»Können wir darüber reden?« bittet Jens seine Tochter, während ich frustriert und geschockt zugleich außer Sichtweite bleibe, als ihm tatsächlich die Tür geöffnet wird.

Wieso zur Hölle blockt Marie bei mir ab, während sie ihrem Vater, der sich nie um irgendetwas kümmert, Gehör schenkt? Unschlüssig bleibe ich neben ihrer Zimmertür stehen und überlege tatsächlich kurz, mein Ohr daran zu legen, um ein paar Gesprächsfetzen zu erhaschen. Das ist mir dann aber doch zu albern, und ich schleiche leise die Treppe nach unten, trinke den Rest meines inzwischen eiskalten Kaffees und starre auf die Küchenuhr, deren Zeiger sich nur in Zeitlupe zu bewegen scheint. Irgendwann halte ich diese Warterei nicht mehr aus und schnappe mir mein Handy.

Ich habe zwei Nachrichten von Lee.

Habt ihr geredet?

Die zweite hat er nur fünf Minuten später verschickt.

Wenn du mich brauchst, hole ich dich ab.

Ich starre auf mein Display, unschlüssig, was ich machen soll. Natürlich möchte ich ihn sehen, am liebsten sofort. Aber ich habe keine Ahnung, was gerade oben in Maries Zimmer passiert und vor allem, wann ich darüber mal Aufklärung erhalte. Also lege ich vorerst mein Handy zur Seite, ohne auf die Nachricht zu reagieren.

Unschlüssig marschiere ich durch unser Wohnzimmer auf der Suche nach Beschäftigung, ziehe die Vorhänge zurecht, Lege die Kissen samt Kuscheldecke ordentlich auf die Couch, befreie den kleinen Beistelltisch von Chipskrümeln und überlege gerade, ob ich mir einen Wäschekorb voller Socken zum Sortieren aus dem Keller holen soll, als ich Jens auf der Treppe höre. Im Hintergrund wummert dumpf Musik aus Maries Zimmer.

»Und?«, stürme ich auf ihn zu. »Was hat sie gesagt? Wieso will sie nicht mit mir reden?«

»Ist das denn nicht offensichtlich?«, mustert er mich nun, sichtbar erstaunt.

»Was soll denn daran offensichtlich sein?«, gifte ich ihn an. Ich bin mit einem Mal sowas von eifersüchtig und kann überhaupt nicht begreifen, warum Marie ihrem nie anwesenden Vater in solch einer Situation mehr Gehör schenkt als mir.

»Mein Gott Anna! Jetzt überleg doch bitte mal!« Jens guckt mich an, als wäre ich total bescheuert. »Was denkst du wohl, wem unsere Tochter das Aus unserer Ehe in die Schuhe schiebt? Wen von uns beiden hat sie denn total vertraut mit ihrem eigenen Lehrer gesehen?«

»Was?« plötzlich fällt es mir wie Schuppen von den Augen, und ein eiskalter Schauer rieselt meinen Rücken hinab, während meine Hände Halt an einer der Stuhllehnen suchen.

Ich bin wirklich eine dumme Nuss. Warum bin ich nicht schon viel früher darauf gekommen? Nur, weil ihr Vater meistens mit Abwesenheit glänzt, ist das für Marie natürlich kein Indiz dafür, dass er sich lieber in den Betten anderer Frauen mit eben diesen herumwälzt. Wogegen es bei mir anscheinend mehr als offensichtlich ist, dass ich ihren Lehrer sehr anziehend finde und ihrer Feststellung diesbezüglich auch nicht widersprochen habe. Oh mein Gott, was für ein Schlamassel!

»Du meinst, sie denkt, dass ich…«, mir fehlen die Worte, doch Jens hilft mir gerne weiter.

»Ja, verdammt. Marie denkt, dass wir uns trennen, weil du fremdgegangen bist.«

»Aber…«, mein Hirn rattert und ich renne nervös durch die Küche. »Aber das stimmt doch so gar nicht!«

»Mag sein, aber für Marie sieht es so aus.« Jens lehnt mit dem Rücken an der Wand, die Hände hinter sich versteckt, einen seltsamen Ausdruck im Gesicht.

»Und? Hast du ihr die Wahrheit gesagt?«

Er schüttelt betroffen den Kopf. »Es passte irgendwie nicht«, ist seine Ausrede.

Eine ungeahnte Welle der Wut überrollt mich wie aus dem Nichts. Plötzlich fühle ich mich streitsüchtiger denn je. Mit welchem Recht nimmt mein Mann mir das langjährige Vertrauen meiner Tochter? Das darf auf keinen Fall passieren! Ich brauche Marie und sie braucht mich! Jens kam in den letzten Monaten so gut wie nicht in unserem Leben vor, und das kann verdammt nochmal auch gerne so bleiben! Ich bin mit einem Mal voll in Fahrt und schreie los.

»Es *passte nicht*? Das ist doch wohl nicht dein Ernst! Warum sagst du ihr nicht, dass du derjenige bist, der seit Monaten seinen Schwanz nicht bei sich behalten kann? Manchmal frag ich mich, ob dir deine Eier bei der ganzen

Vögelei irgendwo abhandengekommen sind! Was soll das? Willst du mir Marie wegnehmen?«

»Das ist doch völliger Quatsch«, revidiert er und hebt abwehrend die Hände hinter dem Rücken hervor. »Natürlich nehme ich dir unsere Tochter nicht weg, sie ist ja wohl alt genug um sich eine eigene Meinung zu bilden.«

»Eine Meinung, die du ihr einredest, indem du mich schlecht dastehen lässt, oder wie?« Ich könnte ihm eine scheuern. Ich könnte ihm so in die Eier treten, dass sie ihm aus dem Gehirn wieder rauskommen, wenn er noch welche hätte. Ich bin so wütend, dass ich nach draußen rennen muss, um laut zu schreien. Dann atme ich mehrmals tief ein und aus, schlucke meine Wut herunter und straffe die Schultern, während ich mich wieder ins Haus begebe und schnurstracks an Jens vorbei die Treppe hochmarschiere. Ich fühle mich wie auf dem Weg zum Schafott, aber ich werde jetzt nicht kneifen. Ich klopfe laut an, während der Joker an Maries Zimmertür mich verhöhnt.

»Was?!« brüllt meine Tochter über die laute Musik hinweg.

»Marie, lass` uns bitte reden, ich möchte dir alles erklären!«, rufe ich durch die Tür, die Hände rechts und links neben der Fratze, deren Blick mich grinsenden verfolgt. Keine Reaktion. Die Tür bleibt geschlossen, die Musik unverändert laut. Ich warte eine gefühlte Ewigkeit, dann klopfe ich erneut.

»Jetzt lass` mich endlich in Ruhe!«, brüllt sie nun. »Geh doch zum Thalberg, der hört dir sicher liebend gerne zu!«

»Genau darüber will ich mit dir reden! Marie! Bitte!«
Meine Hände ballen sich zu Fäusten, und ich schlage unkontrolliert gegen die Tür, während ich langsam meine Fassung verliere und meine Stimme den hysterischen Unterton annimmt, mit dem ich bei Marie natürlich keinen Schritt weiter komme. Im Gegenteil. Die Musik in ihrem Zimmer wird nun bis zum Anschlag aufgedreht, und der Bass von Insomnia dröhnt nicht nur in meinen Ohren, sondern wummert so durch meinen Körper, dass ich kurz davor bin, durchzudrehen.

Die Wut kommt ungefragt und mit geballter Macht zurück, und am liebsten würde ich Marie alles durch die geschlossene Tür und die viel zu laute Musik zubrüllen. Dass ihr Vater ein Arsch ist. Dass nicht ich diejenige bin, die sich schon seit Jahren durch fremde Betten wälzt. Dass unsere Ehe schon ewig mehr Schein als Sein ist. Dass ich sie und ihren Bruder doch über alles liebe und niemals hintergehen würde. Dass das alles eine riesengroße Kacke ist. Aber ich weiß, dass ich so nicht weiter komme und trete traurig und frustriert den Rückzug an die frische Luft an.

Kurze Zeit später steht Jens neben mir und zündet sich mit zittrigen Fingern eine Zigarette an.

»Es tut mir leid, Anna. Ich konnte es ihr nicht sagen.«

Ich schnaube verächtlich und entferne mich mit einen großen Schritt von ihm.

»Aber sie in dem Glauben lassen, dass du ein Unschuldslamm bist und ich fremdgehe, das konntest du?«

Er nimmt einen tiefen Zug, bläst den Rauch zur Seite und sieht mich über den Rand seiner Brille an.

»Ich habe gehofft, nach einem bisschen Abstand würden wir uns vielleicht wieder zusammenraufen«, gesteht er mir dann leise. »Ich habe gehofft, du würdest mir meine Fehltritte vielleicht verzeihen. Du und dieser Elias, das ist doch nur Schwärmerei. Dir tut es einfach gut, dass sich ein hübscher junger Mann für dich interessiert. Das meinst du doch nicht wirklich ernst!«

Für einen Moment bleibt mir die Spucke weg. Ich starre entgeistert und mit offenem Mund auf einen Mann, der mir fremd geworden ist.

»Was bildest du dir eigentlich ein?«, entgegne ich ihm mit schneidender Stimme und bin mit einem Mal ganz ruhig. »Das mit uns ist vorbei, dagegen hilft auch der größte Abstand der Welt nicht mehr. Du regelst das mit unserer Tochter, und zwar noch heute. Ich gehe jetzt, und wenn ich wiederkomme, bist du weg, ich will dich hier nicht mehr sehen.«

Ich mache auf dem Absatz kehrt und stolziere an ihm vorbei. Im Türrahmen drehe ich mich noch einmal um.

»Ich mag zu alt für ihn sein oder er zu jung für mich, das kannst du dir drehen, wie du willst. Aber weißt du was? Es spielt keine Rolle. Ich bin noch nie in meinem Leben so gefickt worden wie von ihm.«

Meinem Mann fällt die Kippe aus der Hand, während ich mir mein Handy schnappe, im Flur nach meiner Tasche greife und die Tür hinter mir zuknalle.

Wo bist du? Tippe ich in mein Handy, kaum, dass ich die erste Kurve hinter mich gebracht habe. Mein Fahrrad liegt achtlos neben mir und ich heule vor Wut.

Die Nachricht ist erst Sekunden verschickt, da ruft Lee mich auch schon an.

»Hey!«, höre ich seine raue Stimme, dann schweigt er.

»Wo bist du?«, raune ich in den Hörer, bemüht, meiner Stimme einen festen Klang zu geben.

»Im Johnnys.« Jetzt klingt er alarmiert. »Was ist passiert, Anna? Ist alles okay?«

Ich habe meine Stimme wohl doch nicht so gut im Griff, wie ich dachte. »Jens ist ein Arsch«, schluchze ich los. »Und Marie denkt, dass ich alles schuld bin und will nicht mit mir reden. Können wir uns sehen?«

»Ich hole dich ab!«

»Nein, nicht nötig«, antworte ich, unendlich erleichtert, seine Stimme zu hören. »Ich brauche noch ein paar Minuten für mich und komme mit dem Rad.«

»Okay, ich warte auf dich.«

Während ich neben meinem Rad auf dem Bürgersteig hocke und tief ein und ausatme, ebbt mein wütender Gefühlsausbruch langsam ab. Mir will einfach nicht in den Kopf, warum Jens ausgerechnet Marie gegen mich ausspielt. Was soll das? Kurz blitzt der Gedanke in mir auf, dass er vielleicht tatsächlich gehofft hat, das mit uns würde sich wieder einrenken, aber diesen Geistesblitz verdränge ich schnell wieder. Nach allem, was passiert ist, kann er das unmöglich ernst meinen. Bestimmt spielt er nur wieder eines seiner Spielchen mit mir.

Erneut greife ich nach meinem Handy.

Dein Vater ist ein Arsch und sagt dir nur die halbe Wahrheit. Wir müssen dringend reden! Tippe ich und lösche die Nachricht direkt wieder.

Ich liebe dich. Können wir später reden? Lautet der zweite Versuch, den ich abschicke. Sofort erscheinen zwei blaue Haken als Lesebestätigung, doch auf eine Antwort meiner Tochter warte ich zehn Minuten vergeblich, obwohl ich mein Handy so intensiv beschwöre und anstarre, dass es eigentlich schon schmelzen müsste. Typisch von ihr, mich in dieser Situation so zappeln zu lassen. Ich stehe seufzend auf, hoffe auf ihren messerscharfen Verstand und dass sie sich heute Abend soweit abgeregt hat, dass ich Zugang zu ihr finde, wenn Jens verschwunden ist. Und mit etwas Glück findet mein Mann ja doch noch seine Eier wieder und klärt alles auf, bevor er seine Tasche packt.

Schon vom Weiten sehe ich Lees chromglänzendes Motorrad vor der Kneipe stehen, als ich angeradelt komme. Ein wohliger Schauer läuft meinen Rücken hinab, und augenblicklich fühle ich mich besser. Während mein Drahtesel neben dem Chopper leicht deplatziert wirkt, streicht meine Hand gedankenverloren über den ledernden Sitz und den glänzenden Tank. Heute früh noch hätte ich mir nicht träumen lassen, jetzt hier vor dem Johnnys zu stehen und mich auf Lee zu freuen.

Obwohl die Kneipe noch nicht offiziell geöffnet hat, lässt die Tür sich mühelos aufdrücken. Sofort umfängt mich wieder der altbekannte Geruch. Es ist dunkel, und meine Augen brauchen einen Moment, um sich daran zu gewöhnen. Nachdem ich mehrfach geblinzelt habe, richtet mein Blick sich in die Ferne, denn Lee steht gedankenverloren ganz hinten im Raum am einzig beleuchteten Billardtisch und versorgt seinen Queue gerade mit einer neuen Kreideschicht.

Erst, als ich einen Schritt auf ihn zu mache, nimmt er mich wahr und dreht sich langsam in meine Richtung. So verharrt er schweigend, den Queue in der einen, die Kreide in der anderen Hand. Seine besorgten Augen verfolgen jeden Schritt von mir.

Ohne Vorwarnung umfängt mich ein elektrisierendes Gefühl, und von jetzt auf gleich ist alles andere nebensächlich. Lee bewegt sich nicht, bis ich direkt vor ihm stehe. Die Luft scheint zu flirren, und für einen Moment verschlägt mir seine pure Anwesenheit den Atem.

»Ich hatte Angst, du würdest es dir anders überlegen«, gesteht er leise, beugt sich hinunter und vergräbt sein Gesicht in der empfindsamen Kuhle an meinem Hals, die er unendlich langsam mit federleichten Küssen übersät.

Unfähig, mich zu rühren, entfährt mir ein Stöhnen, und meine Lippen hauchen ein »Niemals«, während er weiter sanfte Küsse auf meiner Haut verteilt.

Mein ganzer Körper steht augenblicklich in Flammen und ich bin vollends berauscht. Ohne weitere Worte fällt meine Tasche neben uns auf den Boden. Meine Hände vergraben sich in seinen Haaren, und bevor ich überhaupt realisiere wie mir geschieht, hat Lee mich hochgehoben und mit Schwung auf den Rand des Billardtischs gesetzt, ohne dabei aufzuhören, meine Haut zu liebkosen. Einen Moment lang tut es mir leid um das wunderschöne Queue, das er achtlos zur Seite stellt, und ich hoffe, es hat den ungeplanten Sturz auf den Kneipenboden überlebt.

Lees glasige Augen lassen keinen Zweifel daran, dass er gerade ganz andere Pläne verfolgt, als sich um sein Queue zu sorgen, und ich verwerfe den Gedanken sofort wieder.

Während er meine Bluse aufknöpft, ohne seine Küsse zu unterbrechen, stöhne ich erneut auf und merke, wie alles an und in mir augenblicklich weich, feucht und bereit für diesen unglaublichen Mann ist. Es ist der absolute Wahnsinn, welche Gefühle dieser Typ in mir hervorruft. Hektisch versuchen sich meine vor Erregung zittrigen Finger an seiner Gürtelschnalle, werden aber von starken Händen sofort davon abgehalten.

Mühelos schiebt er meine Arme nach hinten, und die mittlerweile offene Bluse rutscht über meine Schultern. Binnen Sekunden hat er freie Sicht auf meine entblößten Nippel, die sich unter seinem elektrisierenden Blick sofort aufrichten. Eine Welle ungekannter Empfindungen durchflutet mich, als er sie mit seinen weichen Lippen umschließt und vorsichtig daran knabbert. Mein ganzer Körper bebt. Ich bin ihm komplett ausgeliefert und kann mir nichts Besseres vorstellen. Lees Mund lässt von meinen Brüsten ab, wandert tiefer und hinterlässt, zusammen mit seinem heißen Atem, eine feuchte Spur bis zu meinem Bauchnabel. Starke Hände drücken mich sanft, aber entschlossen nach hinten und ehe ich mich versehe, räkele ich mich, nur noch mit meinem Slip bekleidet, vor ihm auf dem Billardtisch.

Er hält kurz inne und betrachtet mich versonnen, während er sich dabei sein Hemd achtlos über den Kopf zieht. Ich sehe seinen wunderschönen Körper, die wilden Haare, seine Tattoos und die Muskeln, die sich vor Erregung anspannen. Die Beule in seiner Jeans ist ebenfalls nicht zu übersehen, und ich kann es kaum noch erwarten, ihm die Hose endlich über die Hüften zu ziehen. Erneut hält er mich davon ab und schiebt stattdessen ohne Vorwarnung seinen Finger in meinen Slip, was mich laut aufstöhnen lässt. Sekunden später ist auch der letzte Stofffetzen an mir verschwunden und ich erzittere erneut, als er mich mühelos hochzieht, meinen Rücken an seinen Bauch presst und mit den Fingern meine Brüste knetet, bevor sie erneut tiefer wandern. Dann drückt er mich bäuchlings auf den Tisch zurück und ich zucke zusammen, als meine überempfindlichen Nippel den kalten Rand des Billardtischs berühren, während seine Zunge und seine Finger meinen Po liebkosen. Irgendwann hebt er mich hoch und dreht mich zu sich herum, nimmt mein Gesicht in seine Hände und lässt unter gierigen Küssen endlich zu, dass auch meine Hände auf Wanderschaft gehen.

Während meine Finger über seine Brust streichen, stöhnt auch er auf, zittert und zeigt mir, dass er genauso empfindet wie ich. Seine Finger krallen sich in den Tisch, während ich mich aus unserem Kuss löse, langsam nach unten gleite und nun auch seinen Körper mit Küssen bedecke. Bevor er mich erneut davon abhalten kann, knie ich mich splitterfasernackt vor ihn, öffne seine Hose und widme mich seinem pulsierenden Schwanz, der schon danach schreit, mich auszufüllen.

»Willst du in mein Zimmer?«, presst er hervor.

Unfähig zu sprechen schüttele ich kurz, aber bestimmt meinen Kopf. Auf gar keinen Fall werden wir unterbrechen, was wir hier gerade tun.

Lee grinst sein schelmisches, diabolisches Lächeln und ich grinse zurück.

Ohne Vorwarnung hebt er mich dann wieder auf den Rand des Billardtischs. Ein dunkles Grollen entfährt seiner Kehle, als ich meine Beine spreize und mich, unendlich bereit für ihn, nach hinten fallen lasse, während er seine Hände unter meinen Po schiebt und sein harter Schwanz endlich meine feuchte Spalte durchdringt und mich damit perfekt ausfüllt.

Eine Welle der Emotionen durchflutet mich in dem Moment, in dem Lee sich in mir ergießt. Ich schreie vor Erregung, als die Explosionen sich nicht mehr aufhalten lassen und mich kilometerweit mit sich tragen.

Ungezählte Minuten lang liegen wir beide erschöpft aufeinander, komplett ineinander verhakt und unfähig, uns zu bewegen. Lees Finger streicheln sanft meine Wirbelsäule entlang, und ich vergrabe meine Nase an seiner Brust.

»Wow«, seufzt er.

Allein seine Stimme lässt mir sofort wieder einen wohligen Schauer über den Rücken laufen, und ich schnurre zufrieden, während ich mich weiter an ihn kuschele.

Doch nach einer Weile zieht Lee vorsichtig seinen Arm unter mir hervor und schaut auf die Uhr, bevor er hochschreckt und mich mit sich reißt. Benommen sitze ich völlig benebelt neben ihm auf dem Rand des Billardtischs und schaue erstaunt auf.

»Ich schätze, du hast fünf Minuten«, beantwortet er meinen fragenden Blick, und ich verstehe nur Bahnhof.

»Und dann?«, hake ich nach. Meine Verwirrung steht mir scheinbar ins Gesicht geschrieben.

Lee zieht einen Mundwinkel hoch, zeigt zur Eingangstür und reicht mir meine Bluse. »Dann kommt Tess durch diese Tür da vorne«, führt er seine Erklärung weiter aus, bückt sich und hebt meine Unterwäsche auf, bevor er selber in seine Jeans schlüpft. »Und sie kommt nie zu spät!«

»Oh«, entfährt es mir, und ich hüpfe panisch vom Tisch, während ich mir die Bluse achtlos überschmeiße und ihm meinen Slip aus der Hand reiße.

Kurz halten wir inne und küssen uns, dann fange ich an zu kichern. Ich glucke los und kann mich plötzlich nicht mehr beherrschen. Ein nicht zu stoppender Lachanfall bahnt sich seinen Weg nach draußen, und ich halte mir meinen Bauch, während Lee mich mit hochgezogenen Augenbrauen skeptisch mustert.

»Los jetzt«, ermahnt er mich und gibt mir einen Klaps auf den Po, doch ich sehe genau, wie seine Mundwinkel dabei belustigt zucken.

Mit nacktem Oberkörper rafft er alle restlichen Klamotten zu einem undefinierbaren Haufen zusammen, klemmt ihn sich unter den Arm, hebt sein Queue auf und schiebt mich dann entschlossen am Tisch vorbei. Nicht eine Sekunde zu früh schließt sich Lees Zimmertür hinter uns.

Tess klimpert kurze Zeit später unwissend mit den Gläsern hinter der Theke und dreht die Musik auf, nichtahnend, welches Bild sich ihr noch vor wenigen Minuten geboten hätte.

Lee und ich rutschen von Innen an seiner Tür nach unten, gackern wie verliebte Teenies und versuchen dabei, irgendwie unsere Klamotten zu sortieren.

»Das war knapp«, brummt Lees belustigte Stimme. »Tess hätte mich ewig damit aufgezogen!«

Ich kann nicht aufhören zu grinsen und lehne meinen Kopf an seine Schulter. »Das wäre zu verschmerzen gewesen«, kommentiere ich seine Aussage. »Weißt du, was ich viel schlimmer finde?«

»Nö?«

»Ich werde nie wieder mit dir Billard spielen können, ohne rot zu werden«, erkläre ich mit gespielter Empörung. »Schon gar nicht hier an diesem Tisch.«

»Och«, tönt es von der Seite. »Von mir aus könnten wir dieses Spiel jeden Abend wiederholen.«

Dann beugt er seinen Kopf zu mir herunter und küsst mich so unendlich sanft und liebevoll, dass die Schmetterlinge in meinem Bauch Achterbahn fahren, bevor ein lautes Knurren sie verscheucht.

»Hast du außer den Pancakes heute früh nichts mehr gegessen?«, werde ich vorwurfsvoll gefragt.

Reumütig und zucke mit den Schultern.

»Das habe ich vor lauter Drama wohl vergessen.«

»Puh!« Lee steht kopfschüttelnd auf. »So geht das nicht! In dein Leben muss definitiv ein bisschen mehr Ordnung rein. Komm!«

Bevor ich etwas entgegnen kann, hat er mich in seine kleine Küche gezogen und wühlt im Kühlschrank herum, während ich mich an die Wand lehne, ihn beobachte und versuche, aus dem Vogelnest auf meinem Kopf wieder unauffällig eine Frisur zu zaubern, was natürlich wie immer misslingt. Ich bin aber auch viel zu abgelenkt, denn seine muskulöse Brust, die unter seinem noch offenen Hemd hervor blitzt, lässt mir schon wieder das Wasser im Mund zusammenlaufen.

Mit war bisher nicht klar, wie erotisch ein Mann beim Kochen sein kann. Hier und jetzt werde ich eines besseren belehrt und sabbere fast vor Hunger und erneut aufwallender Lust.

Lee schlägt mehrere Eier gekonnt in eine Schüssel und zaubert in Windeseile ein riesiges Omelette für uns, welches auch noch unsagbar lecker schmeckt.

Pappsatt lehne ich mich auf dem Stuhl zurück, auf den Lee mich bugsiert hat und nehme einen großen Schluck von dem Wein, den er uns eingeschüttet hat.

»Lecker«, kommentiere ich alles zufrieden.

»Von oben bis unten«, stimmt Lee mir zu und mustert mich gierig, während sich unter seinem stechenden Blick erneut alles an mir zusammenzieht. Ich würde wirklich gerne mal wissen, wie er das anstellt. Solche Gefühle habe ich 38 Jahre nicht an mir entdeckt und mit einem Mal überkommt es mich gleich mehrfach an einem Tag.

Wie auf Kommando stehen wir beide auf, Lee packt mich und schmeißt mich auf sein nicht weit entferntes Bett. Dieses Mal ist es anders. Langsam, zärtlich, voller Gefühl und Leidenschaft.

Eine Ewigkeit später liegen wir uns erschöpft in den Armen. Ich könnte in Lee hineinkriechen, so gut riecht er. Während ich meine Nase an seiner Brust vergrabe, streicheln seine Finger langsam über meinen Rücken. Irgendwann richte ich mich etwas auf, stütze meinen Kopf ab und zeichne mit den Fingern der anderen Hand sein Tattoo entlang, bis ich an seinem Oberarm ankomme und die filigranen Linien der Engel und Adlerflügel bewundere. Lee schaut mich abwartend an, als plötzlich die Stille durchbrochen wird, weil mein Handy piepst.

»Das ist bestimmt Marie«, rufe ich aufgeregt und springe aus dem Bett. Hektisch wühle ich in meiner Tasche neben der Tür, bis ich endlich fündig werde und auf mein Display starre.

Ja, vielleicht.

Enttäuscht lasse ich mein Handy wieder in die Tasche plumpsen und laufe langsam zum Bett zurück. Ich hatte wohl mehr erwartet.

»Und?« Lee sitzt im Bett und schaut mich fragend an, während er seine Arme auffordernd ausbreitet.

Dankbar kuschele ich mich an seine Brust, ziehe die Beine an und nicke frustriert, bevor es nur so aus mir heraussprudelt. Ich erzähle ihm alles. Von Jens und mir, von meiner Sorge wegen Max und wie sehr er sich verändert hat, von Marie und von dem ganzen Chaos, das heute nach dem Frühstück im Diners bei uns ausgebrochen ist. Als ich geendet habe, fühle ich mich ein bisschen befreiter. Es tut gut, mit jemandem über alles zu sprechen, der neben einem sitzt und nicht viele Kilometer entfernt am anderen Ende der Welt hockt, so wie Jule. Wehmütig wird mir bewusst, wie sehr ich meine Freundin vermisse. Der Gedanke daran, sie bald endlich wieder persönlich in den Armen halten zu können, löst eine immense Sehnsucht in mir aus.

Lee schweigt noch lange, nachdem ich geendet habe und wiegt mich einfach nur in seinen starken Armen.

»Gib Marie noch etwas Zeit«, flüstert er dann. »Sie ist kein kleines Kind mehr und wird es verstehen.«

»Nicht, wenn Jens ihr weiter die Verselbstständigung seines Schwanzes verschweigt«, antworte ich leise. »Solange bin ich die Doofe, die etwas mit ihrem Lehrer angefangen und deshalb unsere Familie zerstört hat!«

»Warte erstmal ab, Anna«. Seine beruhigende Stimme lullt mich zärtlich ein. »So blöd kann Jens doch gar nicht sein. Als ob Marie ihm das auf Dauer abnimmt.«

»Du hast vermutlich Recht. Trotzdem. Es tut einfach weh, dass sie nicht mit mir sprechen will.«

»Hey, ein bisschen mehr Zuversicht bitte!« Jetzt schaut er mich mit erhobenen Augenbrauen von der Seite an. »*Vielleicht* heißt vielleicht und nicht nein!«

»Ja, Herr Lehrer«, erwidere ich ertappt und muss nun doch ein bisschen grinsen. »Und was ist mit Max? Ich hab echt keine Ahnung, wie … «

»Anna«, unterbricht er mich. »Max ist erwachsen und entscheidet selber, was er mit seinem Leben anfangen will. Im Ernst«, jetzt setzt er sich auf und greift nach meinen Händen. »Ich verstehe, dass du dir große Sorgen machst. Das ist sogar sehr berechtigt. Aber du kannst deinem Sohn die Verantwortung für sein Leben nicht abnehmen. Sei für ihn da, höre ihm zu und versuche ihn in den Momenten zu erreichen, in denen er auch zugänglich für deine Worte ist. Aber wenn er sich nicht helfen lassen will, machst du dich nur selber kaputt und wirst immer wieder Niederlagen einstecken.«

Lees Worte hallen eindringlich in meinen Ohren nach. *Wenn er sich nicht helfen lassen will…*

»Aber ich kann ihn doch nicht einfach immer weiter in sein Unglück rennen lassen.«

»Ich fürchte, wenn er sich nichts Illegales zu Schulden kommen lässt, wirst du das müssen.«

»Oh mein Gott, was meinst du denn jetzt damit? Dealen oder sowas?«

»Zum Beispiel«, lautet seine nüchterne Antwort.

»Zum Beispiel?«, hake ich alarmiert nach. »Was denn noch? Als Stricher durch die Lande ziehen oder was?«

Sein Schweigen ist Antwort genug, und ich rücke empört von ihm ab. »Das glaubst du doch wohl selber nicht! Max kifft vielleicht ab und an und mit Sicherheit hat er ein Alkoholproblem. Aber das ist doch nichts, was er mit ein bisschen Unterstützung nicht hinbekommen könnte! Diese Beratung, bei der ich einen Termin habe, kann mir sicher gute Adressen nennen.«

»Ja«, nickt er zustimmend. »Ganz bestimmt sogar. Aber du musst Max da auch regelmäßig und nüchtern hinbekommen, und das wird nur klappen, wenn er es auch selber wirklich will.«

»Natürlich klappt das! Wieso sollte Max das nicht wollen?«

»Hast du mit ihm denn schon darüber gesprochen?«

»Nein, aber ich bin mir sicher, dass … «

»Anna.« Er unterbricht mich schon wieder. Das macht mich echt fuchsteufelswild, und ich springe aus dem Bett.

»Was?« greife ich ihn an. »Meinst du, es fällt mir leicht, mit ihm darüber zu sprechen?«

»Nein, verdammt! Ich weiß, dass es schwer ist, aber du darfst dir nicht länger etwas vormachen. Dein Sohn ist abhängig! Definitiv vom Alkohol. Und so, wie ich ihn heute Morgen erlebt habe, kifft er auch nicht nur ab und an, sondern konsumiert noch ganz andere Dinge.«

Seine nüchterne Zusammenfassung lässt mich mutlos auf der Bettkante zusammensacken. Lee rückt langsam näher und zieht mich zärtlich zurück in seine Arme, was ich dankbar und verzweifelt annehme.

»Max hat doch gar nicht genug Geld, um sich die ganzen Drogen und den Alkohol auf Dauer zu leisten«, versuche ich es mir weiter schön zu reden. »Die Autoreparatur übernimmt mit Sicherheit Jens hinter meinem Rücken, weil Max eh immer pleite ist.« Während ich diese Feststellung laut ausspreche, fällt es mir wie Schuppen von den Augen. »Er hat mir letztlich Geld geklaut«, gebe ich nach einer kurzen Pause kleinlaut zu.

Lee zieht die Augenbrauen hoch. »Viel?«

»Fünfzig Euro. Aber er hat darauf bestanden, dass er unschuldig ist.«

»Mit fünfzig Euro kommt er auch nicht weit«, entfährt es Lee, der mich nur schulterzuckend anschaut. »Ich würde mal vermuten, dass er nicht nur zum Vögeln bei Lucy im Bully war. Die junge Dame hat Kontakte zu Typen, denen du lieber nicht begegnen möchtest.«

»Oh mein Gott, Lee! Was mache ich denn jetzt nur?« Hilflos schaue ich zu ihm auf. Wo ist Max da nur reingerutscht!

»Abwarten, dass er irgendwann einigermaßen nüchtern nach Hause kommt und dann klare Worte finden, eine andere Möglichkeit sehe ich nicht. Das ist etwas, was du wirklich dringend mit deinem Mann besprechen musst, ich fürchte, noch dringender, als die Situation mit Marie aufzuklären. Ich helfe dir gerne, aber ich sehe aktuell kaum eine Chance. Max wirkte heute früh nicht so, als würde er irgendetwas an seiner Situation ändern wollen.«

»Woher weißt du das alles überhaupt so genau?«

Lees Redeschwall gerät ins Stocken, und für einen Moment entgleiten seine Gesichtszüge in ein qualvolles Lächeln, bevor er sie wieder unter Kontrolle bekommt.

»Ich hab da meine Erfahrungen«, lautet seine knappe Antwort mit belegter Stimme.

»Was für Erfahrungen?« hake ich neugierig nach.

»Persönliche Erfahrungen. Belassen wir es dabei, okay?«

Diesmal bin ich es, die ihn mit hochgezogenen Augenbrauen mustert. Ich rücke erneut von ihm ab und blicke ihn auffordernd an. Er verschweigt mir ein wichtiges Detail, dessen bin ich mir plötzlich ganz sicher.

»Persönliche Erfahrungen? Belassen wir es dabei?«, äffe ich ihn nach. »Sag mal, spinnst du jetzt? Ich habe dir gerade mein Herz ausgeschüttet, Lee! Und von dir weiß ich eigentlich gar nichts. Ich weiß nur, dass du Lehrer bist, dass du zwischendurch im Johnnys aushilfst und als Streetworker arbeitest. Du kannst anscheinend kochen, bist ein super Zuhörer und eigentlich viel zu jung, um dir das Gejammer einer gescheiterten, verheirateten Frauenexistenz anzuhören!«

»Ach Anna.« Nun ist es an ihm zu seufzen, und er lässt, ganz untypisch, die breiten Schultern hängen. »Mein Leben ist nicht so schnell in ein paar Sätze gepackt, okay? Es ist viel passiert, über das ich nicht oft rede. Gib mir ein bisschen Zeit, und ich verspreche dir, dass du alles über mich erfährst.« Er stockt kurz. »Aber heute ist wirklich nicht der richtige Tag dafür.«

»Okay«, nicke ich und heuchle Verständnis. In Wahrheit bin ich jedoch zutiefst enttäuscht, vor allem, nachdem ich vor ihm mein ganzes Leben ausgebreitet habe. Ich gebe zu, ein bis auf die letzten Wochen nicht sehr aufregendes Leben, aber trotzdem. Er weiß alles und ich weiß so gut wie nichts.

Es ist doch immer das Gleiche. Schon wieder fühle ich mich alleine und ungeliebt. Ich stehe auf und ziehe mich an, greife nach meiner Tasche und drehe meinen Kopf zu Lee, der mich schweigend beobachtet und nicht daran hindert, in Richtung Tür zu gehen.

»Ich gehe dann jetzt«, sage ich mit zitternder Stimme und sehr darum bemüht, die Tränen der Enttäuschung herunterzuschlucken.

Lee nickt nur wortlos.

Die Hand auf der Klinke stehe ich kurz unschlüssig herum, dann drücke ich sie hinunter und öffne die Tür. Bevor sie hinter mir ins Schloss fällt, höre ich Lees Stimme.

»Anna, warte!«

Ich drehe mich um und stehe plötzlich so dicht vor ihm, dass ich nicht mehr ausweichen kann. Keine Ahnung, wie er so schnell vom Bett bis zur Tür kommen konnte, aber er ist da, greift nach meinem Arm und zieht mich an sich. Dann legt er seine wunderbaren Lippen auf meine Stirn und flüstert erneut meinen Namen.

»Vertrau mir. Ich erzähle dir alles, versprochen. Aber jetzt musst du dich erst um deine Familie kümmern.«

»Ich weiß«, seufze ich und hebe den Kopf, um mir einen Abschiedskuss mitzunehmen. Dann lächle ich ihn zaghaft, aber erleichtert an, schwinge mir die Tasche über die Schulter und mache mich auf den Weg Richtung Ausgang. Leider muss ich dazu quer durchs Johnnys, ein Problem, das ich bis gerade eben verdrängt habe.

Vorsichtig öffne ich die Durchgangstür einen Spalt und registriere erleichtert, dass die Bude mittlerweile gerappelt voll ist. Es sollte ein Leichtes sein, mich, weit entfernt von der Theke, heimlich bis zum Ausgang zu bewegen. Als ich den Billardtisch passiere, schleicht sich ein Grinsen in mein Gesicht und mir wird schlagartig heiß, als der Typ am Tisch zum Stoß ansetzt und dabei auch noch ein ganz bestimmtes Queue in seinen Händen hält.

Erleichtert erreiche ich nach einem kurzen Umweg den Ausgang, ohne angesprochen oder bemerkt zu werden. Doch ein Blick Richtung Theke belehrt mich eines Besseren, denn Tess fixiert mich mit einem breiten Grinsen im Gesicht und nickt mir augenzwinkernd zu. Ich hebe grüßend die Hand, bevor die schwere Eingangstür hinter mir zufällt, dann atme ich in tiefen Zügen die kühle Abendluft ein, die mich wie ein erfrischendes Tuch umfängt.

Bevor ich nach Hause radele, mache ich noch einen kleinen Umweg durch den nahegelegenen Park und setze mich auf eine Steinmauer, um den Enten in Ruhe bei ihrem allabendlichen Putzritual zuzusehen. Ich bin noch viel zu aufgewühlt, um mich den heimischen Problemen zu stellen und brauche unbedingt noch ein bisschen Zeit zum Nachdenken, die ich mir in der Stille der Abenddämmerung gönne und die kühle, frische Luft in tiefen Zügen einatme.

Wie gerne würde ich jetzt in diesem Moment mit Jule telefonieren und ihr von diesem unglaublich verrückten Tag erzählen. Ihre Meinung dazu ist mir wirklich wichtig, und ich weiß ganz sicher, dass sie mich in meiner Wut und Enttäuschung Jens gegenüber mehr als bestätigen wird. Doch leider habe ich keine Ahnung, wie spät es mittlerweile ist, mein Handy Akku ist leer und zudem nimmt die Dunkelheit um mich herum schnell und stetig zu.

Irgendwann beschleicht mich ein seltsames Gefühl, das sich nur schwer beschreiben lässt. Wie von innerer Unruhe getrieben, mache ich mich auf den Weg nach Hause, noch immer unschlüssig, wie ich das alles klären und bewältigen soll. Aber Lee hat Recht, Max scheint wirklich ernstzunehmende Probleme zu haben, derer wir uns bisher nicht im Klaren waren. Er benötigt dringend Hilfe und ich hoffe so sehr, dass ich zu ihm durchdringen kann.

Es ist mehr eine dumpfe Vorahnung als wirkliches Wissen, aber ich trete in die Pedale wie eine Geisteskranke, als der Krankenwagen mit lautem Martinshorn von hinten an mir vorbeibraust. Das blau zuckende Licht weist mir den Weg, und mir wird schlecht. Ich bin kaum eine Kreuzung weiter, da rast auch schon der Notarztwagen in atemberaubendem Tempo an mir vorbei. Ich starre ihm hinterher und wünschte, ich würde auf einem modernen E-Bike sitzen und nicht auf diesem klapprigen Hollandrad. Allerdings wäre mir der Eintrag ins Guinnessbuch der Rekorde aktuell sicher, denn so schnell ist hier definitiv noch nie ein Mensch auf einem Fahrrad ohne Gangschaltung die Straße entlang gerast.

Trotzdem fühlt es sich an wie eine Ewigkeit, bis ich endlich unser Haus sehen kann. Genauer gesagt, sehe ich kaum etwas davon, denn davor haben sich Krankenwagen, Notarzt und eine kleine Menschentraube angesammelt. Zwei Sanitäter halten, soweit ich es erkennen kann, notdürftig ein Tuch als Absperrung vor neugierigen Blicken hoch, und kurz bevor ich mein Ziel erreiche, biegt auch noch ein Polizeiwagen um die Ecke.

Mein Fahrrad fällt achtlos neben mir auf die Straße, während ich über die Bordsteinkante stolpere und mir die Knie aufschlage. Seltsamer Weise spüre ich nichts, keinen Aufprall, keinen Schmerz, nichts. In mir ist plötzlich alles leer und ich fühle nicht einmal mich selber. Etwas Schlimmes ist gerade passiert. Diese Erkenntnis bahnt sich Stück für Stück ihren Weg in mein Gehirn, und ich beginne nur unendlich langsam zu begreifen, dass meine dumpfe Vorahnung mehr als nur eine Vorahnung war.

Wie in Zeitlupe rappele ich mich auf und laufe benebelt auf das Zentrum des Geschehens zu. Ich fühle mich wie gelähmt, aber in Wahrheit renne ich los wie der Teufel und schreie so laut und grell die Namen meiner Kinder, dass die umliegenden Passanten sich alle gleichzeitig zu mir umdrehen und ich nur noch spüre, wie mich Hände davon abhalten, hinter die provisorische Absperrung zu stürmen.

Alles in mir wehrt sich gegen die starken Arme, die mich plötzlich mit eisernem Griff halten. Wie durch Watte nehme ich beruhigende Worte einer vertrauten Stimme wahr, deren Bedeutung ich nicht verstehe. Ich weiß, dass er es ist und bin chancenlos. Wie kommt er plötzlich hierher? Ich kämpfe wie eine Löwin bis zu dem Moment, als ich eine wilde, blonde Mähne entdecke, die direkt auf mich zusteuert.

»Marie!« schreie ich panisch und mit einer Stimme, die nicht mir zu gehören scheint.

»Mama!« Der eiserne Griff gibt mich frei, und Maries Stimme bricht, als sie sich in meine Arme wirft und wir gemeinsam im Vorgarten landen.

Es kostet mich alle Mühe, nicht den Verstand zu verlieren und ich streiche meiner Tochter zärtlich die klebrigen Haare aus der verschwitzten Stirn, um ihr in die Augen blicken zu können. »Marie, Schatz…was ist denn…, beruhige dich…. Bitte! Marie!!! Was ist denn nur passiert?«

Sie zittert am ganzen Körper und presst sich so feste an mich, dass ich kaum atmen kann. Liebevoll wiege ich sie in meinen Armen wie früher, als sie noch ein Baby war.

»Max… er ist… ich… «, ihre Worte ergeben keinen Sinn, und meine Panik steigt ins Unermessliche. Ich will aufspringen und zu Max rennen, aber Marie hängt völlig aufgelöst auf mir und kann keine klaren Worte finden. Der Kloß in meinem Hals schnürt mir die Kehle zu, mein Herz steht kurz davor, zu explodieren und ich kann diese Ungewissheit keinen Moment länger aushalten.

Wie aus dem Nichts kommt Jens auf uns zugeeilt. Jens? Warum ist der Blödmann noch zu Hause? Ich weiß noch immer nicht, was hier überhaupt los ist.

»Anna, Gott sei Dank bist du da… Max… er… «

»Jetzt sag mir doch endlich mal einer, was hier los ist, verdammt nochmal!« brülle ich los und ernte nur mitleidige Blicke der Umstehenden und panische Gesichter von Jens und Marie.

»Max ist... oh... Anna, ich ...«, stammelt Jens nur hilflos vor sich hin. Er ist wirklich so eine Pfeife.

»WAS IST MIT MAX?« schreie ich ihn nun an und würde ihm am liebsten sofort eine scheuern.

Marie schluchzt laut auf, löst sich von mir und wirft sich stattdessen in seine Arme. Jens strauchelt und fällt mit Marie im Arm fast hintenüber, da ist auch schon Lee zur Stelle und greift nach seinen Schultern. Die beiden tauschen einen kurzen Blick, und sofort ist Lee wieder neben mir und legt beschützend seinen Arm um mich. Diesmal wehre ich mich nicht und bin dankbar, dass er mich stützt. Gleichzeitig frage ich mich, was er überhaupt hier macht und schaue fragend zu ihm auf. Er küsst meine Stirn.

»Marie hat mich angerufen, dein Handy war aus«, beantwortet er meine lautlose Frage, bevor er sich Jens zuwendet.

»Bring Marie hier weg, und zwar schnell. Wir kümmern uns um alles.«

Erstaunt beobachte ich, wie Jens ohne weitere Fragen oder Diskussion den Arm noch fester um unsere Tochter legt, die sich schluchzend an ihn klammert und sofort von ihm wegführen lässt. *Er hat ihr noch nichts erklärt*, schießt es mir durch den Kopf.

Lee stellt sich indes vor mich und umfasst meine Schultern, dann zieht er mich an sich.

»Max ist tot.« sagt er mit fester Stimme.

Und dann, einfach so, bricht meine ganze Welt zusammen.

Als ich die Augen mühsam öffne, liege ich auf unserer Couch. Irgendwer hat mir die Schuhe ausgezogen und unsere Kuscheldecke über mir ausgebreitet. Meine Knie pochen schmerzhaft, und ich habe einen furchtbar trockenen Mund. Mein ganzer Körper gehorcht mir nicht, was mich nur noch mehr verwirrt. Was ist hier los? Wie bin ich hier hergekommen? Was machen die Leute hier? Und wo ist Marie? Unfähig, mich weiter zu bewegen, beobachte ich Lee, der mit dem Rücken zu mir steht und wild gestikulierend mit zwei Polizisten in ein Gespräch verwickelt ist. Was um Himmels Willen macht die Polizei hier?

Alles läuft wie im Film an mir vorbei, das ganze Haus scheint gefüllt mit Menschen, die ich noch nie in meinem Leben gesehen habe und die hektisch und mit einem Gesichtsausdruck herumlaufen, als stünde der Weltuntergang unmittelbar bevor. Ich spüre ein komisches Ziehen in meiner Ellenbeuge. Langsam greife ich danach und entferne ein zu stramm geklebtes Pflaster. Wieso zum Henker habe ich ein Pflaster am Arm?

Der Weltuntergang, schießt es mir dann erneut durch den Kopf. Für eine Millisekunde erstarrt mein ganzer Körper zu Stein, und plötzlich ist alles wieder da. Der Streit mit Jens, mein Besuch bei Lee, der Abstecher in den

Park, das komische Gefühl im Bauch, die hektische Heimfahrt und mein leeres Handy. Bilder von Blaulicht, Krankenwagen und Menschenansammlungen vor unserem Haus bahnen sich ihren Weg zurück in mein Gedächtnis, Marie schreit, Jens ist da, und Lee… Max ist tot, hat er gesagt. *Max ist tot?*

Leicht benommen schlage ich die Decke zurück und setze mich auf. Die Panik in mir sitzt fest und zeigt sich nur in meinen Augen. Ich spüre, wie die Angst mein Herz zerquetscht, mir wird heiß und kalt, ich will laut schreien und bekomme doch keinen Ton über meine Lippen. Was ist hier los? Warum fühle ich mich so seltsam?

Nur Sekunden vergehen und Lee ist an meiner Seite.

»Hey«, flüstert er mir zu, während er sich beschützend neben mich setzt und die eben zurückgeschlagene Decke wieder sorgsam über meine Schultern legt.

Ich bin zu keiner Antwort fähig, mein Körper gehorcht mir nicht, wie ich es gewohnt bin.

»Du hast eine Beruhigungsspritze bekommen«, erklärt Lee betroffen. »Es tut mir leid, aber du warst nicht mehr du selbst, der Arzt hatte keine andere Wahl.«

Ob er bemerkt, dass ich noch immer nicht ich selbst bin? Ob er mir endlich erklärt, was hier passiert ist? Ich öffne meinen Mund, aber es kommt weiterhin kein Ton heraus, dabei habe ich so viele Fragen auf den trocken Lippen liegen, die ich stumm wieder schließe. So viele widersprüchliche Gefühle in mir und eine unfassbare Panik wollen nichts anderes als ausbrechen, doch es gelingt nicht.

Die beiden Polizisten kommen auf mich zu und blicken betroffen zu mir hinunter.

»Frau Faerber«, räuspert sich der ältere der Beiden. Man sieht ihm seine Dienstjahre deutlich an, und er wirkt durchaus sympathisch mit seinem grauen Kurzhaarschnitt und dem sorgsam gezwirbelten Bart, der ihn sicherlich jeden Morgen einiges an Zeit kostet. »Ich bin Hauptkommissar Krüger von der Kripo, das ist Kollegin Kramer.«

Er räuspert sich, während seine deutlich jüngere Kollegin mir freundlich zunickt und sich mit Stift und Block bewaffnet neben ihn stellt.

»Es tut uns sehr leid, Ihnen unser Beileid aussprechen zu müssen«, beginnt Hauptkommissar Krüger und räuspert sich erneut, diesmal etwas länger. Vermutlich will er mir Zeit geben, mich zu sammeln, aber ich sitze einfach nur da und blicke ihn verständnislos an. Nachdem er versteht, dass er von mir keine Antwort zu erwarten hat, fährt er fort.

»Meine Kollegin und ich hätten da ein paar Fragen an sie.« Bedauernd sieht er nun über seinen Brillenrand zu mir hinab. »Fühlen Sie sich dazu in der Lage?«

Ich schweige weiter.

»Kalle, bitte«, fällt Lee ihm ins Wort. »Das haben wir doch schon besprochen.« Er steht auf und stellt sich präzise so vor den Polizisten, dass sein breiter Rücken mich komplett abschirmt. Wie durch Watte höre ich seine sanfte Stimme, ohne die Bedeutung seiner Worte zu begreifen. »Lass mich in Ruhe mit Anna sprechen. Wir kommen morgen früh zur Wache, versprochen.« Nun verschränkt er die Arme vor der Brust und lässt keinen Zweifel daran, wie ernst es ihm ist. »Sie hat eine Beruhigungsspritze bekommen. Schau sie dir doch an, sie ist nicht sie selbst.« Seiner ausladenden Geste in meine Richtung folgen zwei verständnisvolle Augenpaare.

»Schon klar, Lee.« Krüger zuckt mit den Schultern. »Für das Protokoll mussten wir es ja wenigstens versucht haben. Aber denkt daran, wenn meine Kollegen hier fertig sind, wird alles versiegelt. Das Haus ist beschlagnahmt, solange die Ermittlungen laufen.«

Mit einem bedauernden Blick in meine Richtung und genervten Seitenblick zu Kollegin Kramer, die die ganze Zeit geschäftig mit dem Stift über ihren Block fliegt, tippt er sich entschuldigend an die Stirn und tritt den Rückzug an, dicht gefolgt von seinem eifrig schreibenden Schatten.

Ich verstehe gar nichts mehr, aber Lee nickt verständnisvoll und will mir aufhelfen, nachdem die beiden außer Sicht sind.

»Komm Anna, ich bring dich hier weg.«

Ganz langsam beherrsche ich einen Teil meines Körpers wieder und schüttele den Kopf.

»Nein, ich muss zu Max«, krächze ich bittend. »Und wo ist Marie?«

Lee seufzt, lässt sich erneut auf die Couch plumpsen und zieht mich auf seinen Schoß.

»Jens kümmert sich um Marie.« Er zieht mich fester an seine Brust und ich merke, wie seine Stimme bricht.

»Du kannst nicht zu Max, Anna. Max ist tot. Ich weiß nicht, wie ich es dir schonender beibringen soll, es tut mir alles so leid.« Lee schluckt und spricht mit leiser Stimme an meinem Ohr weiter. »Es wird noch geklärt, was genau passiert ist, aber alles deutet auf eine Überdosis hin. Marie hat ihn in seinem Zimmer gefunden, aber dein Mann war sofort zur Stelle und hat den Notarzt gerufen.«

Ein unvorhersehbarer Schmerz erfasst mich und meinen ganzen Körper, bevor ich mich zusammenkrümme und nicht weiß, wie ich dieses Gefühl aushalten soll. Ich will schreien und kann es nicht. Ich will aufspringen, doch meine Beine versagen. Lee fängt mich auf, als ich mich direkt vor seinen Füßen übergebe.

»Ich muss zu Max«, krächze ich erneut und wische mir den Mund achtlos mit dem Handrücken ab. Es ist mir egal, alles ist mir egal, ich will nur noch zu Max.

»Du kannst nicht zu ihm, Anna. Er ist nicht mehr hier.« Lee zieht mich wieder auf die Couch, wischt mir den Mund mit der Decke ab und streicht mir die Haare aus dem Gesicht, welches er danach mit beiden Händen fest umschließt und mir eindringlich in die Augen sieht.

»Max ist auf dem Weg zur Rechtsmedizin. Wir müssen warten. Aber ich verspreche dir, dass du sofort zu ihm kannst, wenn die Freigabe durch ist. Der Polizist grade, Kalle, ist ein Kumpel von mir, er ruft mich sofort an.«

Ich bin völlig überfordert mit all diesen Informationen und in meinem Kopf dreht sich alles zu einer immer enger werdenden Spirale, bevor ich mich erneut übergeben muss.

»Aber er ist doch ganz alleine…«, schluchze ich, ziehe die Knie an und mache mich ganz klein. Der Krampf in meinem Bauch lässt kurzfristig nach, und ich spüre, wie eine Welle an Gefühlen auf mich zurollt, der ich nicht gewachsen bin.

Während meine Tränen sich ihre Bahn brechen, liege ich hilflos auf der Couch und kann kaum atmen vor immer wiederkehrenden Krämpfen, Übelkeit und dieser unendlichen Leere, die mich dunkel umfängt und wie klebriger Teer meinen zitternden Körper überzieht.

»Ich bring dich jetzt hier weg«, höre ich Lees Worte wie aus weiter Ferne. Seine roten Augen zeugen von Schmerz und Sorge, die ich nicht begreifen kann, denn ich bin gefangen in meinem eigenen dunklen Käfig und lasse mich willenlos von ihm fortführen, ohne mich noch einmal umzudrehen.

Draußen umfängt uns tiefe Dunkelheit, die zu dem Käfig passt, der auch mich gefangen hält. Ich schleppe mich mühsam vorwärts und bin erleichtert, dass Lee nicht von meiner Seite weicht. Es muss mitten in der Nacht sein, aber mich hat jegliches Zeitgefühl verlassen.

Schweigend lasse ich mich von ihm zum Auto führen und beobachte im Rückspiegel die immer kleiner werdenden, blau blinkenden Lichter der Polizeiautos vor unserem Haus. Stumm sitzt Lee am Steuer und bringt mich weg von diesem ganzen Elend, dem ich nicht wirklich entfliehen kann. Schon wieder steigt Übelkeit in mir hoch, und ich muss mich sehr zusammenreißen, um nicht in den Fußraum zu brechen.

Erleichtert stelle ich fest, dass die Fahrt schnell vorbei ist, und als Lee den Motor abstellt, schaue ich benommen auf. Das beleuchtete Schild des Johnnys lässt mich wissen, wohin er mich gebracht hat. Dennoch durchzuckt mich ein erneuter Anflug von Panik, denn ich sehe mich außerstande, in diesem Zustand durch eine Kneipe voller Menschen zu laufen. Als hätte Lee meine Gedanken gelesen, legt er beruhigend die Hand auf meinen Oberschenkel.

»Keine Sorge, es ist spät. Nur Tess ist noch da«, höre ich ihn sagen.

Ich kann nur nicken und schaffe es tatsächlich, mich abzuschnallen. Meine Hände zittern jedoch so stark, dass sie den Türgriff erst beim dritten Versuch zu packen bekommen. Lee ist natürlich längst zur Stelle, um mir zu helfen. Tess wartet an der Tür auf uns und nimmt mich wortlos in den Arm, obwohl ich ganz sicher furchtbar stinke und abwehrend die Hände hebe.

»Ich habe euch Tee gekocht«, flüstert sie in Lees Richtung, der ihr dankbar zunickt und ihr einen Kuss auf die Wange drückt. Dann ist sie verschwunden.

»Komm!« Er schiebt mich durch die schwere Tür und ich höre ihn mit einem dicken Schlüsselbund hantieren, bevor er schnurstracks hinter die Theke stapft, sich zwei Gläser schnappt und eine Flasche, deren dunkler Inhalt verführerisch nach Vergessen aussieht.

»Erst gibt es eine Dusche und den Tee, keine Widerrede. Das ist gut für die Seele«, bestimmt er, während er mich an die Hand nimmt und weiterführt. »Der Whisky hilft beim Einschlafen.«

»Ich kann bestimmt nicht schlafen.« Dessen bin ich mir absolut sicher.

»Wir versuchen es gleich wenigstens.« Mit diesen Worten schiebt er mich durch seine Wohnungstür, stellt Whisky und Gläser auf den Tisch und schmeißt seine Jacke in die Ecke, bevor er wieder zu mir eilt und einen Kuss auf meine Stirn haucht.

»Vertrau mir, Anna.« Dann hebt er mich einfach hoch und trägt mich ins Bad, stellt mich unter die Dusche und beginnt, mich aus meinen stinkenden Klamotten zu schälen, bis ich nackt und vollkommen erschöpft vor ihm stehe. Dann dreht er das Wasser auf, das sofort angenehm und warm die Spuren des Abends von meiner Haut wäscht. Ich wünschte, mein Herz würde ebenfalls dieses wohlige Gefühl wahrnehmen, aber es liegt zerbrochen und unerreichbar tief in meinem Brustkorb, der sich immer noch so eng anfühlt, dass ich zwischendurch keine Luft mehr bekomme und Panik in mir aufsteigt.

Als Lee zu mir unter die Dusche steigt, lehne ich meinen Kopf an seine Schulter und schaffe es tatsächlich, für einen kurzen Moment meine Augen zu schließen, ohne sofort wieder diese schrecklichen Bilder im Kopf zu haben. Zärtlich seift er mich von oben bis unten ein und wäscht mir im Anschluss meine verklebten Haare, während ich einfach nur da stehe und seine Nähe und die Wärme aufsauge, als würde mein Leben davon abhängen. Vermutlich tut es das auch, denn ich habe keine Ahnung, wo ich mich jetzt ohne ihn befinden würde. Schnell verdränge ich diesen Gedanken wieder, lasse mich von ihm in ein großes Badetuch wickeln und schaue zu, wie er sich selber nur halbherzig ein Handtuch um die Hüften schlingt.

Der Tee wärmt tatsächlich meine Seele, und zum ersten Mal seit gefühlten Stunden ist mein Kopf wieder einigermaßen klar. Lee versorgt meine Knie vorsichtig mit Desinfektionsmittel und Pflastern, dann sitzt er einfach schweigend neben mir, und ich bin so unendlich dankbar dafür.

»Ich muss zu Marie«, wispere ich in die Stille hinein.

Er nickt. »Ja, das musst du. Morgen. Marie schläft jetzt.«

»Woher weißt du das?« Irritiert stelle ich die Teetasse auf den Tisch.

»Dein Mann hat mich angerufen. Sie hat auch etwas zur Beruhigung bekommen, genau wie du.«

»Ah.« Arme Marie. Sie braucht mich jetzt, und ich sitze hier und trinke Tee. »Und was, wenn sie aufwacht? So wie ich? Dann braucht sie mich und ich bin nicht da.«

»Ich glaube nicht, dass sie vor heute Mittag aufwacht, aber wenn du möchtest, bringe ich dich hin.« Lee spielt nachdenklich mit dem Henkel seiner Tasse. »Zu Marie und zu deinem Mann.«

»Ich will nicht zu meinem Mann!« schreie ich ihn grundlos an.

Plötzlich regen sich meine Lebensgeister und ich springe auf. »Ohne ihn wäre das doch alles erst gar nicht passiert! Wenn er sich auch mal für seine Familie interessiert und um seine Kinder gekümmert hätte, würde ich jetzt nicht hier sitzen! Dann wäre Max jetzt nicht tot!«

Diese Erkenntnis trifft mich hart, und ich realisiere zum ersten Mal seit Stunden für einen kurzen Moment, dass Max tatsächlich von uns gegangen ist. Doch diese Wahrheit verdränge ich sofort wieder und fokussiere mich auf die altbekannte, blanke Wut, die nun in mir aufsteigt. Ich marschiere im Zimmer auf und ab, während ich meinem Mann lautstark die schlimmsten Krankheiten an den Hals wünsche.

Lee beobachtet mich schweigend und greift erst ein, als ich vor lauter Wut das Gefühl habe, etwas zerstören zu müssen. Bevor die Tasse auf dem Boden landet, hält er mich fest und löst langsam meine Finger vom Henkel, ehe er meine Hände umklammert und sich in seinen Augen die gleiche Verzweiflung spiegelt, die ich in mir selber spüre.

»Ich verstehe dich, Anna. Wirklich«, dann zieht er mich an seine Brust. »Aber niemand hat Schuld an Max` Tod. Bitte, denk an deine Tochter, sie braucht jetzt ihre Eltern.«

Meine Wut lässt sich nicht mehr zügeln und auch, wenn ich weiß, dass sie den Falschen trifft, stoße ich ihn von mir und schreie weiter herum.

»Du mit deinen schlauen Ratschlägen! Meinst du, nur weil du Psychologie studiert hast, weißt du genau, was zu tun ist?«

Lee zuckt kaum merklich zusammen, und ich weiß selber, wie unfair ich gerade zu ihm bin nach allem, was er für mich getan hat. Doch er hat sich schnell wieder unter Kontrolle.

»Max wird nicht wieder lebendig, egal, wem du die Schuld gibst. Ihr müsst das jetzt gemeinsam schaffen«, besteht er auf seine Meinung.

»Ja klar, danke für den Tipp», schnauze ich ihn völlig grundlos weiter an. »Ein tolles Gemeinsam, wenn ich nicht einmal weiß, wo mein Mann und Marie gerade sind.«

»Ich bring dich hin.« Lee steht auf und öffnet die Schublade einer Kommode, wühlt kurz darin herum und schmeißt mir kommentarlos eine Jogginghose und einen hellgrauen Hoodie zu. Wortlos fange ich beides auf und verschwinde im Bad, wo ich noch meinen Slip und den BH aus dem Klamottenhaufen fische, den wir dort hinterlassen haben.

Ein Blick in den Spiegel lässt mich zischend die Luft einziehen, denn ich schaue in das Gesicht einer Fremden. Bin das wirklich ich mit den eingefallenen Wangen und den irgendwo in tiefen Höhlen liegenden Augen? Kurz halte ich inne, doch dann ist es mir einfach nur egal und ich klemme mir die noch feuchten Haare achtlos hinter die Ohren, bevor ich in fremde Klamotten schlüpfe, die mir erstaunlich gut passen.

Als ich aus dem Bad trete, bleibt Lees Blick lange an mir hängen. Er schluckt und wirkt traurig und mitgenommen.

»Passt doch«, kommentiert er mein Outfit mit leicht belegter Stimme und räuspert sich.

Ich nicke. »Hat wohl mal jemand hier vergessen, wie?« versuche ich ihn vorsichtig aus der Reserve zu locken, denn mein Wutausbruch tut mir ehrlich leid.

»Kann man so sagen«, weicht er mir aus und wendet den Blick von mir ab. Als er nach dem Schlüssel greift, nehme ich das Zittern seiner Finger wahr.

»Es tut mir leid«, flüstere ich mit gesenktem Blick.

Lee kommt näher. »Dir muss ganz sicher nichts leidtun.« Er greift nach meinem Kinn und hebt meinen Kopf etwas höher.

»Doch. Das war gemein und unfair. Entschuldige bitte«, beteure ich erneut.

Er lächelt müde und nimmt meine Entschuldigung an, indem er seine Lippen zärtlich auf meine legt, aber ich spüre die Verzweiflung in unserem Kuss und das Zittern seiner Finger, die meinen Hals streifen.

Fragend schaue ich ihn an, doch er schüttelt nur stumm den Kopf.

»Ich will nicht zu Jens«, erkläre ich ihm dann. »Aber ich muss Marie sehen.«

»Natürlich, komm!«

Zielsicher bringt Lee mich Richtung Stadt. Es dämmert schon, und die Anzeige im Auto zeigt fast fünf, als er sein Auto vor dem Steigenberger parkt.

Das ist ja wieder so typisch für meinen Mann, denke ich. Nicht kleckern, sondern klotzen.

»Ich warte hier auf dich«, sagt Lee müde und nickt mir zu. »Zimmer 317.«

Ich halte kurz in meiner Bewegung inne und staune nicht schlecht, über was er sich alles Gedanken gemacht und erkundigt hat. Hätte ich noch ein funktionierendes Herz, würde es jetzt Purzelbäume schlagen.

»Kommst du nicht mit?« Für einen Moment habe ich gehofft, er würde mich diesen Weg nicht alleine gehen lassen, aber sein Kopfschütteln ist eindeutig.

»Das ist Familiensache. Aber ich bin hier, wenn du mich brauchst.« Dann zieht er seine Jacke fester um seinen Oberkörper und lächelt mir aufmunternd zu, während ich aussteige.

»317?« hake ich nach, bevor ich die Tür schließe. Er nickt.

Als ich Zimmer 309 passiere, sehe ich Jens am Ende des Flures in der Tür stehen. Zielstrebig steuere ich auf ihn zu und er tut es mir erstaunlicherweise gleich, umfängt mich mit offenen Armen und drückt mich an sich, als hätten wir uns nicht erst vor wenigen Stunden laut angebrüllt.

»Anna«, seufzt er erleichtert, während ich mich in seinen Armen unwohl fühle und schnell versuche, etwas Distanz zwischen uns zu bringen.

»Wo ist Marie?«, unterbreche ich seinen Gefühlsausbruch und marschiere schnurstracks an ihm vorbei in Zimmer 317.

Marie schläft tief und fest. Sie liegt mit offenen Haaren wie ein Engel ausgebreitet mitten in dem großen Himmelbett, das den Raum dominiert. Ich bin mit wenigen Schritten bei ihr und streiche liebevoll über ihre Wangen, bevor ich einen Kuss auf ihre Porzellanhaut hauche.

Jens steht neben dem Bett und beobachtet uns. Er sieht furchtbar aus, mit rotgeäderten Augen und grauen Furchen darunter, die auch sein Brillengestell nicht verstecken kann. Die Haare stehen ihm kreuz und quer zu Berge, das Hemd hängt ihm zerknittert aus der Hose und er scheint in den letzten Stunden um Jahre gealtert zu sein. Ich denke an mein eigenes Spiegelbild und schätze, wir geben gerade ein ziemlich ähnliches Bild ab.

»Was ist denn nur passiert?«, höre ich mich fragen, obwohl es mir davor graut, Genaueres zu erfahren.

Jens fällt erschöpft auf den nächstgelegenen Sessel und schaut mit eingefallenen Augen und traurigem Blick zu mir auf. Er wirkt total durch den Wind und ich kann es ihm nicht verdenken.

»Wenn ich das nur wüsste«, beantwortet er leise meine Frage. »Ich war im Schlafzimmer und habe meinen Koffer gepackt, als ich Marie plötzlich gehört habe. Sie hat geschrien wie am Spieß und stand stocksteif in Max` offener Zimmertür, als ich sie endlich gefunden habe.«

Während er nach den richtigen Worten sucht, knibbelt er nervös an seinen Fingern. »Ich habe sie angebrüllt, aber sie hat einfach weitergeschrien und mich nicht wahrgenommen. Ich kam nicht an ihr vorbei, aber irgendwas im Zimmer hat sie furchtbar erschreckt… und… «, er wischt sich in dem Moment über die Augen, als ich schmerzerfüllt aufschluchze.

»Ich habe sie dann einfach weggezerrt, und da lag Max… er sah ganz komisch verdreht aus und hat so gezuckt und… da war Schaum an seinem Mund und seine

Augen waren irgendwie... ich ... Anna... das war alles so schrecklich.« Jens schluchzt ebenfalls laut auf und rutscht vom Sessel auf den Boden, während ihm die Tränen über die Wangen laufen und er monoton vor und zurück wippt.

Langsam und geschockt gehe ich einen Schritt auf ihn zu und hocke mich schlussendlich neben ihn, gefangen in meinen Gedanken und mit Bildern in meinem Kopf, die mich mein Leben lang verfolgen werden.

»Ich hab ihn angebrüllt, aber er hat überhaupt nicht auf mich reagiert«, lausche ich weiter seinen grausigen Ausführungen, die ich nur schwer ertragen kann. »Dann wusste ich nicht mehr weiter und habe den Notarzt gerufen.« Jens lehnt seinen Kopf zwischen die Beine und wimmert. »Marie hat die ganze Zeit so schrill geschrien«, flüstert er mit verzweifelter Stimme zwischen seinen Knien hervor. »Ich werde diesen Ton nie vergessen. Sie hat einfach nicht mehr aufgehört, ich glaub, sie hat nicht einmal Luft geholt...«

Er verstummt. Auch ich weiß nichts zu sagen und warte auf weitere Ausführungen, die ich hören will und muss und doch auch wieder nicht, während die Tränen lautlos meine Wangen hinunterlaufen und von der dunklen Jogginghose aufgenommen werden.

»Wenn ich das richtig verstanden habe, hatte Max einen Krampfanfall und hat einfach aufgehört zu atmen.« Jens macht eine lange Pause. Es fällt ihm sichtlich schwer, weiterzusprechen, und er sucht verzweifelt nach den richtigen Worten. Schließlich schüttelt er nur müde den

Kopf. »Sie haben alles versucht, Anna«, seufzt er und dreht den Kopf in meine Richtung, während sein schmerzverzerrter Blick den meinen sucht.

»Das ist alles so unwirklich«, flüstere ich nach einer gefühlten Ewigkeit in die Stille hinein und wische meine Tränen mit dem Handrücken weg. Meine Nase ist verstopft, deshalb stehe ich auf und laufe ins Bad, auf der Suche nach einem Taschentuch. Schlussendlich helfe ich mir mit Klopapier und vermeide den Blick in den Spiegel, bevor ich an Jens vorbei zu Marie wanke.

»Ich kann das alles gar nicht begreifen. In was ist Max da nur reingeraten«, denke ich laut und betrachte liebevoll unsere schlafende Tochter, bevor ich mich neben sie lege und mit tiefen Atemzügen ihren vertrauten Geruch in mich aufsauge. Als bleierne Müdigkeit mich überfällt, höre ich Maries leise Stimme.

»Mama?« Nur kurz trifft mich ihr verwirrter Blick, bevor ihre Augen sich wieder schließen.

»Ich bin da, mein Schatz«, flüstere ich ihr ins Ohr.

»Das ist gut«, murmelt sie so leise, dass ich sie kaum verstehe. Dann kuscheln wir uns aneinander, ihr Rücken vor meinem Bauch, warm eingerollt wie in einer schützenden Höhle und so, wie es sich für Mutter und Kind gehört.

Bilder von Max stehlen sich in meine Träume. Mutterseelenallein und eiskalt liegt er verloren in irgendeinem Institut, mit Schaum vor dem Mund und dem hämischen Grinsen des Jokers im Gesicht, als wolle er mich verhöhnen.

Ein Weinkrampf erschüttert meinen Körper, und ich schrecke hoch, klatschnass geschwitzt und von zwei Körpern eingeengt, von denen zumindest einer absolut nichts in meiner Nähe zu suchen hat.

Empört will ich den Arm von meiner Taille entfernen, den Jens um mich gelegt hat. Doch statt mich freizugeben, hält er mich mit eisernem Griff umschlungen und presst sich von hinten so feste an mich, dass ich Körperteile von ihm an mir spüre, über die ich in dieser Situation ganz sicher nicht nachdenken möchte.

»Lass` mich los«, raune ich ihm leise, aber bestimmt zu, um Marie nicht zu wecken.

Statt einer Antwort zieht er mich nur noch fester an sich heran und beginnt, meinen Nacken zu küssen, während seine Hand auf Wanderschaft geht. Jetzt spüre ich definitiv Dinge in meinem Rücken, die ich nicht spüren möchte und versuche ihn angeekelt von mir wegzudrücken, was ihn aber nur weiter zu ermutigen scheint. Forsch greift seine Hand unter meinen Pullover, zielsicher wandern seine Finger unter meinen Hosenbund.

»Du sollst mich loslassen«, versuche ich es erneut mit zusammengebissenen Zähnen, während ich meine Oberschenkel feste aufeinander presse, um seine Hand daran zu hindern, noch weiter vorzudringen. Wut und Galle kochen in mir hoch, und ich bin kurz davor, den Verstand zu verlieren. Für einen Moment ist es mir egal, ob und was Marie mitbekommt, und ich ramme meinen Ellbogen mit ganzer Kraft nach hinten, als Jens sich nicht freiwillig von mir löst. Ich weiß nicht genau, was ich getroffen habe, aber sein Stöhnen ist Bestätigung genug, dass ich zumindest irgendwas getroffen habe. Trotzdem rückt er nicht ab und fingert weiter an mir herum.

»Und, gefällt dir das?« raunt er mir ins Ohr. Sein Atem streift meine Wange, und ich bemerke eine ordentliche Fahne an ihm. »So willst du es doch!«

»Nein«, widerspreche ich und versuche vergeblich, mich aus diesem Klammergriff zu lösen, während sein Atem sich beschleunigt und mir davon schlecht wird. »Jens, bitte«, wimmere ich, als seine Finger sich langsam aber stetig den Weg weiter in meinen Schoß bahnen. »Du bist total betrunken, du weißt nicht, was du tust!«

Ein schrilles Lachen ertönt in meinem Nacken und beschert mir Gänsehaut.

»Ich weiß genau, was ich tue, Anna«, atmet er über mich hinweg. Dann zieht er mir mit einer forschen, flüssigen Bewegung die Hose von hinten herunter und schlägt sein Bein so über mich, dass ich nichts mehr gegen ihn ausrichten kann. Hilflos wimmere ich vor mich hin und bin kurz davor, mich zu übergeben, während er, halb auf meinen Oberschenkeln sitzend, damit anfängt, meine entblößten Pobacken zu kneten.

»Du bist meine Frau! Ich werde dich jetzt so ficken, wie dieser Wichser es niemals könnte!« höre ich ihn triumphierend hinter mir, während seine Finger gewonnen haben und ich seinen nackten, harten Schwanz an meinem Po spüre.

Alles in mir schreit um Hilfe, alles an mir will sich mit ganzer Kraft wehren, aber mein einziger Gedanke gilt

Marie, die friedlich schlafend neben mir liegt und um Himmels Willen nichts von alledem hier mitbekommen soll. Also kralle ich mich ins Kopfkissen, beiße in meinen Handrücken und wappne mich ungläubig gegen das, was ich niemals für möglich gehalten hätte.

Aus dem Augenwinkel nehme ich wahr, dass Marie sich regt.

Jens bekommt davon nichts mit, sein Schwanz sucht Erlösung und er fiebert keuchend einem Ziel entgegen, das ich ihm nur noch mit letzter Kraft verwehren kann.

Als Marie sich erneut bewegt, sehe ich rot, und Panik steigt in mir auf. Pures Adrenalin schießt durch meine Adern und in einem plötzlichen Schub aus Angst, Wut und Ekel bleiben meine Augen an der fast leeren Whiskyflasche hängen, die auf dem Nachttisch steht. Ohne weiter nachzudenken, hieve ich meinen Körper so plötzlich und mit aller Kraft nach oben, dass Jens nicht schnell genug reagieren kann. Dann greife ich zielsicher nach dem Flaschenhals und gebe meine ganze letzte Kraft in den nun folgenden Schwung nach hinten.

In dem Moment, in dem ich ein schläfriges »Mama?« vernehme, kippt Jens wie ein gefällter Baum seitlich vom Bett und knallt mit seinem Schädel ungebremst auf den Holzboden.

Ohne mich weiter um ihn zu kümmern, wende ich mich meiner Tochter zu, zerre sie aus dem Bett und stelle mich vor mein verwirrtes Kind, um ihr fest in die Augen zu schauen.

»Marie, ich weiß, dass du müde bist, aber wir müssen jetzt gehen«, sage ich leise, aber bestimmt und lege meinen Arm beschützend um ihre Schulter, während sie nur nickt und sich willenlos von mir zur Tür bugsieren lässt. Ich bin völlig fertig und agiere nur noch automatisch.

Meine Hand drückt die Klinke der Zimmertür genau in dem Moment herunter, als Jens ein Geräusch von sich gibt, das mir durch Mark und Bein geht. Ich schiebe Marie blind vor die Tür und verdecke ihr die Sicht mit meinem Rücken, bevor ich meine eigenen Klamotten notdürftig zurecht ziehe und mich noch einmal zu meinem Mann umdrehe, der, an einer Schläfe blutend und mit heruntergelassener Hose, mühsam versucht, sich aufzurichten.

»Was zum Teufel…«, höre ich plötzlich Lees Stimme und fahre herum. Er steht direkt vor Marie und mir und sieht mich, die Hand zum Anklopfen erhoben, völlig perplex mit aufgerissenen Augen an.

Mit nur einem großen Schritt ist er im Zimmer, schaut entgeistert zwischen Jens und mir hin und her und hat die Situation sofort richtig interpretiert.

»Was ist passiert?«, knurrt er leise und um Beherrschung bemüht in meine Richtung.

»Nichts, es ist alles gut«, beteure ich und schiebe Marie weiter hinaus auf den Flur. »Er ist nur betrunken.« Mein Mund formt stumm Bitte und ein flehender Blick in Maries Richtung lässt ihn verstehen.

Ich bin so froh, dass er da ist und will mich nur noch erleichtert in seine Arme fallen lassen. Doch Lee drückt mir einfach seinen Autoschlüssel in die Hand und nickt mir zu, dann schiebt er mich hinter Marie auf den Flur hinaus.

»Ich komme sofort nach, wartet im Auto auf mich.« Seine Stimme klingt viel zu beherrscht und passt nicht zu seinen wütenden Augen, aus denen Blitze zu schießen scheinen, als er die Hände zu Fäusten ballt, sich Jens zuwendet und mir durch einen gezielten Tritt mit dem Fuß die Tür von innen vor der Nase zuschlägt.

Zitternd vor Wut, Angst, Müdigkeit und Sorge stehe ich da und versuche, meine Gedanken zu sortieren. Ist das gerade wirklich passiert? Was ist nur in meinen Mann gefahren?

»Ich bin müde, Mama. Wo ist Max?« Diese Worte bringen mich sofort zurück auf den Boden der Tatsachen, und ich habe keine Zeit, mir länger Gedanken um Jens zu machen.

»Komm, du kannst gleich weiterschlafen«, versuche ich ihre Frage zu umgehen und habe Gott sei Dank Erfolg, denn schon im Aufzug fallen ihr immer wieder die Augen zu.

Mühsam schleppe ich uns beide bis zu Lees Auto, das noch immer exakt da steht, wo er mich vor Stunden herausgelassen hat. Er hat tatsächlich Wort gehalten und auf mich gewartet.

Kaum berühre ich den Türgriff, ist er auch schon zur Stelle und hilft mir, die schlafende Marie quer auf die Rückbank zu bugsieren. Immer wieder treffen sich unsere Blicke, aber keiner sagt ein Wort. Schweigend wartet er, bis ich mich angeschnallt habe, dann startet er den Motor und fährt los.

Immer wieder wandert sein besorgter Blick in meine Richtung, immer wieder versuche ich, ihm mit einem dankbaren Lächeln zu zeigen, dass alles gut ist. Doch sein Blick bleibt dunkel, während seine rechte Hand sich immer wieder vom Lenkrad löst und zur Faust ballt.

Lee parkt direkt vorm Eingang des Johnnys, dessen Tür im Dunkeln liegt.

Während ich aus dem Auto klettere und es nach mehreren Versuchen endlich schaffe, die schwere Eingangstür der Kneipe zu öffnen, hat er sich schon Marie geschnappt und trägt sie mit einer Leichtigkeit über die Schwelle, die ich nicht für möglich gehalten hätte.

Meine Tochter bekommt von alledem nichts mit, sie schläft schon wieder tief und fest und rollt sich sofort zu einer Kugel zusammen, nachdem Lee sie vorsichtig auf die Couch gebettet hat.

Dann geht er schnurstracks Richtung Küche, holt eine Hand voll Eiswürfel aus dem Gefrierfach, wickelt diese in ein Handtuch und legt es mit einem erleichterten Seufzer auf seinen nun leicht geschwollenen Handrücken. Ich beobachte ihn stirnrunzelnd.

»Will ich wissen, was passiert ist?« Besorgt richte ich meinen Blick auf seine Hand.

Lee schnaubt belustigt, dann wird er ernst.

»Das fragst du *mich*?« Abwartend ruht sein Blick nun auf mir.

»Jens ist nicht er selbst, er hat viel zu viel getrunken«, versuche ich halbherzig, meinen Mann zu verteidigen.

»Hör auf«, unterbricht Lee mich erbost. »Hör doch auf, Anna!« Dann dreht er mir den Rücken zu, und ich sehe an seinem bebenden Körper, wie sehr er mit sich kämpft. Als er sich wieder zu mir wendet, ist sein Blick aber ganz sanft. »Ich weiß, was ich gesehen habe und ich hoffe, du ziehst die richtigen Konsequenzen.« Dann ist er mir plötzlich ganz nah und nimmt mich in den Arm, in den ich mich dankbar fallen lasse. »Hat er dir was getan?«

Ich schüttele den Kopf. »Wie machst du das nur?« flüstere ich leise an seinem Hals.

»Wie mache ich was?« hakt er erstaunt nach, während seine Finger sich um meine wickeln. Mir entgeht das leichte Zucken nicht, als ich vorsichtig über die Fingerknöchel seiner geröteten, rechten Hand streiche.

»Du bist immer genau im richtigen Moment zur Stelle, weißt du das eigentlich?«

»Das hoffe ich doch«, brummt Lee zufrieden. »Und ich denke, dein Mann hat das jetzt auch endlich begriffen!«

»Hast du ihm wehgetan?«

»Das hoffe ich doch«, brummt er erneut, greift nach der Whiskyflasche, die uns eigentlich als Einschlafhilfe dienen sollte und reicht mir kurze Zeit später ein Glas mit goldbraunem Inhalt.

»Zeit fürs Frühstück«, prostet er mir zu und leert sein Glas in einem Zug.

Ohne mein Handy und nach den ganzen Ereignissen der letzten Stunden, habe ich tatsächlich völlig das Zeitgefühl verloren. Als ich die Digitalanzeige an der Mikrowelle entdecke verschlucke ich mich fast, während Lee meinem Blick folgt und mit den Schultern zuckt.

»Ich wollte dich abholen und zur Wache begleiten«, erklärt er mir dann. »Kalle, ...also Kommissar Krüger, hat mich schon zwei Mal angerufen, und ich habe ihm versprochen, dass du noch vor Zwölf zur Vernehmung erscheinst. Meinst du, das schaffen wir?«

Ich starre schweigend auf mein Glas und drehe es in meinen Händen. »Wenn es sein muss... «, seufze ich, während sich Verzweiflung in meinem Magen ausbreitet und ich hilflos zu ihm aufblicke. »Aber... was ist mit Marie...?«

»Keine Sorge«, unterbricht er meine Gedanken. »Meine Schwester ist schon unterwegs, sie passt gut auf deine Tochter auf, versprochen.«

»Lu«?

»Ja, genau.« Dann greift er nach meinem leeren Glas, stellt es auf den Tisch und dreht mich herum. »Vertrau mir.« Seine starken Arme umschließen meinen völlig erledigten Körper, und sofort durchflutet mich seine Wärme. »Da drin liegt alles, was du brauchst«, verspricht er mir dann liebevoll und nickt mit seinem stoppeligen Kinn in Richtung Bad.

Ich bedanke mich mit einem Lächeln und verschwinde zügig hinter der Tür, froh über ein paar Minuten Privatsphäre, in denen ich mir den Angstschweiß der letzten Stunden gründlich vom Körper waschen kann.

Wie auch immer Lee es macht, er scheint tatsächlich immer genau zu wissen, was ich gerade brauche. Selbst die frischen Sachen, die für mich auf der Ablage liegen, passen wie angegossen, und ich habe absolut keine Idee, wann oder wo er sie in den letzten aufregenden Stunden organisiert hat.

Als ich die Badezimmertür öffne, um ihn danach zu fragen, empfängt mich der Geruch von frisch aufgebrühtem Kaffee. Lee und seine Schwester stehen am Fenster und unterhalten sich leise, während Marie sich auf der Couch noch nicht einen einzigen Zentimeter bewegt hat.

»Hey Anna«, begrüßt Lu mich mit einem warmen Lächeln, kommt auf mich zugeeilt und mustert mich von oben bis unten. »Tonis Sachen passen dir ja perfekt! Wie geht es dir? Kann ich irgendwas für dich tun? Es tut mir ja alles so leid…«

»Luisa!« donnert Lees dunkle Stimme durch den Raum, sodass selbst Marie im Schlaf kurz zusammenzuckt.

Nach einem verschwörerischen Augenzwinkern in meine Richtung setzt sie eine bühnenreife Unschuldsmiene auf und dreht sich betont langsam zu ihrem Bruder herum. »Was denn? Jetzt schrei doch nicht so, lass` das arme Kind doch schlafen!«

»Du weißt genau, was ich meine«, herrscht Lee sie weiter an, senkt aber die Stimme und hält mir einen dampfenden Kaffeebecher entgegen, ohne meinen verwirrten Blick zu erwidern.

»Wer ist Toni?« hake ich deshalb nach. Mir entgeht dabei nicht, dass sich Lees Hand bei diesem Namen anspannt und er kurz die Augen schließt, bevor er mir nur knapp antwortet.

»Meine Ex.«

Lu runzelt die Stirn und blickt ihren Bruder mit großen Augen an, sagt aber nichts weiter dazu. Ich merke genau, dass hier irgendetwas nicht stimmt und warte angespannt, ob er mir noch mehr zu sagen hat. Aber Lee schweigt beharrlich und nippt an seinem Kaffee.

Seine Schwester zuckt mit den Schultern und breitet sich mit ihrem Tascheninhalt über Tisch und Sessel aus. Es sieht schwer nach Lernen aus, und mit rollenden Augen und einem bestätigenden Seufzen steckt sie sich ihre iPods ins Ohr und macht sich ans Werk.

Das Schweigen zwischen Lee und mir wird langsam unangenehm, und ich schaue nervös auf die Uhr.

»Müssen wir nicht langsam mal los?« frage ich leise. Trotz Kaffee bin ich total übermüdet und durch den Wind. Eigentlich möchte ich mich nur noch unter einer Bettdecke verkriechen und vom Rest der Welt nichts mehr mitbekommen.

»Ja«, nickt Lee. »Bringen wir es hinter uns.«

Schweigend stapft er voraus, durch den Flur, quer durchs Johnnys und am Billardtisch vorbei bis zur schweren Eingangstür, die er mühelos öffnet. Weiterhin meidet er meinen Blick und sagt keinen Ton.

»Du musst mich nicht begleiten«, versuche ich ihn aus der Reserve zu locken. »Ich schaffe das auch alleine.«

»Das weiß ich«, antwortet er stur und hält mir die Beifahrertür auf. Kopfschüttelnd steige ich ein.

Natürlich bin ich froh, dass er mich begleitet. Ich wüsste wirklich nicht, was ich gerade alleine und ohne seine immerzu helfende Hand machen würde. Aber ob unsere zarte Bande auf diesem zerrütteten Boden wirklich wachsen kann? Seine Geheimniskrämerei macht mir jetzt schon zunehmend zu schaffen, und ich hasse es, wenn er sich so vor mir verschließt wie jetzt.

»Vertrau mir bitte, Anna.«

»Wieso sagst du das immer wieder? Ich vertraue dir doch, merkst du das nicht? Die Frage ist doch wohl eher, ob du *mir* vertraust, oder was sollte das gerade eben?«

»Doch, entschuldige. Aber das hat sie auch immer behauptet, und dann....«

»Sie? Toni?« Ich setze mich kerzengrade auf und schaue ihn mit großen Augen an. Ist das der Moment, in dem endlich ein Teil seines Schutzwalls fällt und er mir Einblicke in seine eigene Vergangenheit gewährt?

»Ja. Aber sie hat damit aufgehört und alles ist zerbrochen.« Lee schluckt und wendet den Blick von mir ab. Seine Finger nesteln nervös am Reißverschluss seiner Jacke herum und ich merke, dass er bis in die Zehenspitzen angespannt ist. »Es tut mir leid, Anna. Können wir später darüber reden? Bitte.« Als er den Blick hebt, sehe ich Schmerz und Verzweiflung in seinen Augen.

Ich will aus dem Auto springen, ihn anschreien, ich bin wütend, enttäuscht, überfordert und kann doch nicht anders, als mich an seine Schulter zu schmiegen und zu hoffen, dass er bald Licht ins Dunkel bringt. Noch mehr Wut, Trauer, Angst und Einsamkeit kann mein Splitterherz nicht mehr aushalten, dessen bin ich mir ziemlich sicher. Es wird vollends und irreparabel zerbrechen, wenn dieser zarte, beschützende Faden zwischen uns auch noch reißt.

»Ich denke, das würde uns beiden gut tun«, wispere ich deshalb nur leise.

Lee nickt und streicht über meine Wange, dann atmet er tief durch und startet den Motor.

Kriminalhauptkommissar Krüger kommt uns schon auf dem Flur der Wache entgegen, dicht gefolgt von seiner eifrigen Kollegin Kramer. Als er uns erblickt, flüstert er dieser irgendetwas zu, was sie grimmig dreinschauen und in den nächsten Raum abbiegen lässt, nicht, ohne uns noch einen kurzen, aber giftigen Blick zuzuwerfen.

»Lee…« winkt er uns dann zu sich und streckt mir zur Begrüßung seine Hand entgegen. »Frau Faerber, wie schön, sie zu sehen, hier entlang.« Mit einer freundlichen Geste zeigt er mir die Tür zu seinem Büro.

»Kalle«, nickt Lee und folgt uns in den kleinen, quadratischen Raum, den ein überdimensionaler Schreibtisch fast gänzlich ausfüllt. An der linken Seite befinden sich zwei deckenhohe, mit Ordnern überfüllte Regale und eine kleine Palme fristet auf der steinernen Fensterbank ein trostloses Dasein.

»Bitte, setzen sie sich doch«, fährt Kalle geschäftig in meine Richtung fort und räuspert sich. »Kaffee? Tee? Wasser?«

»Nein danke«, antworte ich ihm, und auch Lee schüttelt den Kopf.

Wir setzen uns nebeneinander und direkt vor seinen bulligen Schreibtisch, der überquillt vor Papier, abgenutzten Heftern, dicken Ordnern und leeren Tüten aller möglichen Haribo Sorten, die er hastig zusammenrafft und im Mülleimer verschwinden lässt.

»Verpetz` mich bloß nicht«, murmelt er mit einem schuldigen Blick in Lees Richtung und greift sich gestresst in die Haare.

»Keine Sorge«, höre ich Lee neben mir antworten. »Deine Geheimnisse sind bei mir sicher, Tess erfährt nichts von deinen Zuckereskapaden.«

Verwundert schaue ich zu ihm auf, doch Lee schüttelt nur unmerklich den Kopf, und ich halte lieber den Mund.

»Gut«, murmelt Kalle und streicht sich gedankenverloren über seinen Bart. Seinem »Also« folgt eine theatralische Pause, dann hat er seine Gedanken anscheinend wieder alle beisammen und blickt mich über seinen Brillenrand großväterlich an.

»Frau Faerber, ich muss Sie nun zum Tod ihres Sohnes Max Faerber befragen und würde unser Gespräch gerne aufzeichnen, wenn Sie damit einverstanden sind.«

In meinem Hals bildet sich wie aus dem Nichts ein dicker Kloß, und ich versuche ihn erfolglos hinunterzuschlucken. Vielleicht hätte ich doch das Angebot eines Glas Wassers annehmen sollen.

»Kalle!« widerspricht Lee sofort und greift nach meiner Hand. »Meinst du nicht, ein einfaches Protokoll sollte reichen?«

»Äh, ja, natürlich…, also, Frau Faerber, wann genau haben Sie ihren Sohn das letzte Mal gesehen?«

Ich räuspere mich und antworte mit belegter Stimme.

»Das war gestern früh, so gegen acht, schätze ich. Ich habe meinen Wagen zur Werkstatt gebracht und Max hat bei der Tochter des Besitzers geschlafen. Er… «, ich gerate ins Stocken. »Also… er war ziemlich überrascht, mich zu sehen und ist dann ganz überstürzt abgehauen. Wir haben gerade kein so gutes Verhältnis, er hat, nein, er hatte…«, Tränen bahnen sich ihren Weg. »Also, Max hatte einige Probleme mit Alkohol und anscheinend wohl auch mit diversen anderen Drogen.« Hilfesuchend blicke ich zu Lee, der aufmunternd meine Finger drückt.

»Worauf stützen Sie ihre Vermutung?«, hakt Kalle nach, während er mir über den Schreibtisch ein Taschentuch reicht, das ich dankend annehme.

»Naja, Max kam nur noch unregelmäßig nach Hause und wenn, dann oft sehr betrunken. Das können Ihnen mein Mann und meine Tochter bestätigen.«

»Und wie kommen Sie auf Drogen?« Er lässt nicht locker.

Lee mischt sich ein. »Das ist meine Vermutung, er war mit Micks Lucy zusammen und nicht Herr seiner Sinne, da habe ich eins und eins zusammengezählt und…«

»Ich bin mir auch ziemlich sicher«, unterbreche ich ihn zustimmend, auch, wenn es mir schwer fällt. »Max war in letzter Zeit oft komisch. So wankelmütig und aggressiv. Dann hat er wieder Dinge vergessen, die ganz klar besprochen waren und in den letzten Tagen hat er manchmal so komisch gezittert.«

Lee schaut mich mit hochgezogenen Augenbrauen erstaunt an. »Davon hast du mir gar nichts erzählt?«

»Bis gerade eben war mir auch nicht klar, dass das irgendeine Bedeutung hätte, ich dachte, er wäre nur gestresst oder übermüdet oder so.« Laut schniefe ich ins Taschentuch. »Aber nach diesem Auftritt gestern passt es doch alles wunderbar ins Bild.«

»Lucy mal wieder, hm?«, kommentiert Kalle nun unser Gespräch. »Wann bekommt Mick seine Tochter nur endlich in den Griff«, schiebt er noch leise fragend hinterher, und es klingt für mich, als hätte er nur aus Versehen laut gedacht, denn sein Blick schießt ertappt in meine Richtung.

»Keine Ahnung«, seufzt Lee, und ich werde das Gefühl nicht los, hier irgendwas verpasst zu haben.

»Ich habe auch noch ein paar Beweismaterialien in meiner Maschine«, schiebt er hinterher, und Kalle vergräbt den Kopf in seinen Händen.

»Oh Mann«, stöhnt er dann, schaut kopfschüttelnd wieder auf und haut so unvermittelt mit den flachen Händen auf den Schreibtisch, dass ich erschrocken zusammenzucke. »Verdammt!«

»Ähm…«, räuspere ich mich lautstark, und zwei Augenpaare starren mich an. »Wann kann ich zu Max?« lenke ich das Gespräch vorwurfsvoll wieder in die Richtung, wegen derer ich hierhin gekommen bin.

Irritiertes Schweigen schlägt mir entgegen, doch dann kommt wieder Leben in den Herrn Kommissar, und er blättert hektisch in seinen Unterlagen. Pflichtbewusst tippt sein Finger auf die schwarze Tinte, und er blickt uns triumphierend an.

»Ihr Sohn ist noch in der Rechtsmedizin, Frau Faerber. Der Leichnam wird für die Dauer des Todesermittlungsverfahrens beschlagnahmt, das wissen Sie ja sicher mittlerweile. Aber die schriftliche Freigabe durch die Staatsanwaltschaft wird voraussichtlich morgen erfolgen, dann können sie sich von ihm verabschieden.«

Ich schweige, denn mir fällt nichts ein, was ich darauf erwidern könnte. Einerseits fühle ich Erleichterung, denn ich darf endlich mein Baby wieder in den Arm nehmen. Andererseits wird mir heiß vor Angst. Schlagartig überfällt mich Panik, und ich sitze stocksteif auf dem Stuhl, während meine Fingernägel sich in die Armlehnen graben.

Dass ich viel zu schnell geatmet habe und meine Lunge trotzdem nach Sauerstoff schreit, merke ich erst, als Lee mit besorgtem Blick vor mir kniet und eine Plastiktüte über meinen Mund und meine Nase stülpt. Beruhigend redet er auf mich ein, während ich gegen den Schwindel ankämpfe, der langsam meine Beine hochkriecht. Der Kommissar verlässt hektisch das Zimmer und kommt mit einem überschwappenden Glas Wasser zurückgerannt, während Lee die Ruhe selbst ist und mich behutsam auf den Boden legt, ohne mich aus den Augen zu lassen.

»Alles wird wieder gut Anna«, höre ich ihn wispern. Rein äußerlich scheint er genau zu wissen, was er tut, er wirkt professionell und routiniert, ganz im Gegenteil zu Kalle, der hilflos neben uns steht. Doch ich sehe in Lees Augen, wie sehr ihn das alles aufwühlt und frage mich zum wiederholten Male, warum.

»Wann kann ich nach Hause?«, frage ich, nachdem meine Atmung sich stabilisiert und Lee den Schwindel in mir erfolgreich vertrieben hat.

»Sobald alle Unterlagen hier eingetroffen sind, melde ich mich bei Ihnen, versprochen«, antwortet Kalle und zückt seinen Kugelschreiber, um sicherheitshalber erneut meine Handynummer zu notieren. »Dann dürften Sie selbstverständlich auch wieder ihr Haus betreten. Ich informiere umgehend den Bestatter, damit alles zügig seinen Weg geht.«

»Vielen Dank«, nicke ich ihm dankbar zu, während Lee mir das Wasserglas erneut unter die Nase hält. Ich leere den Rest in einem Zug und diktiere Kalle meine Handynummer.

Als wir ahnungslos und in Gedanken versunken das Gebäude verlassen und um die nächste Ecke zum Parkplatz abbiegen, kommt Jens in Richtung Wache auf uns zugelaufen.

Als er uns erblickt, bleibt er abrupt stehen und reißt die Augen auf, soweit ihm das möglich ist. Neben einer notdürftig mit einem Pflaster versorgten Wunde an der linken Schläfe, die sich rotunterlaufen bis weit über die Wange zieht, ist sein rechtes Auge blau und so zugeschwollen, dass die Brille total schief auf der ebenfalls leicht verfärbten Nase sitzt. Sofort steht Lee beschützend vor mir, und aus seiner Kehle steigt ein tiefes Grollen auf, das selbst mir eine Gänsehaut beschert.

Jens hebt beschwichtigend die Hände, während Lee sich ihm nähert wie ein Raubtier auf der Pirsch. Solch animalisches Imponiergehabe ist mir normalerweise zutiefst zuwider, aber nach dem Erlebnis der letzten Nacht genieße ich Jens` unterwürfigen Anblick voll und ganz, bevor ich wieder Macht über meinen schockgefrorenen Körper erlange und einen mutigen Schritt auf meinen Mann zumache, um ihn dann abwartend anzustarren.

»Anna, ich… «, stottert dieser nun völlig überrumpelt und knibbelt nervös an seinen Fingernägeln. Ich starre ihn einfach nur an, unfähig, meine Gefühle für ihn in Worte zu fassen. Mein wütender Blick lässt ihn seinen Kopf nur noch tiefer zwischen die Schultern ziehen.

»Jens«, höre ich mich selber sagen. Meine Stimme klingt ganz klar und deutlich selbstsicherer, als ich mich fühle. Lee legt mir wie zur Ermutigung seine starke Hand auf die Schulter.

Mein Mann hingegen schaut flehend auf und sucht meinen Blick. Er wirkt gebrochen und verletzlich, aber Mitleid wird er von mir nicht bekommen.

»Anna, verzeih mir«, flüstert er, doch ich achte nicht auf seine Worte und straffe meinen Körper.

»Ich werde morgen mit Marie zu Hause die nötigsten Dinge zusammensuchen und für ein paar Tage mit ihr woanders unterkommen«, informiere ich ihn mit schneidender Stimme. »Unser Sohn ist tot. Ich kann nicht begreifen, was letzte Nacht in dich gefahren ist.« Kurz halte ich inne, doch Jens regt sich nicht. »Du hast eine Woche, dann lasse ich die Türschlösser auswechseln und will dich nie wieder in meiner Nähe sehen.«

Erschrocken über die Kälte meiner Worte fällt Jens nun auf die Knie, doch ich kann und will mich nicht um ihn kümmern. Das hat er sich selber zuzuschreiben.

»Anna, bitte, lass` es mich erklären... ich... «, höre ich ihn schluchzen, als ich hoch erhobenen Hauptes an ihm vorbeimarschiere.

»Du hast sie gehört«, bellt Lee ihn an, und ich sehe aus dem Augenwinkel, dass mein lieber Ehemann zusammenzuckt wie ein eingeschüchtertes Reh.

»Es tut mir leid«, flüstern Jens Lippen mir zu, als ich, aus dem Beifahrerfenster blickend, an ihm vorbeirausche. Im Rückspiegel sehe ich einen gebrochenen Mann langsam die Wache betreten und schweige die ganze Rückfahrt.

»Wow«, staunt Lee, nachdem er den Wagen vor dem Johnnys eingeparkt hat und sich erstaunt in meine Richtung dreht. »Das war ziemlich cool, Anna.«

Schulterzuckend schnalle ich mich ab. »Du warst auch ziemlich beeindruckend«, gebe ich das Kompliment zurück.

»Ich wollte dich nur beschützen, aber das kriegst du schon ganz gut selber hin.«

Ich schnaube frustriert und schiebe seine Hand zur Seite, die sich zärtlich um meine Wange legen will.

Lee runzelt die Stirn, lehnt sich im Fahrersitz zurück und schaut mich abwartend an. Vielleicht konnte ich mich Jens gegenüber gerade ganz gut behaupten, aber aus meinem Freund und seinen ganzen Geheimnissen werde ich dafür umso weniger schlau. So langsam macht mich das alles wirklich fuchsteufelswild.

»Was läuft da zwischen diesem Kalle und dir, Lee?« stelle ich ihn zur Rede. »Das mit Mick und Lucy hat doch einen Hintergrund! Denkt ihr eigentlich alle, dass bescheuert bin?«

»Quatsch, Anna! Es ist nur alles so kompliziert, und ich will dich damit nicht auch noch belasten, verstehst du das denn nicht?«

»Ehrlich gesagt: nein, das verstehe ich nicht!«, raunze ich ihn lauter an als beabsichtigt. »Merkst du denn nicht, dass deine Geheimniskrämerei alles nur noch viel komplizierter macht?« Tränen schießen in meine Augen, und das nicht nur aus Wut. Ich bin traurig und verzweifelt und verstehe diese Welt nicht mehr.

»Anna, ich…«

Doch mehr höre ich nicht, denn ich bin ausgestiegen und knalle lautstark die Autotür hinter mir zu. Anna, Anna, Anna…! Ich kann meinen Namen nicht mehr hören und laufe einfach drauflos, um die nächste Ecke, die Straße entlang und immer weiter. *Max ist tot*, schießt es mir dabei immer wieder durch den Kopf. Ich weiß, dass es stimmt und kann es doch nicht glauben. Unkontrolliert fließen die Tränen wieder über mein Gesicht, doch ich beachte sie nicht und ziehe nur bockig meine Nase hoch.

Während der Mittagszeit herrscht auf den Straßen geschäftiges Treiben, was mich stresst und nervt. Ich kann die Menschen nicht ertragen und auch nicht den Krach der Autos oder die schreienden Kinder. Ich kann eigentlich gar nichts mehr ertragen und bin angeekelt von den Gesichtern der Leute, die mich irritiert, besorgt oder erschrocken mustern, während ich an ihnen vorbeieile. Ziellos irre ich immer weiter. Doch auch, wenn der Straßenlärm langsam abebbt, weil ich in eine Nebenstraße eingebogen bin, spielt mein Kopf verrückt, und ich kann keinen klaren Gedanken fassen. Es ist einfach alles zu viel geworden. Max, Marie, Jens, Lee… alles verschwimmt vor meinem inneren Auge zu einem riesigen, dunklen Klumpen, der so klebrig und zäh ist, dass ich keine Chance habe, ihn zu durchdringen.

Irgendwann habe ich den kleinen Park erreicht, durch den ich sonst so gerne meine Joggingrunden drehe. Wie genau ich hier hingekommen bin, weiß ich nicht.

Mein Gehirn spielt mir Streiche, und ich sehe plötzlich Max auf mich zueilen, einem Ball hinterher jagend, der genau vor meinen Füßen liegen bleibt. Wie erstarrt bleibe ich stehen, doch ganz automatisch bücke ich mich dann hinunter und hebe den Fußball auf, den der kleine Junge mit ausgestreckten Armen zurückfordert.

»Das ist mein Ball«, bettelt er trotzig, und ich muss durch meine Tränen hindurch lächeln.

»Ich weiß«, flüstere ich und drehe den Ball nachdenklich in meinen Händen, bevor ich ihn zurück in seine Arme werfe. »Das ist ein echt toller Fußball«, bestätige ich seinen stolzen Gesichtsausdruck.

»Ich bin ja auch Profi«, nickt er lispelnd mit breiter Brust. »Profis brauchen supergute Bälle.«

»Da hast du Recht«, bestätige ich seine Worte.

Dem Knirps entgeht nichts, und er legt den Kopf schief, während er mich neugierig mustert. »Warum bist du traurig?«

Ich seufze und zucke mit den Schultern, dann hocke ich mich vor ihn. »Mein Sohn wollte auch immer Fußballprofi werden, weißt du?«

»Ja und? Ist er das nicht?«

»Nein«, schüttele ich meinen Kopf. »Er hatte nie so einen tollen Ball wie du.«

»Und darum bist du traurig?«

Ich nicke.

»Das musst du nicht«, versucht er mich zu trösten und tätschelt meine Schulter. »Weißt du, es kann ja nicht jeder Profi werden. Vielleicht kann er ein Astronaut sein und

zu den Sternen fliegen, dazu braucht er keinen guten Fußball. Sag ihm das mal!«

Ich nicke wieder.

»Das mache ich. Und du pass` immer gut auf deinen
Ball auf!« Er strahlt, während ich mich verabschiede und
auf dem Absatz kehrt mache, damit er nicht sieht, wie
sehr ich um Fassung ringe.

Ein Astronaut, der zu den Sternen fliegt. Ja, das hat Max
wohl im übertragenen Sinne geschafft. Ein warmes Gefühl ergreift mein gebrochenes Herz und ich spüre, dass
Max mit dieser Vorstellung einverstanden wäre. So versuche ich ihn mir nun also vorzustellen, als einen stolzen
Sternenpiloten.

Nach ein paar Schritten schaue ich dem Jungen nochmal hinterher, wie er zurück zu seinen Freunden auf die
Wiese rennt und mit großem Eifer den Ball wieder ins
Spiel bringt. Nach einem gelungenen Schuss grinst er
mich triumphierend an und winkt zum Abschied.

Als ich, unendlich müde, wieder vor der Tür des Johnnys stehe, hat Lee sich noch nicht aus dem Auto bewegt.
Es wirkt stattdessen so, als habe er meine Abwesenheit
noch gar nicht richtig registriert. Sein Kopf liegt erschöpft
auf dem Lenkrad, rechts und links davon krampfen sich
seine Hände darum. Er regt sich nicht, aber an seinen weißen Fingerknöcheln erkenne ich die Anspannung in seinem ganzen Körper.

Ich ringe kurz mit mir, aber anders als bei Jens durchflutet mich bei seinem Anblick eine ganze Reihe von Ge-

fühlen, die nichts anderes erlauben, als dass ich mich wieder auf den Weg zum Auto begebe. Leise öffne ich die Fahrertür und stehe abwartend neben ihm. Er bewegt sich erst, als ich über seinen Kopf streiche.

»Lee?«

Müde, rotunterlaufene Augen blicken zu mir auf, dann lehnt er erschöpft seinen Kopf an meinen Bauch und verharrt eine gefühlte Ewigkeit, während meine Hände weiter liebevoll durch seine Haare fahren.

»Kalle ist Micks Bruder«, erklärt er mir leise. »Er rettet ihm andauernd den Arsch, aber Mick hat Lucy einfach nicht unter Kontrolle. Wenn sie so weitermacht, muss Kalle weitere Schritte einleiten. Offizielle Schritte. Was das für Mick und die Werkstatt bedeutet, weißt du ja.«

Schweigend lasse ich mir diese Informationen durch den Kopf gehen. Dass das eine verzwickte Situation ist, verstehe ich. Was ich aber nicht verstehe ist, wieso dieser Familienzwist Lee so belastet und was das alles mit mir zu tun hat.

»Aha?« bemerke ich deshalb nur kurz angebunden und um ihn zum Weiterreden zu animieren.

»Das hat so doch alles keinen Sinn.« Lee blickt auf und sieht vollkommen frustriert und erledigt aus. »Komm.« Er steigt aus, greift nach meiner Hand und zieht mich mit sich, was ich natürlich gerne geschehen lasse.

Das Johnnys liegt dunkel und einsam vor uns, denn es ist erst früher Nachmittag. Wie praktisch, dass Lee hier arbeitet und sich bestens auskennt.

Innerhalb weniger Minuten stehen zwei duftende Kaffeebecher vor uns auf dem Tisch, und aus der Tiefkühltruhe zaubert er belegte Baguettes, die kurzerhand im Ofen landen. Bei dem Gedanken an etwas zu Essen knurrt mein Magen ziemlich laut, und mir läuft tatsächlich das Wasser im Mund zusammen.

»An unseren regelmäßigen Mahlzeiten müssen wir echt arbeiten«, grinst er und ist für einen Moment wieder ganz der Alte. Erst, als wir uns gegenüber sitzen und ich ihn erwartungsvoll anstarre, fällt seine Maske wieder.

»Du willst also wissen, warum ich mich in das alles so reinhänge, hm?«

Ich nicke nachdenklich.

»Unter anderem, ja.« Meine Finger drehen den Kaffeebecher hin und her. »Versteh mich nicht falsch, ich bin echt total froh, dass du immer genau im richtigen Moment da bist. Ich wüsste gar nicht, was ich gerade ohne dich tun würde, aber…«

Lee greift über den Tisch und löst meine Finger von der Tasse, bettet sie in seine warmen Hände und zwingt mich, ihn anzuschauen. »Aber du verstehst nicht, warum ich immer genau weiß, wie es in dir aussieht? Was du gerade durchmachst?« Er lacht bitter, während ich nur nicken kann.

»Die Antwort ist eigentlich ganz einfach,« fährt er fort. »Es fällt mir nur verdammt schwer, darüber zu sprechen.«

Seine Lippen nippen am Kaffee, und seine linke Hand spielt währenddessen weiter mit meinen Fingern.

Das Schweigen zwischen uns ist einträchtig und doch unerträglich für mich. Ich warte geduldig und gebe ihm Zeit, sich seine nächsten Worte gut zu überlegen, während unsere Finger sich immer weiter ineinander verknoten.

Endlich scheint Lee zu wissen, was er mir sagen möchte. Und obwohl seine Stimme immer leiser wird und sich verräterische Flüssigkeit in seinen Augenwinkeln sammelt, spricht er endlich aus, was bisher ungesagt zwischen uns steht.

»Toni, also Antonia… sie ist nicht nur meine Ex, sie…, also…, sie war meine Frau.«

Meine Finger halten in ihrer Bewegung inne, und ich blicke ihn an, als würde ein Gespenst vor mir sitzen. Unfähig zu antworten, verfalle ich in eine Schockstarre, während er weiter mühsam nach den richtigen Worten ringt.

»Kommissar Krüger, also Kalle, ist mein Ex-Schwiegervater.«

Rums. Ich greife daneben, und die Kaffeetasse landet mit einem lauten Knall auf dem Boden. Lee zuckt nicht einmal zusammen. Einmal begonnen, scheint er sich nun endlich alles von der Seele reden zu wollen.

»Moment«, hake ich nach. »Dann ist diese Geschichte mit Mick und Lucy für dich also doch etwas Persönliches?«

»Ja«, nickt er. »Sozusagen Familienangelegenheiten. Deshalb versuche ich schon seit Wochen, mir Lucys Vertrauen zu erarbeiten. Sie braucht dringend Hilfe, bevor sie endet wie…«, er schluckt betroffen.

»Wie Max?« beende ich vorschnell den Satz für ihn.

Einen Moment hält er inne und starrt mich verwirrt an, fast so, als hätte er den Faden verloren.

»Ja…äh…auch.«

»Na dann viel Spaß«, antworte ich bissig. »Sah für mich nicht so aus, als würdest du da jemals Erfolg haben.«

»Das sagt Tess auch immer«, schießt er zurück und schaut mich dann mit großen Augen an, als hätte ich ihn bei irgendwas ertappt. »Aber ich kann Lucy nicht alleine lassen, nicht seit…«, er stockt. »Nicht nach allem, was passiert ist. Ich ertrage dieses ganze Drogenchaos nicht nochmal.«

Seine Worte verwirren mich, und ich habe alle Mühe, die ganzen Zusammenhänge mit meinem nur langsam arbeitenden, total übermüdeten Gehirn richtig zu verstehen.

»Und was genau hat Tess jetzt damit zu tun?«

Lee schluckt.

»Tess ist meine Ex-Schwägerin.«

»Oha.« So langsam setzen sich die Puzzleteile in meinem Kopf richtig zusammen. »Das heißt also… diese Toni und Tess…«

»Genau«, nickt er. »Toni und sie waren Schwestern.«

Lange starre ich einfach nur auf die Kaffeepfütze zu meinen Füßen, unfähig, etwas dazu zu sagen. Es dauert eine ganze Weile, bis ich meine Gedanken langsam sortiert bekomme, trotzdem liegen mir tausend Fragen auf der Zunge.

Bevor ich ihm auch nur eine davon stellen kann, springt Lee fluchend auf und eilt zum Ofen. Lautstark höre ich ihn hinter der Theke hantieren. Es dauert nicht lange, und er kommt mit zwei ziemlich dunkelbraunen Klumpen auf einem Holzbrett zum Tisch, von denen nicht mehr viel an überbackene Baguettes mit Schinken erinnert.

»Na super«, bemerkt er trocken. »Ich bestelle uns wohl eine Pizza.«

So viele Dinge stehen noch unausgesprochen zwischen uns, doch wir haben endlich einen Anfang gemacht. Erleichtert schaue ich ihm über den Tresen hinweg zu, wie er hektisch nach der Nummer des Pizzaboten sucht und nach wenigen Minuten triumphierend mit dem Flyer herumwedelt. Auch ihn scheint unser Gespräch zu erleichtern und ich bete, dass es noch nicht beendet ist.

Ich weiß, dass ich mich eigentlich um ganz andere Dinge kümmern und sorgen müsste, aber für den Moment genieße ich die Ablenkung noch in vollen Zügen.

Ich spüre, dass ein kleiner Astronaut sich immer weiter den Weg in meine Gefühlswelt bohrt und dass ich mein Schutzschild nicht ewig aufrechterhalten kann. Die Trauer um Max zu begreifen und zuzulassen ist bestimmt richtig und wichtig, aber alles an und in mir sträubt sich noch so penetrant dagegen, dass mir besonders diese Ablenkung gerade mehr als lieb ist. Lee, der Psychologe, würde es wahrscheinlich Verdrängung nennen, und ich weiß, dass er damit Recht hätte.

»Was ist mit Lu und Marie? Sollen wir den beiden nicht auch was bestellen?« fällt mir nun siedend heiß ein. Der Magen meiner armen Tochter muss mindestens genauso laut knurren wie meiner.

»Ja, klar«, stimmt Lee mir zu und zückt sein Handy.

Bei diesem Anblick fällt mir urplötzlich ein, dass ich mein eigenes Handy seit gestern Mittag nicht mehr in den Händen hatte und es wohl noch immer mit leerem Akku irgendwo in meiner Handtasche herumdümpelt. Ich nehme mir fest vor, es gleich direkt aufzuladen, um morgen auch ganz sicher für Kommissar Krüger erreichbar zu sein.

Nachdem Lee vier verschiedene Pizzen geordert und sich, zufrieden mit seiner Bestellung, wieder neben mich gesetzt hat, rücke ich mit meinem Stuhl näher an ihn heran und lehne dabei meinen Kopf an seine Schulter.

Er legt im Gegenzug seinen Arm um mich, und sofort fühle ich mich wohl und geborgen. Doch in meinem Kopf überschlagen sich die Gedanken weiterhin und ich bin mit meiner Ausbeute an Informationen für heute noch nicht zufrieden. Außerdem habe ich den dringenden Verdacht, dass Lee mir noch etwas Wichtiges verschweigt. Nicht, weil er es mir nicht sagen will, sondern weil er nicht weiß, wie.

»Wo ist diese Toni denn jetzt?«, versuche ich unser Gespräch wieder in Gang zu setzen. »Lebt sie hier irgendwo in der Nähe?«

»Äh, nein«, sein Körper versteift sich und ich merke, dass er kurz den Kopf schüttelt. Ich scheine einen seiner wunden Punkte gefunden zu haben.

Nun brenne ich vor Neugierde und lasse nicht locker.

»Jetzt lass` dir doch nicht jedes Detail aus der Nase ziehen, Lee! Seid ihr geschieden? Und wieso sprichst du immer so von ihr, als gäbe es sie nicht mehr?«

Zu spät fällt mir auf, wie blass er plötzlich geworden ist. Sämtliche Farbe scheint aus seinem Gesicht zu weichen, als er sich von mir löst, sein Handy zur Seite legt und mich mit schiefgelegtem Kopf durch schimmernde Augen mustert.

»Weil es so ist, Anna. Es gibt sie nicht mehr.« Er hält kurz inne. »Toni ist tot.«

Sprachlos findet mein Körper von ganz alleine den Weg auf seinen Schoß. Meine Lippen übersäen sein Gesicht mit Küssen, versuchen die salzigen Tränen zu vertreiben, die lautlos über seine Wangen rollen und verlieren sich in einem unendlich traurigen, gierigen Kuss, der alle weiteren Worte überflüssig macht.

Mir schwirrt der Kopf. So viele verwirrende Rätsel warten darauf, gelöst zu werden. Doch für heute ist es genug, das spüre ich mit jeder Faser meines ausgelaugten Körpers, als ich mich feste um seine bebende Brust schlinge. Lee ist genauso erledigt wie ich es bin, und wir halten uns gegenseitig, um nicht zu fallen.

Als der Pizzabote klingelt, schrecken wir aus unserer stillschweigenden Umarmung hoch, wie aus dem Tiefschlaf.

Der verführerische Duft lässt uns trotz allem das Wasser im Mund zusammenlaufen, während wir im Eiltempo gemeinsam unser Chaos beseitigen. Zügig eilen wir Hand in Hand mit den heißen Kartons im Schlepptau quer durch die Kneipe bis zu Lees Tür.

Als wir diese leise öffnen, sitzen Lu und Marie in ein Gespräch vertieft am Tisch und bemerken uns erst, als wir die Pizzen auf den Tisch legen und der betörende Duft auch ihre Mägen knurren lässt.

»Ihr könnt Gedanken lesen«, ruft Lu begeistert, springt auf und eilt in die Küche. Sekunden später höre ich sie lautstark in der Besteckschublade kramen.

Marie hingegen bleibt still auf dem Stuhl sitzen. Verquollene Augen suchen meinen Blick und blinzeln traurig. Sie ist noch blasser als sonst, und mein Herzschlag setzt aus, als ich sie so zerbrechlich dort hocken sehe. Mein kleines, tapferes Mädchen.

Mit einem Schritt bin ich bei ihr, umarme sie fest und schiebe mich selber so unter ihren Körper, dass ich sie auf meinen Schoß ziehen kann. Ein Wimmern entfährt ihr, als sie ihren Kopf an meinen Hals schmiegt.

»Ist das alles wirklich wahr, Mama?«

»Ja, mein Schatz«, wispere ich in ihr kleines, unschuldiges Ohr und wiege sie in meinen Armen. »Dein Bruder ist tot.« Diese Worte laut auszusprechen erfordern meine ganze Willenskraft und plötzlich verstehe ich, warum es Lee so schwer fällt, über seine eigenen Erlebnisse zu sprechen.

»Aber warum? Was ist da mit ihm passiert? Es war so schrecklich… er hat mich gar nicht gesehen, Mama!«

»Ich weiß«, summe ich zärtlich in ihr Ohr. »Ich weiß, mein Schatz. Max war nicht er selbst. Er hatte Probleme, von denen wir nichts wussten.«

»Ich verstehe das alles nicht.«

»Ich auch nicht«, stimme ich in ihr Schluchzen mit ein.

»Was machen wir denn jetzt? Wie geht das alles weiter? Und wo ist Papa?«

»Ich weiß es nicht«, antworte ich wahrheitsgetreu. Dann schweigen wir gemeinsam, jede in ihre ganz eigenen Gedanken vertieft. Wo Jens gerade ist, will ich gar nicht wissen, überlege ich böse. Ich wünsche ihm nur, dass sein Schwanz abfällt. Unser Gespräch hatte doch so gut angefangen, ich begreife einfach nicht, wie er so ausrasten konnte. Was hat ihn dazu getrieben, auf diese Art und Weise auch den letzten Funken Hoffnung zwischen uns zu zerstören? Eine Gänsehaut breitet sich auf meinem Körper aus, als ich diese schrecklichen Minuten erneut Revue passieren lasse, und ich verstärke unbewusst meine Umarmung.

Es tut gut, so eng zusammengekuschelt mit Marie in stummer Eintracht hier zu sitzen, aber irgendwann verrät mich mein knurrender Magen und Marie schreckt hoch.

»Habt ihr nicht Pizza mitgebracht?«

Ich nicke und schaue hungrig auf.

»Ja, stimmt.«

Lee und seine Schwester haben sich längst in die kleine Küche verkrümelt und blicken uns schuldbewusst entgegen, als wir zu ihnen treten.

»Sorry, wir konnten nicht abwarten, es roch einfach zu verführerisch«, verteidigt Lu die zwei leeren Pizzakartons, während Lee mich anlächelt und sich dabei genüsslich die letzte seiner Pizzaecken in den Mund schiebt.

Zeitgleich zucken Marie und ich mit den Schultern und schnappen uns hungrig die übrigen Kartons, von deren Inhalt innerhalb kürzester Zeit nicht ein einziger Krümel mehr übrig bleibt.

Während wir den letzten Bissen mit einem großen Schluck Cola, die Lee aus der Bar geholt hat, runterspülen, packt Lu ihre Sachen zusammen.

»Ich muss langsam mal los«, erklärt sie. »Becki wartet auf mich, wir wollen später ins Kino, und ich muss vorher noch einkaufen.« Sie schnallt sich ihre Tasche über die Schultern, wirft uns eine Kusshand zu und hält kurz inne, als ihr Blick den ihres Bruders trifft. »Brauchst du irgendwas?«

»Nee, danke. Hab alles da. Ich muss nachher eh nochmal los, dann hole ich, was fehlt.«

»Okay, dann Tschau!« Schon hat sie die Türklinke in der Hand, dreht sich aber nochmal zu Marie um. »Melde dich, wenn du reden möchtest. Das ist mein voller Ernst.« Dann ist sie verschwunden.

Irritiert tauschen Lee und ich einen Blick, sagen aber nichts dazu. Es wäre zu schön, wenn Marie sich endlich jemandem anvertrauen würde, vor allem in der jetzigen Situation.

Marie hingegen tut so, als wäre nichts gewesen. Noch am letzten Bissen kauend, stellt sie sich neben mich und spricht mit vollem Mund.

»Wann können wir endlich nach Hause? Ich brauche meine Sachen.« Ihre Schutzmauer steht wieder.

»Ich hoffe, dass Kommissar Krüger uns morgen grünes Licht gibt. Er wartet noch auf die Rückmeldung der Staatsanwaltschaft, aber er hat versprochen, sich sofort bei mir zu melden.«

Bei meiner Antwort fällt mir siedend heiß ein, dass ich mein Handy aufladen muss, also stürze ich zu meiner Tasche, um es nicht schon wieder zu vergessen.

»Hast du ein Ladekabel für mich?« frage ich Lee, der schon die ganze Zeit schweigend in der Küche steht.

»Klar«, nickt er. »Auf dem Nachttisch.« Mit zwei großen Schritten ist er bei mir und greift nach meinem Handy. »Gib her, ich mach das.« Unsere Finger berühren sich einen Moment zu lange, und ich sehe genau, dass Marie uns trotz iPods im Ohr genauestens beobachtet.

»Was?« hebe ich fragend eine Augenbraue.

»Nix«, bekomme ich zur Antwort, und ihre Finger fliegen über das Display ihres Handys.

Kopfschüttelnd lasse ich mich auf einen Stuhl fallen und fühle mich plötzlich wieder vollkommen erschöpft und ausgelaugt. Außerdem fällt mir ein, dass ich wirklich dringend den Bestatter anrufen muss, denn ich habe gar keine Ahnung, wie es jetzt alles weitergeht und was ich alles tun muss. Verdrängung hin oder her, wo war denn nochmal seine Visitenkarte? Panisch springe ich auf und flitze erneut zu meiner Tasche, die ich kurzerhand auf dem Bett auskippe, um einen besseren Überblick zu bekommen. Natürlich finde ich die Karte völlig zerknittert mitten in einem Haufen von unnützem Kram, den Frauen immer aus unerfindlichen Gründen mit sich herumschleppen.

In einem Anflug von Panik versuche ich, sie wieder glatt zu streichen und schimpfe mit mir selber. Wie kann man nur immer so unorganisiert und vergesslich sein! Kein Wunder, dass Max sein Leben nicht auf die Reihe bekommen hat, ich habe ihm ja schließlich nie etwas über Disziplin und Ordnung beibringen können.

Und was ist mit Jens? Muss ich mich in Anbetracht der Umstände nicht doch bei ihm melden? Nein, auf gar keinen Fall. Übelkeit steigt in mir hoch, als ich nur an ihn denke. Ob er schon mehr über Max weiß als ich? Ach verdammt, warum macht er diese ganze schreckliche Situation durch sein mieses, unentschuldbares Verhalten nur noch unerträglicher? Müssten wir jetzt nicht eigentlich als Eltern eng zusammenstehen?

Panik überkommt mich, und mein Blick irrt wild durch den Raum. Ich habe das Gefühl, irgendetwas regeln zu müssen und zeitgleich überhaupt keine Idee, wo ich anfangen soll.

Wen muss ich informieren, wo bekomme ich alle erforderlichen Unterlagen, wie läuft das jetzt alles ab? Und wann, verdammt nochmal, können wir endlich nach Hause?

Dieses Nichtstun macht mich vollkommen verrückt, und ich habe kurzzeitig das Gefühl, keine Luft zu bekommen. Außerdem kribbeln meine Beine schon wieder so verdächtig, dass es wohl besser ist, ich setze mich wieder.

Natürlich bin ich Lee dankbar, dass wir hier sein dürfen. Aber ich fühle mich wie ein Eindringling und will ihn nicht permanent mit meinen ganzen Problemen belasten. Schon gar nicht nach allem, was ich soeben über ihn und sein bisheriges Leben erfahren habe.

Der Zwang, mich zu bewegen, wird erneut übermächtig und ich laufe hektisch im Zimmer auf und ab, ohne eine wirkliche Idee davon zu haben, was in den nächsten Tagen auf mich zukommt und wohin die Reise führt.

Lee sitzt neben Marie und beobachtet mich, schweigt jedoch beharrlich.

»Musst du eigentlich nicht arbeiten?«, raunze ich ihn lauter an als beabsichtigt.

»Doch, aber erst morgen wieder«, antwortet er mir ruhig. Meine grundlos aufgeladene Stimmung scheint komplett an ihm abzuprallen. »Und Marie ist erstmal auf unbestimmte Zeit beurlaubt, das ist schon geregelt.«

Kaum hat er diesen Satz ausgesprochen, fällt meine Tochter ihm um den Hals, zuckt aber sofort wieder zurück, von ihrem kurzen Gefühlsausbruch mindestens genauso überrascht wie Lee und ich. Kurzzeitig scheint sie die Trauer über ihren Bruder vergessen zu haben und beobachtet uns gespannt.

Wie immer, kann ich Lee nur staunend und unendlich dankbar anlächeln. Meine Wut ist mit einem Mal wie weggeblasen.

Sein Stuhl wird quietschend zurückgeschoben, und plötzlich steht er in voller Größe direkt vor mir.

»Ich wollte gleich zu Mick und mal hören, ob Lucy sich dort nochmal hat blicken lassen. Wenn du möchtest, bleibt doch einfach hier und erholt euch noch etwas, ich bringe dein Auto später einfach mit.«

»Und wie willst du dann zur Werkstatt kommen? Zu Fuß?«

Er nickt. »Ich jogge.«

»Du joggst?«

»Äh…, ja?« fragend legt er seine Stirn in Falten. »Warum?«

»Nur so«, antworte ich ausweichend.

»Dann könnt ihr ja bald mal zusammen eine Runde drehen«, mischt Marie sich ein. »Mama joggt auch regelmäßig.«

Jetzt ist es an mir, die Stirn zu runzeln. »Naja, regelmäßig ist vielleicht etwas übertrieben, aber…«

Ohne Vorankündigung gibt Lee mir einen leichten Klaps auf den Hintern und grinst.

»Find ich gut. Frauen in deinem Alter sollten regelmäßig Sport treiben.« Geschickt weicht er meinem empörten Tritt aus, wobei sein Grinsen noch breiter wird und er Marie verschwörerisch zuzwinkert. »Deine Mutter kriegen wir auch noch fit!«

Marie gluckst kurz belustigt auf und wird dann mutig.

»Gibt's hier Netflix?«

»Na sicher«, nickt er in Richtung Fernseher, »tu dir keinen Zwang an. Chips sind im Schrank neben der Mikrowelle.«

»Cool, Danke.« Mit diesen Worten springt meine Tochter auf und fühlt sich von jetzt auf gleich wie zu Hause. Lee grinst selbstgefällig.

»Womit hab ich dich nur verdient«, seufze ich ergeben, rolle mit den Augen und umarme ihn fest.

»Keine Ahnung«, witzelt er und drückt mir einen Kuss auf die Nasenspitze, bevor er in seine Laufschuhe schlüpft.

Nachdem er verschwunden ist, sitze ich noch lange nachdenklich auf dem Stuhl und beobachte grübelnd meine Tochter, die ihre ganz eigene Art der Verdrängung mit Chips und Netflix auf der Couch vollzieht. Irgendwann hole ich mir eine Tasse Kaffee und schlurfe zu ihr, doch sie ist gefangen in irgendeiner Serie, die spannend genug scheint, um jegliche Gedanken an den letzten Abend zu betäuben. Ich gönne es ihr von Herzen und lasse sie gewähren. Stattdessen ziehe ich mich aufs Bett zurück, um meine eigenen Gedanken zu sortieren, mein Handy wieder anzuschalten und endlich den Bestatter zu kontaktieren.

Doch bevor ich auch nur eines dieser Vorhaben in die Tat umsetzen kann, schweifen meine Gedanken ab und mir fallen ohne Vorwarnung die Augen zu.

In meinen Träumen tragen sich seltsame Dinge zu, und ich bin mir ziemlich sicher, dass ich zwischendurch laut

aufschreie. Zumindest schrecke ich kurz hoch und bekomme gerade noch mit, dass Marie sich mit besorgtem
Blick eng an mich kuschelt. Doch die bleierne Müdigkeit
übermannt mich erneut, und die regelmäßigen Atemzüge
meiner Tochter lassen mich sofort wieder weg dösen.

Ich sitze in einem viel zu kleinen Raumschiff und starre aus
einem handtellergroßen, runden Fenster gebannt in die
schwarze Nacht. Mein Körper ist so eingequetscht, dass ich
mich nicht rühren kann, was mit einem Mal Panik in mir aus-
löst. Plötzlich rieche ich Jens alkoholisierten Atem und versuche
hektisch, mich aus diesem Gefängnis zu befreien. Der überle-
bensgroße Joker erscheint am Fenster und wirbelt mich samt
Raumschiff durch die Luft, als säße ich in einer Schneekugel.
Wie aufs Stichwort fängt es tatsächlich an zu schneien, und das
hämisch verzerrte Grinsen des Jokers wird dem Gesicht meines
Mannes immer ähnlicher, der geifernd versucht, durch die
Scheibe nach mir zu greifen. Mein Körper gehorcht mir nicht,
ich kann nichts tun und bin gefangen in diesem viel zu engen
Sitz. Hinter meinem Mann verändert sich das Bild, während er
hektisch weiter an der Scheibe herumfingert. Ein winkender,
mir sehr bekannter Astronaut fliegt vorbei und deutet über
mich, woraufhin ich meinen Blick nach oben lenke und über-
rascht feststelle, dass dort die Sterne leuchten und das Weltall
in seiner ganzen Pracht erstrahlt.
Max` Kopf erscheint am Rand der Dachluke und gemeinsam
mit einem Jungen, der sich seinen Fußball unter den Arm ge-
klemmt hat, öffnet er das Dachfenster und reicht mir seine

Hand. Zusammen schweben wir durch die schimmernde Dunkelheit, schwerelos und frei. Ich möchte ihm so viel sagen und habe tausend Fragen, aber er schüttelt nur den Kopf, und über meine Lippen kommt kein Wort. Max grinst mich stattdessen nur mit seinen so typischen Grübchen an und zuckt entschuldigend mit den Schultern. Wie aus dem Nichts gesellt sich nun auch Marie zu uns und greift nach Max` anderer Hand, die er ihr lächelnd reicht.

Eine friedliche Ewigkeit verharren wir so, während Jens, längst abgetrieben und in weiter Ferne, noch immer versucht, in die Schneekugel zu gelangen.

Ein grelles Licht zwischen all den leuchtenden Sternen fordert nun meine ganze Aufmerksamkeit. Es scheint heller als alles, was ich je in meinem Leben gesehen habe, und ich muss kurz meine Augen schließen, um nicht zu erblinden. Als ich sie wieder öffne, ist das Licht ganz nah, formt sich zu einer Person die ich erahne, aber noch nicht erkenne. Das ändert sich schlagartig, als ich wohlbekannte Motorengeräusche vernehme und Lee mir auf seinem Motorrad sitzend, lächelnd eine Hand reicht, die ich liebend gerne ergreifen will, aber nicht kann, denn meine Hände sind besetzt.

Ehe ich reagieren kann oder verstehe, was hier vor sich geht, wird es wieder stockdunkel um mich herum. Plötzlich ist es totenstill, ich bin vollkommen alleine und irre ziellos durch die Dunkelheit, immer auf der Hut, nirgendwo anzuecken, denn ich kann meine eigenen Hände nicht vor Augen erkennen. Erneut erfasst mich Panik, die erst abebbt, als ich die beruhigende Stimme meiner Tochter wie aus weiter Ferne vernehme.

»Mama?«

Sie klingt besorgt, aber ich kann sie nicht sehen. Hektisch drehe ich mich im Kreis.

»Mama?«

Etwas rüttelt an mir, und ich kneife meine Augen zusammen, weil ich Angst habe, wieder in dieser Schneekugel zu sitzen und dem Joker durchgeschüttelt ins sabbernde Gesicht zu schauen.

»Maaamaaa!«

Ich schrecke hoch und reiße die Augen auf. Marie hockt im Schneidersitz neben mir auf dem Bett und tätschelt beruhigend meinen Arm.

»Na endlich!« Ihre Hand findet meine. »Ich dachte schon, ich krieg dich gar nicht mehr wach! Du hast schlecht geträumt und bist fast aus dem Bett gefallen!«

Für einen Moment weiß ich gar nicht, wo ich bin oder von welchem Bett sie spricht, doch dann fällt mir alles wieder ein, und ich wische mir betroffen den Angstschweiß von der Stirn. Mein seltsamer Traum verblasst viel zu schnell, und ich kann mich schon jetzt kaum noch an Max, seine liebevolle Berührung und sein aufmunterndes Lächeln erinnern. Dafür schwebt das geifernde Gesicht meines Mannes wie ein Damoklesschwert über mir und bleibt dort, so sehr ich es auch zu verdrängen versuche.

Marie kuschelt sich in meinen Arm, und wir bleiben noch eine ganze Zeit so liegen, jede von uns in ihre ganz eigenen Gedanken vertieft und doch vereint in dieser unbegreiflichen Situation.

»Ich lieb dich«, flüstere ich meiner Tochter irgendwann ins Ohr und streiche dabei liebevoll über ihre Haare. Sie drückt sich noch fester an mich, und ich spüre das traurige Lächeln in ihrem Gesicht, obwohl ich es nicht sehen kann.

»Ich habe Angst«, antwortet sie stattdessen. »Was passiert denn jetzt alles?«

Überfordert zucke ich mit den Schultern und wiege sie in meinem Schoß. »Das geht mir genauso mein Schatz, ich habe auch Angst. Keine Ahnung, wie es jetzt alles weiter geht. Ich denke, zuerst muss ich den Bestatter anrufen, der kann uns sicher sagen, was jetzt zu tun ist.«

»Oh Gott. So eine Beerdigung überlebe ich nicht, Mama. Das kann ich nicht. Ehrlich!« Tränen sammeln sich in ihren Augenwinkeln und ihr Brustkorb hebt und senkt sich immer schneller, während ihre weit aufgerissenen Augen meinen Blick suchen.

»Das fällt keinem von uns leicht, Schatz, aber wir schaffen das.« Ich kämpfe ebenfalls mit den Tränen, und meine Stimme klingt wenig überzeugend. Trotzdem versuche ich mein Bestes. »Du schaffst das. Wir können Max doch an so einem Tag nicht alleine lassen, er braucht uns!«

»Ja, ich weiß.« Marie nickt, traurig überzeugt.

Eine ganze Weile schweigen wir und liegen einvernehmlich, zwischendurch immer wieder geschüttelt von Weinkrämpfen, Arm in Arm auf dem Bett. Es tut mir gut, endlich meiner Trauer freien Lauf zu lassen und mich für niemanden zusammenreißen zu müssen.

»Ich möchte ein Lied für Max aussuchen,« flüstert Marie irgendwann in die Stille. »Ein Lied, was dann auf der Beerdigung für ihn gespielt wird.«

»Gute Idee«, nicke ich zustimmend. »Das geht bestimmt.«

Erneut folgt ihren Worten Schweigen, und ich will es gerade unterbrechen, weil ich endlich mein hoffentlich aufgeladenes Handy anschalten und den Bestatter kontaktieren will, doch Marie ist schneller.

»Ich weiß übrigens, dass Papa dich schon länger betrogen hat«, wechselt sie plötzlich abrupt das Thema.

Mein Körper schreckt hoch. Darauf bin ich nicht vorbereitet. »Aha?« antworte ich deshalb vorsichtig und lege erwartungsvoll meine Hände um ihre. »Wie kommst du darauf?«

»Ihr denkt auch immer, ich bin blöd, oder?« Keine wirkliche Antwort erwartend, spricht sie leise weiter. »Ich weiß das schon lange, aber es hat erst jetzt alles einen Sinn ergeben. Manchmal hat Papa nachts noch telefoniert, das hab ich dann immer gehört. Die Wand zwischen unseren Zimmern ist nicht so dick, glaub ich.« Sie zuckt mit den Schultern. »Oder Papa hat einfach zu laut gesprochen, kann ja auch sein.«

»Warum hast du nie etwas gesagt?« hake ich nach.

»Was hätte ich denn sagen sollen?« In ihrem Blick spiegelt sich Erstaunen. »Ich wusste ja nicht, ob du Bescheid weißt, und wenn ich Papa darauf angesprochen hätte, hätte er doch eh alles abgestritten.«

»Ja, vermutlich«, muss ich ihr zustimmen.

»Habt ihr euch deshalb letzte Nacht gestritten?« hakt sie nach, während mich schlagartig eine Gänsehaut überzieht und ich mich versteife.

»Ja«, fällt meine Antwort deshalb nur knapp aus.

»Ich glaub, Papa ist ganz schön eifersüchtig.«

»Wie kommst du darauf? Warum sollte er eifersüchtig sein?« Jetzt bin ich ehrlich erstaunt und starre Marie an.

»Naja, der Blick, den er Lee immer zuwirft, wenn er ihn sieht, ist ziemlich eindeutig«, erklärt sie mir. »Und dir guckt er immer so traurig hinterher.«

»Tja, das hat er mit seinem Schwanzdenken wohl selber verbockt, da kann ich wirklich kein Mitleid haben«, kommt es unkontrolliert über meine Lippen, bevor ich realisiere, mit wem ich hier gerade über Jens spreche. Doch Marie lächelt nur müde, als ich ertappt meine Augen aufreiße, um dann den Blick beschämt zu senken.

»Entschuldige, Schatz. Ich darf vor dir nicht so über deinen Vater sprechen. Tut mir leid.«

»Tz, Mama, echt jetzt«, tätschelt sie beruhigend meine Schulter. »Ich bin doch kein kleines Kind mehr.«

Meine kleine, große Marie. Dann drückt sie mir einen Kuss auf die Wange und klettert vom Bett.

»Meinst du, ob Lee was dagegen hat, wenn ich hier duschen gehe?« wechselt sie nun das Thema.

»Bestimmt nicht«, unterstütze ich ihr Vorhaben und stehe ebenfalls auf, während ich nach meinem Handy greife, das noch immer verkabelt auf dem Nachttisch liegt. »Dann rufe ich jetzt mal den Bestatter an.«

In der Badezimmertür dreht sie sich noch einmal zu mir um. »Lee ist echt nett, Mama. Obwohl er mein Lehrer ist.«

»Finde ich auch.« Erleichtert grinse ich sie an.

»Und ich mag seine Schwester.« Mit diesen Worten schließt sich die Tür von innen und ich lasse mich rückwärts wieder aufs Bett plumpsen. Was war das denn gerade? Man sollte wirklich nie die feinen Antennen der eigenen Kinder unterschätzen, denke ich, und kurz durchzuckt mich die Sorge, Marie könnte letzte Nacht doch mehr von Jens und mir mitbekommen haben, als sie vorgibt. Ich schicke ein Stoßgebet zum Himmel, dass dem nicht so ist. Einmal mehr vermisse ich Lee und seine beruhigende, positive Aura in diesem Moment, die mich immer sofort einhüllt, sobald er in meiner Nähe ist.

Das Telefonat mit dem Bestatter ist befremdlich, obwohl der junge Mann am anderen Ende der Leitung wirklich nett und sympathisch klingt. Genau wie wir wartet auch er auf die Freigabe des Leichnams. Dieser Begriff alleine jagt mir schon einen Schauer über den Rücken.

Er fragt mich Dinge, auf die ich gar keine richtige Antwort weiß, doch irgendwie kommen wir nach und nach überein, dass wir nur eine kleine Beerdigung im engsten Freundes- und Familienkreis organisieren und im Anschluss auf einen Beerdigungskaffee oder ähnliches verzichten. Für Max waren stinklangweile Kaffee und Kuchen Veranstaltungen schon immer das Schlimmste, und ich selber bin schon jetzt hundertprozentig davon überzeugt, dass ich solch eine Veranstaltung ganz sicher nicht durchstehen kann, geschweige denn Marie. Auch auf das

Schreiben von Karten will ich verzichten, schon alleine aus purem Egoismus und weil ich auf gar keinen Fall mit Jens gemeinsam an irgendeinem Tisch sitzen möchte.

Es wird also nur eine kleine Trauerfeier geben, und wer erscheinen möchte, kann das gerne tun. Eine Zeitungsannonce ein paar Tage später muss reichen, um die ganzen neugierigen Menschen zu befriedigen, die mir sonst auch nur maximal die Tageszeit sagen.

Allerdings graut es mir sehr davor, einen Sarg auszusuchen, und ich muss mehrfach schlucken, bevor ich auf die Nachfrage des jungen Mannes, welche Farbe mir vorschwebt, meine Stimme wiederfinde. Bedauerlicher Weise kann ich ihm nur antworten, dass ich keine Ahnung habe und Weiß vielleicht ganz nett wäre. Ein weißer Sarg für mein kleines, unschuldiges Baby.

Was Jens zu alledem sagt, weiß ich nicht. Aber da er sich nach Aussage des Bestatters bisher noch nicht bei ihm gemeldet hat, muss er wohl mit meinen Entscheidungen leben – in jeder Hinsicht.

Er rät mir noch, Max` Ausweis und die Geburtsurkunde parat zu legen, ebenso wie den Totenschein, den ich anscheinend gestern schon von irgendwem in die Hand gedrückt bekommen habe. Da ich mich nicht erinnern kann, werde ich Lee später danach fragen.

Nachdem wir das Gespräch beendet haben, starre ich noch minutenlang auf mein Handydisplay. Es dauert jedoch einige weitere Minuten bis ich realisiere, dass mein Postfach überquillt vor ungelesenen Nachrichten, denen ich, plötzlich wieder total müde und erledigt, keine Beachtung schenke und mein Handy zurück auf den Nachttisch lege.

Die Badezimmertür öffnet sich und Marie kommt, in ein großes Handtuch gehüllt und eine Dampfwolke hinter sich herziehend, auf nackten Füßen zu mir gewatschelt. Kurze Zeit später schlüpft sie in Klamotten, die mir völlig unbekannt sind und erklärt mir wie selbstverständlich, dass Lu ihr alles leihweise mitgebracht hat.

Den Rest des Nachmittags gammeln wir in trauter Zweisamkeit vor dem Fernseher herum. Auch ich genieße die willkommene Ablenkung der großzügigen Programmauswahl, bis sich ein Schlüssel im Schloss dreht und Lee leise eintritt.

»Hey ihr zwei«, begrüßt er uns vorsichtig lächelnd und schließt die Tür hinter sich. »Ich wusste nicht, ob ihr wach seid.«

»Waren wir auch nicht die ganze Zeit«, bestätige ich seine Vermutung und steh auf, um ihn zu begrüßen, während Marie nur kurz aufschaut.

Er nickt wissend.

»Das kommt sicher noch von dem Beruhigungsmittel. Es dauert eine ganze Zeit, bis alles wieder aus euren Körpern raus ist.«

»Ah«, erwidere ich erstaunt. Auf die Idee bin ich bisher noch gar nicht gekommen, aber jetzt, wo Lee es erwähnt, könnte ich mich tatsächlich schon wieder ins Bett legen und schlafen.

»Ich hab dein Auto mitgebracht«, reißt er mich aus meinen Gedanken. »Steht vor der Tür und sieht aus wie neu.«

Als er mir die Schlüssel reicht, berühren sich unsere Finger. Es durchzuckt mich, und ich kann nicht anders, als mich schluchzend in seine Arme zu werfen, die ich so vermisst habe. Sofort umschließen sie mich kraftvoll und ich fühle mich sicher, wie in einem undurchdringlichen Kokon, den kein geifernder Joker der Welt jemals zerstören kann.

»Anna«, raunt Lee mir besorgt zu und schiebt mich mit sich in die Küche, um nicht Maries Aufmerksamkeit zu erregen, die weiterhin gebannt auf den Fernseher starrt. Dann setzt er mich behutsam auf einen Stuhl, hockt sich vor mich und hebt zärtlich mein Kinn.

»Was ist los?«

Hilflos zucke ich mit den Schultern, die ich sofort wieder traurig hängen lasse. »Nichts. Ich habe nur seltsam geträumt und mit dem Bestatter telefoniert«, erkläre ich ihm dann.

»Okay«, antwortet er mit sanfter Stimme und schaut mich erwartungsvoll an. »Und? Willst du mir von deinem Traum erzählen?«

Ich schüttele den Kopf. Diese wirren Bilder auch noch in Worte zu fassen, würde mich vollkommen überfordern.

»Was hat denn der Bestatter gesagt?«, versucht Lee nun erneut, mich zum Reden zu bewegen.

»Er hat mir den ganzen Ablauf erklärt. Ich will aber, dass alles kurz gehalten wird, zu mehr bin ich ganz sicher nicht in der Lage.«

»Das kann ich gut verstehen«, nickt er und spielt zärtlich mit meiner Haarsträhne.

»Habe ich gestern schon diese Totenbescheinigung bekommen?« fällt mir die Nachfrage des Bestatters ein.

»Ja, die habe ich für dich eingesteckt, warte kurz.« Mit wenigen Schritten ist er neben der Tür, greift in seine Lederjacke und kehrt sofort wieder zu mir zurück, während er mir einen sorgfältig gefalteten Zettel entgegenhält. »Hier.«

Ich nicke nur dankbar und lege ihn auf den Tisch, unfähig, ihn auseinander zu falten und zu lesen, was dort bestätigt wird.

»Du musst dich damit auseinandersetzen«, ermahnt Lee mich leise, doch ich fühle mich nur in meiner Feigheit ertappt und schnaube protestierend.

»Hast du in der Werkstatt etwas herausgefunden?«, versuche ich von mir abzulenken.

»Nicht wirklich«, berichtet er kopfschüttelnd, wobei ich für einen Moment unsicher bin, worauf ich sein Kopfschütteln beziehen soll. Versteht er nicht, warum ich mich weigere, mich weiter mit dem Tod meines Sohnes zu konfrontieren oder ist er frustriert, weil es seinerseits nichts Neues zu berichten gibt?

»Mick war zwar da, aber er hat Lucy seit gestern früh nicht mehr gesehen. Auch der Bully ist leer.« Er steht auf, lehnt sich an den Küchentresen und setzt eine Wasserflasche an, die er in wenigen Zügen komplett leert, um danach mit seinem Handrücken über seine feucht glänzenden Lippen zu wischen. »Sah nicht so aus, als wäre sie nochmal zurückgekehrt seit unserer gemeinsamen Begegnung.«

»Vielleicht haben Max und sie ja gemeinsame Sache gemacht. Kann doch sein, dass sie nach unserem Einschreiten zusammen abgehauen sind.«

»Ja, möglich«, grübelt Lee. »Mick ruft mich an, wenn Lucy sich bei ihm blicken lässt.«

»Gut, ich hoffe, sie weiß irgendwas«, nicke ich und kann trotz allem den Blick nicht von Lee abwenden, der mich mit hochgezogenen Augenbrauen mustert und den Kopf schief legt. Seine muskulöse Brust, die sich unter dem engen Sportshirt spannt, das halb darunter herausstechende Tattoo, die deutlich sichtbaren Adern seiner Unterarme, die noch stärker hervortreten, als er sich erneut am Tresen abstützt und mich mit seinem intensiven Blick völlig aus dem Konzept bringt. Mein Unterkörper zieht sich lustvoll zusammen, und ich kann seinem Blick nicht Stand halten.

»Was?« hakt er nach.

»Nichts«, antworte ich ertappt. Ich kann ihm wohl schlecht jetzt und hier gestehen, wie heiß ich auf ihn bin. Schon fast beschämt senke ich den Blick und knibbele an der Tischkante herum.

Meine Tochter sitzt nebenan, mein ganzes Leben ist vor wenigen Stunden völlig aus den Fugen geraten und ich kann nur an Sex mit diesem wunderbaren Mann vor mir denken. Ich bin echt krank. Krank vor Angst und Sorge, die nur er vermag, mir zu nehmen.

Wie auf Kommando steht plötzlich Marie im Türrahmen. Sie sieht blass aus, stemmt aber entschlossen die Hände in die Hüften.

»Ich muss nochmal kurz los, ich brauche mal ein bisschen frische Luft.«

»Jetzt?« hake ich erstaunt nach.

»Ja, warum nicht?« Die Frage klingt bockig, und ihr Blick wandert zwischen Lee und mir hin und her. Ich merke schon, dass Marie wieder in ihrer ganz besonderen Stimmung ist. Wie schnell diese Phasen sich abwechseln können. Ich seufze ergeben, denn ich weiß ganz genau, dass jede jetzt Diskussion sinnlos ist.

»Okay, ich wunder mich nur. Ich dachte, du bist müde.«

Augenrollend und mit einem kleinen, mir unbekannten Rucksack auf dem Rücken, dreht sie sich um.

»Warte kurz!« ruft Lee, kramt in seiner Hose und wirft ihr sein Schlüsselbund zu, das sie verwundert auffängt. »Zum Essen bist du wieder zu Hause«, scherzt er und grinst, was Marie aber nur zu einem erneuten Augenrollen bewegt. Sekunden später hören wir die Tür knallen.

»Oh Mann«, stöhne ich und lasse den Kopf in meinen Schoß fallen.

»Lass` sie«, trösten mich Lees sanfte Worte. »Ich muss jetzt erstmal duschen.« Mir entgeht sein rauer Unterton nicht und ich weiß, dass es um mich geschehen ist, wenn ich jetzt den Kopf hebe.

Es ist erst wenige Stunden her, seit er mich ins Badezimmer getragen, mir zärtlich die schmutzigen Klamotten ausgezogen und den schmierigen Dreck vom Körper gewaschen hat. Doch dieses Mal ist es anders. Dieses Mal bin ich diejenige, die gibt und zeitgleich fordert.

In dem Moment, in dem Lee mich vom Stuhl zieht, kann ich an nichts anderes mehr denken, als ihn zu spüren. Noch im Flur stöhnt er mir lustvoll ins Ohr, weil es ihm genauso geht. Ich bete kurz, dass Marie eine große Runde and der frischen Luft dreht, doch eigentlich bin ich mir sicher, dass weder Lee noch ich heute großen Wert auf ein langes Vorspiel legen.

Wie auf mein Stichwort reißt er mich hoch. Noch bevor mein Mund seinen tieferen Regionen einen Vorgeschmack geben kann, schält er mich so schnell aus meinen Sachen, dass ich nach Luft schnappe. Als unsere Lippen aufeinander treffen, spüre ich schon seinen harten Schwanz gierig um Erlösung betteln, während wir uns gegenseitig aneinander drängeln und unsere Hände an allen Körperstellen gleichzeitig spüren. Mein ganzer Körper steht augenblicklich in Flammen und ich fühle dumpf den Anfang der mich gleich wegtragenden Wellen, als er nur flüchtig meine feuchte Spalte berührt.

Irgendwie schaffen wir es, gemeinsam bis ins Bad zu stolpern. Mit geübtem Griff haben seine Finger das Wasser aufgedreht, unter dessen Strahl sich alles nur noch intensiver anfühlt und das nun prickelnd meine Beine hinunterläuft, während sein nackter Körper mich von hinten umschlingt und seine Finger mich vögeln, bis ich es nicht mehr aushalte. Ich recke mich ihm, unendlich bereit, entgegen, doch er lässt mich leiden, dreht mich herum und drückt meinen Rücken an die kalten Fliesen, was mir einen wunderbaren Schauer bereitet, den ich mit einem Stöhnen kommentiere. Seine Hände spreizen meine Beine und, bevor ich reagieren kann, kniet er vor mir und bringt mich mit seiner Zunge um den Verstand, während seine Hände mit meinen Brüsten spielen. Ich bäume mich auf und bin froh über den Halt in meinem Rücken, als mich die erste Welle trifft.

Bevor die nächste Welle mich erreicht, drehe ich den Spieß herum. Jetzt bin ich diejenige, die mit dem Kopf nach unten wandert. Sein pulsierender Schwanz bestätigt, wie sehr ihm gefällt, was ich mit ihm anstelle. Bevor wir endgültig gemeinsam weggeschwemmt werden, hebt er mich hoch und drückt mich erneut an die Wand, während meine Beine ihn umschlingen und ich ihn, keuchend vor Erregung, in seiner ganzen Pracht in mich aufnehme. Mit jedem seiner harten, gierigen Stöße spüre ich ihn tiefer in mir, und mehr braucht es für uns beide nicht, um endgültig zu explodieren. Ich vergrabe meine Hände in seinen Haaren und klammere mich an ihn, während seine starken Arme mich halten.

Wir sitzen, längst in gemütliche Klamotten gehüllt, am Tisch und schaufeln hungrig ein paar Cornflakes in uns hinein, als Marie endlich wieder auftaucht. Gerade wollte ich damit anfangen, mir Sorgen über ihren Verbleib zu machen, was nicht ganz unbegründet scheint. Marie wirkt irgendwie fahrig und durcheinander, als sie den Rucksack in die Ecke pfeffert, den Schlüssel auf den Tisch knallt und sich, ohne uns eines weiteren Blickes zu würdigen, mit den iPods in den Ohren auf die Couch verkrümelt.

Irritiert wechseln Lee und ich einen Blick, bevor ich aufstehe und mich neben sie setze.

»Und? Wo warst du?«, hake ich vorsichtig nach, wohlwissend, dass ich ziemlich sicher keine vernünftige Antwort bekomme.

»Nirgendwo«, kommt es auch prompt zurück. Immerhin bequemt Marie sich aber und nimmt zumindest einen ihrer Ohrstöpsel heraus, bevor sie mich provozierend anschaut.

»Marie, ich mache mir doch nur Sorgen…«, versuche ich es erneut, doch ihr genervtes Augenrollen erstickt unser Gespräch schon im Keim. Ich verstehe ihre Launen einfach nicht. Ob das auch noch Nachwirkungen des Beruhigungsmittels sind? Wohl kaum.

»Hast du Hunger?«, starte ich den nächsten Versuch, doch sie schüttelt nur ihren hübschen, blassen Kopf, steckt sich den Stöpsel wieder ins Ohr und beendet damit unser noch nicht begonnenes Gespräch.

Mitleidig schaut Lee mich an, als ich mich neben ihn fallen lasse und frustriert seufze.

»Nimm es nicht persönlich, Anna«, flüstert er mir mit einem Seitenblick in Maries Richtung zu. Sein warmer, angenehmer Atem kitzelt dabei mein Ohrläppchen. »Sie ist einfach total überfordert mit der ganzen Situation. Gib ihr etwas Zeit.«

»Vermutlich hast du Recht. Ich versuche es ja. Klappt mal mehr, mal weniger. Ich habe einfach immer das Gefühl, den richtigen Moment zu verpassen.«

»Bei den Teenies gibt es nie *den richtigen Moment*, schätze ich«, schmunzelt er und steckt sich einen großen Löffel Cornflakes in den Mund.

»Ich bin einfach nur froh, dass du da bist, ich hab dich heute vermisst.« Müde lächelnd lehne ich meinen Kopf an seine Schulter und vernehme im selben Moment ein lautes Schnauben von der Couch. Schon will ich mich lautstark verteidigen, als ich bemerke, dass Marie uns gar keine Beachtung schenkt, sondern gebannt auf ihr Handydisplay starrt und dann kopfschüttelnd wie wild darauf herumtippt.

»Alles okay?« rufe ich ihr zu, doch sie hat nur einen kurzen Seitenblick für mich übrig, bevor sie sich wieder ihrem Handy widmet.

»Siehst du?«, kommentiert Lee die Situation mit seinem typischen hab ich doch gesagt Blick, den ich so liebe und der mich gleichzeitig rasend macht.

»Besserwisser«, raunze ich ihn deshalb an.

»Zimtzicke«, schießt er zurück, und sein schelmisches Grinsen wärmt mein gebrochenes Herz.

Der Rest des Abends verläuft ziemlich unspektakulär und das ist auch gut so. Ich bin schon wieder hundemüde und kann dem Krimi kaum folgen, an dem Lee beim

Durchzappen hängen geblieben ist. Marie hat sich längst auf der Couch zusammengerollt und schläft tief und fest, was mir ihre regelmäßigen, tiefen Atemzüge bestätigen, als ich eine Decke über ihr ausbreite und ihr die Haare aus dem Gesicht streiche.

Ich gehe ins Bad, putze mir die Zähne und betrachte mein fahles Gesicht kurz im Spiegel, bevor ich zurück zu Lee und unter die vorgewärmte Bettdecke krieche.

»Danke, dass wir hier schlafen dürfen«, raune ich ihm zu und hauche einen Kuss auf seine Lippen, die er zu einem selbstgefälligen Grinsen verzieht, ohne den Blick vom Fernseher zu nehmen.

»Du hast mich also eben vermisst, hm?« kommt es stattdessen über seine Lippen.

Ich antworte nicht, sondern kuschele mich einfach in seine Arme.

»Ich frag mich schon den ganzen Tag, ob es jetzt endlos so weitergeht«, beginne ich, meine Gedanken in Worte zu fassen, während Lee sanft meinen Rücken streichelt. »Ich fühle mich so seltsam, irgendwie ist das alles so unwirklich und dann macht es plötzlich *plopp* und ich weiß nicht, wohin mit meinen ganzen Gefühlen und der Trauer. Heute Mittag haben Marie und ich lange geredet und dann zusammen gelacht und geweint und immer so weiter. Ich weiß, dass Max nicht wieder zurückkommt«, mein Redefluss stockt, die Wahrheit auszusprechen tut weh. Doch ich schlucke einmal und zwinge mich, weiter zu sprechen. »Aber trotzdem kann ich es nicht begreifen, verstehst du? Ich habe den ganzen Tag schon das Gefühl, dass er gleich sturzbetrunken in der Tür steht und mich schief anlächelt mit seinen Grübchen und diesem Blick, den er dann immer drauf hat.«

Lee lauscht mir schweigend.

»Ich weiß nicht, wie das alles weitergehen soll, Lee. Was ist, wenn morgen der Anruf kommt und ich ihn sehen darf?« Ich beginne zu zittern und Tränen sammeln sich in meinen Augenwinkeln, laufen leise über meine Wangen und tropfen dann auf sein Shirt. Doch Lee regt sich nicht, er liegt einfach neben mir und ist mein Fels in der Brandung.

»Was ist, wenn ich morgen den Anruf bekomme, dass wir wieder in unser Haus zurück dürfen? Ich kann da doch nicht einfach reinmarschieren und so weitermachen, als wäre nie etwas passiert? Ich weiß gar nicht, ob ich es schaffe, jemals wieder dort zu schlafen, geschweige denn, Max` Zimmer zu betreten.«

Lange liegen wir schweigend nebeneinander, nachdem ich geendet habe. Mir rauscht der Kopf, und je mehr ich über alles nachdenke, desto wirrer erscheint mir alles. Was passiert mit uns? Wie wird Marie das alles nach dem ersten Schock, in dem sie gerade steckt, verpacken? Wo ist Jens, und wie wird es sein, wenn wir uns das nächste Mal begegnen? Und verdammt nochmal, wieso musste mein armer kleiner Junge sterben? Warum hat er Drogen genommen und wer, zum Henker, hat sie ihm überhaupt erst besorgt?

Meine leise, deprimierte Traurigkeit verwandelt sich in rasende Wut, ich schrecke hoch und balle die Hände zu

Fäusten. Sofort hat auch Lee sich aufgesetzt und umarmt mich von hinten, was mich direkt beruhigt. Diesmal bin ich diejenige, die sanft hin und her gewiegt wird, und ich lasse mich gerne fallen.

»Ich liebe dich«, flüstern seine Lippen an meinem Hals, und ich erstarre in meiner Wut, als er mich von hinten fester in seine warmen Arme schließt und sanft zurück auf die Matratze zieht. So verharren wir eine ganze Weile, bis Lee unser Schweigen bricht.

»Glaub mir, ich weiß genau, was du fühlst und was alles noch kommt. Du denkst, das Schlimmste hast du schon bald hinter dir? Du denkst, das ist schon bald alles an Trauer?« Er lacht ein leises, heiseres Lachen, und ich spüre, wie er seinen wunderschönen Kopf fast unmerklich schüttelt. »Oh nein, Anna. Das hier...«, eine kurze Pause folgt seinen traurigen Worten, »das alles hier, das ist erst der Anfang. Es wird dich plötzlich und unerwartet vollkommen überrollen, dich wegschwemmen und du wirst das Gefühl haben, nie wieder den Weg zurück zu finden. Aber ich verspreche dir, dass du nicht alleine bist. Ich bin für dich da. Und für Marie. Immer.«

»Ach Lee«, Tränen sammeln sich in meinen Augen. »Du sprichst von Liebe, aber ich merke doch, wie sehr dich alles noch immer mitnimmt! Ex hin oder her, was auch immer zwischen euch schiefgelaufen ist, solange du die Sache mit deiner Frau noch nicht überwunden hast, hat es mit uns doch keinen Sinn! Das ist doch keine Basis für eine ernsthafte Beziehung!«

Enttäuscht drehe ich ihm den Rücken zu, doch er legt beschwichtigend seine Hand auf meine Schulter und lässt seinen Daumen Kreise auf meinem nackten Oberarm malen. Ich warte darauf, dass er von mir abrückt, dass er mir bestätigt, was ich vermute. Doch nichts dergleichen geschieht.

»Wie kommst du darauf, dass ich ihr noch hinterher trauere?«, fragt er verwundert. »Das mit Toni war furchtbar«, bestätigt er mir dann und setzt zu einer weiteren Erklärung an, deren laute Aussprache ihm sichtlich schwer fällt. Immer wieder stockt er und sucht nach den richtigen Worten. »Es war ein Autounfall, den sie selber verschuldet hat. Sie hat auf der Landstraße plötzlich die Kontrolle über ihren Wagen verloren, weil sie total zugedröhnt hinterm Steuer saß. Toni hatte ein ziemlich großes Drogenproblem, das sie viel zu lange erfolgreich vor mir versteckt hat. Sie hat ihre ganze Familie zerstört und uns alle hintergangen. Und alles nur, weil sie zu stolz war, um Hilfe zu bitten und sich selber ihre Überforderung einzugestehen. Kalle ist fast daran zerbrochen, als alles ans Licht kam.« Erneut schweigt er, und auch ich bin zu keiner Regung fähig. Irgendwann fährt er fort.

»Deshalb kann ich Lucy nicht einfach ihrem Schicksal überlassen. Glaub mir, ich habe gesehen, was dieses Sauzeug aus einem macht. Seit Tonis Tod dreht Lucy total am Rad und ist mit Erfolg dabei, in die Fußstapfen ihrer Cousine zu treten.«

Ich schweige weiter und sehe mit geschlossenen Augen meinen kleinen Astronauten am Himmel schweben, während ich diese neuen Informationen zu verarbeiten versuche. Lee meinte gar nicht Max, als er vom Drogenchaos, das er nicht nochmal ertragen kann, gesprochen hat. Er hat sich an Toni erinnert und möchte um jeden Preis verhindern, dass es Lucy genauso ergeht.

»Aber glaub mir bitte, wenn ich dir sage, dass ich ihr nicht hinterher trauere«, lausche ich seiner rauen Stimme, der ich so gerne Glauben schenken würde. »Unsere Wege haben sich schon lange vor ihrem Unfall getrennt. Sie hat es nicht anders gewollt. Toni hat ihr eigenes, drogenvernebeltes Leben gelebt, und ich habe das ganze Ausmaß erst viel zu spät begriffen. Sie war nicht mehr zu retten und wollte es auch gar nicht. Und ich wollte ganz bestimmt nicht mehr ihr Prinz auf einem weißen Schimmel sein.«

Mit diesen Worten umfasst er meinen Körper besitzergreifend von hinten und zieht mich an sich, so dass ich seine Nasenspitze in meinem Nacken spüre und ein Kribbeln meinen Körper erschauern lässt.

»Aber warum belastet dich das dann alles so? Warum leidest du so? Wieso weißt du immer so genau, wie ich mich fühle, wenn du mit Toni doch längst abgeschlossen hast?«

Lee schweigt so lange, dass ich es nicht länger aushalte und mich zu ihm herumdrehe. Jetzt liegen wir Nasenspitze an Nasenspitze unter der Decke und starren uns einfach nur an, bis er irgendwann kurz die Lider senkt und nach den richtigen Worten sucht.

»Ich trauere nicht um Toni, Anna.« Seine Augen verraten mir, wie sehr es ihn quält, doch er atmet tief durch und nimmt mich feste in den Arm. »Glaub mir, mit Toni habe ich abgeschlossen. Schon lange.« Seine Finger zeichnen Bilder auf meine Schultern und ich tue es ihm gleich, verfolge die zarten Linien auf seinem Arm hinauf bis zu den Schwingen des Adlers. »Ich weiß so genau, wie du dich fühlst, weil uns das gleiche Schicksal verbindet«, flüstert er leise. »Nur, dass Lia und Neo völlig unschuldig in den Tod gerissen wurden. Von ihrer eigenen, verfickten Mutter, die ihre Finger nicht von diesen Scheiß Drogen lassen konnte.« Geschockt schweige ich. Mit allem habe ich gerechnet, aber nicht damit.

Lee ballt seine Hände zu Fäusten und springt aus dem Bett. Ich merke, welche Überwindung es ihn kostet und wie sehr er um Fassung ringt. Die Silhouette seines perfekten Körpers steht nun regungslos vor dem geschlossenen Fenster, in dem sein Spiegelbild einen wortlosen Kampf mit sich selber führt.

Ich wage kaum zu atmen und weiß nicht mehr, was ich denken oder fühlen soll. Ohne die richtigen Worte überhaupt erst zu suchen, strecke ich schweigend meine Arme nach ihm aus.

»Die Zwillinge waren doch noch so klein«, schluchzt er leise mit hilflosem Blick.

Mir fehlen die Worte und ich kann nicht fassen, welch schreckliches Schicksal unsere Seelen verbindet.

Die Trauer um unsere verlorenen Kinder übermannt uns beide in dem Moment, in dem er wieder unter die Bettdecke kriecht und meine Umarmung erwidert.

Die Nacht zieht sich wie Kaugummi und wir schlafen alle drei unruhig. Marie tobt im Schlaf und wir hieven sie zwei Mal wieder zurück auf die Couch, von der sie in ihrem Wahn herunterkugelt. Nach dem dritten Sturz lasse ich sie einfach auf dem Boden liegen, polstere ihren Kopf mit einem Kissen und stolpere, völlig gerädert und mit pochenden Schläfen, zurück in Lees Bett.

Als der Wecker klingelt, schrecken wir alle drei aus dem Tiefschlaf.

Lee tut betont fröhlich, ich denke, Marie zuliebe. Aber an seinem unruhigen Blick und den fahrigen Bewegungen merke ich sofort, wie es wirklich um ihn steht. Auch ihn haben die Dämonen der Vergangenheit heute Nacht fest in ihren Klauen gehabt.

Nachdem er im Bad verschwunden ist, quäle ich mich ebenfalls aus dem Bett und schlurfe zur Kaffeemaschine, nur um das Gefühl zu haben, etwas tun zu können.

»Können wir heute endlich nach Hause?« mault Marie schlecht gelaunt drauf los. »Ich kann hier nicht schlafen.«

»Meinst du, das klappt zu Hause besser?« knatsche ich zurück und lasse mich, erschöpft von der Nacht, neben sie auf die Couch fallen. »Ich weiß, hier ist alles viel zu eng und du vermisst deine ganzen Sachen. Ich hoffe ja auch, dass wir heute die Freigabe bekommen, aber sei ein bisschen freundlicher, ja? Für Lee ist es auch nicht einfach, hier plötzlich die Bude voll zu haben. Ich finde es ziemlich nett von ihm, uns hier ohne große Diskussionen aufzunehmen.«

»Jaja,« bockt sie miesepetrig weiter, lässt sich nach hinten kippen und zieht die Decke über ihren Kopf.

»Und nur, weil du vom Unterricht befreit bist, heißt das nicht, dass du hier den ganzen Tag rumgammelst, dass das klar ist!« mahnend hebe ich meine Stimme, was mit einem halbherzigen Grummeln unter der Decke kommentiert wird.

»Den Vormittag gebe ich dir noch, danach erhebst du dich.«

Marie brummt irgendetwas Unverständliches, und es ist vermutlich von Vorteil, dass ich es erst gar nicht verstehe. Verführerischer Kaffeeduft steigt in meine Nase, und ich kann es kaum abwarten, seine hoffentlich belebende Wirkung zu spüren.

Lee geht es ähnlich, denn er steuert direkt auf die gluckernde Maschine zu, nachdem er das Bad verlassen hat. Seine Haare sind noch feucht und er hat sich gar nicht erst die Mühe gemacht, den Dreitagebart zu stutzen, was ich wohlwollend registriere. Sein Anblick lässt mich sofort schneller atmen, und ich kann mich trotz der furchtbar anstrengenden Nacht noch ganz genau an seine Worte erinnern. *Ich liebe dich*, hallt seine tiefe Stimme durch meinem Kopf, und ich grinse wie ein Honigkuchenpferd, obwohl die widrigen Umstände dies sicher nicht rechtfertigen.

Schweigend lehnt er am Küchenschrank und reicht mir einen heißen Becher, während sein müder Blick mich fixiert.

»Danke«, flüstere ich ihm zu und meine damit nicht nur den Kaffee, den ich gierig entgegennehme. Lee versteht sofort und schüttelt nur abwehrend den Kopf.

»Dafür musst du mir nicht danken. Ich habe versprochen, für euch da zu sein«, erklärt er mir, »und das bin ich gerne.«

»Trotzdem danke ich dir. Für deine Hilfe und für deine Ehrlichkeit.« Meine Beine bewegen sich ganz automatisch auf ihn zu. »Ich weiß, wie sehr dich das alles aufrührt«, murmele ich an seiner Brust und atme tief den mir mittlerweile so vertrauten, herben Duft seines Körpers ein.

Er küsst meine Stirn, und wir stehen ein paar Minuten eng umschlungen in trauter Zweisamkeit einfach nur da, froh, dass wir uns gefunden haben. Als er sich leise hüstelnd räuspert und ich mich irritiert von ihm löse, steht Marie im Türrahmen und mustert uns mit hochgezogenen Augenbrauen.

»Ist noch Kaffee da?« bricht sie das Schweigen, ohne weiter auf uns einzugehen, während unsere Körper sich nur mühsam voneinander entfernen.

»Klar«, nickt Lee unbeeindruckt, dreht sich zum Schrank und greift nach einer weiteren Tasse. »Sorry, ich wusste nicht, dass du auch Kaffee trinkst.«

»Mache ich sonst auch nicht, aber ich brauche heute irgendwas zum Wachwerden.«

»Kommt mir bekannt vor«, mische ich mich ein und nippe weiter an meiner Tasse.

»Ja«, bestätigt Lee unseren müden Wortwechsel. »Das war für uns alle eine verdammt unruhige Nacht. Ich hoffe, ihr könnt euch gleich noch was ausruhen. Ich muss jetzt leider los, bevor meine Schüler mich noch vermissen.«

»Als ob«, schmunzelt meine Tochter und verschwindet schlurfenden Schrittes mit ihrem Kaffee zurück auf die Couch. Es dauert nicht lange, und ich höre das altbekannte Intro einer ihrer Serien, die über den Bildschirm flackert.

Leise stelle ich meine eigene Tasse zur Seite und grinse ihn an. »Also *ich* werde dich vermissen.«

»Das wollte ich hören«, lächelt er wissend zurück, gibt meiner Nasenspitze einen Kuss und greift an mir vorbei nach Jacke, Helm und Schlüssel. »Fühlt euch wir zu Hause, okay? Und wenn ihr weg müsst, in der Schublade unter dem Fernseher liegt der Ersatzschlüssel.«

Dann hat er auch schon die Tür hinter sich zugezogen, und kurze Zeit später höre ich sein Motorrad aufheulen.

Unschlüssig stehe ich noch einen Moment mitten im Raum, bevor ich mich entschließe, nicht wieder ins Bett, sondern direkt ins Bad und unter eine kalte Dusche zu wandern, in der Hoffnung, mich danach endlich wach genug zu fühlen, um meine ganzen Nachrichten auf dem Handy zu lesen.

Das Wasser auf meinem Kopf hilft meinen Gedanken tatsächlich, sich etwas zu sortieren, und als ich voller Tatendrang nach meinem Handy greife, fängt es in dem Moment an zu klingeln, als ich das Entsperrmuster zeichne.

»Faerber?« melde ich mich schnell.

»Ja, Hallo Frau Faerber, Krüger hier von der Kripo. Ich hatte gestern versprochen, mich sofort bei ihnen zu melden... also ja, es ist so... also sie können wieder in ihr Haus, die Kollegin ist schon unterwegs, um das Siegel zu entfernen.«

»Herr Krüger«, antworte ich, plötzlich total nervös. »Danke, dass sie sich umgehend bei mir melden. Wir machen uns gleich auf den Weg. Haben sie denn auch schon weitere Informationen über meinen Sohn?«

»Ähm, ja... «, druckst er am anderen Ende der Leitung herum. Die Stimmung zwischen uns ändert sich schlagartig und mir wird kalt, als ich mich auf die Bettkante setze.

»Herr Krüger? Bitte... ich will doch nur... «, schluchze ich. Mit einem Mal rollen auch schon wieder die Tränen, denen ich einerseits überdrüssig und andererseits dankbar bin, denn sie zeigen, dass ich noch lebe und helfen mir, meine aufgestauten Emotionen irgendwie zu verarbeiten. »Bitte... «, schluchze ich in den Hörer.

Sichtlich verlegen räuspert er sich, und ich lausche Kalles Stimme, die nun väterlich beruhigend und leise weiterspricht.

»Ich habe eben mit einem Kollegen in der Pathologie telefoniert. Es ist noch inoffiziell, Frau Faerber, ich darf eigentlich noch gar nicht mit ihnen darüber sprechen, aber… «, er senkt seine Stimme noch weiter, und ich habe wirklich Mühe, seine folgenden Worte zu verstehen. »Ich berufe mich auf ihr absolutes Stillschweigen, das kostet mich sonst meinen Job.«

»Aber selbstverständlich«, raune ich ebenso leise in den Hörer. Ich bin angespannt bis in die Zehenspitzen. »Sie können sich auf mein Schweigen verlassen.«

Stille am anderen Ende der Leitung, dann höre ich Papier rascheln und ein nervöses Schnaufen.

»Frau Faerber.« Plötzlich klingt er absolut professionell. »Ihr Sohn ist, wie schon vermutet, tatsächlich an einer Überdosis gestorben. Das Präparat, was in seinem Körper gefunden wurde heißt Alprazolam, besser bekannt als Xanax.«

Er schweigt.

»Aha? Noch nie gehört.« Ich habe keine Ahnung, wovon er spricht und lausche gebannt weiter.

»Xanax wird gerne gegen Angst- und Panikattacken eingesetzt«, klärt er mich weiter auf. »Aber es findet in letzter Zeit zunehmend Anhänger im Milieu, weil es enthemmt und eine euphorisierende Wirkung hat.«

»Und daran ist Max gestorben?« Irgendwie klingt das zu einfach für mich.

»Nicht ganz«, werde ich auch prompt eines Besseren belehrt. »Man hat zusätzlich noch Spuren anderer Substanzen in seinem Körper gefunden, allen voran ein Gemisch aus Heroin und Alkohol.«

Fast wäre mir das Handy aus der Hand gefallen, ich kann es gerade noch auffangen.

»Heroin?«, brülle ich fassungslos in den Hörer, so dass Marie alarmiert aufschreckt und stirnrunzelnd zu mir kommt. Ich winke ab, doch sie lässt sich davon nicht abwimmeln und nimmt neben mir Platz.

»Ja… «, bestätigt Kalle erneut. »Ihr Sohn scheint sich erstmalig Heroin gespritzt zu haben, zumindest waren keine weiteren Einstichstellen an seinem Körper zu finden.«

»Oh mein Gott«, wimmere ich leise und merke, wie nervös und aufgebracht Marie neben mir hin und her rutscht.

»Wissen sie, dieser Cocktail in Kombination mit Alkohol war einfach zu viel für ihn. Der Tod ihres Sohnes wird mit einem Krampfanfall und daraus resultierender Atemlähmung beschrieben.« Erneut folgt kurzes Schweigen, und er gibt mir Zeit, diese Neuigkeiten zu verdauen, bevor er fortfährt. »Trotzdem gibt es da noch ein paar Ungereimtheiten«, lässt er mich aufhorchen. »Wir konnten nirgendwo ein Fixerbesteck oder auch nur einzelne Materialien finden, die ihm diesen Schuss ermöglicht haben. Das kann nicht sein, denn anscheinend war er diesbezüglich noch ungeübt und im Bericht der Pathologie steht ganz klar, dass sein Zusammenbruch unmittelbar nach der Heroinsubstitution erfolgt ist.«

Unfähig, etwas dazu zu sagen, presse ich gebannt den Hörer an mein Ohr, während mein Gehirn mir Streiche spielt und ich furchtbare Bilder von Max vor meinem inneren Auge sehe, mit Schaum vor dem Mund, fahler

Haut, zitternd, krampfend und mit einer Spritze im Arm, die es anscheinend gar nicht gibt.

Mein Wimmern wird zu solch einem unmenschlichen Geräusch, dass Marie mich mit schreckgeweiteten Augen anschaut. Ich presse mir die Hand auf den Mund, um den Schrei zu unterdrücken, doch er steigt wie von selber meine Kehle hinauf, und ich kann ihn einfach nicht stoppen.

Meine tapfere Tochter greift in einem Anflug von Größenwahn und heroischer Besessenheit nach meinem Handy, als es mir aus der Hand zu fallen droht.

Ohne jede Emotion bedankt sie sich steif bei Kommissar Krüger für seine Auskünfte, verspricht, ihn nicht zu verraten und sich nur bei ihm persönlich zu melden, sollte uns noch irgendetwas einfallen, was zur weiteren Aufklärung der Situation beitragen könnte.

Ich wiege mich selber auf dem Bett wie in Trance hin und her, während Marie sich hinter mich setzt und mich mit festem Griff davon abhält, mich noch weiter in mein Elend hineinzusteigern.

»Mama! Hör auf damit! Du musst dich jetzt zusammenreißen«, motzt sie mich an, und ich erkenne Sorge und Panik in ihrem Blick.

Was habe ich auch erwartet? Schießt es mir durch den Kopf. Warum reagiere ich so entsetzt, obwohl mir doch klar war, dass Max sicherlich nicht von nur zwei Joints oder Pillen und einem Bier gestorben ist! Mit hätte seit der ersten Vermutung bewusst sein müssen, dass da härtere Dinge im Spiel sind, aber ich habe es bis zuletzt geschickt verdrängt und diese für mich unmögliche Wahrheit ganz hinten in meinen Kopf verbannt.

Doch nach Kalles Worten spiegeln sich nun in meinem Kopf irre Bilder von Max wider, die mich verzweifeln lassen. Alleine die Vorstellung, wie er sich volltrunken und benebelt auch noch eine Spritze in den Arm oder sonst wohin rammt, ist für mich schlicht und einfach unerträglich.

»Ich kann das nicht, ich… Max… warum habe ich das denn alles nicht gemerkt?«, schreit es einfach aus mir heraus und ich drücke Marie so feste an mich, das sie laut aufstöhnt.

»Mama, du zerquetschst mich!«

»Entschuldige«, schluchze ich und lockere sofort meine Umarmung. »Es tut mir alles so leid, mein Schatz. Ich will nicht heulen, aber ich…«

»Boah Mama«, jetzt zieht sie ihre Augenbrauen hoch und guckt mich prüfend an. »Jetzt hör doch mal auf, dich immer zu entschuldigen! Es ist okay, wenn du heulst! Muss ich ja auch andauernd.« Dann springt sie aus dem Bett und stemmt die Hände in die Hüften. »So«, tönt es entschlossen in meine Richtung. »Wir fahren jetzt nach Hause.«

»Jetzt?«, schluchze ich, versuche aber, mich zusammenzureißen und erhebe mich ebenfalls, auch, wenn meine zitternden Hände mich verraten.

Wir schaffen es tatsächlich, zügig unsere wenigen Habseligkeiten bei Lee zusammenzusuchen und die Bude samt Badezimmer etwas aufzuräumen, bevor wir uns durch das noch im Dunkeln liegende Johnnys schlängeln und mein Auto, das tatsächlich aussieht wie neu, direkt vor der Eingangstür vorfinden.

»Bist du dir sicher?« hake ich bei Marie nach, bevor ich den Motor starte.

»Ganz sicher!« nickt sie mir zu und versucht, optimistisch zu klingen.

Ich selber bin noch wenig überzeugt von unserem Vorhaben. Mir sitzt der Schreck des Telefonates noch tief in den Knochen und ich habe Angst, eine erneute Konfrontation mit alledem könnte den eben erlebten Anflug eines Nervenzusammenbruches noch weiter provozieren.

Als wir die Haustüre erreichen, ist das Siegel am Türrahmen tatsächlich verschwunden. Beklommen treten wir ein und bleiben einen langen Moment unschlüssig nebeneinander im Flur stehen, bevor Marie sich als erste weiter vor wagt.

Alles sieht fast so aus, wie immer. Irgendjemand scheint hier noch aufgeräumt zu haben, bevor die Polizei alles versiegelt hat. Auf der Couch fehlt meine Kuscheldecke, die mein Erbrochenes ertragen musste, aber im Großen und Ganzen kann ich kaum Unterschiede erkennen. Nur die Luft riecht anders. Nicht mehr nur nach uns, eher so, als hätte hier eine große, verschwitze Party stattgefunden. Mein erster Gang gilt deshalb den Fenstern im Erdgeschoss, die ich allesamt weit aufreiße.

An der Treppe nach oben bleibe ich wie angewurzelt stehen. Auch Marie bewegt sich kein Stück, dann spüre ich ihre zarte Hand in meiner.

»Gehen wir zusammen hoch?« fragt sie mich mit großen Augen. Ich schlucke schwer und nicke stumm.
Schweigend betreten wir die erste Treppenstufe und fühlen uns wie auf dem Weg zur Guillotine.

Oben angekommen, stehen wir unschlüssig vor den angelehnten Türen. Zeitgleich machen wir einen Schritt
nach vorne, Marie in Richtung ihres eigenen Zimmers, ich
stehe ohne darüber nachzudenken vor Max` Tür. Ver-
wirrt tauschen wir Blicke aus und nicken uns dann einvernehmlich zu. Ab hier also jede alleine.

Sekunden später ist Marie auch schon in ihrem Zimmer
verschwunden, während meine Hand auf Max` Tür-
klinke liegt und ich einen inneren Kampf mit mir aus-
fechte, bevor ich wie in Zeitlupe seine Tür aufdrücke und
eintrete.

Den vorherrschenden Geruch kann ich nicht einordnen. Ganz sicher vernehme ich den Hauch von Alkohol,
vielleicht aber auch einfach nur von Desinfektionsmittel.
Mit einem Blick nehme ich wahr, dass hier alles bis ins
kleinste Detail durchsucht wurde, denn so ordentlich und
aufgeräumt war dieses Zimmer seit Monaten nicht mehr.
In meinem Hals bildet sich ein dicker Kloß, und ich setze
mich vorsichtig auf die Bettkante, während meine Finger
das Handy aus meiner Tasche fischen. Ich muss jetzt dringend Lees beruhigende, warme Stimme hören, sonst
drehe ich durch.

Aus Maries Zimmer wummert leise der altbekannte Bass ihrer Anlage. Sie scheint sich hier direkt wieder daheim zu fühlen, während ich meine Emotionen nicht einordnen kann.

Gerade will ich Lees Nummer wählen, als ich stutze und auf mein Display starre. Ich weiß, dass ich noch viele Nachrichten unbeantwortet im Posteingang habe, doch diese eine sticht mir erst jetzt ins Auge und dann direkt mitten ins Herz.

Ich schlucke, bevor mein Finger sich ganz langsam dazu entschließt, eine Nachricht von Max zu öffnen, die unbemerkt und ungesehen seit zwei Tagen auf mich wartet.

Keine Ahnung, was ich erwartet habe, doch seine Nachricht erklärt sich weder als Post aus dem Jenseits noch als ein ausführlicher Abschiedsbrief. Vielmehr scheint er in seinem Delirium einfach nur versehentlich auf seinem Handy herumgetippt zu haben, denn ich kann die Hieroglyphen nicht entziffern, die er mir geschickt hat. Neugierig vergrößere ich das beigefügte Foto, doch auch hier kann ich kaum etwas erkennen, es ist unscharf und scheint ebenfalls nur versehentlich entstanden zu sein. Irgendwie enttäuscht versuche ich, einzelne Stellen zu vergrößern und starre gebannt auf mein Display, als ich einen Arm oder ein Bein meines Sohnes ausmache und kurz nach Luft schnappe. Dass Max sich hat tätowieren lassen, ist mir neu, und ich versuche nun krampfhaft, Genaueres zu erkennen, was mir leider misslingt.

Tränen kullern über meine Wange. Ich habe meinen eigenen Sohn überhaupt nicht mehr gekannt, schießt es mir vorwurfsvoll durch den Kopf.

Lee hebt nach dem zweiten Klingeln ab und redet mit beruhigender Stimme auf mich ein. Kalle hat ihn ebenfalls über alles informiert, und er ist sich sicher, dass die noch inoffiziellen Informationen im Laufe des Nachmittags offiziell werden und wir uns dann endlich von Max verabschieden dürfen.

»Wie fühlst du dich?«, fragt seine tiefe Stimme mich am anderen Ende der Leitung.

»Komisch«, antworte ich wahrheitsgemäß. »Das mit dem Heroin hat mich eben fast aus der Bahn geworfen. Keine Ahnung, was ich mir vorgestellt habe.«

Auch, wenn er mein frustriertes Schulterzucken nicht sehen kann, merkt Lee sofort, wie sehr mich diese Information beschäftigt.

»Das glaube ich gerne«, versucht er mich leise zu beruhigen. »Und Marie? Wie hat sie diese Info aufgenommen?«

»Sie war ziemlich cool«, berichte ich von dem Telefonat und ihrem Eingreifen, als es mich kurz umgehauen hat. »Da waren mal kurz unsere Rollen verdreht. Ich staune eh, wie tapfer sie ist. Gerade hört sie Musik in ihrem Zimmer und es scheint alles gut zu sein.«

»Das freut mich. Aber auch sie trauert, das dürfen wir nicht außer Acht lassen. Du kennst deine Tochter ja, bloß keine Schwäche zeigen oder Hilfe annehmen. Der Schuss kann auch nach hinten losgehen.«

»Rede bitte nicht von Schuss!« ermahne ich ihn, und mir wird kurz schlecht.

»Oh sorry…, du weit doch, was ich meine«, erwidert er entschuldigend.

»Ja, weiß ich«, lenke ich ein. Ich darf nicht anfangen, plötzlich jedes Wort auf die Goldwaage zu legen.

»Ihr seid also schon zu Hause«, kombiniert er richtig. »Ist das okay für euch?«

»Das weiß ich noch nicht«, antworte ich flüsternd. »Für Marie anscheinend schon, sie wollte unbedingt heim. Aber ich sitze hier gerade unschlüssig in Max` Zimmer und weiß noch nicht so richtig, was das mit mir macht. Es fühlt sich alles komisch und unwirklich an.«

»Ich hab noch zwei Doppelstunden, dann könnte ich zu euch kommen?«

»Au ja, das wäre schön.« Bei dem Gedanken, ihn gleich wieder in meiner Nähe zu haben, durchflutet mich ein angenehmes Gefühl, welches ich gierig aufsauge und so dringend brauche.

»Dann machen wir es so. Sag mal«, wechselt Lee dann das Thema, »hast du dir gestern zufällig Geld von mir geliehen?«

Ich schweige erstaunt.

»Anna? Versteh mich nicht falsch, das darfst du jederzeit! Ich wollte mir nur eben am Kiosk einen Kaffee und die Zeitung holen und war etwas irritiert, weil ich nur noch fünf Euro im Portemonnaie hatte.«

»Ich weiß ehrlich gesagt gar nicht, wie dein Portemonnaie aussieht und wo du es immer trägst«, antworte ich ihm.

»Hm«, überlegt er laut. »Komisch.«

»Allerdings.« Dann schiebe ich ein »Lee…?« hinterher und merke, wie er aufhorcht.

»Ja?«

»Max hat mir geschrieben.«

Stille.

»Bist du noch dran?« frage ich vorsichtig.

»Ja?« kommt es irritiert zurück.

»Er hat mir vor zwei Tagen eine Nachricht geschrieben, das habe ich gerade eben erst entdeckt.«

»Ach so!« er atmet hörbar aus. »Und?«

»Nichts. Ich weiß auch nicht, was ich erwartet habe. Ich glaube, er hat mir nur aus Versehen geschrieben. Wilde Buchstaben ohne Sinn und ein verwackeltes Bild.«

»Hm.« kommt es als Antwort.

»Er hat sich tätowieren lassen und mir nichts davon erzählt«, bricht es aus mir heraus. »Ich weiß auch nicht, warum mich das so beschäftigt. Vermutlich, weil ich nie gedacht hätte, dass er mir sowas verschweigt. Ich hätte es ihm doch niemals verboten.«

»Ach Anna«, seufzt Lee. »Ich bin gleich bei dir, okay?«

»Ja«, flüstere ich, traurig und erleichtert. »Bis gleich!«

Lange Minuten sitze ich regungslos auf Max` Bettkante, bevor ich mich neugierig in seinem viel zu ordentlichen Zimmer umschaue.

Einen kurzen Moment habe ich die wahnwitzige Idee, hier alles auf Links zu drehen, um Beweise für sein Tattoo, seine Sucht und seinen Tod zu finden. Doch diese Idee verfliegt sofort wieder. Zum einen fühle ich mich nicht imstande, irgendeines seiner Habseligkeiten und Erinnerungsstücke anzurühren, zum anderen wird die Spurensicherung hier ganz bestimmt schon gute Arbeit geleistet haben.

Als mein Handy klingelt, zucke ich zusammen. Auf dem Display erkenne ich die Nummer des Bestatters, die ich erst gestern eingespeichert habe.

»Faerber?« Meine Stimme klingt fremd, und ich räuspere mich kurz.

»Hallo, Frau Faerber, ich habe gute Neuigkeiten«, erklärt er betont fröhlich. »Ich kann ihren Sohn gleich abholen. Wenn sie mögen, suchen sie doch ein paar seiner Lieblingssachen zusammen, dann mache ich ihn schön für sie, bevor sie sich verabschieden.«

»Max ist immer schön«, knurre ich leicht aggressiv. Ich weiß ja, dass er es nicht so meint, aber trotzdem.

»J-ja, natürlich«, stottert er auch schon verlegen herum. »Ich meine ja nur, also … ich wollte…«

»Jaja, schon klar. Ich verstehe schon«, versuche ich zu beschwichtigen. »Tut mir leid, ich stehe gerade etwas neben mir.«

»Ja, also…«, stottert er weiter. »Ich kann die Sachen gleich abholen kommen, wenn das für sie okay ist?«

»Ja, das wäre sehr nett.«

»Prima, sagen wir in einer halben Stunde? Ich brauche auch noch ein paar Unterschriften von ihnen, dann kann ich Max danach direkt abholen und sie kommen ihn um… sagen wir… drei Uhr heute Mittag besuchen? Wäre das in ihrem Sinne? Bis dahin sollte alles vorbereitet sein.«

»Ja«, nicke ich mit belegter Stimme. Dann beende ich das Telefonat und verlasse das Zimmer, weil es mir plötzlich viel zu eng und grausam erscheint.

In der Küche geht mein erster Weg zur Kaffeemaschine, der zweite, mit ebendiesem heißen Gebräu bewaffnet, zur Couch, während ich Marie oben durch die Gegend geistern höre. Kurze Zeit später steht sie neben mir. Ihre Haut wirkt noch blasser als sonst, aber vermutlich ist das großzügig einfallende Tageslicht schuld daran.

»Ich muss nochmal los…«, informiert sie mich und klemmt dabei ihre Haare hinter die Ohren.

»Jetzt? Warum?« frage ich verwundert.

»Ich hab letzte Tage was im Stall vergessen. Kann ich dein Rad nehmen?«

»Ja, klar.«

»Super.« Schon steht sie im Flur und schlüpft in ihre Schuhe. Ich finde ihr Verhalten merkwürdig, aber was ist heute schon normal.

»Der Bestatter holt gleich deinen Bruder ab«, informiere ich sie deshalb nur kurz und registriere, wie ihr ganzer Körper sich mitten in der Bewegung kurz versteift. »Wir fahren um drei Uhr hin. Bist du zeitig genug zurück?«

»Wir?« hat sie nach.

»Ja, Lee begleitet uns.«

»Ah, okay«, höre ich auch schon ihre Schlüssel klimpern. »Ich bleib nicht lange«, beruhigt sie mich zum Abschied. Dann bin ich alleine in unserem leeren, viel zu großen Haus, das meine Brust einengt und mir die Luft zum Atmen nimmt.

Ich gehe hinaus auf die Terrasse und zücke mein Handy. Erneut betrachte ich die Hieroglyphen und das verwackelte Bild, das ich sicherheitshalber in meiner Galerie speichere. Völlig bescheuert, ich weiß. Aber es ist die letzte Erinnerung an meinen Sohn, und ich starre es an, als wäre es ein weltberühmtes Ölgemälde.

Kaffeeschlürfend widme ich mich dann den ganzen anderen Nachrichten, die bisher ungelesen vor sich hin dümpeln.

Allen voran hat Jule tatsächlich neun vergebliche Anrufe getätigt und mir jede Menge, immer verzweifelter klingende Nachrichten geschrieben, was denn passiert sei und dass sie mich nicht erreichen könne und dass auch Marie nicht auf ihre Anrufe und Nachrichten reagiere und dass ich sie verdammt nochmal sofort zurückrufen soll.

Das mache ich auch, aber vorher werde ich von einem Klingeln an der Haustür aus meinen Gedanken gerissen. Der Bestatter ist pünktlich und möchte die Sachen von Max abholen, die ich natürlich vergessen habe, herauszusuchen. Also stürme ich mich einer Entschuldigung auf den Lippen erneut nach oben in sein Zimmer und halte kurz verwundert inne, denn eine seiner Schubladen steht halb offen, was mir eben sicher aufgefallen wäre. Da ich aber keine Zeit habe, länger darüber nachzudenken, schiebe ich sie im Vorbeigehen wieder zu und greife schnell nach ein paar Klamotten, die nicht allzu geknuddelt auf dem Stapel neben dem Schrank liegen.

Ohne sie genauer zu inspizieren, flitze ich gestresst wieder nach unten und bestätige erneut unseren Termin um drei Uhr heute Nachmittag. Als sich die Haustür wieder schließt, muss ich mich atemlos anlehnen und mehrfach tief Luft holen, bevor ich endlich Jules Nummer wähle.

Nach diesem Telefonat bin ich kurzzeitig komplett durch den Wind, denn Jules Hysterie am anderen Ende der Leitung, nachdem ich ihr stockend die Ereignisse der letzten Tage geschildert habe, macht es mir nicht einfacher.

»Ich buche sofort um und komme so schnell es möglich ist zu euch«, sind ihre letzten Worte, nachdem wir gemeinsam um Max geweint und Jens verflucht haben. Ich vermisse sie so sehr, dass es weh tut und kann ihre Umarmung nicht mehr abwarten.

»Danke, Jule«, schniefe ich in den Hörer und verschütte dabei fast den Rest meines mittlerweile kalten Kaffees.

Seufzend und planlos lege ich mein Handy zur Seite, binde meine Haare zu einem Zopf und erhebe mich. Ich brauche dringend eine Ablenkung und drehe die Musik der Anlage laut auf. Ich könnte tatsächlich mal wieder joggen gehen, aber da ich nicht weiß, wann Marie zurück kommt und ich sie hier noch nicht alleine lassen will, verdränge ich diese Idee schnell wieder. Also bleibt nur eine Alternative, von der ich weiß, dass sie meinen Kopf leer fegt und mir die Ablenkung beschert, die ich gebrauchen kann. Ich stürme in die Küche, öffne den Putzschrank und beginne einen ungeplanten Frühjahrsputz, der es in sich hat.

Völlig vertieft und in meinem Putzwahn gefangen, bekomme ich die Rückkehr meiner Tochter gar nicht mit und erschrecke fast zu Tode, als sie plötzlich in der Küche steht, sich wortlos ein Glas Wasser genehmigt und mit einem Joghurt in der Hand polternd in ihrem Zimmer verschwindet. Schulterzuckend registriere ich ihre miesepetrige Stimmung und wende mich erneut dem Fußboden zu, dessen Fliesen ich gerade auf allen Vieren mit dem Schrubber bearbeite.

»Die Position gefällt mir«, raunt plötzlich eine tiefe Stimme hinter mir, und ich schrecke erneut zusammen.

»Lee!« ermahne ich ihn mit aufgerissenen Augen, setzte mich zurück auf meine Fersen und greife mit einer Hand an mein Herz, das vor Schreck einen kurzen Aussetzer hat. »Spinnst du?«

»Sorry.« Schulterzuckend kommt er, schelmisch grinsend, näher. »Alle Fenster und Türen offen, die Musik auf Anschlag... selber schuld, wenn ich dich hier so überfalle.«

Ich knie weiter auf dem Fußboden und blicke sprachlos und kopfschüttelnd zu ihm auf, doch mein Schreck weicht sofort dieser angenehmen Wärme, die mich von oben bis unten durchflutet. Also erhebe mich, klopfe meine Hose ab und wische dann meine Hände an ihr trocken.

»Was machst du schon hier?«

»Ich konnte früher Schluss machen. Die letzte Stunde hat eine Kollegin für mich übernommen.«

»Aha. Eine Kollegin?«

»Ja.« Sein Grinsen wird frecher. »Du weißt doch, wie es um meinen Charme bestellt ist. Mir fressen einfach alle aus der Hand.«

»Ach ja«, bemerke ich sarkastisch, grinse ebenfalls und bleibe direkt vor ihm stehen. »Hatte ich ganz vergessen. Wie gut, dass ich dagegen völlig immun bin.«

»Ja, wie gut…«, flüstert er und mir zu, und ich halte die Luft an, als sein Atem meine Schläfe streift, bevor er seine Lippen zärtlich auf meine legt.

»Wie war der Vormittag?«, hakt er nach, während seine Lippen zärtlich meine Wange und mein Ohrläppchen küssen und seine Arme mich umschließen.

»Komisch«, seufze ich und lehne meinen Kopf an seine Schulter. »Ich fühle mich seltsam hier.«

»Und Marie?«

»Die ist oben. Sie musste eben mal kurz weg zum Stall, war aber flott wieder zurück. Keine Ahnung«, stöhne ich resigniert. »Sie spricht nicht viel und hat sich in ihrem Zimmer verbarrikadiert. Aber sie kommt gleich mit zu Max.«

»Das ist gut.«

»Meinst du?«

»Auf jeden Fall. Es ist für euch beide wichtig, dass ihr euch vernünftig von ihm verabschieden könnt.«

»Ich weiß. Ich habe trotzdem Angst.«

»Das verstehe ich. Aber du schaffst das. Und Marie auch. Ich lasse euch da nicht alleine, okay?«

»Ach Lee«, flüstere ich dankbar und genieße für ein paar Minuten einfach unsere innige Umarmung.

»So!« Klatscht er plötzlich in die Hände, schiebt mich ein Stück von sich weg und krempelt seine Ärmel hoch. »Du süßer Wischmopp gehst jetzt mal ins Bad und regelst dich, ich übernehme das hier und koche uns was.«

»Wischmopp?« hake ich entrüstet nach.

»Ja. Aber ich habe süß gesagt!« verteidigt er sich und zieht dabei eine Augenbraue nach oben.

»Idiot.« Zische ich, während ich den Rückzug antrete, aber das Lächeln in meinem Gesicht kann ich nicht verbergen.

Ich lasse mir Zeit, und während ich noch aus dem Bad trete, vernehme ich einen angenehmen Duft, der aus der Küche nach oben zieht. Als mein Fuß gerade die oberste Treppenstufe berührt, höre ich seine Stimme.

»Essen ist fertig! Bringst du Marie direkt mit runter?«

Ich kann mal wieder nur sprachlos staunen und drehe mich auf dem Absatz herum. Womit habe ich diesen Mann nur verdient!

Auch Marie wirkt erstaunt, sagt aber kein Wort, sondern schaufelt sich nur hungrig ihren Teller randvoll mit Nudeln und einer wirklich köstlichen Tomatensoße. Anerkennend werfe ich Lee einen Blick zu, obwohl ich seinem Ego eigentlich keinen weiteren Grund geben will, noch mehr zu wachsen.

Doch so sehr mir auch davor graut, die Stunden schreiten stetig und viel zu schnell voran. Irgendwann ist es tatsächlich an der Zeit, unseren schützenden Kokon, der mich so erschreckend einengt und sich nicht mehr wie mein eigener anfühlt, zu verlassen. Maries Stimmung hat sich, trotz einer warmen Mahlzeit im Bauch, nicht wesentlich verändert und überträgt sich ungewollt auch auf mich, ich bin brummig und aggressiv.

»Ich fahre«, entscheidet Lee kurzerhand und nimmt mir die Schlüssel aus der Hand, während Marie zielsicher auf die Rückbank klettert und ich wortlos auf dem Beifahrersitz Platz nehme.

Die ganze Fahrt verläuft schweigend, und ich bin froh, dass Lee uns begleitet. Alleine wäre ich völlig aufgeschmissen, muss ich mir eingestehen.

Außerdem finde ich es seltsam, dass Jens sich gar nicht mehr bei mir gemeldet hat. Ob er sich auch heute von Max verabschiedet? Sicher hat Kalle ihn ebenfalls informiert, genauso wie der Bestatter. Plötzlich erfasst mich eine Gänsehautm und ich lege fröstelnd die Arme um meinem Körper, während Lees Hand sofort besorgt auf meinem Oberschenkel landet.

»Was ist los?« fragt er in die Stille hinein.

»Ach nichts«, schüttele ich meinen Kopf. »Ich frage mich nur gerade, ob Jens auch da sein wird. Er hat sich gar nicht mehr bei mir gemeldet.«

»Das ist auch besser so«, grummelt es sofort neben mir, und die Hand auf meinem Bein ballt sich zu einer Faust zusammen, während Marie sich aufrichtet und ihr blasses Gesicht zwischen uns zum Vorschein kommt, als wir vor dem Bestattungsinstitut einparken.

»Ich hab mit Papa telefoniert«, informiert sie uns. »Er weiß über alles Bescheid, aber ich habe ihm verboten, jetzt bei Max aufzutauchen. Er kommt erst später hierher.«

Erstaunt wende ich mich ihr zu, während Lee zustimmend nickt.

»Das war eine gute Idee von dir«, bestätigt er meine Tochter, während ich schweige.

Zeitgleich verlassen wir alle drei das Auto, und wie auf Kommando höre ich uns tief Luft holen, bevor Lee uns die Eingangstür öffnet und wir mit einer seltsamen Enge in der Brust eintreten.

Wider Erwarten befinden wir uns in einem hellen, freundlichen Raum mit bunten Glasfenstern und hellem Mobiliar, in dem nichts an Tod oder Beerdigung erinnert. An einem kleinen Tisch neben einer unscheinbaren weißen Tür am Ende des Raumes blickt der junge Mann auf, dem ich erst vor wenigen Stunden die Klamotten meines Sohnes gegeben habe. Es kommt mir vor wie eine Ewigkeit.

»Familie Faerber!«, begrüßt er uns freundlich, während Marie ihn irritiert anstarrt und Lee mit grüßender Hand auf ihn zutritt.

»Nicht ganz«, korrigiert er ihn. »Thalberg, angenehm. Ich begleite die beiden Damen heute, Herr Faerber wird sich erst später bei ihnen melden.«

»Oh, äh…ja, guten Tag, Herr Thalberg«, blinzelt er verwundert, fängt sich aber schnell. »Marie«, nickt er ihr zu. »Frau Faerber«, tritt er dann zu mir und reicht mir zur Begrüßung die Hand. »Ihr Sohn wartet schon auf sie. Wenn sie mir folgen wollen.«

Die Unterlagen, die er auf dem Tisch ausgebreitet hat, unterschreibe ich alle blind. Ich habe keine Ahnung, was er alles noch von mir braucht, und es ist mir ehrlich gesagt auch egal. Dann öffnet sich die Tür neben mir. Ich bleibe wie angewurzelt stehen und rühre mich keinen Zentimeter.

Plötzlich und mit voller Wucht überrollt mich ein undefinierbares Gefühl aus Panik, Angst und Widerwillen, das mich daran hindert, auf die kleine Tür am Ende des Raumes zuzugehen. Dort also liegt Max in seinen ewigen Träumen. Mein kleiner, schwebender Astronaut.

Marie scheint es ähnlich zu gehen, sie starrt einfach nur vor sich hin, und in ihrem Kopf scheint es wild zu rattern. Mit nur einem zielsicheren Schritt ist Lee plötzlich zwischen uns, greift nach unseren Händen und spricht mit beruhigender Stimme.

»Max wartet auf euch. Ihr schafft das.«

Er bekommt weder von meiner Tochter noch von mir eine Antwort, aber zeitgleich mit ihm setzten wir langsam einen Fuß vor den anderen, während unsere Hände die von Lee dankbar und feste umklammern.

Der Raum ist in deutlich dunkleres Licht getaucht als die Eingangshalle, und es dauert einen Moment, bis meine Augen sich daran gewöhnen. Ich höre Marie neben mir schwer atmen, während Lees Daumen stoisch und beruhigend über meine verkrampften Finger kreist.

Es riecht frisch und angenehm hier drin, die modernen Vorhänge sind zugezogen und lassen nur gedämpft das draußen herrschende Tageslicht durchschimmern. Neben einer kleinen Musikbox, aus der leise, angenehm vor sich hinplätschernde Töne erklingen, finden sich hier noch ein kleiner Tresen mit bunten Blumen und ein Kerzenständer, auf dem, in unterschiedlichen Höhen drapiert, mehrere brennende Kerzen stehen. Dazwischen steht ein weißer, offener Sarg, in dem ich das Profil meines Sohnes erkenne.

Trotz seiner Leere scheint der Raum mich erdrücken zu wollen, und ich ringe panisch nach Luft, die meinem Körper ganz plötzlich fehlt. Lees Griff wird fester, und ich spüre, wie sein Halt und seine Nähe mich entspannen. Ganz langsam strömt der Sauerstoff wieder durch meine Lungen, und ich fühle mich bereit, weiter einen Fuß vor den anderen zu setzen.

Marie schluchzt auf und Lee wechselt unaufgefordert die Seite, damit ich sie in meinen freien Arm schließen kann.

So stehen wir da. Es können Minuten oder eine Ewigkeit sein, ich habe das Zeitgefühl verloren. Max sieht so friedlich aus in seinem ewigen Schlaf. Sein Gesicht wirkt völlig entspannt, und nichts erinnert mehr an sein gehetztes, verzerrtes Dasein und den wilden Blick der letzten Wochen. Er bewegt sich nicht, was so untypisch und surreal wirkt, dass ich es kaum begreifen kann. Dass jetzt noch nicht einmal sein Finger zuckt, passt einfach nicht in mein Bild von ihm.

Maries Schluchzen wird lauter, und ich löse mich komplett von Lee, um meine Tochter halten und umarmen zu können. Mir fehlen die tröstenden Worte, die ich ihr so gerne ins Ohr flüstern möchte, doch ich glaube, sie spürt, dass ich einfach ebenso verzweifelt und sprachlos bin wie sie. Irgendwann löst sie sich wimmernd von mir, dreht sich auf dem Absatz herum und rennt aus dem Raum, was mich total überfordert. Wie angewurzelt bleibe ich stehen, blicke ihr sorgenvoll hinterher und bin doch unfähig, mich schon wieder von Max zu entfernen.

»Ich kümmere mich um sie«, höre ich Lee flüstern, dann folgt er ihr schnellen Schrittes nach draußen, und ich bin alleine mit meinem Sohn, dem ich mich immer weiter nähere, bis ich ihn anfassen kann. Seine Haut ist glatt und kalt, und meine Hand zuckt erschrocken zurück, bevor sie ihn erneut berührt. Keine Regung ist ihm mehr möglich, was ich einfach nicht fassen kann.
Zärtlich streiche ich mit dem Zeigefinger über seine Nasenwurzel, das hat er als kleines Baby immer geliebt. Meine Finger wandern weiter, Verzweiflung bahnt sich ihren Weg, und ohne es zu wollen oder kontrollieren zu können, erfasst mich pure Verzweiflung, und ich kann

weder meine Tränen noch das heisere Wimmern aufhalten, welche sich nun ihren Weg an die Oberfläche bahnen.

Als meine Finger über seine kalten Hände streicheln, durchzuckt mich plötzlich ein Gedanke, und ich schiebe die Ärmel seines Longsleeves langsam nach oben. Durch tränenverhangene Augen nehme ich außer glatter, heller Haut nichts wahr, was auch nur im Entferntesten an ein Tattoo erinnern könnte. Ich richte mich auf und begutachte auch seinen linken Arm. Nichts. Meine Tränen stagnieren, und die Verzweiflung weicht verwirrter Neugierde, als ich mich an seinen Hosenbeinen zu schaffen mache. Doch auch hier werde ich nicht fündig und zupfe gerade nachdenklich alles wieder zurecht, als ich Lee hinter mir spüre.

»Was machst du da?« erkundigt er sich verwundert.

»Wo ist Marie?« antworte ich mit einer Gegenfrage.

»Bei Jens.« Mein Kopf fährt zu ihm herum, und mein fragender Blick durchbohrt ihn. »Es ist schon halb fünf, Anna. Er kam gerade vorgefahren, als ich Marie nach draußen gebracht habe.«

»Oh«, bemerke ich verwundert. Mir kommt es tatsächlich so vor, als wäre ich gerade erst durch diese Tür getreten. »Max hat gar kein Tattoo«, erkläre ich ihm dann das Zurechtziehen der Hosenbeine meines Sohnes.

»Seltsam«, bestätigt er meine Gedanken. »Zeig mir doch mal das Foto.«

Ich krame in meiner Tasche und öffne die Galerie meines Handys, doch auch Lee kann trotz Vergrößerung keine klaren Körperteile oder Konturen ausmachen, ist sich aber ebenso sicher wie ich, dass auf dem Foto ein schwarzes Tattoo auf nackter Haut zu sehen ist.

»Ich rufe gleich mal Kalle an«, beschließt er. »Ein Tattoo müsste doch eigentlich im Bericht der Pathologie erwähnt werden.«

»Stimmt«, nicke ich. Dann beuge ich mich zu meinem Sohn hinunter und küsse seine Stirn, bevor ich meinen Körper straffe und mit großen Schritten den Raum verlasse. Dicht gefolgt von Lee, der sich vor der Tür zwar mit Abstand, aber in alarmierter Halbachtstellung in unserer Nähe aufhält, während Jens auf mich zutritt.

»Anna …«, beginnt er mal wieder, doch ich winke ab.

»Ich will nicht mit dir sprechen«, raunze ich ihn an und stolziere an ihm vorbei, ohne ihn eines weiteren Blickes zu würdigen.

Gemeinsam mit Lee steige ich ins Auto und wir warten auf Marie, die dicht neben ihrem Vater steht und ihm irgendetwas wild gestikulierend klar macht, woraufhin er sie erst erstaunt anstarrt und dann niedergeschlagen nickt. Mit einem kurzen Kuss auf die Wange verabschiedet sie sich von ihm und klettert wortlos auf unsere Rückbank, als Lee den Motor startet.

Ich hänge meinen Gedanken nach und lasse meine Tränen einfach laufen, während wir langsam und gemächlich vom Parkplatz rollen. In fünf Tagen soll die Beerdigung stattfinden, und ich weiß gar nicht, wie ich das alles schaffen und organisieren soll. Eigentlich will ich das auch alles gar nicht.

»Sollen wir kurz auf der Wache anhalten?«, reißt Lee mich aus meinen trüben Gedanken. »Das mit dem Tattoo lässt mir keine Ruhe, ich finde das irgendwie seltsam.«

»Können wir machen«, nicke ich, während Marie auf dem Rücksitz schnaubt.

»Muss das sein?« fragt sie mit belegter Stimme. »Ich will nach Hause!«

»Wenn es für dich okay ist, alleine zu bleiben, können wir dich ja vorher rauslassen«, versuche ich einen Vorschlag zur Güte, der nickend angenommen wird.

»Hast du irgendeine Erklärung für das Tattoo?« frage ich Lee, nachdem wir Marie vor der Haustür abgesetzt haben.

»Eine Erklärung nicht.« Er schüttelt den Kopf. »Aber eine Vermutung.«

»Eine Vermutung?« Ich sitze plötzlich kerzengrade im Sitz und starre ihn an. Meine Tränen sind wie weggezaubert. »Was denn für eine Vermutung?«

Doch er schüttelt nur weiter den Kopf und winkt ab. »Ich hoffe, dass es nur eine Vermutung bleibt, und solange warten wir ab.«

»Na toll.« schnaube nun auch ich und verschränke eingeschnappt meine Arme vor der Brust.

Auch Kalle reagiert seltsam auf unsere Information, und ich werde das Gefühl nicht los, dass Lee und er in die gleiche Richtung vermuten, mir aber nichts darüber verraten wollen. Das macht mich echt sauer, und ich bin kurz versucht, ihnen den Zugang zu meinem Handy und somit zu dem Foto zu verweigern. Lee bemerkt mein Zögern, und Kalle winkt tatsächlich ab, als ich ihm nach kurzer Überlegung doch mein Handy reiche.

»Danke, Frau Faerber, aber WhatsApp-Bilder haben keine wirklich gute Auflösung, da kriegen wir nicht viel zu sehen«, erklärt er mir, während er nachdenklich an seinem Bart zwirbelt. »Aber wir haben bereits das Handy ihres Sohnes nach allen möglichen Informationen durchsucht, das Bild wird sicherlich auf unserem Rechner zu finden sein.«

»Und warum ist das bisher keinem aufgefallen?«

»Gute Frage«, räuspert er sich verlegen. »Vermutlich wurde es als verwackelter Schnappschuss und somit unwichtig aussortiert.«

»Tz«, schüttele ich fassungslos den Kopf, doch eigentlich hat er ja vollkommen Recht. Ich selber hätte es mir auch nie und nimmer so genau angeschaut, wenn es nicht zufällig von Max und die Situation so schrecklich gewesen wäre.

Kalle und Lee beachten mich nicht weiter, sie starren wie gebannt auf einen großen Monitor, der ganz langsam, aber dafür im Großformat, das verwackelte Foto meines Sohnes öffnet. Hektisch deutet Kalle auf den Bereich, den sein Kollege weiter vergrößern soll, was dieser mit wenigen, geübten Mausklicks auch erfolgreich schafft.

»Scheiße«, murmelt Kalle.

»Ich wusste es«, stöhnt Lee.

Mein Blick wandert zwischen den beiden hin und her, und ich verstehe mal wieder nur Bahnhof.

»Verdammt!« schreit Lee plötzlich laut auf und haut mit der geballten Faust auf den Tisch, so dass nicht nur ich zusammenzucke.

»Könnte mich mal irgendjemand aufklären?«, frage ich vorsichtig in die Runde. Die gereizte und explosive Stimmung macht mir Angst und ich pirsche mich langsam an Lee heran, der die Stirn in Falten legt und sich mit bebenden Nasenflügeln versucht, zu beruhigen.

»Du hast Recht, Anna«, zischt er durch zusammengebissene Zähne. »Das Tattoo gehört nicht zu Max.«

»Sondern?« hake ich nach und platze vor Neugierde, während Lee seine Hände immer wieder zu Fäusten ballt und wieder öffnet, als würde ihn diese Bewegung beruhigen.

»Das Tattoo gehört meiner Nichte Lucy«, erklärt Kalle, dem jegliche Farbe aus dem Gesicht gewichen ist.

»Aber...«, setze ich an, doch meine Stimme kann nicht aussprechen, was sich gerade an Puzzleteilen in meinem Kopf zusammensetzt.

»Ja, genau«, übernimmt Lee nun das Wort. »Lucy war anscheinend dabei, als Max sich das Heroin gespritzt hat und ist vermutlich abgehauen, als es ernst wurde. Die feine Dame hat alle Beweismittel mitgenommen und sich dann klammheimlich aus dem Staub gemacht. Das ist so typisch, genau wie Toni, ich ...« Lee kann sich kaum zusammenreißen, und ich spüre überdeutlich, dass er bis in die Haarspitzen aufgeladen ist mit Wut, Hass und Adrenalin.

Ohne Vorankündigung stürmt er nun an mir vorbei nach Draußen, und ich habe wirklich Mühe, mit ihm Schritt zu halten.

»Lee, jetzt warte doch«, rufe ich hinter ihm her, während ich weiter an Tempo zulege und ihn schlussendlich erst am Auto einhole. »Was hast du jetzt vor?« hechele ich ihm zu.

»Na was wohl«, bellt er mich an. »Lucy suchen.«

»Ich komme mit!« bestimme ich, ohne auf seinen wütenden Unterton und den ungläubigen Blick einzugehen. So schnell ich kann, springe ich auf den Beifahrersitz und bin angeschnallt, bevor er protestieren kann.

Ein Blick in den Seitenspiegel bestätigt eine weitere Vermutung, denn auch Kalle stürmt auf ein Polizeiauto zu, startet den Motor und fädelt sich direkt hinter uns in den Verkehr ein. Unser Ziel ist klar, und es dauert keine zehn Minuten, bis wir über den Schotterplatz der heruntergekommenen Werkstatt rollen, die Kalles Bruder Mick gehört.

Der schöne VW Bully, aus dem wir vor wenigen Tagen sowohl Lucy als auch Max gezogen haben, steht verlassen da. Nichts an und in ihm regt sich, als wir direkt daneben zum Halten kommen. Plötzlich beschleicht mich ein seltsames Gefühl, denn mir wird schlagartig bewusst, dass ich meinen Sohn genau hier das letzte Mal lebend gesehen habe, völlig high und gemeinsam mit der Frau, die ihn anscheinend noch am selben Abend mit weiteren Drogen versorgt und dann hilflos zurückgelassen hat.

Während ich teilnahmslos und in traurige Gedanken versunken im Auto sitzen bleibe, springen Kalle und Lee beinahe gleichzeitig aus ihren Türen und agieren wie ein eingespieltes Team. Während der eine den Bully stürmt, steht der andere sprungbereit draußen Schmiere. Doch nichts passiert, von Lucy scheint es weit und breit keine Spur zu geben.

Aus dem Augenwinkel nehme ich eine Bewegung wahr, und mein Kopf schnellt herum, doch es ist nur Mick, der, seine Wurstfinger am dreckigen Blaumann abwischend, eilig auf Kalle zumarschiert.

Ich verstehe nicht, was sie sagen, aber Micks wilden Gesten und Kalles wutverzerrtem Gesicht nach zu urteilen, scheint es zwischen den beiden Brüdern gerade lautstark und heiß her zu gehen.

Lee läuft indes wutschnaubend an den beiden Streithähnen vorbei und lässt seine Aggressionen an einem Stapel alter Autoreifen aus, während ich bewegungsunfähig einfach nur da sitze und nicht fassen kann, wie furchtbar sich das alles anfühlt.

Als ich irgendwann meine Tränen wegblinzele, steht Lee erschöpft und mit hängenden Schultern vor den Autoreifen und beginnt, sie wieder ordentlich zu stapeln. Kalle steht kopfschüttelnd daneben und redet wild gestikulierend auf ihn ein, während ich Mick nirgendwo mehr entdecken kann.

Nachdem Lee irgendetwas auf Kalles Worte erwidert nickt dieser, klopft ihm auf die Schulter und verabschiedet sich mit einem Nicken in meine Richtung, bevor er mit dem Polizeiwagen so zügig losfährt, dass der Schotter in alle Richtungen fliegt.

Mit einem lauten Seufzen steigt nun auch Lee wieder ein. Er ist verschwitzt und riecht nach alten Autoreifen, was mich aber nicht davon abhält, mich sofort in seine Arme zu kuscheln, als er sie nach mir ausstreckt.

»Es tut mir alles so leid, Anna. Kalle gibt eine Fahndung nach Lucy raus«, bringt er mich auf den neuesten Stand. »Mick hat sie auch nicht mehr gesehen.« Erst küsst er erschöpft meine Nasenspitze, dann startet er den Motor. »Ich bringe dich jetzt nach Hause zu Marie und fahre dann nochmal zur Wache. Ich habe Kalle versprochen, die Beweismittel aus meinem Motorrad noch heute zu ihm zu bringen.«

»Aber kriegt Kalle dann nicht Ärger? Du meintest doch, dass er Lucy schon viel zu oft gedeckt hat.« Erstaunt schaue ich ihn an. »Und was ist mit Mick? Wenn rauskommt, dass die ganzen Drogen auf seinem Grundstück gefunden wurden, dann muss er doch die Werkstatt schließen! Hast du selber gesagt.«

»Ja, Anna. Das wird wohl passieren.« Lees Finger krampfen sich um das Lenkrad. »Aber hier geht es jetzt um etwas mehr als um ein paar Drogen und Mädchenstreiche. Hier geht es im Mindesten um unterlassene Hilfeleistung und im schlimmsten Fall um fahrlässige Tötung, wenn nicht sogar Mord.«

»Mord?« meine Stimme verlässt mich, und der Kloß in meinem Hals wird unbändig. »Ich komme mit«, bestimme ich leise.

»Wohin?« fragt er irritiert und mustert mich kurz.

»Na erst zu dir, den Chopper-Inhalt holen und danach zur Wache«, erkläre ich ihm.

Eine ganze Weile fahren wir schweigend, bevor Lee seine Stimme wiederfindet.

»Und was ist mit Marie?«

»Ob ich eine Stunde länger unterwegs bin oder nicht, wird sie gar nicht großartig kümmern«, erkläre ich ihm. »Ich weiß auch nicht, Marie ist irgendwie anders. In allem, auch in ihrer Trauer. Mir fällt es schwer, unser Haus überhaupt nur zu betreten, aber Marie scheint sich nur danach zu sehnen, alleine in ihrem Zimmer zu sein.«

»Hm.« brummt er nachdenklich.

»Ich schreib ihr eine Nachricht, okay?«

»Ja, mach das«, nickt er gedankenverloren. »Findest du es nicht seltsam, wie sehr sie sich zurückzieht? Also, ich meine, dass sie sich nie mit Freunden trifft oder so, sie muss doch mal mit jemandem über alles reden.«

»Ja, aber ich hab das Gefühl, sie braucht das gerade. Nächste Woche habe ich dieses Erstgespräch mit der Psychologin, das kommt ja vielleicht gerade ganz recht«, versuche ich das introvertierte Verhalten meiner Tochter zu verteidigen. »Ich hoffe ja noch auf deine Schwester. Wenn die Beerdigung vorbei ist, kann Marie sicher Hilfe gebrauchen. Und ich auch«, ende ich fast flüsternd.

»Ja, vermutlich hast du Recht«, seufzt Lee. »Ich denke nur, dass diese Schulbefreiung nicht allzu lange andauern sollte, da kommt sie nur auf komische Gedanken. Marie grübelt eh schon so viel. Ein bisschen Tapetenwechsel und Ablenkung wird ihr sicher gut tun. Auch, wenn sie das bestimmt ganz anders sieht.«

»Oh ja, ich bin davon überzeugt, dass sie das ganz anders sieht«, bestätige ich seine Vermutung mit einem frustrierten Schnauben.

Wir schweigen eine Weile, bis wir vor dem Johnnys und neben Lees Motorrad zum Stehen kommen. Ich schnalle mich ab und will gerade die Autotür öffnen, als Lee seine Hand auf meinen Oberschenkel legt und mich eindringlich anschaut.

»Ich möchte mich nicht in deine Erziehung und schon gar nicht in deine Beziehung zu Marie einmischen, aber…«, beginnt er beschwichtigend, während ich automatisch meine Stirn in Falten lege. Ich habe schon bei Max alles falsch gemacht, das Letzte, was ich jetzt vertragen kann, sind Kritik an meiner Erziehung oder gut gemeinte Tipps zum Umgang mit meiner Tochter.

»Dann tu es auch nicht!« blaffe ich ihn deshalb an, während sich meine Hand am Türgriff verkrampft.

»Das mache ich doch gar nicht«, hebt er beschwichtigend seine Hand. »Ich dachte nur, dass in Anbetracht der ganzen Situation, die bevorstehenden Ferien vielleicht ein guter Zeitpunkt wären, über einen möglichen Schulwechsel nachzudenken.«

Ich starre ihn wortlos an.

»Nur eine laut ausgesprochene Idee«, verteidigt er sich weiter, »ich weiß ja, dass es gerade unpassend ist und du ganz viele andere Dinge im Kopf hast, aber du darfst Marie und ihre Probleme nicht außer Acht lassen. Sie wird sich nicht ewig vor der Schule drücken können, und so wie ich sie einschätze, wird sie dort weiter die Opferrolle übernehmen, das wird nicht besser!«

Dann steigt er aus, während ich noch kurz meine Gedanken sortieren muss, bevor ich ihm folge.

»Wie kommst du auf die Idee?«, hake ich nach, während er in seiner Hosentasche nach dem Schlüssel seines Choppers sucht, neben dem wir nun stehen.

»Welche meinst du? Die Opferrolle oder den Schulwechsel?«

»Beides, verdammt!« meine Stimme klingt grell, und ich kralle mich am Ledersitz der Maschine fest.

»Keine Ahnung, ich glaube einfach, dass das beides zusammenhängt. Marie wird nur über ihren Schatten springen und diese ihr mutwillig auferlegte Rolle abschütteln können, wenn sie irgendwo neu anfängt. Glaub mir, die Mädels in ihrer Klasse sind nicht zimperlich. Je länger sie fehlt, desto mehr Sprüche wird sie sich anhören müssen. Und in Anbetracht der Tatsache, dass ihr Bruder gerade an Drogen gestorben ist, möchte ich mir die Art der Sprüche gar nicht erst ausmalen.«

Ich weiß nicht, was ich darauf erwidern soll und verfolge nachdenklich mit meinem Finger das verschlungene Muster des Ledersitzes. Als Lee mich mit seiner warmen Hand in dieser Bewegung aufhält, schaue ich kurz auf und seufze ergeben.

»Ich denke drüber nach.«

Er nickt zustimmend und schiebt dabei meine Finger zärtlich zur Seite, um den Sitz seiner Maschine zu öffnen und das Beweismaterial für Kalle herauszuholen.

Plötzlich stutzt er, hebt den Kopf und sieht mich fragen an.

»Was?« erkundige ich mich irritiert.

»Es ist weg«, erklärt er fassungslos. »Das Fach ist leer!«

Sprachlos schiebe ich ihn zur Seite und vergewissere mich unnötiger Weise ebenfalls, doch das kleine Fach im Ledersitz seines Choppers ist leer, kein Zweifel.

»Das kann doch nicht!« staune ich.

»Das Fach war abgeschlossen, definitiv! Du hast doch mitbekommen, wie ich das Zeug hier eingeschlossen habe, seither war ich nicht mehr dran!«

»Ja«, nicke ich zustimmend. »Das weiß ich. Aber jetzt ist es weg.«

Lee steht neben mir, und ich sehe ihm an, wie es in seinem Kopf arbeitet. Dann nimmt er sein Handy ans Ohr und informiert Kalle über den Verlust.

»Ich weiß, dass das nicht sein kann«, schreit er erbost in den Hörer. »Was soll ich deiner Meinung nach jetzt tun?« Dann lauscht er stirnrunzelnd. »Nein, verdammt, es hat keiner einen Schlüssel! Außer Anna und mir wusste doch auch niemand davon!« Wieder folgt aufgeregtes Gemurmel am anderen Ende der Leitung. »Meinst du?« Lees Stimme klingt plötzlich alarmiert und geschockt. »Ja«, nickt er dann versöhnlich. »Okay, ich melde mich wieder.«

Dann legt er auf, steckt das Handy in seine Gesäßtasche und schweigt, während ich ihm ansehe, dass irgendetwas nicht stimmt und er nur nach den richtigen Worten sucht, um sich mitzuteilen. »Wir müssen mit Marie reden«, erklärt er mir dann ohne Umschweife.

»Jetzt sofort? Lee, ich möchte erst einmal selber mit ihr darüber…«, beginne ich völlig überrumpelt, doch er winkt ab.

»Nein Anna, nicht wegen der Schule«, unterbricht er meine wirren Gedanken und zieht mich zeitgleich eilig zurück ins Auto. »Sie ist die Einzige, die an den Schlüssel zum Chopper gelangen konnte, ich hab ihn ihr doch sogar selber meinen Schlüsselbund gegeben, als sie gestern nochmal los musste«, erklärt er weiter, und ich halte geschockt die Luft an. »Es sei denn, du hast das Zeug genommen.«

»Spinnst du? Wieso sollte ich das tun?«

»Genau. Also lautet die Frage, wieso hat Marie das getan, und woher wusste sie überhaupt davon.«

»Marie und … Drogen?«, ich schüttele entschlossen meinen Kopf. »Auf gar keinen Fall.«

»Das glaube ich auch nicht«, betätigt er mein Gefühl. »Aber es könnte ja auch etwas ganz anderes dahinter stecken. Ich habe da so eine Vermutung…«

»Die du mir natürlich nicht verraten willst…«, erwidere ich frustriert und schnalle mich seufzend an.

»Es ist ja nur eine Vermutung. Aber was wäre, wenn Lucy ihre Finger im Spiel hat?«

»Was hat denn jetzt Lucy mit Marie zu tun? Oh Mann Lee, das wird langsam zu viel, ich verstehe das alles nicht mehr!«

»Lass mich bitte mit Marie reden, ja?«

Ich nicke nur. »Okay, aber ich komme mit!«

Im Haus herrscht absolute Stille, als wir es betreten, und kurz hege ich den Verdacht, dass Marie gar nicht da ist, als ich plötzlich ein schrappendes Geräusch von oben registriere. Wir ziehen beide unsere Schuhe aus und schleichen auf Socken die Treppe hinauf, zu neugierig auf das, was dort gerade passiert, als uns bemerkbar zu machen. Als wir oben ankommen, will ich mich nach links bewegen, doch Lee schüttelt den Kopf und deutet nach rechts auf Max` Zimmertür, die, nur angelehnt, einen leichten Lichtschimmer im Türspalt erkennen lässt. Erneut rumpelt es, und diesmal kommt das Geräusch definitiv aus diesem Raum.

Ganz langsam drücke ich die Tür weiter auf, dicht gefolgt von Lee, dessen Atem ich in meinem Nacken spüren kann. Vor Erstaunen halten wir beide zeitgleich die Luft an, als wir Marie auf dem kalten, blanken Holzboden kniend entdecken. Sie hält krampfhaft einen Schraubenschlüssel in der Hand und ist hochkonzentriert dabei, einzelne Bodendielen neben sich zu stapeln, deren Entfernung nach und nach einen kleinen Hohlraum im Betonboden preisgeben, ziemlich genau an der Stelle, wo sonst eine kleine Kommode ihren Platz hat.

»Marie!«, rufe ich erstaunt aus, was meine Tochter so erschrocken zusammenfahren lässt, dass ihr der Schraubenschlüssel aus der Hand fällt.

»M-Mama…, L-Lee…«, stottert sie ertappt, während ihr Gesicht sich rot färbt und ihre Finger nervös nach dem Schraubenschlüssel greifen, um ihn hinter den Rücken zu schieben. »Was macht *ihr* denn schon hier?«

»Die Frage ist wohl eher, was du hier machst?« frage ich verwirrt und trete auf sie zu, während Lee mit einem großen Schritt neben ihr steht, den Schraubenschlüssel übernimmt und das Loch im Boden begutachtet.

»Nicht gefunden was du suchst?« fragt er trocken und mit hochgezogenen Augenbrauen.

»N-nein…, doch…«, stottert Marie.

»Wo ist Lucy?« hakt er weiter nach, ohne sich von ihrem Gestotter beeindrucken zu lassen, während ich unfähig bin, irgendwas zu sagen und nur verwirrt zwischen Marie, Lee und dem Loch im Fußboden hin und her blicke.

»Wer ist Lucy?« versucht Marie sich aus der Affäre zu ziehen, aber Lee weiß es besser.

»Ach komm, Marie«, nagelt er sie fest. »Deine Mutter magst du an der Nase herumführen, aber ich hab dich durchschaut. Also.« Seine Stimme wird schneidend. »Wo ist Lucy?«

»Ich weiß nicht, wen du meinst«, gibt Marie trotzig zurück, nachdem sie anscheinend den ersten Schock überwunden hat.

»Du weißt genau, wen ich meine«, donnert Lee nun zurück und funkelt sie böse an. »Marie, verdammt! Dein Bruder ist tot und du deckst ausgerechnet die Person, die dafür verantwortlich ist? Jetzt schalte doch mal dein Hirn an!«

Nun wird es mir aber doch zu bunt, und ich will Lee gerade Einhalt gebieten und ihn fragen, ob er noch alle Tassen im Schrank hat, als meine Tochter mit einem Mal ihre mühsam aufrecht erhaltene Fassung verliert und schluchzend neben mir zusammenbricht.

»Marie, bitte«, flüstere ich besorgt, weil ich einfach nicht verstehe, was hier vor sich geht, während Lee stumm neben uns hockt und den Schraubenschlüssel abwartend in seinen Fingern dreht.

Es dauert eine ganze Zeit, bis sie sich soweit beruhigt hat, dass die Worte aus ihrem Mund einen Sinn ergeben, und mir fällt es wie Schuppen von den Augen, während sie uns alles haarklein berichtet.

Lees Vermutung war von Anfang an richtig. Marie wird nicht nur gemobbt, sie wird tatsächlich von zwei ihrer Mitschülerinnen erpresst. Angeblich haben diese Mädchen ein paar Fotos von meiner Tochter in ihrem Besitz, die sie heimlich auf der Schultoilette geschossen haben, während Marie nichtsahnend ihren Toilettengang verrichtet hat.

Zuerst haben sie Marie immer mal wieder Markenklamotten abgeluchst, später die iPods, von denen dann Lee Wind bekommen hat und worauf sich seine Vermutung stützt. Da er in der Schule stets ein wachsames Auge auf

Marie hat, wurde die Erpressung dann einfach in ihr privates Umfeld verlegt, was niemandem weiter aufgefallen ist.

In den letzten Wochen musste meine Tochter sich dann mehrfach mit Bargeld die Geheimhaltung ihrer Fotos erkaufen, womit sich das fehlende Geld sowohl in meinem, als auch in Lees Portemonnaie erklärt. Allerdings wurde ihr von Mal zu Mal die Aushändigung der Fotos versprochen, was bisher nie passiert ist und Marie schier verzweifeln lässt.

Dass eben diese Mädchen nun jedoch auch noch im Auftrag von Lucy handeln und diese es, trotz allem, was mit Max passiert ist, einzig darauf anlegt, wieder in den Besitz der von uns beschlagnahmten Drogen zu kommen, nimmt mir glatt die Spucke weg.

»Und außerdem ist es auch nicht so lustig, wenn deine Mutter deinen Lehrer vögelt!« endet Marie dann mit vorwurfsvoller Stimme.

»Marie!« rufe ich entrüstet aus, bevor Lee sich einmischt.

»Findest du es wirklich so schlimm, dass deine Mutter und ich uns gern haben?«

Marie zuckt mit den Schultern. »Nö, eigentlich gar nicht. Aber das ist doch das Nächste, worüber sich alle lustig machen und mir dann wieder doofe Sprüche drücken«, erklärt sie uns.

»Hm. Und wenn ich dir sage, dass wir nicht nur vögeln, sondern dass ich mich total in deine Mutter verliebt habe?

Würde dir das helfen, zu uns zu stehen und dich nicht von deinen Mitschülern verunsichern zu lassen?«

Mir fällt die Kinnlade herunter und ich kann Lee nur anstarren. »Lee!« ermahne ich ihn trotzdem kopfschüttelnd. »Du kannst doch jetzt nicht ernsthaft mit meiner Tochter übers Vögeln reden!«

»Mach ich doch gar nicht!« verteidigt er sich und blickt mich schulterzuckend an. »Ich rede vor allem darüber, dass ich dich liebe und dass ich mit dir zusammen sein möchte. Marie ist doch kein Kleinkind mehr! Wenn sie mit uns ein Problem hat, müssen wir darüber sprechen!«

»Ist ja schon gut«, winkt diese nun mit geröteten Wangen ab. »Ich finde euch toll zusammen, und Mama ist glücklich bei dir. Ich habe kein Problem mit euch.«

»Na bitte, Punkt eins geklärt«, grinst Lee, wird aber schnell wieder ernst. »Was ist das für ein Versteck hier im Boden?«, hakt er dann nach und blickt Marie dabei eindringlich an.

»Lucy hat gesagt, ich soll die Tüte mit den ganzen Sachen erst aus dem Motorrad holen und hier verstecken, wenn das Haus wieder freigegeben wird«, erklärt sie und wirkt sofort wieder niedergeschlagen. »Wenn sie das Zeug braucht, meldet sie sich bei mir, und ich bekomme im Gegenzug endlich diese Fotos.«

»Das glaubst du doch wohl selber nicht«, kommentiert Lee ihre Schilderung.

»Ja, weiß ich doch«, stimmt Marie ihm leise zu und lässt erneut die Schultern hängen. »Aber was soll ich denn tun? Ich hab doch keine Wahl.«

»Du hast immer eine Wahl«, korrigiert er sie. »Und ich glaube, du hast gerade die richtige getroffen, indem du uns endlich alles erzählt hast.«

Mit großen Augen blickt sie uns an, nickt dann und kuschelt sich fest in meine Arme. Ich merke, wie nach und nach ihre Anspannung abnimmt und langsam aber sicher in wohlige Erleichterung übergeht.

»Bist du mir böse?« fragt sie mich leise.

»Nein, mein Schatz«, nehme ich ihr zumindest diese Sorge und verteile Küsse auf ihrem Haar. »Ich bin einfach nur froh und erleichtert, dass du uns endlich gesagt hast, was dich beschäftigt.«

»Hm.« nickt sie. »Das hätte ich wohl schon viel eher machen müssen. Es tut mir leid.«

Ihr Blick sucht nun den von Lee, der wortlos, aber lächelnd die Entschuldigung annimmt und ihr stattdessen durch die Haare wuschelt.

»Lee!« protestiert sie halbherzig, während dieser aufsteht und seine Hände in den Jeanstaschen verschwinden lässt.

»Wo finde ich Lucy?«, fragt er nun erneut. »Raus damit!«

»Im Stall«, erklärt Marie mit fester Stimme und erklärt ihm ganz genau, in welcher verlassenen Pferdebox sich Lucy seit Max` Tod versteckt.

Lee nickt dankbar und beugt sich dann zu mir hinab, um mir einen flüchtigen Kuss auf die Lippen zu hauchen.

»Ihr bringt das ganze Zeug jetzt zu Kalle, okay? Und Marie, schaffst du es, alles was du uns gerade erzählt hast, gleich auf der Wache nochmal zu Protokoll zu geben? Das wäre wirklich wichtig!«

»Auch das mit den Fotos?« fragt sie betroffen.

»Ja, besonders das mit den Fotos!« untermauert er deutlich.

Meine Tochter nickt tapfer, während wir Hand in Hand aufstehen. »Ja, das schaffe ich.«

Die kommenden Tage vergehen wie im Flug. Marie hat Wort gehalten und tapfer jede Frage beantwortet, die Kalle Krüger ihr gestellt hat. Im Gegenzug hat er sich großväterlich neben sie gesetzt, ihr Kekse angeboten und seine Kollegin Kakao organisieren lassen. Er ist ein wirklich großartiger Kerl, und Marie hat, genau wie ich, sofort Vertrauen zu ihm gefasst.

Ihr Tipp über Lucys Aufenthalt war ebenfalls goldrichtig. Lee hat nicht lange gefackelt und sie, völlig zugedröhnt und protestierend, mit Hilfe zweier junger Kollegen von Kalle bis in die Ausnüchterungszelle flaniert und sich eigenhändig davon überzeugt, dass alles ordnungsgemäß verschlossen wird.

Der arme Mick saß den ganzen Tag völlig aufgelöst und verzweifelt auf der Wache, weil seine Tochter nicht ansprechbar war.

Jetzt müssen wir alle abwarten, wie es für die beiden Brüder weiter geht. Kalle hat nach Aufnahme des Protokolls kurzfristig Urlaub eingereicht und denkt, dass sein Verhalten zu einer längerfristigen Suspendierung führen wird. Ich habe die ziemlich sichere Vermutung, dass ihm das gar nicht so viel ausmacht. Momentan ist er tatsächlich viel bei uns, unterhält sich gerne mit Marie und geht seiner eigenen Tochter fast jeden Abend im Johnnys zur Hand, was Tess nicht im Geringsten zu stören scheint und Lee und mir die Möglichkeit gibt, die Abende miteinander zu verbringen. Obwohl ich zugeben muss, dass unser Haus mich weiterhin erdrückt und ich immer froh bin, mich bei Lee aufzuhalten und den eigenen vier Wänden zu entfliehen.

Doch jetzt ist er da, der Tag, vor dem ich mich in der letzten Woche am allermeisten gefürchtet und den ich bis zuletzt verdrängt habe. Ich schließe die Augen, um tief durchzuatmen, doch meine Lungenflügel wollen sich nicht mit Sauerstoff füllen. Stattdessen sitzt der sabbernde Joker mir wieder im Nacken mit seinem schlechten Atem und dem geifernden, grinsenden Blick. Mein Atem geht stoßweise, und eine große, eiskalte Hand hält die Reste meines Herzens feste umschlungen.

Marie sieht trotz ihrer Blässe und den müden Augen wunderschön aus in ihrem dunkelblauen Rock und dem Dutt, den Jule ihr hingebungsvoll geknotet hat.

Meine allerbeste Freundin ist trotz aller Bemühungen erst gestern aus dem Flieger gestiegen, und wir haben die halbe Nacht zusammen geweint, gelacht und getrunken. Die großen schwarzen Sonnenbrillen, die wir trotz wolkenverhangenem Himmel tragen, verdecken die Sicht auf unsere auch schon vor der Beerdigung geschwollenen, rotgeweinten Augen. Ich bin unendlich dankbar, sie endlich wieder an meiner Seite zu wissen, ganz im Gegenteil zu Jens, der sich in seinem schicken schwarzen Anzug wie selbstverständlich neben mich stellt. Doch er hat nicht mit Jule gerechnet, die sich, ohne mit der Wimper zu zucken, so geschickt zwischen uns beide drängelt, dass er keine Chance hat, mir erneut zu nah zu kommen. Ich verstehe nicht, was sie ihm zuraunt, aber wie ich meine beste Freundin kenne, ist es nichts als die nackte Wahrheit, und er senkt nach einem Seitenblick meinerseits entsprechend beschämt den Blick.

Auf dem Weg zum Grab spielen sie *Clocks* von Coldplay, das war Maries einziger Wunsch, den sie vehement durchgesetzt hat. Ich habe keine Ahnung, wer sich darum gekümmert hat und woher die Musik überhaupt kommt, doch vermutlich ist es Lees Werk, mein Fels in der Brandung, der plötzlich wie aus dem Nichts an meiner Seite steht und mir seine beruhigende Hand auf die Schulter legt.

Ich höre Jule leise pfeifen und schaue verwirrt über den Rand meiner Sonnenbrille zu ihr, während ihr Blick bewundernd an ihm auf und ab wandert.

»Da hast du aber einen sensationellen Tausch gemacht«, flüstert sie mir ungeniert und einen Tick zu laut zu. Ich weiß genau, dass sie es nur darauf anlegt, von Jens gehört zu werden, den ich prompt verächtlich schnauben höre.

Lees Mundwinkel zucken verräterisch, und mir wird augenblicklich klar, dass hier zwei meiner Lieblingsmenschen exakt den gleichen Humor besitzen.

Unmerklich schüttele ich den Kopf, doch ich kann nicht umhin, Jule Recht zu geben. Lee im Anzug ist ein Anblick, den ich so schnell nicht mehr vergessen werde, obwohl er sich strikt geweigert hat, eine Krawatte anzulegen. Das kann ich ihm nicht verübeln, Max hätte ganz sicher auch keine getragen.

Als der Pfarrer mit seiner Rede beginnt, versteife ich mich. Während er farbenfroh das kurze, abenteuerlustige Leben meines Sohnes schildert, werden meine Gedanken immer trüber und grauer. Lees Griff wird fester, als ob er spürt, wie es in mir aussieht, und ich bemerke seinen sorgenvollen Blick, vermeide es aber, zu ihm aufzusehen. Jule ist hinter mich getreten und hat für Marie Platz gemacht, deren kleine Hand sich nun fordernd und eiskalt in meine drängt. Nachdem der Pfarrer geendet hat, kommt der Teil, der uns beiden die letzten zwei Tage am meisten Kopfzerbrechen bereitet hat.

Hätten wir nur im Entferntesten geahnt, wie viele Freunde und Verwandte sich von Max verabschieden wollen, hätten wir von Beileidsbekundungen am Grab ganz sicher abgesehen. Jetzt stehe ich hier und habe keine Ahnung, wie ich dieses Szenario überleben soll, zumal ich auf dem Weg zum Friedhof die ein oder andere Tante und entfernte Cousine erkannt habe, auf die ich heute weder gefasst noch vorbereitet bin.

Dass sich Jens Eltern nicht die Mühe machen, haben wir alle erwartet. Es ist ein offenes Geheimnis, dass sie nie mit unserer Ehe einverstanden waren und mich stets als Schmarotzerin gesehen haben.

Ich schicke ein Stoßgebet zum Himmel und bitte meine eigenen Eltern, immer gut auf meinen kleinen Astronauten aufzupassen, wenn er bei ihnen landet.

Dann straffe ich mich, erbaue einen innerlichen Schutzschild und ergebe mich dem Schicksal des heutigen Tages, froh, Marie, Lee und Jule eng an meiner Seite zu wissen. Ohne jegliche Regung lasse ich die nicht enden wollenden Beileidsbekundungen über mich ergehen und ignoriere halbherzige Versuche der Verwandtschaft, mir irgendwelche Worte zu entlocken. Zu mehr als einem stoisch dankenden Nicken bin ich nicht fähig. Das oberflächliche Gerede kann Jens gerne übernehmen, das beherrscht er ja perfekt.

Ich nehme nichts um mich herum richtig wahr und starre nur stumm auf einen nicht vorhandenen Fleck vor meinen Füßen. Das Nicken wird zu einem unkontrollierten Automatismus und ich habe das Gefühl, nie wieder damit aufhören zu können. Als ich Maries lautes Schluchzen neben mir vernehme, zerreißt es mir erneut das Herz, und ich umklammere feste ihre kleine, zarte Hand. Aber wenn man es ganz genau betrachtet, gibt es mein Herz ja gar nicht mehr. In Fetzen zerrissen ist es mit in dieses tiefe, schwarze Loch gerutscht, mit in diesen furchtbaren Sarg, an diesem furchtbaren Tag. Und es wird bei Max bleiben, im Dunkeln und tief vergraben unter der Erde. Ich werde mein Herz nie wieder ganz spüren können.

Lee hatte Recht. Das alles hier, das ist erst der Anfang, hat er mir prophezeit. *Es wird dich plötzlich und unerwartet vollkommen überrollen, dich wegschwemmen und du wirst das*

Gefühl haben, nie wieder den Weg zurück zu finden, hat er gesagt. Ich hätte nie gedacht, dass das ausgerechnet heute passiert.

Maries Schluchzen neben mir wird zu einem lauten, nicht enden wollenden Schrei. Meine Nackenhaare richten sich auf, aber ich bin zu keiner weiteren Reaktion fähig, als ihre Hand zu umklammern. Ich kann einfach nicht, ich bin leer, ausgebrannt, tot. Irgendwer trägt Marie von mir fort. Ich schätze, es ist Jule, denn Lee weicht nicht von meiner Seite.

Die Gedanken gehen mit mir durch. Ich bin so böse. Böse und verdorben und schuld an diesem ganzen Elend. Hätte ich mich doch nur mehr um Max gekümmert. Um Max, mein Baby, mein erstgeborenes Kind, mein Herz.

Wann ist er mir so entglitten? Wann habe ich aufgehört, mich so um ihn zu sorgen, wie es sich für eine liebende Mutter gehört? Wieso dachte ich immer, er ist glücklich und habe seine ständige Abwesenheit nie hinterfragt? Warum habe ich nicht begriffen, wie schlimm seine Abhängigkeit ist? Ich bin eine schlechte Mutter, gefühllos, unfähig, egoistisch und desinteressiert. Ich bin es nicht wert, mich um Marie kümmern zu dürfen und kann anscheinend keine gute Mutter sein. Ich habe kein Recht, auch noch ihr Leben zu zerstören.

Wie lange ich hier noch stehe, nachdem auch der letzte Gast den Friedhof verlassen hat, kann ich nicht sagen. Ich spüre nichts. Nicht die Kälte, nicht meine durchnässten Klamotten. Ich höre nichts und ich sehe nichts.

Absolut regungslos stehe ich weiterhin einfach nur da und weiß nicht, wie es weitergehen soll oder ob es überhaupt weitergehen kann. Ich befinde mich in einer Blase, es gibt weder ein Oben noch ein Unten, ich schwebe und weiß nicht, wohin. Es können Minuten oder Stunden vergangen sein, mein Zeitgefühl ist irgendwo zwischen dem Rettungswagen vor unserer Haustür und dem Moment, in dem der Sarg in die Erde gelassen wurde, verloren gegangen.

Irgendwann werde ich zärtlich berührt und hochgehoben. Ich kann ihn nicht sehen, aber ich weiß sofort, dass Lee bei mir ist.

»Ich bringe dich nach Hause«, flüstert er, und ich höre seine Stimme wie durch dicke Watte. »Komm Anna. Marie wartet auf dich.«

Seine Fürsorge habe ich nicht verdient, er soll mich einfach hier stehen lassen oder besser noch, mich einfach mit in dieses dunkle Erdloch schmeißen. Ich versuche, mich aus seinem Griff zu lösen, boxe, trete und zappele. Langsam kehren meine Kräfte zurück und bündeln sich zu unbändiger Wut. Ich will hier nicht weg. Ich will für immer hier im Regen stehen und in dieser Blase schweben. Ich will nichts spüren, nie wieder!

Irgendwann bemerke ich, dass ich schreie. Es ist ein seltsam schrilles Geräusch, und ich brauche einen Moment, bis ich begreife, dass es aus meiner eigenen Kehle kommt. Ich schreie lauter, ich heule, ich wehre mich mit allem, was ich zu bieten habe. Doch er ist stärker und hält mich einfach nur fest.

»Sch…..«, höre ich ihn beruhigend flüstern, doch ich will mich einfach nicht beruhigen und kämpfe weiter gegen die Liebe, die er mir geben will und die ich nicht verdient habe.

Natürlich bin ich chancenlos und sacke irgendwann kraftlos und schluchzend in seinen Armen zusammen. Während er mich fortträgt, vergrabe ich mein Gesicht an seinem Hals.

Lee sagt kein Wort. Er hält mich fest, bis wir an seinem Auto angelangt sind, setzt mich auf den Beifahrersitz, beugt sich über mich und schnallt mich an.

Sein Auto hält vor unserer Haustür, die Jens uns öffnet, bevor wir sie erreicht haben. Ich stocke kurz, und ohne ein Wort zu sagen spüre ich auch Lees kurzes Zögern, dann trägt er mich einfach an ihm vorbei nach oben und setzt mich auf mein Bett, während er mir vorsichtig den nassen Mantel und die matschigen Schuhe auszieht. Ich falle einfach nach hinten. Er deckt mich zu und ich spüre seine Lippen auf meiner Stirn, die sich einbrennen wie ein Feuermal.

Kraftlos lasse ich alles geschehen. Ich bin noch immer in meiner Blase gefangen, in der ich nichts fühlen, nichts hören und nichts sehen muss. Hier will ich bleiben, hier ist es gut.

Das immer lauter anschwellende Stimmengemurmel von Jens und Lee unten im Wohnzimmer nehme ich nicht wahr und auch nicht, dass Marie über sich hinauswächst und nach den Geschehnissen im Hotelzimmer, von denen sie anscheinend mehr mitbekommen hat, als uns lieb ist, ihren Vater höchstpersönlich vor die Tür setzt. Mehrmals in dieser Nacht erwacht sie schreiend und schweißgebadet, doch Lee und Jule sind jedes Mal sofort zur Stelle, weil ich unfähig dazu bin.

Jule ist mein allergrößter Schatz. Sie fragt nicht, sie plant nicht, sie ist einfach da und macht, was immer gebraucht wird oder nötig ist.

In den ersten Tagen nach der Beerdigung wuselt sie permanent unauffällig um mich herum, wenn Lee arbeiten muss. Sie hängt mit Marie auf der Couch ab und schaut mit ihr gemeinsam jede mögliche Netflix-Serie. Sie kocht etwas zu essen, das von mir verschmäht, aber von Marie und Lee dankend verschlungen wird. Sie räumt hinter uns her, lüftet, putzt, und regelt gemeinsam mit Lee jede Menge Papierkram und hält mir auch noch alle unnötigen Telefonate vom Leib.

Wenn Lee bei uns ist, verschwindet sie immer öfter mit Marie nach draußen, um frische Luft zu schnappen und Marie *ein bisschen Kondition beizubringen*, wie sie ihre Yogaübungen freundlich umschreibt. Natürlich ist mir klar, dass sie uns einfach nur Zweisamkeit ermöglichen möchte. Aber ich bin zu nichts fähig, außer meinen Kopf allabendlich an Lees Schulter zu lehnen, seinem gleichmäßigen Atem zu lauschen und mich immer wieder aufs Neue zu wundern, warum es ihn jeden Abend zu mir zieht.

Nachdem ich mich eine Woche lang nur zum Zähneputzen und Pipimachen von der Couch bewegt habe, reißt aber selbst meiner besten Freundin der Geduldsfaden. Es ist Samstag, und Lee hat sich Marie und seine Schwester geschnappt, um den Wocheneinkauf zu erledigen. Ich selber glaube ja, dass das alles ein abgekartetes Spiel ist, um mich endlich von der Couch zu schmeißen, aber ich bin nicht stark genug, um zu protestieren.

Tatsächlich hat Lees Auto noch nicht ganz die Einfahrt verlassen, als Jule mir auch schon ohne Vorwarnung die Decke vom Körper reißt. »Du stinkst«, bemerkt sie in ihrer einzigartig trockenen Art.

»Ist mir egal, gib mir die Decke wieder«, grummele ich halbherzig in ihre Richtung, obwohl ich weiß, dass sie Recht hat.

»Du weißt, dass ich Recht habe!«, blafft sie auch prompt zurück, und ich rolle genervt mit den Augen. »Anna, ich verstehe, dass du traurig bist und deine Ruhe haben willst, aber ich kann nicht verantworten, dass du so einen tollen Typen wie Lee vergraulst, nur weil du zu faul bist für ein bisschen Körperhygiene!« fährt sie mit ihrer Predigt fort, die keine Widerrede duldet. »Los jetzt, steh auf, sonst dreh ich dir zusätzlich noch das Duschwasser auf eiskalt!«

»Ist ja gut«, blaffe ich zurück und quäle mich in die Senkrechte, während Jule alle Fenster aufreißt.

»Gut so«, lobt sie mich. »Jetzt ist Schluss mit Trübsal blasen, meine Liebe!«

Ich rolle nur erneut mit den Augen und schluffe ins Badezimmer, wo ich mein eigenes Spiegelbild anstarre wie eine Fremde. Ob ich das Vogelnest auf meinem Kopf jemals wieder gebändigt bekomme? Bevor ich mich unter die Dusche stelle, versuche ich, mit mäßigem Erfolg, meine Haare zu entwirren und hoffe darauf, dass die teure Spülung hält, was sie verspricht.

Das warme Wasser tut gut und ich spüre, wie meine Lebensgeister langsam wieder erwachen. Nach einer Woche Grübelei und Nichtstun fällt es tatsächlich schwer, die eigenen Gedanken wieder in richtige Bahnen zu lenken, und ich kann sehr gut nachvollziehen, dass es Leute gibt, die dies nicht aus eigener Kraft schaffen. Ich beginne mit stumpfer Morgenroutine, um meinen wirren Gefühlen Herr zu werden. Ausführlich schäume ich meinen Körper ein, wasche mir zweimal die Haare und benutze danach eine ordentliche Portion Spülung, nach deren Einwirkzeit sich meine Haare tatsächlich ganz seidig anfühlen und ich schlussendlich dufte wie ein ganzes Blumengeschäft. Danach entferne ich gründlich alle Stoppeln an meinen Beinen und in den Achseln und zögere kurz, bevor ich auch noch weitere Körperpartien rausurtechnisch wieder auf Vordermann bringe.

Nachdem ich mich abgetrocknet und meinen Körper eingecremt habe, zupfe ich noch meine Brauen in Form und lege nach kurzer Überlegung einen Hauch von Makeup auf, der die dunklen Augenringe kaschiert und ein trügerisch frisches Bild in mein gerädertes Gesicht zaubert. Mir soll es Recht sein, die Hauptsache ist, Jule zufrieden zu stellen, denke ich und trage zum Schluss noch schwarze Wimperntusche auf.

In ein Badehandtuch gewickelt, husche ich ins Schlaf-zimmer und staune nicht schlecht, als meine bis dato ziemlich knackig sitzende Jeans mir fast über den Hintern rutscht. Jule lehnt dabei beobachtend im Türrahmen, und ihre wachsamen Augen mustern mich argwöhnisch.

»An dir ist nichts mehr dran, meine Liebe. Du musst dringend was essen«, bemerkt sie mit hochgezogenen Augenbrauen.

»Ich würde erstmal mit einem starken Kaffee beginnen«, zwinkere ich ihr halbherzig zu und greife nach meinem Lieblingsshirt, das ebenfalls ziemlich locker über meine Hüften fällt. »Vielleicht kommt dabei ja auch mein Appetit wieder«, ergänze ich meine Antwort, bevor Jule protestieren kann. Diesen Blick kenne ich nämlich nur zu gut.

»Kaffee läuft schon«, grinst sie wissend, kommt auf mich zu und zieht mich in eine feste Umarmung, die keiner weiterer Worte bedarf.

Wir sitzen, in ein Gespräch vertieft, am Küchentresen, als Marie mit vor Freude geröteten Wangen hereinstürmt und sichtlich erstaunt vor mir stehen bleibt.

»Mama!« fällt sie mir um den Hals. »Du siehst toll aus!«

»Aber Hallo«, bestätigt Lees tiefe Stimme ihre Aussage. Er ist neben dem Kühlschrank stehen geblieben und mustert mich mit unergründlichem Blick, während nun auch Lu die Küche schwer bepackt betritt.

»Oh, hey Anna«, begrüßt sie mich lächelnd und lässt die randvollen Einkaufstaschen achtlos neben Lees Füße plumpsen, um nach der Kanne zu greifen und sich eine

Tasse aus dem Schrank zu klauben. »Puh. Kaffee ist jetzt genau das Richtige.« Sie setzt sich neben uns und grinst breit. »Mit meinem Bruder einzukaufen ist pure Folter, echt. Das könnt ihr demnächst wieder ohne mich machen.« Dann nimmt sie einen kräftigen Schluck, lässt sich in die Lehne zurückfallen und atmet seufzend aus. »Jetzt ist es besser.«

»Tz... «, erwidert Lee genervt. »So ein Einkauf muss halt etwas durchdacht werden. Es reicht nun mal nicht, einzig das Tiefkühlregal zu plündern! *Ich will Pizza...!*« äfft er seine Schwester nach und rollt mit den Augen. »Irgendwann rächen sich deine Ernährungsgewohnheiten, Schwesterherz. Auch du wirst älter, glaub mir!«

»Ach, erzähl du nur«, winkt sie ab und wendet sich dann mit einem »Anna« in meine Richtung. »Ich gehe heute Abend mit Marie ins Kino, wenn das für dich okay ist. Mit Nachos und Cola!« betont sie und funkelt dabei ihren Bruder böse an.

»Oh, in welchen Film?« fragt Jule aufgeregt. »Ich war schon ewig nicht mehr im Kino.«

Ich sehe ihr doch an der Nasenspitze an, was sie plant.

»Keine Ahnung, mal schauen was läuft«, antwortet Lu. »Auf jeden Fall irgendwas mit Action, nicht so eine Schnulze. Der neue Bond soll ganz gut sein, Daniel Craig geht immer. Oder diesen Film mit Jason Statham, wie heißt der doch gleich... .«

»Oh ja, kann ich mit?«, bettelt Jule nun und zwinkert mir zu. »Ich lade euch vorher noch auf eine gesunde Pizza mit viel Gemüse ein, damit hier alle zufrieden sind, was meint ihr zwei?« Dabei dreht sie Lee und mir betont den Rücken zu und fixiert ihre Opfer, die sofort freudig nicken.

Marie hüpft aufgeregt auf und ab. Im Kino war sie glaub ich das ganze Jahr noch nicht.

»Darf ich Mama? Bitte!!«

Ich nicke ergeben. »Natürlich darfst du.«

»Jippieh!« Ich schaue ihr nach, während sie hüpfend und jubelnd nach oben verschwindet, vermutlich, um sich in Schale zu schmeißen.

»Was habt ihr mit ihr gemacht?«, frage ich skeptisch in die Runde. So gut gelaunt und aufgekratzt habe ich sie lange nicht erlebt. Lee räuspert sich hinter mir, während er den Kühlschrank einräumt. Plötzlich wirkt er unsicher und etwas verlegen, was ich gar nicht an ihm kenne, aber irgendwie süß finde.

»Wir haben uns gestern ziemlich lange mit ihr unterhalten, als du geschlafen hast«, beginnt er seine Erklärung und kommt langsam zu mir geschlendert. »Über die Schule und so.«

»Aha?« warte ich mit fragendem Blick.

»Und außerdem, also… die beiden Mädels, die mit den Fotos, weißt du…«, er räuspert sich erneut und weicht, ganz untypisch für ihn, meinem abwartenden Blick aus, als Lu ihm ungefragt zur Hilfe eilt.

»Die beiden Mädels hatten ein intensives Gespräch mit einem guten Kumpel von mir«, erklärt sie schulterzuckend. »Das ist so ein Frauenversteher und Charmbolzen, Nicht so ein Idiot wie mein Bruder, wenn du verstehst was ich meine. Eher so ein Typ, dem die Frauen sofort zu Füßen liegen.«

»Du bist so nett zu mir, Schwesterherz!« unterbricht Lee sie sarkastisch und schnaubt.

»Na ist doch wahr«, verteidigt sie ihre Aussage. »Jim hätte mir sofort die ganzen Tiefkühlpizzen gekauft, jede Wette!«

»Aber nur, weil du ihn an der langen Leine verhungern lässt und er hofft, sie alle gemeinsam mit dir zu vertilgen, am liebsten nackt und in deinem Bett!«

»Mein Liebesleben geht dich rein gar nichts an, aber wenn du meinst…«, zickt sie zurück, dann dreht sie sich wieder in meine Richtung. »Jedenfalls frisst dieser Typ, Jim, mir aus der Hand und ist zufällig der Türsteher in der Nummer eins Club Bar der Stadt. Und wie der Zufall es so will, sind diese beiden Mädels ganz heiß darauf, dort reinzukommen und, naja, … im Tausch gegen ein paar bestimmte Fotos könnte Jim da vielleicht was drehen, hat er ihnen gesagt. Und hier…tatata…« ihre Hände zeigen weisend in Lees Richtung, der einen kleinen USB-Stick an seinem Finger baumeln lässt und entschuldigend mit den Schultern zuckt.

»Tut mir leid. Ich wollte ja an die Vernunft dieser beiden Damen appellieren, aber Lu meinte, das hätte keinen Sinn. Ich hab mich aber höchstpersönlich davon überzeugt, dass sie die Fotos auf sämtlichen Medien unwiderruflich gelöscht haben, und dieser Jim hat den beiden Damen auch nochmal, auf seine Art, ein paar passende Worte dazu gesagt. Sie liegen ihm zu Füßen, Anna. Das

Thema ist tatsächlich erledigt, und Marie scheint seitdem völlig aus dem Häuschen.«

Sprachlos wandert mein Blick zwischen Lee und Lu hin und her, während Jule begeistert in ihre Hände klatscht und von ihrem Stuhl aufspringt.

»Das muss gefeiert werden«, jubelt sie und hat so schnell vier Gläser mit schwerem Rotwein gefüllt, dass erneut der Verdacht in mir keimt, als hätte sie das alles hier von langer Hand geplant.

»Du musst noch fahren«, ermahne ich meine Freundin halbherzig, greife aber ebenfalls erleichtert nach einem der Gläser und nehme einen kräftigen Schluck.

»Jaja«, brummt sie. »Zur Not übernehme ich auch noch das Taxi.«

Gesagt, getan. Als Marie kurze Zeit später in schicker Jeans und mit, für meinen Geschmack leicht übertriebenem Lidstrich, in die Küche kommt, pfeifen alle so begeistert, dass ich es nicht übers Herz bringe, sie zum Abschminken wieder nach oben zu schicken.

Also zieht, nach einem zweiten Glas Wein, ein gackernder Weiberhaufen von Dannen, und Jule und Lu duzen und umgarnen den Taxifahrer schon, bevor er überhaupt losgefahren ist. Ich schaue ihnen kopfschüttelnd hinterher, während Lee von hinten die Arme um meine Schultern legt.

»Wir haben sturmfrei«, bemerkt er trocken.

»Als ob das gerade nicht alles ein abgekartetes Spiel war«, empöre ich mich. »Denkt ihr eigentlich, ich bin bescheuert, nur weil ich mich die letzten Tage nicht großartig bewegt habe?«

Lee lässt von mir ab und hebt beschwichtigend die Hände. »Glaub mir, ich habe damit nichts zu tun!«

»Das glaub ich dir tatsächlich blind«, entgegne ich. »Jule ist echt ein Miststück.«

»Aber ein supernettes Miststück, musst du zugeben«, grinst er vorsichtig. »Findest du es plötzlich so schlimm, mit mir alleine zu sein?« Zögernd kommt er wieder näher.

»Ach Quatsch«, schüttele ich meinen Kopf. »Natürlich nicht, ganz im Gegenteil. Ich bin gerne mit dir alleine, und die Radikalmethode habe ich nach dieser Woche vermutlich auch gebraucht. Aber das ist so typisch Jule…!« Erbost stemme ich die Hände in meine Hüften. »Nicht mal in Ruhe trauern darf man hier.«

Zärtlich streichen seine wunderbaren Finger meine offenen Haare nach hinten und streifen dabei erst mein Ohrläppchen, bevor sie weiter an meinem Hals entlang wandern und an meinem Schlüsselbein verharren. Sehnsüchtig seufzend, schließe ich meine Augen.

»Du darfst immer trauern, Anna«, höre ich seine tiefe Stimme ganz nah. Ich spüre seinen Atem und die Nähe seines starken Körpers, der mir in den letzten Tagen eine solche Stütze war und mir doch so schmerzlich gefehlt hat. Plötzlich spüre ich, wie alles an und in mir danach schreit, in ihn hineinzukriechen und ihn nie wieder loszulassen. »Aber du darfst nie dich selber dabei vergessen« raunt er mir weiter ins Ohr und schließt die Tür.

Seine Finger fahren langsam, aber unaufhaltsam meinen Körper entlang, an meinen Schultern hinunter bis zu meinen Fingern, dann wieder hinauf. Seine Lippen küssen liebevoll meine geschlossenen Augenlider, dann meine Nasenspitze, während seine Hände meine Wirbelsäule in Flammen setzen und an meinem Po kurz Halt machen, nur, um den Druck zu erhöhen, ein Kribbeln zu hinterlassen und die Spannung in meinem Körper weiter anzuheizen. Ohne Vorwarnung zieht er mir mein Shirt über den Kopf, und ein weiterer Griff entblößt meine Brüste, deren Nippel sich allein beim Gedanken an seine Liebkosungen schon aufrichten. Ich seufze, als seine Zungenspitze vorsichtig auf meiner Haut zu spielen beginnt, bevor sie ohne ersichtlichen Grund damit aufhört, obwohl mein ganzer Körper nach mehr schreit.

Irritiert öffne ich meine Augen. Lee starrt mich mit solch einem feurigen Blick an, der meine Beine sofort weich werden lässt. Jetzt bin ich es, die ihm verlegen ausweicht.

»Du bist so wunderschön«, bemerkt er mit glasigen Augen und ist sofort wieder ganz nah, als ich fordernd meine Arme nach ihm ausstrecke und ihn damit zwinge, genau dort weiterzumachen, wo er aufgehört hat.

Mein Körper kribbelt unter seinen erneuten Küssen und reagiert, wie immer, sofort auf jede kleinste Berührung von ihm. So schnell, wie wir uns unserer restlichen

Klamotten entledigt haben, hätten wir mal wieder einen Eintrag ins Guinnessbuch der Rekorde verdient, und als er meinen frisch rasierten Venushügel bemerkt, ist es an ihm, genussvoll aufzustöhnen.

Wir beide halten die zärtlichen Liebkosungen nicht lange aus, sondern streben nach mehr, brauchen mehr. Ich stolpere gegen den Tisch und beuge mich vor, dabei spreize ich auffordernd meine Beine und bin so bereit, dass ich schon komme, während Lee sich von hinten mit nur einem festen Stoß tief in mir versenkt. Ich spüre, wie sehr auch er mich vermisst hat, und mein Körper ist wie Wachs in seinen Händen. Als er inne hält und sich aus mir zurückzieht, nur, um mich Sekunden später auf den Tisch zu setzen, hängt sein verschleierter Blick an mir. Seine Zähne bearbeiten zärtlich meine Brustwarzen. Dabei wandern meine Hände tiefer, umfassen seinen harten Schwanz und bringen ihn, an meinen Nippeln knabbernd, erneut zum Stöhnen. Ganz langsam lasse ich meinen Oberkörper nach hinten gleiten und entblöße für ihn mit gespreizten Beinen alles, was ich zu bieten habe. Mit glasigen Augen beugt er sich tiefer, seine Zunge wandert von meinen Brüsten aus weiter hinab, zeichnet feuchte Kreise auf meinem Bauch und seine Finger verwöhnen mich, bis ich aufschreie vor Lust. Er zieht mich auf sich, stößt in kurzen Abständen feste in mich hinein und erlöst uns beide mit einem tiefen Grollen.

»Wie hast du das geschafft?« frage ich leise, als ich, einen weiteren Höhenflug später, völlig erschöpft in seinen Armen liege.

»Was geschafft?« hakt er träge nach, weil er seine Augen ebenfalls kaum noch offen halten kann.

»Dich vor lauter Wut und Trauer nicht selber zu vergessen.«

»Ich wusste immer, dass es dich irgendwo gibt und ich dich finde«, flüstert er, während er mich an seine Brust zieht und mit geschlossenen Augen zufrieden lächelt.

»Danke«, antworte ich leise, bekomme aber keine Antwort mehr, weil Lee schon in seiner ganz eigenen Traumwelt und bei seinen eigenen kleinen Astronauten angekommen ist.

»Ich liebe dich«, flüstere ich mit zitternder Stimme, bevor ich mich mit leisen Tränen meinem eigenen Astronauten widme.

Die nächsten Wochen vergehen insgesamt relativ unspektakulär, wenn man davon absieht, dass Marie endlich in ihre langersehnten Sommerferien startet und Jule ihr den wahnwitzigen Floh ins Ohr gesetzt hat, sie zu einem ihrer anstehenden Shootings an die amerikanische Westküste zu begleiten.

»Mamaaaa, bitte!« knatscht sie mir schon den ganzen Tag die Ohren voll, während ich sie, innerlich natürlich längst entschieden, aus purem Trotz Jule gegenüber, noch etwas zappeln lasse.

Es ist doch wirklich nicht zu glauben, auf welche, zugegeben ziemlich reizvollen, Ideen meine Freundin immer kommt und damit nicht eine Sekunde hinter den Berg hält, sobald sie ihr in den Kopf schießen. Ich finde, sie hätte so einen Vorschlag erst einmal unter vier Augen mit mir alleine besprechen müssen, anstatt direkt meine Tochter anzustacheln, für die es jetzt natürlich kein Halten mehr gibt. Andererseits, es ist halt Jule, und dafür liebe ich sie so sehr. Was hätten wir selber mit knapp sechzehn für solch eine Urlaubsmöglichkeit gegeben!

»Och Marie, echt jetzt! Was denkst du denn, was du da zwei Wochen machst? Jule muss arbeiten, sie kann sich gar nicht richtig um dich kümmern!«

Mit einem kessen Grinsen im Gesicht eilt diese meiner Tochter natürlich sofort zur Hilfe.

»So ein Quatsch, die Shootings finden fast immer am frühen Morgen statt, weil da das Licht einfach gigantisch ist. Deine Tochter wird nicht faul herumliegen, sieh es quasi als Ferienjob. Ich nehme sie als meine persönliche

Assistentin mit! Sie trägt mir meine Klamotten hinterher, dafür sind Kost und Logis umsonst.«

Marie strahlt, Lee steht halb versteckt im Türrahmen und verfolgt unsere aussichtslose Diskussion mit einem süffisanten Grinsen im Gesicht. Er kennt mich mittlerweile gut genug um zu wissen, worum es mir hier eigentlich geht.

Schulterzuckend schaut Jule zwischen uns beiden hin und her. »Jens muss einzig den Flug für dich sponsern, der soll sich mal nicht so anstellen.« Dann stemmt sie voller Tatendrang die Hände in die Hüften, und ihre Augen funkeln mich durchtrieben an. »Soll ich ihn direkt mal anrufen?«

»Untersteh dich!«, erhebe ich nun drohend meine eigene Stimme. »Das krieg ich schon noch alleine geregelt«, grummele ich dann weiter, während Marie erst die Luft anhält und dann wild jubelnd auf mich zu gerannt kommt.

»Heißt das, ich darf?«

»Jaja, von mir aus. Ich hab doch hier eh keine Chance«, erwidere ich ergeben und kann mir ein breites Grinsen nun nicht mehr länger verkneifen. »Aber ich weiß noch nicht, was Papa dazu sagt!«

Marie nickt, und mir entgeht nicht, dass sowohl Lee als auch Jule ihr verschwörerisch zuzwinkern. Ich hasse es, wenn alles immer hinter meinem Rücken ausbaldowert wird. Aber ich freue mich für Marie, denn solch eine Erfahrung wird ihr sicher gut tun und sie weiter aus ihrem Schneckenhaus locken, dafür bin ich Jule sehr dankbar.

Immerhin übernimmt meine Freundin ja auch zwei Wochen lang die Verantwortung für meine Tochter. Auf große Partys und nächtliche Exzesse muss sie also verzichten, das bedeutet ein wirklich großes Opfer für Jule.

Seufzend schnappe ich mir mein Handy und schließe die Tür zum Flur hinter mir, bevor ich mich auf die unterste Treppenstufe setze und Jens Nummer wähle. Es klingelt nur zwei Mal, dann erklingt seine Stimme, die mir aufgrund der Tonlage schon verrät, dass der Moment ungünstig ist.

»Anna«, höre ihn förmlich. »Was kann ich für dich tun?«

»Für mich gar nichts, herzlichen Dank«, schießt es mir scharf über die Lippen, bevor ich mich zusammenreißen kann und einmal tief durchatme. »Marie fliegt in den Ferien spontan mit Jule für zwei Wochen nach L.A., kannst du den Flug übernehmen?«

»Äh…, werde ich jetzt gar nicht mehr gefragt, ob ich damit einverstanden bin?« herrscht er mich irritiert an, und ich weiß sofort, dass er gerade nicht alleine ist und sich nur profilieren will. Aber nicht mit mir, er weiß ganz genau, dass ich ihn in der Hand habe.

»Nein«, stoppe ich seinen aufkeimenden Größenwahn und höre, wie er laut schnaubt.

Dann ändert er seine Strategie und säuselt ein »Ja okay, kein Problem!« in den Hörer, dass mir die Galle hochkommt.

»Gut, dann wäre das ja geklärt«, antworte ich und will schon auflegen, als ich erneut seine schleimige Stimme höre.

»Ist mein Einschreiben bei dir angekommen?«

»Ja. Danke« nicke ich, wohlwissend, dass er mich nicht sehen kann. Dann lege ich auf und muss mich kurz sammeln, bevor ich aufstehe und mit einem Strahlen im Gesicht den aufgeregten Gesichtern in der Küche die bevorstehende Reise bestätige.

»L.A., ich komme!« schreit Marie laut drauf los und hüpft ganz aufgeregt mit Jule gemeinsam durch die Bude.

»Wie zwei aufgedrehte Kleinkinder«, bemerkt Lee kopfschüttelnd, stimmt aber in ihr freudiges Lachen mit ein, während er mich umarmt.

»Hoffentlich geht das gut«, flüstere ich so leise, dass nur er es hören kann, und ich spüre, wie er seine Arme sofort noch ein bisschen fester um mich schlingt.

»Ich muss gleich los«, bemerke ich mit einem kurzen Seitenblick auf die Mikrowellenuhr und löse mich widerwillig von ihm. »Ich darf nicht schon wieder zu spät kommen, das kam letzte Woche gar nicht gut an.«

»Aha, ist es schon wieder soweit?« hakt er nach.

Ich nicke nur. Die wöchentlichen Sitzungen mit meiner Therapeutin sind zu einem heiligen Ritual für mich geworden. Es geht längst nicht mehr nur um Marie, die sich nach dem beherzten Eingreifen von Lees Schwester auf wundersame Weise einer sagenhaften Metamorphose unterzogen hat.

Es geht insbesondere und vor allen Dingen um mich, mein Leben, meine Trauer, meine Wut und um meine Angst, versagt zu haben. Ich habe noch immer nicht ganz verstanden, warum Lee nach all der schweren Zeit noch immer so klar an meiner Seite steht, und mir fällt es unendlich schwer, zu akzeptieren, dass ich seine Liebe verdient habe. Die regelmäßigen, routinierten Gespräche helfen mir dabei und sind mir sehr wichtig, auch, wenn ich mich gerade nur ungerne von Lee verabschiede.

Das muss ich dann auch noch gar nicht, denn er hat meine Termine immer im Blick und es hätte mich sehr gewundert, wenn er den heutigen vergessen hätte. Mit seinem so typischen Blick zieht er mich zurück in den Flur und greift nach etwas, was verborgen hinter dem Garderobenschrank schlummert.

»Hier.« Er reicht mir einen eckigen Karton, den ich neugierig öffne, um staunend einen dunkelroten, mit dünnen Goldfäden durchzogenen Helm zum Vorschein zu bringen, der mich unterschwellig an mein Queue erinnert und Gefühle in mir hervorruft, die meine Wangen rosa färben. Lee weiß sofort, woran ich denke und nickt, verwegen grinsend.

»Ganz genau, Süße. Heute sind es drei Monate. Ich finde, das ist ein Grund zum Feiern. Los, setz ihn auf, ich bring dich zu deiner Sitzung und danach machen wir eine Spritztour, gehen essen und dann natürlich im Johnnys Billard spielen!«

Ich starre ihn nur an und lege den Kopf schief.

»Du weißt, dass du keine Chance hast?« necke ich ihn, bevor ich den Helm über meinen Kopf stülpe und feststelle, dass er wie angegossen passt.

»Das, meine Liebe, werden wir ja noch sehen«, erwidert er selbstsicher und nimmt mir den Wind aus den Segeln, indem er meine hektisch am Verschluss fummelnden Hände wegschiebt und mit seinen Fingern über meinen Kehlkopf streicht, bevor er den neuen Helm mit geübtem Griff verschließt.

Hand in Hand verlassen wir das Haus, und Lee steht wie versprochen eine gute Stunde später mit seiner Maschine vor der Praxis und holt mich zu einer Spritztour ab.

Der Fahrtwind pustet mir ins Gesicht und weht nach und nach meine trüben Gedanken fort, die mich, wie jede Woche, noch eine ganze Zeit nach der Sitzung gefangen halten. Langsam entspanne ich mich und genieße unseren Trip, der über hügelige Landstraßen und verlassene Wege führt, bis wir nach diesem entspannenden Umweg plötzlich langsamer werden und ich Lees Hand auf meinem Knie spüre, als er auf das Diner zusteuert, in dem wir uns vor drei Monaten ausgesprochen haben.

Leider hat Jen heute ihren freien Tag und kommt somit nicht in den Genuss, meinem Liebsten freudestrahlend ihr üppiges Dekolletee zu präsentieren. Seine ungeteilte Aufmerksamkeit gilt also mir, und ich nutze sie nach reiflicher Überlegung, um ihm die großen Neuigkeiten mitzuteilen, von denen er noch nichts weiß.

»Jens hat mir das Haus überschrieben«, teile ich ihm dann auch ohne Umschweife mit, nachdem wir es uns wieder im hinteren Teil des Diners neben Marylin Monroe gemütlich gemacht haben.

»Wow«, lautet seine kurze Antwort, während er mich beobachtend anschaut und wohl darauf wartet, dass ich ihm mehr erzähle.

»Ja«, fahre ich deshalb fort, »aber ich will es nicht.« Kurz halte ich inne und nehme einen Schluck Cola, bevor ich ihm mein Vorhaben weiter erkläre.

»Du willst es nicht?« hakt er verwundert nach, während ich mein Glas vom Mund nehme.

»Nein«, bestätige ich kopfschüttelnd. »Ich habe vor ein paar Tagen, genau wie du, ein langes Gespräch mit Marie geführt. Insbesondere ich halte es in unserem Haus nicht mehr aus, es erdrückt mich immer mehr. Erst dachte ich, es geht vorbei, aber ich fühle mich dort einfach nicht mehr zu Hause, verstehst du?«

Lee nickt. »Das verstehe ich sogar sehr gut.« Seine Finger nesteln nervös am Bierdeckel herum. »Ich wohne nicht ohne Grund im Johnnys, seit Toni und die Zwillinge…, also… du weißt schon.«

»Seit sie tot sind?«

Seine Augen weiten sich kurz erschrocken, als er zu mir aufblickt. »Ich bewundere dich dafür, wie du darüber sprechen kannst, Anna«, erklärt er mir dann seine Reaktion. »Mir fällt es nach dieser ganzen Zeit noch immer schwer, die passenden Worte zu finden.«

»Ich weiß«, bestätige ich. Heute bin zur Abwechslung mal ich diejenige, die ihre Finger beruhigend um seine legt. »Aber ich hoffe sehr, irgendwann mehr über dein altes Leben zu erfahren.«

Lange sitzen wir einfach nur da und starren auf unsere verschlungenen Finger. Dabei spüre ich genau, wie es in meinem Freund brodelt, ehe er sich entschlossen aufrichtet und für einen Moment nach den richtigen Worten sucht.

»Wäre es ein Anfang, wenn wir gemeinsam Max, Lia und Neo besuchen gehen?«

Jetzt ist es an mir, meine Augen erstaunt aufzureißen. »Liegen sie etwa auf dem gleichen Friedhof?«

»Ja«, nickt er. »Und gar nicht mal weit voneinander entfernt.«

»Ich würde die drei liebend gerne mit dir besuchen, Lee. Das wäre wirklich schön.«

»Okay, abgemacht. Auf dem Weg zum Johnnys fahren wir dort vorbei. Aber jetzt wechseln wir das Thema, okay? Heute soll es nicht nur traurig zugehen bei uns.«

»Ich bin nicht traurig«, korrigiere ich seinen Eindruck. »Du machst mich zum glücklichsten Menschen der Welt, und ich weiß noch immer nicht, womit ich dich verdient habe.« Ich staune selber über meine Aussage, aber die regelmäßigen Therapiestunden scheinen tatsächlich langsam Wirkung auf mich zu haben.

Natürlich bin ich auch traurig, das bin ich unterschwellig eigentlich immer. Aber ich schaffe es nach und nach, auch mein Glück zu genießen. Das ist eine ganz neue Erfahrung für mich, und ich muss lächeln, weil auch mein kleiner Astronaut gerade winkend und mit den Daumen nach oben zeigend durch meine Gedanken zieht.

»Darauf stoßen wir an«, grinst Lee stolz und rückt näher, um zärtlich eine Haarsträhne hinter mein Ohr zu klemmen, bevor er seine Lippen auf meine legt.

Ein Räuspern lässt uns auseinander fahren, und der Duft von frischem Burger Fleisch steigt uns in die Nase, als der Kellner zwei üppige Teller vor uns abstellt.

»Hm…, das sieht fantastisch aus!«, lächle ich ihm dankend zu, und auch Lee nickt zustimmend.

»Guten Appetit, lasst es euch schmecken!« sagt der Kellner freundlich. »Kann ich euch noch etwas zu trinken bringen?«

»Ja«, nicke ich. »Ein Wasser wäre toll.«

»Zwei bitte«, bestätigt Lee, und wir lächeln uns an wie verliebte Teenager, einfach weil wir uns gerade tatsächlich so fühlen.

Nachdem ich den Burger halb geschafft habe und der erste Hunger gestillt ist, lege ich eine kurze Pause ein, nehme einen großen Schluck aus meinem Glas und lehne mich abwartend nach hinten, bis ich Lees ungeteilte Aufmerksamkeit habe. Fragend zieht er die Augenbrauen nach oben und legt dabei abwartend den Kopf schief, während er genüsslich weiter kaut.

»Marie und ich haben entschieden, umzuziehen«, greife ich unser Eingangsgespräch wieder auf. Lee schluckt seinen Bissen herunter und nimmt den Blick dabei keine Sekunde von mir.

»Wir wollen das Haus verkaufen und uns was Kleineres suchen.«

»Klingt doch gut«, äußert er sich dann.

»Marie hatte die Idee, …«, jetzt druckse ich herum und muss nach den richtigen Worte suchen. »Marie dachte, du würdest uns vielleicht helfen?«

»Natürlich! Das ist doch wohl ganz klar!«

»Und Marie, also… sie hatte den Vorschlag, also… ich weiß ja, es ist alles noch total früh, aber… «, stottere ich ungeschickt herum. Jetzt bricht mir doch der Schweiß aus, dabei hatte ich mir in Gedanken alles so gut zurecht gelegt. Schnell hebe ich das Wasserglas an meine Lippen, um für einen kurzen Moment meine Gedanken zu sammeln, während Lee mich stirnrunzelnd beobachtet. Dann hole ich tief Luft, und es sprudelt einfach aus mir heraus.

»Marie hatte die Idee, ob du nicht mit uns zusammen in ein kleines Haus ziehen möchtest? Du bist doch eh die meiste Zeit bei uns und… « Lee fallen fast die Augen aus dem Kopf und es ist gut, dass er den Bissen in seinem Mund bereits runtergeschluckt hat, sonst wäre er ihm vermutlich im Hals stecken geblieben.

»Das war Maries Idee?« fragt er ungläubig und ich nicke unsicher.

»Und was sagst *du* dazu?« hakt er nach. »Es ist ja schön, wenn deine Tochter mich gerne um sich haben mag, aber«, hält er kurz inne, »du müsstest dann jeden Abend dein Bett mit mir teilen, ist dir das klar?«

»Ich könnte mir nichts Schöneres vorstellen«, flüstere ich verlegen. Meine Wangen fühlen sich heiß an, und ich spüre schon, wie die nächste Hitzewelle anrollt, als Lee in Zeitlupe sein Besteck neben den Teller legt, die Arme vor der Brust verschränkt und mich mal wieder mit seinem unergründlichen Blick mustert, den ich so liebe und der mir zeitgleich jedes Mal weiche Knie bereitet. Sein Schweigen bringt mich um den Verstand, und ich rutsche unruhig hin und her.

»Jetzt sag doch was!«, raunze ich ihn nervös an. »Es war ja auch nur eine Idee! Wenn dir das alles noch zu früh ist, verstehe ich es natürlich, ich dachte nur... «

»Anna!«, unterbricht er meinen Redeschwall, räuspert sich und lässt dabei sein Grinsen immer breiter werden, bis er den Kopf in den Nacken legt und laut anfängt zu lachen. »Als ob ich darüber auch nur eine Sekunde nachdenken müsste!«

Erleichterung durchflutet mich. Ich hole tief Luft, denn vor Aufregung habe ich vergessen zu atmen. Dann springe ich auf seinen Schoß, und es ist mir völlig egal, dass wir unsere Burger noch nicht ganz aufgegessen haben, dass das Wasserglas neben mir gefährlich wackelt und dass das Pärchen zwei Tische weiter uns irritiert mustert.

»Heißt das ja?« kreische ich.

»Ja«, tönt seine tiefe, sonore Stimme in meinem Ohr. »Ja, verdammt, zu allem, was du willst.«

Als Lee seine Maschine auf dem kleinen Friedhofsparkplatz abstellt, wirken seine Bewegungen plötzlich hektisch und nervös. Nichts ist mehr übrig von dem selbstsicheren Mann, der mir eben noch den Ketchup aus dem Mundwinkel gewischt hat. Erst bekommt er den Verschluss seines Helms nicht sofort auf, dann fällt ihm sein Schlüsselbund in den Kies. Irritiert bleibe ich stehen und mustere ihn.

»Was ist los mit dir?«

Seufzend bückt er sich, hebt den Schlüssel auf und nestelt nervös daran herum. »Ich war schon länger nicht mehr hier.«

Mein verständnisloser Blick lässt ihn weiter erklären.

»Ich meine nicht den Friedhof selber. Ich… ich war schon länger nicht mehr am Grab meiner Kinder.«

»Warum nicht?« hake ich neugierig nach.

»Keine Ahnung«, zuckt er betroffen mit seinen Schultern, die er seufzend hängen lässt.

Aber ich lasse nicht locker und ahne schon, welche Antwort er mir auf meine nächste Frage geben wird. »Und wie lange genau warst du nicht hier?«

Er stockt und dreht mir den Rücken zu, seine nervösen Hände retten sich in die Taschen seiner Jeans, während er schweigend ein paar Steine zur Seite kickt und auf das Eingangstor zusteuert, das, überwuchert von Efeu, am anderen Ende des kleinen Parkplatzes liegt.

»Lee?« Ich geselle mich schweigend neben ihn und versuche angestrengt, mit seinen großen Schritten mitzuhalten.

Seine verräterisch glänzenden Augen streifen mich nur kurz von der Seite, während sein Kiefer mahlt und ich merke, wie bewegt und aufgewühlt er ist, bis er mir endlich antwortet.

»Seit ihrer Beerdigung«, gesteht er mir dann, und ich bleibe wie angewurzelt stehen.

»Kann es sein, dass du ein ganz schöner Meister der Verdrängung bist?«, frage ich nach einem kurzen Moment des Sammelns geradeaus und rechne mit Ausflüchen und Gegenwehr, doch Lee nickt nur schuldbewusst und lässt den Kopf hängen, während er unbeirrt weiter einen Fuß vor den anderen setzt und ich zu einem kurzen Sprint ansetzen muss, um ihn wieder einzuholen.

Wir betreten schweigend den Friedhof, und es dauert einen Moment, bis ich mich richtig orientiere, denn diesen Seiteneingang habe ich noch nie genutzt. Nach wenigen Metern erkenne ich jedoch den richtigen Weg und werde, wie immer, magisch angezogen von meinem geliebten Astronauten, dessen Grab unter einer großen Hängebirke liegt und auf dem zwei weiße Azaleenbüsche ihren Platz gefunden haben, die seinen kleinen, schlichten Grabstein beschützend umrahmen.

Während ich schon vorpresche und gedankenverloren ein paar verblühte Blüten aus den noch kleinen Büschen zupfe, meinen Tränen freien Lauf lasse und im Geiste ganz bei meinem Sohn bin, lässt Lee mich komplett in Ruhe und organisiert stattdessen eine Gießkanne, um mir mit reichlich Wasser bei der Grabpflege zur Hilfe zu kommen.

»Danke«, murmele ich leise schniefend und greife nach seiner freien Hand, als wir schlussendlich wieder nebeneinander stehen und unser Werk betrachten.

Sein fester Händedruck ist alles, was ich als Antwort bekomme. Ich spüre die Last auf seiner Brust und wende mich ihm zu, um meine Arme um ihn zu schlingen und ihm, auf Zehenspitzen stehend, einen Kuss auf die Lippen zu hauchen.

»Bereit?« frage ich dann vorsichtig, denn ich habe das dumpfe Gefühl, dass er am liebsten einen Rückzieher machen würde.

Wider Erwarten nickt er jedoch fast unmerklich, und der Griff um meine Hand wird fester, während sein Körper sich strafft und seine andere Hand feste die kleine Gießkanne umklammert, die er sich am Nachbargrab geliehen hat.

Dann gibt er die Richtung vor, und ich laufe schweigend neben ihm her, bis er kurze Zeit später stehen bleibt und kaum merklich die Luft anhält. Sein Blick ist starr auf ein Grab nur wenige Schritte von uns entfernt gerichtet.

»Ist es das?« frage ich unnötiger Weise.

»Ja.« Lee nickt, räuspert sich, und seine Stimme klingt belegt und rau. »Da schlafen meine Kinder.« Leise Tränen schleichen sich aus seinem Augenwinkel, während er fortfährt. »Gemeinsam mit der Frau, die für ihren Tod verantwortlich ist.«

Langsam, Schritt für Schritt, treten wir näher. Das Grab ist etwas größer als das von Max. Mittig befindet sich eine Statue aus hellem Stein in Form von zwei kleinen Engeln.

In ihren Händen halten sie eine Schale, in die jemand rote Rosen gepflanzt hat und die nun in voller Blüte stehen und dabei wundervoll duften. Das Grab selber ist ganz schlicht mit weißen Steinen eingefasst, und ein kleiner Grabstein am oberen Ende trägt einzig die Inschrift aller drei Vornamen.

Lee starrt regungslos auf den Stein, während ich mich an den Rosen zu schaffen mache und auch hier ein paar vertrocknete Blüten herauszupfe, bevor ich ihm die Gießkanne aus der Hand nehme und das restliche Wasser an die Rosen weitergebe.

»Du musst ihr irgendwann verzeihen«, sage ich zu Lee, während ich die Rosen mit schiefgelegtem Kopf begutachte und meine Hand wieder in seine schiebe. »Das bist du deinen Kindern und dir selber schuldig.«

»Ich weiß nicht, ob ich das kann«, flüstert er leise.

»Ich bin sicher, dass du das kannst!«, ermahne ich ihn. »Wer hält das hier alles in Schuss?«, versuche ich dann das Thema in eine etwas unverfängliche Richtung zu lenken, die er gerne aufgreift.

»Kalle und Tess wechseln sich damit ab.«

Ich nicke interessiert, während er mir die Gießkanne aus der Hand nimmt, um sie auf dem Rückweg wieder an ihren Platz zu stellen und mich dabei mit sich zu ziehen.

»Vielleicht sollte ich wirklich öfter hierher kommen«, überlegt er dann laut, meidet aber den Blick zu mir.

»Gute Idee!« bestätige ich seine Gedanken und schaue ihn aufmunternd an, als wir das Friedhofstor passieren. »Ich begleite dich jederzeit gerne.«

»Danke«, höre ich ihn leise murmeln, bevor er mir den Helm auf den Kopf schiebt.

Im Johnnys ist schon einiges los, als wir es betreten. Tess schlängelt sich gerade mit einem Tablett voller Cocktails durch die Menge und hat uns sofort entdeckt, kaum dass sich die Tür hinter uns schließt. Kalle hingegen steht hinter der Theke und hantiert hektisch am Zapfhahn, die Stirn in tiefe Falten gelegt. Als er uns auf halber Strecke entdeckt, verändert sich sein verzweifelter Gesichtsausdruck sofort, und er wirkt fast erleichtert, als er uns freudig, aber sehr vehement, zu sich winkt.

Lee greift nach meiner Hand und bahnt uns weiter einen Weg durch die Gäste, während er sich belustigt mit rollenden Augen zu mir dreht. »Wetten ich weiß, was jetzt kommt?«

»Was denn?«, brülle ich ahnungslos über die laute Musik hinweg in sein Ohr.

»Das Fass ist leer. Du kannst dir nicht vorstellen, wie oft ich ihm das schon erklärt habe.«

An der Theke angekommen, ist er wieder ganz der alte, coole und unwiderstehliche Lee und ich bleibe eng an seiner Seite, als er sich die Ärmel hochkrempelt und mich dann mit einem Kuss auf einen gerade frei gewordenen Barhocker schiebt.

Kalle nickt ihm dankbar zu, während Lee sich schnurstracks an die Zapfanlage begibt und ihm fachmännisch und mit geübtem Griff aus der Bredouille hilft.

Mein Blick hängt an ihm, als er unter dem Tresen herumhantiert und sich die Muskeln seiner Oberarme unter dem Hemd deutlich abzeichnen.

Nach erfolgreicher Montage wischt er sich die Hände an einem Geschirrhandtuch ab und greift so selbstverständlich in die Regale, dass die wartenden Gäste ihm sofort ihre Getränkebestellungen zubrüllen, kaum dass er sich wieder in Richtung Theke dreht. Lee wäre nicht Lee, wenn er dem völlig überforderten Kalle nicht ein wenig unter die Arme greifen würde. Als auch noch Tess mit einer großen Bestellung Kalles Konzept völlig zum Wanken bringt und genervt wieder in der Menge verschwindet, ist Lee schon ganz in seiner Tätigkeit versunken.

Seinen entschuldigenden Blick kommentiere ich augenzwinkernd und greife zufrieden nach dem Long Island Icetea, den er mir kommentarlos zuschiebt.

Lee bei der Arbeit zu beobachten ist immer wieder ein Erlebnis, und es macht mir nicht im Geringsten etwas aus, auf der anderen Seite der Theke zu sitzen.

Als irgendwann der Andrang nachlässt, kommt mein Lieblingsbarkeeper zu mir geschlendert und umarmt mich liebevoll.

»Tut mir leid«, raunt er mir zu und drückt mir einen Kuss auf die Lippen, der mich sofort elektrisiert und meinen Körper in freudige Alarmbereitschaft setzt.

»Das muss es nicht«, zische ich ihm zu, während wir beide Luft holen. »Ich hatte genug zu gucken. Sexy Barkeeper und so.«

»Aha. Dieser ominöse Barkeeper schon wieder«, stellt er trocken fest. Sein Grinsen wird breiter, während er Kalle ein Zeichen gibt, dass seine spontane Zusatzschicht nun beendet ist.

»Was genau findest du eigentlich an diesem Typen?«, hakt er dann betont gleichgültig nach, obwohl seine zuckenden Mundwinkel ihn, wie immer, verraten.

»Keine Ahnung«, winke ich ab und gehe auf sein Spielchen ein. »Sexy Hintern, krasse Oberarme, Dreitagebart, total muskulös... aber im Billardspielen nix drauf, eine absolute Niete.«

Das ist sein Stichwort. Sein Grinsen verschwindet und wechselt in einen ehrgeizigen Ausdruck mit zusammengekniffenen Augen, die nicht einmal blinzeln und mich durchbohren, als wäre er John Wayne persönlich.

»Und was würdest du tun, wenn dieser besagte Barkeeper dich zu einem Duell herausfordern würde?« fragt er durch gepresste Lippen und setzt sein absolutes Pokerface auf.

»Im Billard?« hake ich belustigt nach und halte seinem Blick ungläubig stand. »Ernsthaft?«

»Wir können auch direkt vögeln«, kommt es trocken zurück, und er lässt seinen stechenden Blick meinen Körper entlangwandern. Dabei zuckt er noch nicht einmal mit den Wimpern und tut betont unbeteiligt.

Meine Augen weiten sich. So unverblümt kann auch nur einer sein. Ehrlicher Weise muss ich mir eingestehen, dass ich eben bei seinem Muskelspiel genau das Gleiche gedacht habe, aber das muss ich meinem selbstüberzeugten Barkeeper ja nicht auf die Nase binden. Also treiben wir unsere Wortgefechte noch ein bisschen weiter und stehen irgendwann tatsächlich am Billardtisch, den Tess extra für uns freigehalten hat.

Ich lache mich innerlich krumm und schief über Lees Anstrengungen und seine tollkühnen Berechnungen darüber, in welchem Winkel er wann und wie welche Kugel einlochen muss. Natürlich geht keiner seiner wohldurchdachten Pläne auch nur im Entferntesten auf, und nach einer knappen Stunde führe ich souverän Drei zu Null, was Tess zwischendurch immer wieder lautstark kommentiert, wenn sie an uns vorbeirauscht. Lees Halsschlagader pocht gefährlich.

»Letzte Runde!«, verkündet er dann grummelnd, und ich sehe ihm seinen Frust an, den er trotz enormer Anstrengung nicht verbergen kann. »Wenn du gewinnst, hole ich dir noch einen Cocktail. Wenn ich gewinne, bekomme ich einen Blowjob«, bemerkt er gebieterisch.

Mir bleibt kurz die Luft weg, dann breche ich in schallendes Gelächter aus.

»Du kannst die Bestellung ja schon mal aufgeben«, kontere ich dann und schiebe die Kugeln in die richtige Position.

»Tz…, soviel zu sexy Barkeeper und so«, flüstert er eingeschnappt und mehr zu sich selber.

Tatsächlich kommt mir kurz der Gedanke, meinen frustrierten John Wane gewinnen zu lassen und ihm Erleichterung zu verschaffen, aber auch ich habe meinen Stolz.

Also lasse ich ihn bis zum Schluss zappeln und siegessichere Sprüche klopfen, bevor ein gekonnter Rückläufer ihm jede Chance auf einen Sieg nimmt und er schnaubend Richtung Theke verschwindet, um meinen Gewinn zu organisieren.

Während ich die Queues zurück in ihre Halterung schiebe, die Kugeln sortiere und samt Kreidestück zurück an ihren Platz stelle, beobachte ich, wie er sich hinter der Theke angeregt mit Kalle unterhält und dabei souverän meinen Cocktail vorbereitet. Tess wuselt mit Gläsern und Flaschen hantierend um die beiden Männer herum und bleibt zwischenzeitlich kurz stehen, um ihrem Vater ebenfalls mit großen Augen zu lauschen.

Ich muss mich sehr zusammenreißen, nicht auch noch zur Theke zu stürmen, sondern auf Lee zu warten, der nun mit zwei randvoll gefüllten Gläsern bewaffnet den Rückweg antritt und mich dabei so überheblich angrinst, wie nur er es kann.

Weil er genau weiß, dass ich vor Neugier platze, schürt er sie natürlich noch ein wenig und tut so, als wäre nichts Informatives über Kalles Lippen gekommen.

»Jetzt sag schon!« bedränge ich ihn und hänge an seinen Lippen, die nur süffisant grinsen.

»Was soll ich denn sagen?«

»Boah Lee, echt jetzt!«, empöre ich mich. »Ich habe doch genau gesehen, dass Kalle irgendwelche Neuigkeiten zu verkünden hat!«

»Ja? Upps, hab ihm gar nicht richtig zugehört, die sexy Barkeeperin…«

»Lee!«

»Ist ja gut«, beschwichtigt er mich nun und setzt endlich ein anderes Gesicht auf, während er mir meinen Drink in die Hand drückt. »Kalle hat mit Mick gesprochen. Die Ermittlungen gegen ihn und seine Werkstatt sind eingestellt, er darf endlich wieder arbeiten und ist sehr erleichtert.«

»Sehr schön«, kommentiere ich. »Und weiter? Das ist doch noch nicht alles?«

Lee schüttelt den Kopf und wird plötzlich ganz ernst. »Nein, es gibt auch Neuigkeiten über Lucy.«

»Die da wären?« Ich hasse es, wenn ich ihm jedes Wort aus der Nase ziehen muss.

»Sie bleibt vorerst in sicherer Verwahrung«, erklärt er und nippt an einem Glas. »Immerhin hat sie mittlerweile zugegeben, Max das Heroin besorgt zu haben und ihm auch den Umgang damit erklärt. Aber gespritzt hat er es sich, so sagt sie, angeblich selber.«

Ich schlucke schwer und lehne mich an den Rand des Billardtisches, während Lee fortfährt.

»Es wird wohl auf zwei Jahre Gefängnis hinauslaufen mit entsprechendem Entzug. Lucy ist weiter uneinsichtig und schiebt allen anderen die Schuld in die Schuhe. Über die Sache mit Marie und ihre erpresserischen Tendenzen lacht sie nur und nimmt das alles überhaupt nicht ernst. Wenn sie so weiter macht, wird sie nach den zwei Jahren nur mit strengen Auflagen frei kommen. Und wenn sie sich nicht daran hält, droht ihr eine dauerhafte Sicherheitsverwahrung.« Er schüttelt frustriert den Kopf und ich kann es ihm nicht verdenken. »Ich hoffe sehr, dass sie irgendwann zu einem Gespräch mit ihrem Vater bereit ist. Mick dreht echt noch durch wegen ihr.«

»Kann ich mir vorstellen«, flüstere ich betroffen. »Und Kalle?«

»Der ist sich noch unsicher, wie sich seine ganzen vertuschten Lucy-Aktionen weiter auf das große Ganze auswirken. Sicher ist aber wohl, dass seine Suspendierung von Dauer ist.«

»Das scheint mir nicht das Schlimmste für ihn zu sein«, bemerke ich mit einem Kopfnicken in Richtung Theke, wo Tess gerade mit ihrem Vater über irgendetwas scherzt und beide sofort in herzhaftes Gelächter ausbrechen.

»Das stimmt«, bestätigt Lee meine Theorie. »Kalle ist zwar kein geborener Barkeeper, aber den beiden tun die gemeinsamen Stunden hier auf jeden Fall gut.«

Eine Zeit lang lehnen wir beide gedankenverloren nebeneinander am Tisch, genießen unseren Cocktail und schweigen einvernehmlich. Ich weiß nicht, was ich zu alledem sagen soll und Lee scheint es ähnlich zu gehen.

So viele Dinge schwirren mir durch den Kopf. Es ist gut, dass Lucy nicht so schnell wieder auf freien Fuß kommen wird, und ich freue mich für Marie und dass ihr Horrortrip schon in den Anfängen beendet werden konnte. Nicht auszudenken, was passiert wäre, wenn Lucy auch noch meine Tochter weiter in ihre Fänge bekommen hätte. Nichtsdestotrotz bringt nichts und niemand mir meinen Sohn zurück, und ich kann mich weder für Mick freuen, noch Kalle bezüglich seiner Suspendierung bemitleiden.

»Und jetzt?« unterbricht Lee unser betroffenes Schweigen.

»Jetzt brauch ich erstmal einen Schnaps, um auf andere Gedanken zu kommen«, bestimme ich, werde aber von seiner warmen Hand aufgehalten, den Weg zur Theke einzuschlagen. Irritiert halte ich inne schaue ich zu ihm auf.

»Ich hab da einen besseren Vorschlag«, raunt er in mein Ohr und ist plötzlich ganz nah. Die Stimmung zwischen uns schlägt augenblicklich um.

»Und der wäre?« frage ich mit Unschuldsmiene und klimpere kess mit den Wimpern.

»Ich sehe schon, du legst es drauf an!«

»Worauf genau?« klimpere ich fragend weiter.

»Vom Barkeeper flachgelegt zu werden«, murrt er gespielt mit in Falten gelegter Stirn. »Du flirtest doch schon den ganzen Abend mit dem Typen.«

»Ich?«, spiele ich weiter die Unschuldige und tue entrüstet. »Das würde mir niemals einfallen!«

»Ach komm, das nehme ich dir nicht ab«, grinst Lee. Er kommt immer näher, unsere Lippen berühren sich fast und ich muss mich zusammenreißen, ihn nicht sofort anzuspringen, so heiß macht er mich schon wieder durch seine pure Anwesenheit.

»Naja gut«, gebe ich zu und winde mich unter seinem Blick. »Das ist halt echt ein heißer Typ, den würde ich schon gerne mal…«

»Ja?« unterbricht er mich lauernd und hat schon wieder seinen John Wayne Blick aufgesetzt.

»Den würde ich schon gerne mal aus der Nähe betrachten«, bringe ich meinen Satz zu Ende und fahre mit meiner Zunge genüsslich über meine Lippen.

»Nur betrachten?«, hakt er ungläubig nach und verfolgt mit offenem Mund mein Zungenspiel.

»Naja«, gebe ich zu. »Dieser junge, muskulöse Körper würde mich schon zu mehr reizen…«

»Hm…«, flüstert Lee und lässt seine Finger zärtlich an meinem Schlüsselbein entlang wandern, bevor sein Daumen über meinen Mund streicht. »Wenn das so ist, also, rein zufällig könnte ich da unter Umständen was arrangieren.«

Mir wird schwindelig von seiner Berührung und seiner Stimme, und ein kleines bisschen auch von den Cocktails, die ich schon getrunken habe. Also lasse ich mich, leicht benommen und überrumpelt, von ihm in den dunklen Flur und weiter bis zu seiner verborgenen Tür ziehen, gegen die er mich nun rücklings drückt und dabei gierig küsst, während er in seiner Hosentasche hektisch nach dem Schlüssel sucht. Lees starker Körper presst sich feste an mich und ich spüre seine aufsteigende Erregung, die genau das ist, was ich jetzt brauche.

Meine Hände krallen sich an ihm fest, während meine Beine sich wie von selbst um ihn schlingen und wir keuchen beide zeitgleich auf, als unsere gierigen Zungen sich ineinander verknoten. Ich brauche ihn genauso wie er mich, und wir vergraben uns ineinander, bis wir beide vollkommen berauscht voneinander sind.

Nur mühsam und schwer atmend lasse ich wieder von ihm ab. Meine Füße berühren kaum den Boden, als ich langsam mit der Tür im Rücken tiefer rutsche, ohne ihn dabei aus den Augen zu lassen. Mein Barkeeper wollte einen Blowjob? Den kann er haben, und zwar genau jetzt und hier.

Als ich an seinem Gürtel zerre, gibt Lee die Suche nach dem Schlüssel auf und krallt sich stöhnend mit den Händen am Türrahmen fest, während ich seinen Schwanz freilege, der sich mir schon prall und auffordernd entgegenstreckt.

»Oh Gott, Anna«, stöhnt Lee, als meine gierigen Lippen seinen eben verspielten Wunsch nun doch noch erfüllen.

Zwischen meinen Beinen breitet sich eine unsägliche Hitze aus, als ich ihn mit meiner Zunge verwöhne und ich stöhne ebenfalls, sein pulsierendes Stück feste mit meinen Lippen umschlossen.

Ohne Vorwarnung entfernt er sich aus meinem Mund und ich will protestieren, doch starke Hände ziehen mich hoch, zerren an meiner Hose, drehen mich herum und drängen mich bäuchlings so vor die verschlossene Tür, dass es nun an mir ist, mich vollkommen bereit und zitternd vor Erregung am Rahmen festzukrallen, als ich seinen feuchten, harten Schwanz an meinem Po spüre, den ich ihm willig entgegenstrecke.

»Du machst mich wahnsinnig«, raunt er in mein Ohr. Seine Hände schieben sich unter mein Shirt und unter

meinen BH, kneten meine prallen Brüste und zwicken gekonnt in meine Brustwarzen, was mir einen kurzen
Stromschlag durch den ganzen Körper jagt.

Seine Füße drücken meine Beine weiter auseinander,
seine Finger umschließen mich, sind überall, lassen von
meinen Brüsten ab und wandern tiefer, bis sie sich in mir
versenken und dabei meinen entblößten Hintern weiter
in seine Richtung schieben, was ihm ein dunkles Grollen
entlockt und ihn zeitgleich jegliche Kontrolle verlieren
lässt. Kurz fühle ich mich leer und alleine, als seine Hände
von mir ablassen, jedoch nur, um sich postwendend von
hinten um meine Taille zu legen. Ich seufze erleichtert, als
er mich wieder berührt und Sekunden später so perfekt
ausfüllt, dass ich schreie, explodiere und schwebe zur
gleichen Zeit, während Lee sich in mir ergießt und sein
heißer, stoßweiser Atem mich von hinten streift.

Mit heruntergelassenen Hosen, völlig derangiert, angetrunken und kichernd, drücken wir uns kurze Zeit später
in die dunkle Türnische, während Lee erneut versucht,
den Schlüssel aus seiner Hose zu ziehen und nicht weiß,
ob er fluchen oder lachen soll, als er sich in seinen Hosenbeinen verheddert und mich ungewollt mit sich nach unten zieht.

Tatsächlich erwartet uns hinter seiner verschlossenen
Tür ein wunderschön gedeckter Tisch mit Weingläsern,
frischen Blumen, diversen Knabbereien und einem Stapel
DVDs, während auf der Couch eine Decke und mehrere

Kuschelkissen drapiert sind. Nur die kleine Nachttisch-
lampe am anderen Ende des Raumes leuchtet schwach,
was alles in ein gemütliches, dezentes Licht setzt.

»Ich wollte es ja romantisch versuchen«, beginnt Lee
und zuckt mit den Schultern, dabei weiterhin hoffnungs-
los in unseren Hosenbeinen verknotet und in der offenen
Tür sitzend. »Aber du bist ja sowas von sexbesessen... «
Weiter kommt er nicht, denn ich falle ihm um den Hals
und verschließe seinen Mund mit Küssen, die er zärtlich
erwidert.

»Danke«, wispere ich gerührt an seinem Hals, trete die
Tür von innen zu und versuche mich irgendwie zu sortieren, um es mir auf der Couch gemütlich zu machen und
alles genauestens zu betrachten.

»Wofür jetzt genau?« hakt Lee mit hochgezogenen Augenbrauen nach, während er seinen Gürtel schließt, sich
neben mich setzt und nach den Chips greift. »Dafür, dass
ich ein totaler Romantiker bin oder dass du immer nur
Sex von mir willst?«

»Idiot!« zische ich und knuffe ihm zärtlich in die Seite.

»Ich lieb dich auch«, erwidert er und legt seinen Arm
um mich, in den ich mich sofort zufrieden einkuschele.

»Ich lieb dich mehr«, flüstere ich dann leise und halte
den Atem an, als er mir die Haare aus dem Gesicht
streicht und mich so küsst, wie nur er es kann.

»Du wirst noch sehen, was du davon hast«, höre ich ihn
wie durch Watte, doch meine Gedanken sind schon wieder ganz woanders, als ich mich an seinen Hemdknöpfen

zu schaffen mache und dabei langsam auf seinen Schoß rutsche.

»Was machst du da?«, fragt er mich mit seinen Lippen auf meinen, so dass seine Stimme in meinem ganzen Körper vibriert. Ich spüre seine Hände in meinem Haar und höre, wie die Chips Tüte achtlos auf dem Boden landet.

»Ich bin sexbesessen, schon vergessen?« flüstere ich und löse meine Lippen von seinen, um an seinem Hals hinab auf Erkundungstour zu gehen.

Lee legt den Kopf in den Nacken und schließt zufrieden die Augen, während ich uns nun endgültig aus allen störenden und verknoteten Klamotten schäle.

Wir nutzen die anstehenden Ferien, um uns voll und ganz auf die Suche nach einer gemeinsamen Bleibe zu konzentrieren und zeitgleich den Verkauf meines mir immer fremder werdenden Hauses vorzubereiten.

Als wir Marie und Jule von unseren Plänen berichten, brechen beide in Jubelschreie aus und tanzen zusammen durch die Bude. Mir fällt ein Stein vom Herzen.

Jens hat sich nicht mehr blicken lassen, und ich weiß bis heute nicht, was genau Marie zu ihrem Vater gesagt hat. Seine Anwälte haben ganze Arbeit geleistet und die weiterhin regelmäßig eingehenden Zahlungen auf meinem Konto zeugen von einem schlechten Gewissen, das ihn hoffentlich für immer verfolgen wird.

Unabhängig von alledem habe ich ebenfalls einen Anwalt eingeschaltet und nach einem langen Gespräch mit meiner Tochter offiziell die Scheidung eingereicht. Mal schauen, wie Jens darauf reagieren wird, bisher hat er sich jedenfalls noch nicht dazu geäußert.

Momentan habe ich auch keine Zeit, mir darüber den Kopf zu zerbrechen, denn Marie macht mich schon den ganzen Tag wahnsinnig, weil ihre Reise nach L.A. nun unmittelbar bevor steht. Außerdem hat sie mir vor wenigen Tagen einfach so zwischen Tür und Angel mitgeteilt, dass sie nach den Ferien die Schule wechseln will und gefragt, ob Lee ihr dabei vielleicht helfen kann.

Völlig überrumpelt habe ich nur schweigend genickt und das Reden Lee überlassen, der natürlich direkt darauf angesprungen ist und meine Tochter seither bei jeder Gelegenheit mit Fragen löchert, um während ihrer Abwesenheit alles richtig in die Wege zu leiten. Seinen hab-ich-es-dir-nicht-gesagt Blick übergehe ich seither gekonnt, aber ich bin froh über ihre Entscheidung und stolz auf so viel Mut, den ich ihr gar nicht zugetraut hätte. Überhaupt scheinen Jule und ihre positive Art meiner Tochter einfach nur gut zu tun, und ich freue mich mittlerweile richtig für sie und die einmalige Chance, die Welt zu erkunden.

Aber heute wuseln Jule und Marie schon den ganzen Tag wie aufgescheuchte Hühner durch das Haus. Sie wühlen hier, suchen da, diskutieren, lachen und seufzen frustriert, weil die Koffer viel zu klein sind für den Inhalt von zwei kompletten Kleiderschränken. Die zwei machen mich wirklich wahnsinnig, und ich habe keine Idee, wie wir die beiden morgen zum Flughafen bekommen sollen, denn weder in mein noch in Lees Auto passen diese monströsen Koffer hinein. Vermutlich wird es darauf hinauslaufen, dass wir mit zwei Autos fahren müssen, und ich rolle schon jetzt genervt mit den Augen.

Wider diesem ganzen Durcheinander heute werde ich Marie sehr vermissen, immerhin ist es ihr erster Urlaub und Flug ohne mich. Trotzdem freue ich mich auf ein paar ruhige Tage nur mit Lee, denn hier im Haus ist wirklich immer etwas los, da Jule seit Max' Beerdigung bei uns wohnt, und das ist, auch wenn ich es kaum glauben kann, nun schon fast vier Monate her.

Mittlerweile fahren Lee und ich regelmäßig gemeinsam zum Friedhof. Es scheint, als habe er endlich Frieden mit sich und seiner Frau geschlossen, was mich freut und erleichtert. Es ist schön, zu wissen, dass auch ich für ihn da sein und ihm helfen kann, wo er doch vom ersten Augenblick an mein Fels in der Brandung war und ist, wenn ich wieder einen schlechten Tag habe, an dem ich zu nichts fähig bin, außer meinen kleinen Astronauten zu beweinen.

Dass die Zeit alle Wunden heilt, ist eine Lüge. Aber Tatsache ist, dass die Welt sich weiter dreht, auch wenn es sich manchmal nicht so anfühlt.

Die Zeit heilt nicht, aber sie macht alles etwas erträglicher und zeigt mir, dass es sich trotz allem lohnt, weiter zu kämpfen und nicht den Kopf in den Sand zu stecken.

Ich bin oft traurig, und Lee hatte wie immer Recht. Die Trauer überkommt mich immer wieder vollkommen unerwartet, und ich kann mich nicht dagegen wehren. Max ist einfach allgegenwärtig, ich sehe jeden Tag Sachen und erlebe Dinge, die mich an ihn erinnern. Das ist schön und ich hoffe, dass es immer so bleibt, aber manchmal ist es einfach zu viel.

Doch ich bin trotz allem tatsächlich glücklich. Mir dieses Gefühl zu erlauben, hat lange gedauert, aber jetzt ist es da, und ich gebe ich es nicht mehr her. Es durchflutet mich jeden Morgen, wenn ich in die wunderbaren Augen neben mir blicke, die mich anschauen. Es erfasst mich, wenn ich Marie dabei beobachte, wie ausgelassen sie sein kann und wie selbstverständlich sie sich mittlerweile anderen gegenüber behauptet.

Die Zeit in L.A. hat ihr gut getan und den nötigen Abstand zu all der Trauer und Einsamkeit gebracht. Jule hat mir eine, vor Selbstbewusstsein und Schönheit strotzende, junge Frau zurückgebracht, und ich hätte nie für möglich gehalten, dass nur zwei Wochen solche Wunder bewirken können.

Lee und ich haben ein kleines Haus am Ortsrand ins Auge gefasst. Es ist noch nicht spruchreif, aber wir sind beide verliebt in diesen kleinen Fleck, den wir vielleicht bald unser gemeinsames Zuhause nennen können. Lee ist übergangsweise einfach komplett zu uns gezogen, nachdem klar war, dass ich auf kurz oder lang mein Haus verkaufen werde.

Die kleine Wohnung am Johnnys war eh nur noch unser Zufluchtsort, den Jule nun einfach als Basisstation zwischen all ihren Jobs übernommen hat und um ein klares Zeichen zu setzen, dass sie Marie und mich nie wieder so lange alleine lassen wird.

Heute ist ein ganz besonderer Tag, und ich bin furchtbar aufgeregt, denn Marie hat Geburtstag, und es kommen später tatsächlich ein paar ihrer neuen Klassenkameradinnen vorbei, um mit ihr zu feiern. Das hat es bei Marie noch nie gegeben und ich renne schon den ganzen Morgen völlig nervös durch die Bude, weil ich es für sie perfekt machen will. Leider steht mir mein Kreislauf dabei etwas im Weg, denn mich quälen seit Tagen Übelkeit und Erbrechen, was ich nicht von mir kenne und mir ausgerechnet heute wirklich gar nicht in den Kram passt.

Über den gedeckten Frühstückstisch mit sechzehn Kerzen in einem, eigens von Lee und mir gebackenen Schokoladenkuchen, hat Marie sich jedenfalls wahnsinnig gefreut. Ebenso wie über den Wochenendgutschein für einen Trip nach London, den wir so schnell wie möglich gemeinsam einlösen wollen.

Lee hat heute früh eine strahlende Marie erstmalig per Motorrad mitgenommen und vor ihrer Schule abgesetzt, weil ich mich nicht in der Lage gefühlt habe, ins Auto zu steigen. Natürlich hat er nicht versäumt, mir per WhatsApp zu versichern, dass das Strahlen in ihrem Gesicht auch mit Betreten des Schulhofs noch Bestand hatte.

Doch jetzt sind Jule und ich voller Tatendrang, als wir endlich sturmfreie Bude haben und ich aufgeregt in die Hände klatsche, froh, meinen Magen ein wenig in den Griff bekommen zu haben.

»Erst einkaufen, dann schmücken?« fragt Jule gerade grübelnd, während ihr fachmännischer Blick das Wohnzimmer scannt.

»Macht Sinn, oder?« bestätige ich ihre Überlegungen. »Dann haben wir alles hier und können in Ruhe loslegen.«

»Und uns dabei ein paar Drinks genehmigen, weil keiner mehr fahren muss«, nickt Jule zustimmend, klimpert mit den Wimpern und schnappt sich ihre Tasche. »Startklar?«

»Klar«, greife auch ich zur Tasche und suche den Autoschlüssel. »Aber ich bleibe lieber erstmal nüchtern, wer weiß, was hier später noch passiert und wen ich nach Hause fahren muss.«

»Tz, das ist doch eine faule Ausrede, was soll denn schon passieren? Du kennst doch deine Tochter, da wird alles ganz vernünftig und sittsam über die Bühne gehen.«

»Ich bin gespannt«, antworte ich und starte den Motor. »Den Part mit dem Trinken wird Lee sicher gerne für mich übernehmen.«

Schnell wechsele ich das Thema, und wir überlegen gut gelaunt, was genau wir alles einkaufen wollen. Am Supermarkt angekommen wappne ich mich innerlich, denn es ist jedes Mal aufs Neue ein Abenteuer, mit meiner besten Freundin ein Einkaufszentrum zu stürmen. Ihr ist nichts zu peinlich, und sie schafft es immer wieder, mit sinnlosen Fragen arme, vornehmlich männliche Verkäufer zum Stottern und Erröten zu bringen. Auch heute ist es wieder soweit, und ich rette mich gerade noch in den nächsten Gang, bevor ich mich nicht mehr beherrschen kann und laut lospruste.

Als wir den Getränkemarkt passieren, muss ich meine Freundin mehrfach daran erinnern, dass Marie ihren sechzehnten und nicht ihren achtzehnten Geburtstag feiert. Zum dritten Mal stelle ich nun schon die Flasche mit dem roten Hutverschluss demonstrativ wieder zurück ins Regal und ignoriere das lautstark protestierende Schnauben neben mir.

»Es gibt schon Sekt und Bier, das muss reichen!«, bestimme ich.

Jule schüttelt nur fassungslos ihren Kopf. »Spaßbremse«, nuschelt sie sich in den Bart, bevor sie im nächsten Gang verschwindet und, schon wieder ganz in ihrem Element, den Wagen mit Chips Tüten und Weingummi belädt. Ich habe keine Ahnung, wer das alles essen und trinken soll. Aber es ist mir eigentlich auch egal, Hauptsache, Marie hat einen wunderschönen Geburtstag.

Zu Hause angekommen, mache ich mich in der Küche direkt ans Werk und zaubere jede Menge kleine Häppchen, die wir später als Fingerfood überall schön drapiert verteilen wollen.

Zwischendurch renne ich jedoch mehrfach zur Toilette, weil Übelkeit in mir hochsteigt, als ich den rohen Schinken und die Oliven auspacke. Ich kann mich nicht erinnern, jemals so empfindlich gewesen zu sein und frage mich, seit wann Oliven solch einen penetranten Geruch an sich haben.

Noch verschweige ich Jule meinen leisen Verdacht, die jedoch meine überstürzten Toilettengänge der letzten Tage schon längst stirnrunzelnd registriert hat und mir jetzt demonstrativ folgt. Mit verschränkten Armen wartet sie vor der Tür auf mich.

»Hast du mir vielleicht etwas zu sagen?« tönt es dann auch schon neben mir, als ich wieder in den Flur trete.

»Was meinst du?« Stirnrunzelnd schaue ich sie an und will so tun, als wüsste ich nicht, wovon sie spricht. Doch Jule grinst nur wissend und schüttelt lächelnd den Kopf, bevor sie mich stehen lässt und weiter in Wohnzimmer und Garten ihr gestalterisches Geschick spielen lässt.

Nur zwei Stunden und einen weiteren Toilettenbesuch später bewundere ich ihr vollendetes Werk. Unser Wohnzimmer ist komplett in gedämpftes Licht gehüllt, in allen Ecken und Nischen leuchten kleine Glitzerkugeln. Lampions zieren in unterschiedlichsten Farben und Größen die Decke und leiten einen wie selbstverständlich in unseren Garten, in dem ein kleiner Pavillon den angedeuteten Thekenbereich ziert, wo später Eiskübel den Sekt und das Bier gekonnt präsentieren werden, vorerst aber das Kuchenbuffet für die Nachmittagsgäste seinen Platz findet.

Lee steckt nach frühem Feierabend nur kurz seinen Kopf durch die Tür und tauscht Motorrad gegen Auto, weil er noch irgendwas besorgen muss.

Als Marie nach Schulschluss im Türrahmen erscheint, wandert sie staunend und mit offenem Mund durch unser Haus. »Boah«, lautet ihr erster Kommentar. Jule und ich tauschen zufriedene Blicke und folgen Marie in den Garten. »Das sieht gigantisch aus, ihr seid echt spitze«, jubelt Marie und dreht sich strahlend in unsere Richtung.

»Ich wollte dir ja noch eine Tequila Bar bauen«, bemerkt Jule nun spitz und mit einem Seitenblick in meine Richtung. »Aber deine Mutter ist ja so eine Spaßbremse!« Augenrollend mustert sie mich, und ich strecke ihr provozierend die Zunge heraus, während Marie nur belustigt gluckst und ihre Arme um uns beide legt.

»Wie viele Mädels erwartest du denn nun überhaupt?«, frage ich neugierig. Bisher war immer die Rede von ungefähr zehn Klassenkameradinnen, aber so richtig festgelegt hat Marie sich mir gegenüber nicht.

»Ähm, ja,…«, beginnt sie nun stotternd eine passende Antwort zu formulieren und schaut hilfesuchend zu Jule. Irgendwie beschleicht mich das sichere Gefühl, als hätte meine liebe Freundin nicht ohne Grund so viele Knabbereien in den Einkaufswagen geschmissen, und ich hebe fragend die Augenbrauen, während ich mich aus Maries Umarmung löse und die Arme vor der Brust verschränke.

»Also, Mama, was ich dir noch sagen wollte…«, druckst Marie weiter herum.

»Komm zum Punkt!«, ermahne ich sie. Ich bin ein bisschen eingeschnappt, dass Jule schon wieder mehr weiß als ich.

»Ja also, es kommen noch ein paar mehr Leute aus meiner Klasse. So… ich denke, … also wenn alle können, sind wir dann doch so achtzehn oder zwanzig Leute.«

»Aha. Und das war jetzt so schwer abzuschätzen?«

Marie zuckt mit den Schultern. »Nö, eigentlich nicht.«

»Ich wusste gar nicht, dass ihr so einen Mädchenüber-schuss in der Klasse habt«, bemerke ich nachdenklich, doch Jules Augenrollen bestätigt sofort meinen Verdacht.

»Also wird das hier heute doch eine richtige Party und kein gemütliches Sit-in, hm?« grinse ich nun und mustere meine leicht verlegene Tochter. »Na dann bin ich ja froh, die Tequila Bar verhindert zu haben und dass das Wetter mitspielt.«

»Tz…«, raunt Jule neben mir.

»Vielleicht bringt der ein oder andere ja was mit«, scherzt Marie, und ich hebe mahnend den Zeigefinger.

»Lass` dich nicht erwischen, Töchterchen! Du bist noch nicht volljährig!«

»Boah Mama, ist ja gut! Verstehst du keinen Spaß oder was?«

»Doch, aber nicht, wenn es um Alkohol und Minder-jährige geht.«

Unsere Diskussion wird jäh unterbrochen, als Lee plötzlich geschäftig eine große Box in den Garten trägt und neben der kleinen Theke abstellt, bevor er sich die Hände abklopft und uns strahlend mustert. »Ich dachte, zu einer ordentlichen Party gehört auch ordentliche Mu-sik«, bemerkt er geschäftig, als er unsere Blicke bemerkt.

Wie auf sein Stichwort erscheinen nun auch Kalle und Tess, beide beladen mit einer weiteren Box und dem Lap-top aus dem Johnnys, den ich sofort erkenne und mit dem heute Abend ganz sicher jeder Musikwunsch erfüllt wird.

»Wahnsinn Lee, danke!«, ruft Marie und scheint völlig aus dem Häuschen, während sie ihm hilft, die Boxen zu verkabeln. Sie kommt aus dem Strahlen gar nicht mehr heraus.

»Aha. Die Polizei ist also auch schon da. Fehlt nur noch der DJ«, bemerkt Jule cocktailschlürfend und reicht mir ebenfalls ein Glas, das ich mit skeptischem Blick entgegen nehme. »Ist alkoholfrei«, raunt sie mir leise zu und zwinkert verschwörerisch. Ich drücke kurz ihre Hand. Jule ist echt die Beste.

»Den DJ bringt Lu gleich mit«, ruft Lee ihr nun ebenfalls augenzwinkernd entgegen, während er halb hinter der Box verschwindet und Sekunden später laut fluchend wieder auftaucht, weile er sich den Finger eingeklemmt hat.

»Deine Schwester kommt auch?« Maries Augen werden immer größer.

»Natürlich, du wirst doch nur einmal sechzehn!«, tönt es da auch schon vom Gartentor. »Das lasse ich mir doch nicht entgehen!« Meine Tochter rennt, quietschend vor Freude, in Lus Arme.

Ich nutze die Gelegenheit, um Lee in die Küche zu folgen und seinen angeschwollenen Finger zu verarzten. Während er ihn unter den kalten Wasserstrahl hält, lächelt er mir liebevoll entgegen.

»Alles okay?« erkundige ich mich besorgt.

»Na klar, ist halb so wild«, gibt er Entwarnung, und ich atme erleichtert aus. »Das wird Maries erste richtige Party heute, die lasse ich mir doch nicht von einem geschwollenen Finger versauen! Und bei dir? Was macht die Magenverstimmung?«

»Geht einigermaßen. Aber ich hab ein bisschen Angst«, gestehe ich ihm nun. »Was, wenn gar keiner kommt und Marie gleich total enttäuscht ist? Das hatten wir vor drei Jahren schon mal, und ich habe Wochen gebraucht, bis sie wieder einigermaßen sie selbst war!«

Lee schüttelt den Kopf und macht einen Schritt auf mich zu. »Das wird nicht passieren Anna, glaub mir. Du warst heute Morgen nicht dabei, als sie vom Motorrad abgestiegen ist«, erzählt er dann strahlend. »Aber da hat eine ganze Horde Mädels auf deine Tochter gewartet und sie johlend in Empfang genommen. Glaub mir, die Party heute wird legendär.«

Mit diesen aufmunternden Worten legt er seinen Arm um meine Schulter, und wir gehen wieder zu den anderen in den Garten zurück.

Marie steht mit Lu und einem mir unbekannten jungen Mann am Laptop. Sie scheinen gut gelaunt eine Playlist für den Abend zusammenzustellen, und mir entgeht nicht, dass Maries Wangen vor Freude und Aufregung leicht gerötet sind.

»Wer ist das?« frage ich Lee, der das Schauspiel genauso interessiert beobachtet wie ich.

»Das ist Tom aus der Oberstufe«, nickt er wissend, und sein Blick spricht Bände. »Schon allein aus diesem Grund wird die Bude hier heute gerappelt voll, darauf wette ich.«

»Gute Taktik, Herr Lehrer«, bemerke ich grinsend.

»An dem werden sich die Mädels aber die Zähne ausbeißen«, lacht er bedeutungsvoll zurück und lässt seinen

Blick wieder zum Mischpult wandern. Ich sehe sofort, was er meint, denn die Blicke, die dieser Tom meiner Tochter zwischendurch unauffällig zuwirft, sprechen ihre eigene Sprache. Auch Marie scheint sich ihrer Wirkung auf den DJ durchaus bewusst zu sein.

Es dauert noch eine ganze Weile, bis die offizielle Party startet. Aber unsere kleine, zusammengewürfelte Familie hat den ganzen Nachmittag viel Spaß miteinander. Kalle und Jule verstehen sich blendend und sitzen gemütlich bei Kaffee und Schokoladenkuchen auf der Terrasse. Wobei ich mir nicht sicher bin, ob sich in Jules Tasse tatsächlich nur Kaffee befindet, denn dafür ist ihr Blick eigentlich bereits zu glasig und ihr Lachen eine Spur zu schrill.

Lu hat sich mittlerweile unauffällig zurückgezogen und das Mischpult Tom überlassen, der meiner Tochter mit beispielloser Geduld alles ganz genau erklärt und ziemlich beeindruckt von ihrem technischen Verständnis zu sein scheint.

Lee hat in der Küche ein paar Cocktails gemischt und kommt nun mit einem vollen Tablett zu uns Frauen geschlendert. Tess und Lu stürzen sich auf die Getränke und prosten sich schon freudig zu, als ich abwinke und meinem Freund zu verstehen gebe, dass ich heute lieber nüchtern bleibe. Meinen Wunsch registriert er stirnrunzelnd und stellt das Tablett zur Seite, sagt aber nichts weiter, sondern prostet Tess und seiner Schwester lachend zu.

Als er das Glas an die Lippen setzt, gefriert sein Lächeln jedoch, und er hält den Blick starr auf das Gartentor gerichtet, zu dem ich mich nun ebenfalls neugierig herumdrehe.

»Papa!« schreit Marie in den Moment, in dem mir klar wird, wer dort am Tor steht. Augenblicklich ist meine Laune im Keller, und mir wird schon wieder schlecht. Auch Lee merke ich den Stimmungsumschwung und seine plötzliche Anspannung sofort an.

»Na toll«, murmelt er leise und mehr zu sich selbst. Ich nehme seine Hand und drücke sie sanft, bevor ich meiner Tochter folge und warte, bis sie sich wieder aus der Umarmung ihres Vaters löst, um dann aufgeregt mit ihrem Geschenk unter dem Arm Richtung Tisch zu verschwinden.

Langsam gehe ich auf ihn zu. Ich hatte erwartet, irgendetwas zu fühlen, aber das tue ich nicht. Da ist nichts, keine Wut, kein Hass, keine Trauer, keine Liebe. Unsere gemeinsame Zeit ist schlicht und einfach vorbei. Es kommt mir vor, als würde ein Fremder vor mir stehen.

»Anna«, begrüßt Jens mich nun leise, wobei er stocksteif vor dem Gartentor stehen bleibt und seine Finger sich um einen Umschlag krallen. Er sieht blass aus und hat einige Kilos verloren.

»Jens«, mache ich es ihm gleich und schaue ihm erwartungsvoll in die Augen, nicht bereit, als erste den Blick zu senken.

»Ich äh…«, beginnt er zu stottern, als ich plötzlich Lee hinter mir spüre, der mir seine Hand auf die Schulter legt.

Wahrscheinlich will er auch einfach nur sein Revier markieren.

»Alles okay hier?« fragt er leise, wobei mir sein drohender Unterton nicht entgeht. Auch er richtet nun seinen Blick auf Jens, der sich noch weiter versteift und zu schrumpfen scheint, je länger wir ihn anstarren.

»Ich…«, stammelt dieser nun erneut. »Es tut mir alles so leid, Anna«, platzt es dann aus ihm heraus. »Ich wollte das alles nicht. Hier… «, Jens streckt seine Hand aus und reicht mir den Umschlag, den ich irritiert entgegen nehme und ihn dabei wortlos anstarre.

»Das sind die Scheidungspapiere«, erklärt er mir dann. »Ich habe alles unterschrieben.«

»Danke«, ist alles, was ich über meine Lippen bringe, dann steht Marie wie aus dem Nichts wieder strahlend neben uns.

»Papa! Das ist ja echt fett, Danke!« Sie hält jubelnd ein noch original verpacktes Handy in die Höhe, und ich sehe auf den ersten Blick, dass es das Neuste vom Neusten ist.

»Wow, cool«, bestätige ich ihren Beifall heischenden Blick und nicke anerkennend.

»Papa, jetzt komm doch endlich rein!« Irritiert wandet Maries Blick nun zwischen uns hin und her. »Er kann doch mit uns feiern Mama, oder?« Lees Hand auf meiner Schulter wiegt plötzlich tonnenschwer, und ich halte kurz die Luft an.

»Nein, nein, Marie«, versucht Jens nun abwehrend, ihr diesen Wunsch auszuschlagen, doch sie hat schon das Tor geöffnet und greift nach seiner Hand.

»Mama?« Ihr bittender Blick lässt Eisschollen schmelzen und ich kann nur ergeben nicken, weil ich spüre, wie wichtig ihr das gerade ist.

Dankbar sieht Jens mich an und flüstert leise »Ich bleibe nicht lange«, als Marie ihn an uns vorbei und zur Kuchentheke zieht.

Jules Blick spricht Bände, als sie meinen trifft, doch ich zucke nur ergeben mit den Schultern. »Was macht *der* Idiot denn hier?« zischt sie ohne Umschweife in meine Richtung und ignoriert seine zögerliche Begrüßung komplett.

»Solange er mir aus dem Weg geht, soll es mir egal sein«, belehre ich sie und lasse keine weiteren Diskussionen zu. Heute ist Maries Tag, und ich werde meiner Tochter nicht den Wunsch abschlagen, ihren Vater zu sehen, nur weil ihre Eltern es vergeigt haben.

»Alles okay?«, fragt Lee mich zum wiederholten Male und weicht nicht ein einziges Mal von meiner Seite, bis Jens sich nach einer guten halben Stunde unter einem Vorwand verabschiedet und mir dabei einen dankbaren Blick zuwirft, den ich lediglich mit einem Nicken erwidere.

Kaum ist er verschwunden, fliegt mir meine Tochter in die Arme und drückt mich feste. Ich weiß genau, was sie mir damit sagen möchte und schaue ihr nur lächelnd hinterher, weil es geklingelt hat und die Party nun unter lautem Gekreische und einsetzendem Basswummern so richtig beginnt.

So strahlend und wunderschön habe ich meine Tochter selten erlebt, und ich kann nicht anders, als mich immer wieder heimlich so zu positionieren, dass ich sie aus den Augenwinkeln beobachten kann. Nach und nach trudeln weitere Gäste ein und Marie stellt sie mir alle höchstpersönlich vor. Insbesondere Emma, ein Mädchen, deren Mutter ich noch von früher wage in Erinnerung habe, wirkt sehr sympathisch und weicht nur von Maries Seite, wenn Tom sich nähert und meiner Tochter ein verklärtes Grinsen ins Gesicht zaubert.

»Wie schön«, wispert Lee mir ins Ohr, nachdem er sich mir lautlos von hinten genähert und seine Arme um mich geschlungen hat.

»Ja«, nicke ich zufrieden. »Es ist wirklich eine tolle Party.« Plötzlich erfasst mich die altbekannte Traurigkeit, und ein Frösteln überzieht meinen Körper, als ich den Kopf an seine Schulter lehne.

»Max wäre stolz auf seine Schwester«, höre ich ihn sagen. Wie immer hat er den siebten Sinn, was meine Gefühlsregungen angeht und versteht mich ohne große Worte.

»Ich vermisse ihn so sehr«, flüstere ich unter Tränen und drehe mich in seine Arme, damit keiner das Glitzern in meinen Augen sieht.

Lee hält mich schweigend und streicht mir sanft über den Rücken, bis Jule selig grinsend hinter mir erscheint und ebenfalls ihre Arme um mich schlingt. Das leichte Schwanken meiner Freundin versuche ich zu ignorieren.

»Hey, ihr zwei Turteltäubchen«, lallt sie. »Die Party ist echt der Knaller. Jetzt schaut euch mal Marie an!«

Unsere Köpfe drehen sich alle gleichzeitig zu meiner Tochter, die ausgelassen mit Emma auf der Tanzfläche herumhüpft und dabei keine Sekunde vom DJ aus den Augen gelassen wird. Als ein mir unbekannter Junge sich ihr vorsichtig, aber mit eindeutigen Avancen nähert, wechselt die Musik urplötzlich ihren Rhythmus, und er hat keine Chance mehr, weil die Mädels abrocken wie die Profis.

Toms zufriedenes Grinsen entgeht mir nicht, ebenso, wie sein eindeutiger Blick, der den armen Kerl auf der Tanzfläche durchbohrt und ganz klar in seine Schranken weist.

Marie kriegt von alledem nichts mit, aber ich habe das sichere Gefühl, diesen Tom hier demnächst öfter anzutreffen. Und obwohl ich gerade erst von Trauer übermannt in Lees Arme geflüchtet bin, durchströmt mich bei diesem Anblick nun das pure Glück. Ich weiß, dass auch Max diese Party ordentlich gefeiert hätte und sehe ihn vor meinem geistigen Auge mit den Mädels um die Wette rocken.

Die permanent unterschwellige Übelkeit und diese ungeplanten und stetig zunehmenden Gefühlsschwankungen beschäftigen mich seit Tagen. Meine Vermutung über den Grund dafür wächst mit jedem Morgen. Ehrlicher Weise weicht sie von Tag zu Tag einer immer größeren Gewissheit, doch ich habe mich bisher noch nicht getraut, mir die sichere Bestätigung einzuholen, die ich im Tiefsten meines Herzens schon zu kennen glaube und die Jule mir eben sofort an der Nasenspitze angesehen hat.

Wenn dieser Tom also tatsächlich ein regelmäßiger Gast in unserer Familie wird, muss ich dringend mit meiner Tochter über Dinge sprechen, die ihre eigene Mutter in den letzten Monaten völlig missachtet hat.

Trotz all der Trauer, dem Verlust und den ganzen Veränderungen der letzten Monate schaue ich nach vorne. Ich vermisse meinen Sohn jeden Tag, aber ich bin tatsächlich wieder glücklich, denn ich kann mein Herz immer öfter spüren. Urplötzlich ist es wieder da und flattert zwischendurch aufgeregt in meinem Brustkorb herum. Es ist nicht komplett, mein Splitterherz, aber es fängt nach all den Monaten an zu heilen, das spüre ich. Ich bin mir ganz sicher, dass Max es mir geschickt hat und danke ihm dafür. Einen kleinen Teil davon hat er auf immer bei sich behalten, und ich weiß, dass er gut darauf aufpassen wird.

Ich bin furchtbar aufgeregt, als ich mit dem Teststreifen aus dem Bad trete, den Jule mir ungefragt am Tag nach der Party in die Hand drückt. Weiß der Teufel, wieso sich ein original verpackter Schwangerschaftstest in ihrem Besitz befindet. Sobald ich wieder klar denken kann, muss ich sie unbedingt dazu interviewen.

Jetzt jedenfalls lehnt sie total verkatert am Kühlschrank und mustert mich neugierig mit hochgezogenen Augenbrauen.

Als ich stumm nicke, jubelt sie leise mit rauchiger Stimme und tanzt durch die Küche. »Ich wusste es!«, flüstert sie in mein Ohr, als sie anschließend ihre Arme um mich schlingt und dabei riecht wie ein ganzes Eichenfass. Schnell löse ich mich wieder aus ihrem Griff und bin froh, dass die Toilette nicht weit ist.

Nachdem ich mich erleichtert habe, putze ich ausgiebig meine Zähne und starre lange in mein aufgeregtes Spiegelbild mit geröteten Wangen. Ich bin also tatsächlich schwanger. Jetzt habe ich die Bestätigung für das, was mein Gefühl mir schon seit Tagen klar und deutlich suggeriert.

Warum wir nie über das Thema Verhütung gesprochen haben, will mir nicht aus dem Kopf. Ich erinnere mich, dass Lee anfangs immer ein Kondom griffbereit in der Tasche hatte, aber irgendwie scheinen wir dieses Thema im Eifer des Gefechts immer öfter vergessen und nicht weiter vertieft zu haben. Ich bin fassungslos über meine eigene Leichtsinnigkeit, aber jetzt ist es wohl zu spät, sich darüber den Kopf zu zerbrechen.

Was wird Lee wohl dazu sagen? Und bin ich nicht viel zu alt, um nochmal Mutter zu werden? Und Marie? Was wird sie darüber denken? Tausend Fragen schießen mir durch den Kopf, doch im Grunde kenne ich die Antworten und weiß, dass mit Lee an meiner Seite alles gut werden wird.

Ich schmeiße mir noch eine erfrischende Hand kaltes Wasser ins Gesicht, bevor ich aus dem Bad trete und mich an der Couch vorbeischleiche, auf der Jule ihren Kater auskuriert und mir nur noch mühsam eine aufmunternde Kusshand zuwirft.

Als ich die Tür zum Schlafzimmer öffne, liegt Lee ausgebreitet mitten im Bett und brummt leise vor sich hin, als er mich bemerkt. Das dünne Oberbett lässt im Dämmerlicht mehr von ihm erahnen als es verdeckt, und sein perfekt ausdefinierter, nackter Oberkörper schickt meine Fantasie direkt wieder auf Reisen.

Ich kuschele mich vorsichtig neben ihn, stütze den Kopf auf meine Hand und fahre gedankenverloren mit meinen Fingerspitzen an seinem Arm entlang, bis er die Augen einen Spalt öffnet und mir ein heiseres »Guten Morgen« zuraunt.

»Guten Morgen«, flüstere ich zurück, ohne meine Finger von ihm zu lassen. »Gut geschlafen?«

»Neben dir schlafe ich immer gut«, murmelt er müde und will mich in seinen Arm ziehen, doch ich halte seine Hand fest und schaue ihm tief in die Augen. Alarmiert richtet er sich auf, weil er sofort merkt, dass ich etwas auf dem Herzen habe.

»Hey Babe, alles okay mit dir?« fragt er besorgt.

»Lee, wir müssen reden«, informiere ich ihn mit einem zaghaften Lächeln und drücke ihm dabei den leuchtend positiven Test in die Hand, auf den er eine gefühlte Ewigkeit starrt, ohne dabei auch nur einmal zu atmen.

»Jetzt sag doch was«, wispere ich in die unerträgliche Stille hinein, doch er regt sich keinen Zentimeter. »Lee? Bitte«, bettele ich nach einigen Minuten flehend, weil ich unter meinem heilenden Herzen etwas trage, von dem ich dachte, er würde sich darüber freuen. Doch das Gegenteil scheint der Fall zu sein.

Meine Finger erstarren in ihrer Bewegung, und mein mühsam errichtetes Kartenhaus scheint auf einen Schlag komplett in sich zusammenzufallen, als er endlich Luft holt und seine Augenlider hebt. In seinem Blick lese ich tausend Emotionen gleichzeitig. Ihm steht die Verwirrung deutlich ins Gesicht geschrieben, doch dann, ganz langsam, scheinen die Lebensgeister sich ihren Weg zurück in seinen Körper zu bahnen.

Wie in Zeitlupe hebt er schweigend die Hand und streicht mir eine lose Haarsträhne hinters Ohr, wobei seine kalten Finger danach langsam meinen Hals hinab wandern und mir eine Gänsehaut bescheren. Dann drückt er meinen willenlosen, verzweifelten Körper rücklings auf die Matratze und fängt unendlich langsam an, mich aus meinem Oberteil zu schälen, indem er mit seiner Zunge jeden Zentimeter von mir mit flauen Küssen übersät.

»Was machst du da?« frage ich, um Fassung ringend.

Lee hält inne und schwebt mit seinem wunderschönen Gesicht nur wenige Millimeter über meinem. »Wonach sieht es denn aus?«

»Herrgott, Lee!«, empöre ich mich und setze mich auf. »Ich habe dir gerade einen positiven Schwangerschaftstest unter die Nase gehalten, sollten wir nicht darüber reden?«

»Keine Zeit«, schüttelt er entschieden den Kopf und drückt mich zurück auf die Matratze. »Wir haben nur noch ein paar Monate zu zweit, denkst du ernsthaft, die vergeude ich mit Reden?«

Sein typisches und von mir so schmerzlich herbeigesehntes Grinsen ziert nun wieder sein wunderschönes Gesicht, als er mir zärtliche Küsse auf die Lippen haucht.

»Sorry Babe, aber die nächsten Monate wird hier nur noch gevögelt.«

Nun bin wohl ich diejenige, die erleichtert und voller Vorfreude das Atmen vergisst, als seinen Worten Taten folgen.

∞

Ende.

Nachwort

Das war sie, die Geschichte von Anna und Lee.

Eine Geschichte, die mich ungezählte Stunden, jede Menge Schokoriegel und viel zu viel Whisky-Cola gekostet hat.

Es war mir eine Freude und eine Ehre, diese Idee, die sich so plötzlich und unerwartet in meinem Kopf festgesetzt hat, für euch zu Papier zu bringen.

Ich wünsche mir, dass sie euch alle auf eine wunderbare Reise mitnimmt, eine Reise voller Gefühl und Liebe, mit Taschentüchern in der einen und einem Long Island Icetea in der anderen Hand. Mit einem lachenden Herzen und Tränen in den Augen. Eine Reise, die euch das Leben zeigt, wie es ist: Aufregend schön und unberechenbar traurig.

Und natürlich wünsche ich uns allen einen Lee an die Seite, denn, sind wir doch mal ehrlich, ein bisschen Lee kann man immer gut gebrauchen.

Davina H. Grace - Danke für deine Hilfe, deine ehrliche Kritik und dein aufgeregtes Mitfiebern. Unsere gegenseitigen Hilferufe bis spät in die Nacht haben mir stets ein Grinsen ins Gesicht gezaubert - und pdf-Uploads gehören klar verboten!

1000 Dank an meine wunderbaren Probeleserinnen: Verena, Britta, Tine, Mo... Euer Feedback hat mir so sehr geholfen!

Danke Mama, dass du immer an mich glaubst und mich in allem bestärkst.

Und Dank an dich, Papa! Auch, wenn ich dir verbiete, dieses Buch zu lesen, weiß ich doch, dass du immer hinter mir stehst. Ich hab euch so unfassbar lieb!

Der größte Dank gilt meinem Mann.

Meinem ganz eigenen Fels in der Brandung und Retter, nicht nur in technischen Notsituationen.

Ich verspreche, demnächst die Abende wieder mit dir und nicht mit meinem Rechner zu verbringen.

Vielleicht...

Eure

Maevi

Maevi Silver, geboren 1978, ist glücklich verheiratet und wohnt mit ihrem Mann und ihren Kindern in Kempen am schönen Niederrhein. Schon immer ein Bücherwurm, ent-

wickelte sie früh eine immer größer werdende Leidenschaft für Liebesromane, starken Kaffee und jede Art von Fantasy Romanzen. Eines Nachts begann dann alles mit einer kleinen Idee, die sich unwiderruflich in ihrem Kopf festsetzte und schlussendlich einfach geboren werden musste. Jetzt hat sie sich einen Pool und eine Palme in den Garten gestellt und schreibt unter Südseeatmosphäre fleißig an ihren Geschichten.

Maevi freut sich immer über Kommentare, Rezensionen und viele neue Follower bei Instagram (Instagram.com/maevisilver), wo sie in regelmäßigem Austausch mit anderen Schreiberlingen und Bücherwürmern steht.

maevisilver@freenet.de
www.maevisilver.de

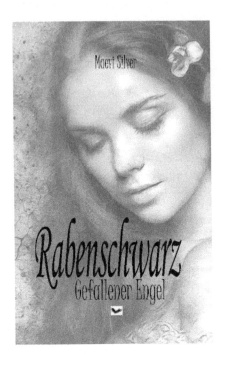

Nuriiel, ein aufmüpfiger, gefallener Engel,
hat eine wichtige Aufgabe auf Erden zu
erfüllen, bevor er seine wahre Gestalt
wiedererlangen kann.
Als wäre diese Aufgabe nicht schon
kompliziert genug, findet er sich plötzlich
inmitten von Dämonen und uralter,
mächtiger Hexenmagie wieder.

Die fast sechzehnjährige Lila scheint
gleichermaßen Auslöser und Schlüssel
zu Nuriiels Problemen zu sein.
Allen guten Ratschlägen zum Trotz
verbünden die beiden sich miteinander,
und plötzlich plagen Nuriiel auch noch
verdammt menschliche Gefühle.

„Ein Pakt mit dem Teufel.
Ich kann nicht glauben,
dass ich tatsächlich die Hand
eines Dämons ergreife, um mit ihm
für die gleiche Sache zu kämpfen.
Die Welt spielt völlig verrückt.“

Der gelungene Auftakt einer spannenden
Fantasygeschichte voller Engelsmagie
und Hexenzauber...

Hardcover, 332 Seiten, ISBN-13: 978-3751956079

Altersempfehlung: ab 12 Jahren

Herausgeber: BoD

Auch als eBook erhältlich.

»Stell dir vor, du findest ein Geheimnis heraus - und veränderst damit nicht nur die Zukunft, sondern auch deine Vergangenheit.«

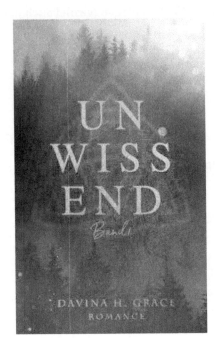

Alles, was die fünfundzwanzigjährige Joe über ihre Mutter zu wissen glaubt, fällt in sich zusammen, als der rätselhafte Kelly bei ihr auftaucht. Trotz ihres Dickkopfs und seiner groben Art verlieben sie sich bedingungslos ineinander. Doch während ihre Liebe wächst, beginnt nicht nur die verzweifelte Suche nach einer unbekannten Schwester, sondern auch ein Rennen gegen die Zeit.

Denn Männer aus Kellys dunkler Vergangenheit sind auf der Suche nach ihm, um ihm alles zu nehmen, was er liebt ...

Davina H. Grace
Als Paperback & eBook erhältlich
396 Seiten
ISBN-13: 9783751976596
Verlag: Books on Demand
Erscheinungsdatum: 14.08.2020

UNwissend Bd.2

… coming soon!